KiWi
PAPERBACK
1196

Das Buch

Er recherchiere über eine gigantische Verschwörung. Mehr wollte der Leipziger Historiker Heinz Rehmer seinem Ex-Kollegen Stachelmann beim Abendessen nicht erzählen. Am nächsten Morgen liegt seine Leiche im Berliner Bundesarchiv. Stachelmann lässt Rehmers Andeutung keine Ruhe: Hat sie etwas mit dem Mord zu tun? Akribisch prüft Stachelmann zusammen mit seinem Helfer Georgie die Akten, die Rehmer bestellt hatte. Doch die Mühe ist umsonst. Als Stachelmann schon aufgeben will, bedroht ihn ein Unbekannter mit einer Pistole. Dann verschwindet Georgie spurlos. Und die Polizei stößt in Leipzig auf einen Institutschef, der Rehmer so bald wie möglich loswerden wollte. Ein Verwirrspiel, in dem nichts zusammenpasst.

Am Ende bleibt Stachelmann nur eine Chance: Rehmers Mörder zu finden, bevor er selbst dessen nächstes Opfer wird. Dabei kommt er einer unsichtbaren politischen Macht auf die Spur.

Der Autor

Christian v. Ditfurth, Jahrgang 1953, ist Historiker und lebt als freier Autor bei Lübeck. Er hat zuletzt die viel beachteten Romane »Die Mauer steht am Rhein. Deutschland nach dem Sieg des Sozialismus« (1999), »Der 21. Juli« (2001), »Der Consul« (2003), »Das Luxemburg-Komplott« (2005) sowie die Stachelmann-Krimis »Mann ohne Makel« (2002, KiWi 826, 2004), »Mit Blindheit geschlagen« (2004, KiWi 924, 2006), »Schatten des Wahns« (2006, KiWi 1008, 2007), »Lüge eines Lebens« (2007, KiWi 1060, 2008) und »Labyrinth des Zorns« (2009, KiWi 1095), veröffentlicht. Im Herbst 2010 erschien sein Spionagethriller »Das Moskau-Spiel« bei Kiepenheuer & Witsch.

Christian v. Ditfurth

DIE AKADEMIE

Stachelmanns sechster Fall

Kiepenheuer & Witsch

Informationen über dieses Buch:
www.stachelmann.de

MIX
Papier aus verantwortungsvollen Quellen
FSC® C083411
FSC
www.fsc.org
Verlag Kiepenheuer & Witsch, FSC®-N001512

1. Auflage 2011

Umschlaggestaltung: Barbara Thoben, Köln,
nach einer Idee von Philipp Starke, Hamburg
Umschlagmotiv: © Sven Doering/buchcover.com
Brillenmotiv: © getty Images/Photonica/CSA
Gesetzt aus der Bembo
Satz: Pinkuin Satz und Datentechnik, Berlin
Druck und Bindung: CPI – Clausen & Bosse, Leck
ISBN 978-3-462-04296-2

Für Franziska

1

Er genoss diesen Blick auf die Spree und hinüber zum Charlottenburger Schloss seit vielen Jahren. Das Wasser am Bonhoefferufer schimmerte heute grün. Am Himmel zogen dunkle Wolken gemächlich nach Westen. Es hatte viel geregnet in den letzten Tagen, der Herbst hatte sich sonnig angekündigt, als wollte er die Menschen täuschen über seinen Charakter, und dann war er umgeschlagen und brachte Kälte, Regen und Wind, wie es sich gehörte.

Heinrich Walzer stand an der Fensterfront seines großzügigen Büros, wie immer perfekt gekleidet, dunkelgrauer Anzug eines italienischen Edelschneiders, an den Füßen schwarze Maßschuhe aus der Züricher Bahnhofstraße, ein dezent roter Schlips auf hellblauem Hemd, der obere Knopf geschlossen. Walzer wippte auf den Fußballen und straffte seinen Körper. Er hatte ein narbiges Gesicht, späte Spuren einer schweren Akne, eine breite Nase, kurz geschnittene schwarze Haare, darin verwoben graue Fäden. Seine graublauen Augen strahlten Vertrauenswürdigkeit aus. Die meisten beschrieben ihn als einen sympathischen Mann. Und in der Tat war er ein ruhiger Zeitgenosse, zu dessen wichtigsten Eigenschaften es gehörte, dass er zuhören konnte, was seine natürliche Autorität nur unterstrich.

Auf seinem Schreibtisch, Rauchglas auf einem Stahlgestell, links und rechts Stahlcontainer auf Rollen, stand ein zierlicher Bilderrahmen, eine schöne Frau mit langen schwarzen Haaren und zwei hübsche Kinder, lachend.

Er schaute auf die Speedmaster, die er am Stahlarmband trug. In diesem Augenblick klopfte es an der Tür, und sie öffnete sich, ohne dass Walzer etwas gesagt hatte. Herein trat ein mittelgroßer Mann, etwas untersetzt, nervöses Gesicht.

»Karl, schön, dass Sie gekommen sind. Bitte.« Walzer hatte eine tiefe Stimme, ohne dass sie dröhnte. Er deutete auf die Sitzecke und ging dorthin.

Der andere, brauner Anzug, braune Haare, braune Schuhe, unscheinbar, kannte sich aus in dem Büro, und er bewegte sich selbstverständlich darin. Sein Nachname war Ammann, ein promovierter Jurist.

Als beide saßen, kam eine Frau herein, in der Hand ein Tablett. Ein Glas mit Wasser, eine Tasse Tee. Die Frau nickte Ammann zu, der nickte zurück, ohne sie wirklich anzuschauen. Sie war zurückhaltend geschminkt und sonst seltsam grau.

»Ich habe den Vierteljahresbericht gelesen«, sagte Walzer freundlich. »Er ist wie immer ein Meisterwerk der Präzision.« Er zog zwei silbrig glänzende Kugeln aus der Jacketttasche und ließ sie zwischen den Fingern einer Hand wandern, ruhig, fast meditativ.

Der andere verzog keine Miene.

»Die Bildungsprogramme laufen, wie wir es uns vorgestellt hatten. Die meisten Beteiligungen werfen Gewinne ab trotz der Krise. Wir konnten die Zahl unserer Stipendien erhöhen. Es ist eigentlich alles in Ordnung, so, wie im Prinzip seit Ihrem Amtsantritt immer alles in Ordnung war.« Er machte eine kurze Pause. »Vielen Dank, Herr Generalsekretär.« Die Stimme klang jetzt ein bisschen offiziell.

»Ich habe zu danken, Herr Präsident.«

Walzer lächelte, er tat dies sehr einnehmend. »Ein Ärgernis allerdings bleibt. Wir hatten im Vorstand beschlossen, diese Sache der operativen Abteilung zu übertragen. Wie gut, dass sie noch besteht. Sie erinnern sich, da gab es ja Versuche …«

Ammann rutschte ein bisschen hin und her, trank einen Schluck Tee und nickte fast versonnen. »Ich glaube, wir müssen uns keine Sorgen machen. Es ist alles vorbereitet.«

Walzer lächelte. »Wie gut, dass wir immer mit so etwas gerechnet hatten.«

»Wie gut, dass *Sie* mit so etwas gerechnet hatten«, sagte Ammann sachlich. Es war die Wahrheit, nicht mehr und nicht weniger. Nie hatte die Akademie einen besseren Präsidenten gehabt. Ammann erinnerte sich gut an *die große Schlacht*, wie er sie nannte, als die Fraktionen in der Akademie aufeinandergeprallt waren wie die Streitwagen antiker Heere und keine Zukunft wartete, am Himmel nicht und sonst auch nirgendwo. Bis Walzer, der Neue, zum richtigen Zeitpunkt, eine Minute früher oder später wäre verheerend gewesen, ihnen allen den Weg wies, auch wenn manche ein, zwei Jahre brauchten, um zu begreifen, wohin es ging.

Aber das war graue Vorzeit.

***

»Sie sind doch Herr Stachelmann?«, flüsterte es.

Da stand ein kleiner, dürrer Mann mit einem Knochenschädel vor ihm, auf der erstaunlich großen Nase eine Hornbrille mit dicken, fast milchigen Gläsern. Stachelmann überlegte fieberhaft, wer es sein könnte. Ja, er hatte ihn schon mal gesehen, sie hatten sogar miteinander gesprochen. Irgendwo, irgendwann. Stachelmann erhob sich und reichte dem Mann die Hand. Dessen Händedruck war schwach, und er zog seine Hand schnell zurück, als hätte er Angst, sie zu verlieren.

»Rehmer mein Name, Sie« – ein unruhiger Blick, dann zog er Stachelmann ungeduldig am Ellbogen aus dem Lesesaal – »werden sich vielleicht nicht mehr erinnern. Wir haben uns vor Jahren hier getroffen und auch auf diesem Kongress … was war das noch mal für einer? Ach, da wo Bohming, das war doch Ihr Chef, diese Rede hielt … *Funktionalismus, Intentionalismus, Zivilisationsbruch – historische Interpretationen des Nationalsozialismus.*« Er referierte es eintönig. Die Glastür schloss sich automatisch, und sie standen im Flur. An den Wänden Schaukästen, rechts neben dem Zugang zur Treppe, die zu den Mitarbeiterbüros führte, das Telefon mit der Nummernliste.

Von draußen kam ein junger Mann herein, offenbar ein Student. Während er vorbeieilte, um dann nach rechts in den Gang abzubiegen, zog er eine unsichtbare Wolke aus Zigarettenrauch hinter sich her.

»Ich habe gehört, Sie haben die Universität verlassen … man hat ja einiges gehört über Hamburg, diese … Geschichte mit Bohming.«

»Ja, ja«, erwiderte Stachelmann und hoffte, der andere hörte heraus, dass ihn dessen Neugier nervte. Außerdem erinnerte er sich an Bohmings Anmaßung, der seine Assistenten immer ausgenutzt hatte, auch für diesen aufgeblasenen Vortrag. »Das ist ja schon eine Weile her, und ich weiß von den näheren Umständen wenig bis nichts.«

»Ach, wirklich?« Rehmer legte seine Stirn in Falten und schaute Stachelmann mit leicht zur Seite geneigtem Kopf in die Augen.

»Ich war … praktisch schon weg, als das mit Bohming passierte«, log Stachelmann.

»Jedenfalls die Rede, die er hier gehalten hat, die war doch ein bisschen prätentiös. Finden Sie nicht auch?«

Stachelmann hätte jetzt erwidern können, dass Bohming seinen Spitznamen *der Sagenhafte* nicht zuletzt der Tatsache verdankte, dass er ein Angeber war, eitel, opportunistisch, großkotzig. Aber er sagte: »Daran kann ich mich gar nicht mehr erinnern.«

»Dann habe ich mich heute Morgen doch nicht getäuscht«, sagte Rehmer.

»Inwiefern?«

»Ich habe Sie im Frühstücksraum erkannt, im *Morgenland*. Ich übernachte nämlich auch dort.«

Stachelmanns Handy vibrierte in der Hosentasche. Gott sei Dank. Er zog es heraus. »Einen Augenblick, bitte.«

»Ich muss jetzt sowieso los.« Das Handy vibrierte weiter. »Gehen wir doch heute Abend zu dem Italiener.« Er zeigte in Richtung Finckensteinallee. Stachelmann wurde nervös, und er nickte, während er das Gespräch annahm.

»Um acht Uhr! Okay?«, rief Rehmer. »Bis dann!«

»Hallo, Schatz!«

»Hallo, Kleine, wie geht's?«

»Du fehlst mir«, sagte Valentina mit diesem leicht leidenden Unterton, den sie sich vor einiger Zeit zugelegt hatte. »Wann kommst du?«

»In spätestens einer Woche.«

»Puh!«

»Lass mich die Sache fertig machen, sofern da etwas fertig zu machen ist. Und dann komme ich.«

Warum musste er sich eine Freundin aussuchen, die in Gotha wohnte und Lehrerin war, also festen Arbeitszeiten folgen musste? Er erinnerte sich daran, wie sie eines Tages mit ihrer Reisetasche vor seiner Tür gestanden hatte. Es berührte ihn immer noch.

»Warum ziehst du nicht hierher?«

Wie oft hatten sie darüber schon gesprochen? Fast hätten sie sich einmal gestritten, doch Stachelmann hatte es noch abbiegen können, hatte wachsweiche Erklärungen vorgetragen, in denen die Möglichkeit eines Umzugs nicht völlig ausgeschlossen schien.

»Warum lässt du dich nicht nach Hamburg versetzen?«

»Das habe ich schon tausendmal gesagt. Weil ich da keinen kenne. Weil ich hier so tolle Kollegen habe. Weil man ein Thüringer Mädchen nicht in den kalten und menschenfeindlichen Norden versetzen kann, wo es statt Wurst und Knödeln eklige Krabben gibt, und das schon zum Frühstück.« Sie lachte, blitzschnell war ihre Stimmung umgeschlagen. So war sie. Das hatte er lernen müssen. Er lernte es immer noch. Manchmal gestand er sich ein, dass es ihm ungeheuer schwerfiel, sich auf andere Menschen einzulassen, sich auf das Ungewohnte einzustellen, das er zunächst so reizvoll fand. Da war doch immer eine Kluft zwischen ihm und den anderen, und er konnte sie so wenig überschreiten, wie er es zuließ, dass sie überschritten wurde. Das Verrückte war, dass er diese Kluft kannte, dass sie ihn oft störte, ihn hilflos und einsam machte, und dass sie trotzdem blieb. Du bist der einzige Mensch, den ich kenne, der es schafft, in einer Menge allein zu bleiben. Dieser Satz hatte sich ihm eingeprägt. Er stammte von Anne, und natürlich hatte sie recht. Wie immer.

»Bist du noch dran?«

»Ja, natürlich.« Wehmut überkam ihn, wie immer, wenn er an Anne dachte. Er würde sie nie loswerden. Das war eines der wenigen Dinge, an denen er nicht zweifelte.

»Also, dann bleibt es dabei«, sagte sie, etwas übertrieben fröhlich.

»Natürlich.«

Er ging zurück an seinen Platz im Lesesaal des Bundesarchivs, zu den Akten, die ihn überzeugten, dass er seinem Klienten Carl Rosenzweig kaum helfen konnte, das ihm von den Nazis geraubte Vermögen zu verschaffen. Die Textilfabriken seiner Familie und die dazugehörigen Ladenlokale in Berlin und Potsdam waren 1939 arisiert worden, und nach dem Krieg erklärten die Sowjetischen Besatzungsbehörden und später die DDR-Regierung, sie dürften den Kapitalismus nicht wiedererstehen lassen, und das Bundesamt für offene Vermögensfragen fand die Aktenlage bisher zu dünn, diese Entscheidung aufzuheben. Offenbar waren Dokumente in den Bombennächten verbrannt oder später beiseitegeschafft worden oder beides. Längst hatte ein Westdeutscher die Fabrik billig von der Treuhand gekauft, und die Nachkommen des Eigentümers in Tel Aviv gingen leer aus. Darauf lief es hinaus, wenn Stachelmann nicht noch das große Los fand. Er glaubte es nicht. Ein Historiker bekommt ein Gefühl für die Aktenkonvolute, die er studiert, und er ahnt, was er bestenfalls finden könnte, und das war in diesem Fall nicht gut genug. Und doch würde er weiter Seite um Seite querlesen. Der Kunde hatte einen Anspruch darauf.

Die Tür zum Lesesaal öffnete sich, herein trat eine schlanke junge Frau mit halb langen gelockten hellbraunen Haaren. Sie lächelte ihn an, er lächelte zurück und hob lässig die Hand zum Gruß. Esther arbeitete im Kopierraum, er kannte sie lange, und er genoss so etwas wie eine geheime Vorzugsbehandlung, wenn es darum ging, schnell Kopien von Dokumenten zu erhalten. »Ich habe wieder was für dich.« Also wieder Kopien, die nur dazu dienten nachzuweisen, dass er nicht faul war. »Morgen Vormittag im Kopierraum. Ja?«

***

Walzer wohnte in einer Villa am Wannsee, die einmal einem Weimarer Industriellen und von 1938 bis 1945 einem Schauspieler gehört hatte, der zu Goebbels Lieblingen zählte, dessen Vorzugsbehandlung aber nach 1945 erstaunlicherweise vergaß. Als er die Villa mit Seeblick vor gut fünf Jahren erwarb, hörte sich Walzer die Geschichte der Vorbesitzer eher gelangweilt an, nahm sie aber zum Anlass zu prüfen, ob die Überweisungen der Akademie an Gedenkeinrichtungen für NS-Opfer weiterhin wie beschlossen getätigt wurden. Das gehörte zu dem, was man in der Akademie das *Wohlfahrtsprogramm* nannte und dessen beeindruckende Mittel Bedürftigen, Verfolgten, Dritte-Welt-Projekten und eben NS-Opfern zugutekamen. Eine so vermögende Einrichtung wie die Akademie musste sich sozial engagieren, und Walzer verachtete die *reichen Pinkel*, die Millionen erbten, um sie zu verprassen, er verachtete nicht weniger die *schwäbischen Unternehmer*, die die Welt nur als Absatzmarkt kannten und nicht einen Hauch Verantwortung für deren traurigen Zustand spürten.

Der Präsident bremste den schwarzen Volvo, der gerade die Hälfte der Luxusklasse mit Ringen, Stern oder Niere gekostet hatte, vor dem Tor, betätigte den Funköffner und fühlte, wie die Last des Tages von ihm abfiel, während sich das Tor lautlos öffnete. So war es an jedem Werktagabend. Nun würde er seine Aktentasche in sein Zimmer stellen und sich dann der Familie widmen. Er verachtete diese Leute, die im Büro nicht fertig wurden oder die gar nicht mehr anders konnten, als zu arbeiten, die Workaholics, die Akten mit nach Hause schleppten und ihre Familien terrorisierten. Nicht so laut, Kinder, Papa arbeitet noch.

Er steuerte den Wagen in die Garage neben den Renault-Van, stieg aus, sah, wie das Tor sich schloss und auch die Garagentür sank, und schritt federnd zur Haustür. Er schloss auf und wurde mit großem Geheul empfangen. Marc und Jonas schossen auf ihn zu und hielten ihn fest. Er brüllte wie ein Tiger, aber das machte die Umklammerung nur fester und das Geschrei lauter. Walzer drehte sich erst in die eine, dann in die Gegenrichtung, und er wiederholte es immer schneller, bis er aussah wie ein Twisttänzer, und endlich löste sich die Umklammerung. Gerade befreit, rannte Walzer los in die Küche und die Jungen hinterher. In der Küche empfing ihn Aurelia mit einem strahlenden Lächeln, und die Kinder, die schreiend in die Küche getrampelt waren, blieben plötzlich stehen und beobachteten, wie Walzer seine Frau in die Arme nahm und lange, fast heftig küsste. Er streichelte ihre schwarzen Haare, die sie seit zwei Wochen kurz trug, und löste seinen Mund, um ihre Schönheit zu bewundern, das schlanke Gesicht mit den hohen Wangenknochen, die mandelförmigen dunkelgrünen Augen, die langen Wimpern, diese perfekte Komposition eines unbekannten Meisters, die eigentlich nur betont wurde durch eine schmale Narbe, die waagerecht über der linken Augenbraue verlief.

Jedes Mal, wenn er sie sah, diese zarte Frau, erinnerte er sich, wie er um sie geworben hatte, monatelang, verzweifelt, doch mit der ihm eigenen ruhigen Beharrlichkeit, die alle inneren Regungen überdeckte. Sie hatte am Wochenende im *Hinkelstein* bedient, der Marburger Kellerkneipe am Marktplatz mit dem drohend an der Decke über dem Tresen hängenden Menhir. Als er sie zum ersten Mal gesehen hatte, schien es ihm kaum vorstellbar, dass sie hier nächtelang Bier ausschenkte und Fässer rollte, ohne zusammenzuklappen. Es hatte ihn nach einer Betriebswirtschaftsklausur mit Kommilitonen dorthin verschlagen, und als er sie sah in dem lauten, verrauchten Gastraum, packte es ihn binnen weniger Augenblicke. Immerhin verriet sie ihm ihren Namen, Aurelia, die Morgenröte. Aber den hätte sie jedem verraten.

Mehr als vier Monate wartete er jede Wochenendnacht vor dem *Hinkelstein* und brachte sie nach Hause. Zunächst waren ihre Gespräche eintönig. Genauer gesagt, er fragte in seiner Befangenheit Belangloses, und sie antwortete einsilbig oder gar nicht. Aber sie wehrte sich nicht gegen seine Begleitung, nachdem sie ihn beim ersten Mal ärgerlich angestarrt hatte, um sich abzuwenden und eiligen Schritts nach Hause zu gehen. Da lief er mehr in ihrem Schlepptau als neben ihr. Aber es änderte sich. Er musste sie immer wieder anschauen, ihr Profil war von klassischem Zuschnitt, sie war perfekt. Ihr Gang war geschmeidig und unaufdringlich elegant. In ihrem zarten Körper steckte ungeheuer viel Energie, das spürte er sofort.

Nach drei Wochen begann sie ausführlicher zu antworten. Hatte er zuvor den Eindruck gehabt, dass sie sich zwang, etwas zu sagen, so schien sie jetzt auf seine Fragen zu warten. Vielleicht, so fürchtete er, vielleicht war es ihr sonst öde mit ihm. Er lud sie zum Essen ein, aber das wollte sie nicht. Und er war klug genug, ihr nicht aufzulauern vor dem Mietshaus in der Haspelstraße, wo sie in einer Mansardenwohnung lebte, die zur Straßenseite hin zwei kleine Fenster hatte. Er stellte sich ihre Wohnung oft vor, sie war gewiss ordentlich und sauber und hübsch eingerichtet, aber ein Flokati lag bestimmt nicht auf dem Boden. Er dachte eher an klare Linien, funktionsgerechte Möbel und moderne Malerei an den Wänden.

Nach zwei Monaten wusste er immer noch nicht viel von ihr, außer dass sie Geld verdienen musste, freiwillig würde niemand diesen Knochenjob machen. Sie war müde, wenn sie das *Hinkelstein* verließ, das las er in ihren Augen, wenn sie ihn unsicher anblickte. Sie studierte Romanistik und Germanistik, aber darin steckte keine besondere Erkenntnis. Allerdings fürchtete er, dass sie ihn, den Betriebswirtschaftler, verachten könnte. Typen, die Manager werden wollten, hatten keinen guten Ruf in dieser Zeit. Und später auch nicht, aber aus anderen Gründen.

Eines Nachts erschien sie nicht. Er wartete, bis die Kneipe geschlossen war, verfluchte sich, dass er drinnen niemanden nach ihr gefragt hatte, und erlebte eine verzweifelte Nacht. Er malte sich aus, dass sie weggezogen war, dass sie nun im Ausland lebte, dass er sie nie wiedersehen würde. Aber am nächsten Tag war sie da, und er lachte voller Freude, als sie ihm mit ihrem ernsten Gesicht entgegenkam. Sie sagte kein Wort zur Erklärung, und er fand, dass sie nichts zu erklären hatte. Er hatte kein Recht auf sie, solange sie es ihm nicht eingeräumt hatte. Und doch, erschüttert und erleichtert, wie er gerade war, fragte er sie, ob sie nicht am nächsten Wochenende etwas zusammen unternehmen könnten.

»Ja«, sagte sie sachlich.

An jenem Samstag holte er Aurelia vor dem Mietshaus ab, in dem sie wohnte. Sie hatte sich freigenommen im *Hinkelstein*, wie sie ihm später beiläufig sagte. Er würde sich immer genau erinnern, wie sie pünktlich aus der Haustür trat im blauen Anorak, darunter ein weißes T-Shirt, schwarze Jeans, die Haare zum Pferdeschwanz gebunden. Sie sieht unternehmungslustig aus, dachte er. Und sie war es. Er nahm sie in den Arm, und sie ließ es geschehen. Zuvor hatte er es sich nicht getraut. Sie roch aufregend nach Rosen, und es fiel ihm schwer, sie loszulassen, auch wenn sie keine Regung zeigte, die ihn dazu hätte bewegen können. Es war ein ungeheurer Augenblick.

Sie fuhren in Walzers Käfer nach Limburg, diese durch und durch schwarze Stadt mit dem alles beherrschenden Dom, und dann an der Lahn entlang nach Gießen. Im trägen Fluss spiegelten sich Bäume und Büsche, am Abend färbte die Sonne das Wasser rot. Unterwegs speisten sie in einem Dorf in einer Gaststätte, und es war schon normal, dass er immer wieder einmal ihre Hand nahm und sie eine Weile hielt. Hand in Hand verließen sie die Gaststätte. Was sie gegessen hatten, wusste er da schon nicht mehr. Seitdem trug er den Zauber eines Tages mit grauem Himmel in sich, aus dem es hin und wieder tröpfelte, bis der Sonnenuntergang alles in seinen Kitsch eintauchte. Die Erinnerung an diese Stunden trübte sich nie, nicht einmal, nachdem er ihre schwarze Seite kennengelernt hatte. Die schwarze Seite, so nannte er das.

***

Plötzlich stand Georgie vor ihm, im Standardoutfit: Mützenjacke, Jeans, Turnschuhe. Er sah dünner aus als sonst, und als Stachelmann das Gesicht seines Freundes musterte, entdeckte er die Spuren des Schlafmangels, die Augen waren kaninchenrot. Zwar hatte Georgie vor ein paar Tagen eher nebenbei gesagt, dass er Stachelmann unterstützen wollte bei dieser trostlosen Restitutionssache Rosenzweig, aber das glaubte Stachelmann erst in diesem Augenblick, als Georgie tatsächlich im Lesesaal des Bundesarchivs in Berlin-Lichterfelde aufgetaucht war. Stachelmann deutete auf den Platz neben sich und schob einen Aktenordner hinüber. »Wir suchen Verträge, Briefe mit Zusicherungen oder Ähnliches.«

»Hm, dann suchen wir mal.« Er hatte gar keine Lust. Stachelmann kannte diesen Zustand, in dem ihm Georgie vorkam wie ein halber Autist. Und er hatte immer noch nicht begriffen, was in diesen Phasen in ihm vorging. Sie waren unberechenbar. Manchmal dauerten sie Tage, manchmal Minuten. Er hatte aber gelernt, dass es sinnlos wäre, Georgie aus dieser Lethargie herausholen zu wollen. Er unterstellte, dass der Freund sich nicht gut fühlte, wenn es so stand mit ihm, aber beschworen hätte er es nicht. Er bildete sich ein, dass diese autistischen Zeiten vermehrt auftraten, seit er sich entschlossen hatte, die Fernbeziehung mit Valentina zu versuchen. Und dass Georgie in dem Maß übellaunig wurde, wie Stachelmann sein Glück lebte und sich wenigstens einredete, die stets wartenden Depressionen umschiffen zu können wie ein kluger Steuermann gefährliche Klippen, die es nur gab, um Schiffe tödlich aufzuschlitzen. Es ging ihm erstaunlich gut, und er genoss sogar die kleinen Spannungen und Ärgernisse, die Streitereien und die immer wieder aufbrechende Unzufriedenheit Valentinas, weil er glaubte, eine Liebe müsse das nicht nur aushalten, sondern bestehe auch daraus; aus kleinen Misshelligkeiten gegen die Erstarrung in Ritualen, die eine Liebesbeziehung von Reibungen befreiten, um sie schließlich auszuhöhlen und abzutöten. Diese Gedanken keimten seit einigen Monaten in ihm, und er verarbeitete so nicht nur seine neue Liebe, sondern auch das Ende der alten, die, wie er inzwischen fand, eher schäbig verkümmert war.

Georgies Autismusübungen konnten ihn nicht mehr irritieren, er nahm sie hin wie Naturgewalten. Immerhin blätterte Georgie in dem Ordner, und er blätterte nicht nur, sondern las auch, wie Stachelmann in einem von Georgie genau registrierten Seitenblick feststellte. Stachelmann wusste, dass er jetzt keinerlei Kritik andeuten durfte. Das wäre etwa so, als würde er mit einer entsicherten Handgranate Ball spielen.

»Heute Abend bin ich mit einem Kollegen bei dem Italiener auf der anderen Straßenseite verabredet«, flüsterte Stachelmann, um sich Anraunzer von Lesesaalnutzern zu ersparen, die aber nichts daran fanden, andere mit dem Windows-Start-Sound zu beglücken, wenn sie ihre Notebooks einschalteten.

»Ich komme mit«, sagte Georgie. Er war wirklich unberechenbar.

Rehmer wartete schon und blickte einen Augenblick verwirrt, als er erkannte, dass Stachelmann nicht allein auftauchte. Er schien unwirsch zu werden, jedenfalls runzelte er die Stirn, und die Augenlider flatterten ein wenig, als weigere er sich, Georgie anzusehen. Doch dann erhob er sich und begrüßte erst Stachelmann und dann Georgie, nachdem dieser ihn als seinen Mitarbeiter vorgestellt hatte. Danach saßen sie schweigend am Tisch. Ein kräftiger Mann mit dickem Bauch erschien, er hielt eine Tafel in der Hand, auf der die aktuellen Gerichte geschrieben standen. Rehmer blinzelte wieder – vielleicht war das seine Masche und hatte nichts mit Georgie zu tun –, dann bestellte er einen gegrillten Wolfsbarsch und einen Pinot Grigio. Beim Wein schloss Stachelmann sich an, entschied sich aber für den Lachs, wogegen Georgie eine Cola bestellte und Spaghetti Bolognese. Daraufhin verschwand der Mann mit der Tafel, und sie schwiegen wieder. Gemurmel, Lachen, Klappern von anderen Tischen füllte den Raum, dann auch zischend die Espressomaschine.

»An was arbeiten Sie, wenn ich fragen darf?«, fragte Stachelmann, um das Schweigen zu brechen.

Rehmer wiegte seinen knochigen Schädel hin und

her, dann stierte er Stachelmann an, wackelte noch einmal mit dem Schädel, um schließlich zu sagen: »Eine ganz heikle Sache. Ganz heikle Sache. Ich kann darüber wenig sagen, bin aber sicher, dass es Sie interessieren wird, wenn ich es publiziere.«

Stachelmann unterdrückte ein Gähnen. Die Furcht des einen Historikers vor dem anderen Historiker, vor dem geistigen Diebstahl, wie albern. Stachelmann hatte noch nie ein Geheimnis gemacht aus seinen Projekten, und er war noch nie bestohlen worden.

»Und Sie?«, fragte Rehmer.

»Eine Restitutionssache, eine elende Sucherei nach Verträgen und Briefen, die angeblich beweisen, was mein Auftraggeber behauptet. Ohne Grundbucheinträge läuft bei Immobilien kaum etwas, da muss man schon Handfestes auf den Tisch legen. Und das will und soll ich finden. Am Ende geht's um das liebe Geld, wie immer.«

»Und finden Sie es?«

»Glaube ich nicht.« Stachelmann spürte die Mutlosigkeit, die ihn überwältigen wollte. Gut, er wurde bezahlt für diesen Job, aber Erfolglosigkeit kratzte an seinem Selbstwertgefühl. Er würde zwar das Honorar für die Suche kassieren, aber er hätte ein schlechtes Gewissen dabei.

»Bei meinem Projekt geht es auch um Geld. Um Millionen, Milliarden vielleicht«, sagte Rehmer plötzlich. Er wiegte wieder den Schädel, als könnte dies seine Aussage noch bedeutender machen.

»Und wann werden Sie darüber schreiben?«

Rehmer hob die Achseln und ließ sie langsam wieder sinken. »Das kann noch Jahre dauern. Ich muss verschlungenen Pfaden folgen, keineswegs nur in Archiven. Keineswegs. Ich bin eigentlich erst am Anfang meiner

Suche, aber nun weiß ich endlich genug, um sicher zu sein, dass ich richtig liege. Gefühlt hatte ich es schon lange, aber nun zeichnet sich da etwas ab. Zeichnet sich ab.«

Georgie musterte den Mann wie beiläufig und stierte dann auf eine weit entfernte Stelle, die nur in seinem Auge lag. Stachelmann kannte den Blick. Georgie hielt Rehmer offenbar für einen Aufschneider. Das mochte sein. Und Georgie langweilte sich, aber vermutlich hätte ihm in seinem tristen Zustand auch die spannendste Geschichte der Welt bestenfalls ein herzhaftes Gähnen abgenötigt.

»Und was zeichnet sich ab?«, fragte Georgie mit Ungeduld in der Stimme.

»Ein Komplott, ein gigantisches Komplott. Eine der größten Verschwörungen der Weltgeschichte.«

2

»Hm, das war ja eine Schnarchnase«, brummte Georgie beim Frühstück im *Haus Morgenland.* »Eine große Verschwörung«, äffte er Rehmer nach. »Millionen, vielleicht Milliarden.«

Stachelmann senkte die Zeitung ein Stück und grinste Georgie über dem Rand an. Immerhin schien sich dessen Laune zu bessern. Er hob die Zeitung wieder und vertiefte sich in die Berliner Landespolitik, also in Fragen, die er ein paar Minuten nach der Lektüre vergessen haben würde. Er senkte die Zeitung wieder ein paar Zentimeter, sodass er Georgie gerade in den Blick bekam, der lustlos auf einem Schinkenbrötchen herumkaute. »Vielleicht ist da ja was dran?«

Georgie schüttelte nur den Kopf.

Der Abend war nicht prickelnd gewesen. Rehmer hatte rätselhafte Bemerkungen über sein großes Geheimnis geraunt, das Essen war gut, und natürlich hatten sie zu viel getrunken, was nach Stachelmanns Meinung allein an Rehmer lag, der einfach zu langweilig war, um einen auf bessere Ideen kommen zu lassen. Er war Dozent an der Leipziger Uni, widmete sich seit einigen Monaten aber nur noch seiner Verschwörung. Der Kollege erschien Stachelmann wie einer von diesen Spinnern, die glaubten, die CIA und womöglich der Mossad, denn Juden hatten ja immer die Finger drin, hätten die Twin Towers zerstört oder die zersetzte Heimatfront hätte dem Kaiser den sicheren Sieg im Ersten Weltkrieg geraubt. Es hätte ihn nicht gewundert, wenn der Mann angefangen hätte, antisemitische Sprüche abzusondern, aber er hatte es nicht getan. Nicht einmal in Andeutungen, das musste Stachelmann zugeben. Er fragte sich, ob er nicht ungerecht war gegenüber Rehmer, weil er ihn nicht mochte, weil der, wie Stachelmann fand, herumfaselte, und das in einer Weise, die jedes Gespräch unmöglich machte. Ein Fanatiker war der Typ allemal. Und warum hatte er sich mit Stachelmann verabreden wollen?

Stachelmann faltete die Zeitung zusammen und legte sie auf den Tisch. Er trank seinen Tee aus, schaute Georgie streng an und sagte mit mahnendem Unterton: »Die Arbeit ruft. Ich geh noch mal aufs Zimmer und dann ins Archiv. Wenn du deine Mitwirkung für erforderlich hältst …«

»Jawoll, mein Führer!«

Georgie sprang auf und salutierte. Dann zog er ab in Richtung Treppe.

Draußen pfiff ein kalter Wind, der Himmel war blassblau, das Sonnenlicht fast weiß. Ein Müllaster dröhnte vorbei und zog eine schwarze Dieselwolke hinter sich her. Auf dem Weg zum Archiv redeten sie kein Wort. Stachelmann schaute auf die Uhr, es war schon nach zehn, er würde gleich zum Kopierraum gehen. Er sagte Georgie, er solle schon mal die Akten im Lesesaal besorgen, er komme gleich nach. Sie gingen aber zunächst in den Aufenthaltsraum, wo sie ihre Jacken und Taschen in Spinden einschlossen, und Georgie besorgte sich am Automaten einen Kaffee, um zu zeigen, dass er selbst sinnvolle Vorschläge als illegitime Anweisungen missverstand und nicht daran dachte, ihnen sofort zu folgen. Wenn überhaupt. Stachelmann verließ den Aufenthaltsraum und ging im langen Flur nach rechts, um wenige Meter weiter links an einer Tür zu klopfen. Es rührte sich niemand im Kopierraum, und er klopfte kräftiger.

Als er immer noch nichts hörte, öffnete er die Tür. Er stand ein paar Sekunden da, bis sein Hirn verstand, was die Augen sahen. Rehmer lag vor dem großen Scanner auf dem Boden, er hatte ein rotes Loch in der Stirn, und auf seinem weißen Hemd hatten sich zwei rote Flecken in der Herzgegend ausgeweitet. Rot und grau, Blut und Hirnmasse sickerten auf den Fußboden und umschlossen fast schon das Bein des Tisches.

***

»Sie verstehen das Problem nicht«, sagte er und klopfte mit den Fingerspitzen ungeduldig auf dem Tisch. »Es geht hier nicht um Kleinscheiß, um Verordnungen, nicht mal um Gesetze, es geht hier ums Ganze.« Er fügte fast pathetisch hinzu: »Um unser Land!«

»Natürlich, Herr Franticek, natürlich. Aber …«

»Nichts aber!« Moritz Franticek stand auf und zeigte sich in seiner Größe. Das machte er gern, weil er wusste, dass seine mächtige Gestalt andere beeindrucken konnte, zumal solche kleinwüchsigen Waschlappen wie diesen Bedenkenträger Schmidt. Horst Schmidt, die Inkarnation des feigen Bürokraten, der schon vor der Geburt an seine Pensionsansprüche dachte und dessen Urangst es war, diese zu verlieren. Der morgens ins Amt hastete und abends pünktlich nach Hause eilte, wo eine verhärmte Ehefrau nach einem Tag des nutzlosen Putzens und Verschönerns das ewig gleiche Abendbrot auf den Tisch stellte, ein Wurst- oder Käsebrot und eine Flasche Bier. Und wo Schmidt aus dem Büro den Langweilerkram erzählte, weil er die Wahrheit nicht erzählen durfte. Davor hätte er sowieso viel zu viel Angst gehabt. Manchmal erschien es Franticek, der Mann bestehe aus seiner Angst und sonst nichts, kein Fleisch, kein Blut. Er hasste diesen fliehenden Blick in den graugrünen Augen unter der hohen Stirn, diese Marotte, sich immer wieder an der Wange zu kratzen, wenn er sich nicht nervös schnäuzte. Um Himmels willen, welcher Irre hatte diesen Mann hierher versetzt und wer ihn befördert, sodass er nun Franticeks rechte Hand war, nicht durch Verdienst oder Erfahrung, sondern wegen der Tücken einer Beamtenlaufbahn?

Franticek fuhr mit der Hand durch seine widerspenstigen roten Locken, die hinter der Stirnglatze wuchsen. So tat er seine Verzweiflung kund über den Umstand, dass er mehr mit den Widrigkeiten im Amt kämpfen musste als mit den Feinden draußen. Von denen gab es viele, und er kannte sie alle in ihren wechselnden Verkleidungen und Namen. Er war ein alter Fahrensmann, dem niemand etwas vormachen konnte. Das glaubte er, und das wussten seine Vorgesetzten. Heute Abend würde er sich in eine Kneipe am Domplatz setzen, eine Zigarre rauchen und ein Kölsch trinken, vielleicht auch zwei, bevor er sich in seiner winzigen Zweizimmerwohnung in der Stolkgasse noch einen Weinbrand gönnte und früh schlafen ging. Wer früher schläft, ist länger wach.

***

Das Erste, das ihm einfiel, war: »Scheiße.« Er hatte Tote gesehen, und einmal hatte er einen Menschen erschossen. Stachelmann wusste, wie das war, aber der Tote vor seinen Augen ließ ihm trotzdem den Magen verkrampfen und Hitze aufsteigen. Er war auf einen Schlag schweißnass. Ihm wurde übel. Seine Hand war plötzlich vor seinen Augen, und die Hand zitterte. Vier, fünf Sekunden stand er starr, bis er endlich das Handy aus der Tasche holte und mehr instinktiv die 110 wählte. Er berichtete der Stimme am anderen Ende stotternd, dass er eine Leiche gefunden habe, im Bundesarchiv an der Finckensteinallee. Er solle warten, sagte die Stimme. Sie war kräftig und ruhig, aber das half Stachelmann jetzt auch nicht.

Er hörte, wie sich Schritte im Gang näherten, und ihn packte die verrückte Idee, der Mörder komme zurück. Aber es war nicht der Mörder, es war die Kopierfrau, die hinter ihm stehen blieb und nichts sagte, wo Stachelmann einen Schrei erwartet hatte.

»Ich habe die Polizei angerufen«, sagte er, aber es war nicht seine Stimme, er quetschte es mehr aus der Kehle. Er starrte immer noch auf Rehmers Leiche.

Esther antwortete nicht. Sie schlich weg.

Stachelmann drehte sich um und trat auf den Gang. Dann schloss er die Tür des Kopierraums und setzte sich daneben auf den Boden. Sofort schoss ihm der Schmerz in Rücken und Knie, und er quälte sich hoch. Eine innere Stimme sagte ihm, dass er sich nicht entfernen durfte von der Leiche. Er war dazu bestimmt, aufzupassen, dass niemand mehr diesen Anblick ertragen musste außer denen, die es von Berufs wegen taten. Er fürchtete die Reaktionen der anderen, ihre Hysterie, ihr Geschrei, ihr Weinen, sein Erschrecken würde nur wachsen, wenn andere Rehmer sahen. Er fand es grausam, dass ausgerechnet er die Leiche gefunden hatte, und noch grausamer, dass er hier warten musste, neben der Leiche, so empfand er es, obwohl eine Tür zwischen ihnen lag. Das ist nicht gerecht, dachte er, und das war es auch nicht. Ein merkwürdiger Gedanke, gab er sich zu.

Dann stand Georgie neben ihm, er hatte ihn nicht kommen sehen, obwohl er doch so hoffte, dass ihn endlich jemand aus dieser Lage befreite. Die Polizei, die Gerichtsmedizin, er kannte das alles. Wo blieben sie?

»Was ist los? Du bist so blass. Schmerzattacke?«

Stachelmann schüttelte den Kopf. »Eine Leiche.« Er deutete auf die Tür und hielt Georgie am Oberarm fest, als der zur Tür gehen wollte, um sie zu öffnen. »Glaub mir, du brauchst das nicht zu sehen.«

Georgie befreite sich mit einem Ruck, fast wütend, und öffnete die Tür. Stachelmann hatte den Bruchteil einer Sekunde gehofft, die Leiche liege nicht mehr da und er habe eine Halluzination gehabt. Aber sie lag da, Georgies Körper verdeckte nur einen Teil, und das Gemisch aus Hirnmasse und Blut hatte inzwischen das Tischbein eingeschlossen. Georgie würgte, behielt es aber in sich. Dann wandte er sich ab und schlug die Tür zu. Sie fiel ins Schloss, der Knall schoss durch den Gang. Stachelmann fuhr zusammen, aber der Schreck weckte ihn aus seiner Lethargie.

»Gestern haben wir mit ihm gesprochen, heute Vormittag ist er tot.«

Georgie war grün im Gesicht. »Das ist wie bei der … Mafia«, stotterte er. Und dann: »Das liegt an dir. Immer wenn ich mit dir unterwegs bin, gibt's eine Leiche.« Er glotzte Stachelmann an, als wäre dieser der Sensenmann.

Stachelmann winkte ab. Er lehnte sich an die Wand gegenüber der Tür.

»Wo ist Esther?«, fragte Georgie.

»Keine Ahnung. Wahrscheinlich da.« Er zeigte auf die Tür zur Damentoilette. Georgie lehnte sich neben Stachelmann an die Wand. Sie schwiegen. Stachelmann versuchte seine Fassung zu finden, doch er fühlte sich wie ausgehöhlt, leer, unendlich leer.

Er hörte eine Autobremse, dann weitere. Blaulicht blitzte durch die Fenster. Schnelle Schritte im Flur, und als sie um die Ecke bogen, sah er die Polizisten. Zwei Männer und eine Frau in Zivil, vier in Uniform. Stachelmann zeigte auf die Tür des Kopierraums, ein Ziviler im dunkelgrauen Mantel öffnete die Tür und blieb abrupt stehen. Die anderen Zivilen drängten sich daneben. Der in dem grauen Mantel hielt sein Handy ans Ohr. Stachelmann verstand »Gerichtsmedizin«, »Spusi« und noch etwas, das aber gleich verflog. Er kannte das alles, diese Prozedur, die Wichtigtuerei der Polizisten, die Fragen.

Die Uniformierten standen unschlüssig herum, bis der Chef sie anwies, den Tatort abzusichern. Sie schlossen die Tür und stellten sich davor auf. Es sah lächerlich aus.

Der Chef ging zu Stachelmann und Georgie. »Wer hat die Leiche gefunden?« Er hatte eine Metallstimme, die gar nicht passte zu seinem fettigen Vollmondgesicht. Und er hatte Fischaugen.

»Wie heißen Sie?«, fragte Stachelmann.

»Weber, Kriminalhauptkommissar.«

»Ich habe die Leiche gefunden. Dr. Josef Maria Stachelmann.«

Weber schaute ihn ein wenig ungläubig an, dann fragte er: »Haben Sie etwas verändert am Tatort?« Es klang so, als ginge er davon aus.

Frau Bestler, die hübsche Archivarin, die Stachelmann schon manches Mal geholfen hatte, kam vorbei, blieb einen Augenblick stehen, hielt die Hand vor den Mund, wandte sich an Stachelmann und sagte nur: »Die Kopierfrau, Esther …«

»Wer sind Sie denn?«, fuhr Weber sie an.

»Bestler, Archivoberamtsmännin«, sagte sie mechanisch.

»Haben Sie etwas gesehen oder gehört? Sind Sie Zeugin?«

Frau Bestler schüttelte nur den Kopf, dann ging sie zurück in Richtung Lesesaal, sie wankte ein wenig, als hätte sie Gleichgewichtsstörungen.

»Sie kennen das Opfer?« Weber schaute ihn kalt an. Sie saßen in einem Mitarbeiterzimmer im ersten Stockwerk, das die Polizei für Befragungen nutzte.

»Ein wenig«, sagte Stachelmann.

»Was heißt das?« Unwirsch.

»Ich … wir haben gestern mit ihm gegessen bei dem Italiener.« Er zeigte mit dem Finger dessen ungefähre Lage an.

»Wir?«

»Mein Freund und ich.«

Ein skeptischer Blick.

»Der steht vor der Tür. Stand er jedenfalls vorhin noch.«

»Woher kannten Sie Rehmer?«

»Von hier. Und vorher habe ich ihn kurz auf einem Kongress getroffen.«

»Hat Rehmer gestern oder bei anderer Gelegenheit irgendetwas gesagt, das Ihnen besonders auffiel, das womöglich etwas mit der Tat zu tun haben könnte?«

Darüber hatte Stachelmann schon nachgedacht. »Eigentlich nicht. Er hat von einer Riesensache gesprochen, aber das bezog er auf eine Archivrecherche.«

»Was für eine Recherche?«

»Ich weiß es nicht. Er wollte es nicht erzählen. Ich fand, er übertrieb es ein bisschen mit der Geheimnistuerei.«

»Geheimnistuerei«, wiederholte der Hauptkommissar. Er griff nach einem Bleistift auf dem Schreibtisch und begann damit zu spielen. Dann fragte er: »Haben Sie irgendetwas oder irgendjemanden beobachtet?«

Stachelmann schüttelte den Kopf. »Es muss ein Benutzer oder Mitarbeiter gewesen sein«, fiel ihm ein.

Weber schaute ihn wieder skeptisch an und nickte. »Das ist vermutlich so.« Dann warf er einen Blick zu seinem hageren Kollegen, der an der Tür lehnte. Nun schaute er wieder Stachelmann an. Webers Handy klingelte. Er nahm es ans Ohr und sagte nur mehrmals »ja« und »nein« und am Schluss: »Wir werden sehen.« Dann wandte er sich an seinen Kollegen und sagte: »Bisher nichts, keine Spuren. So was wie Kaliber 7,65, jedenfalls keine 9 Millimeter. Hilft nicht weiter, gibt's wie Sand am Meer.« Das Letztere sagte er mehr zu sich selbst.

»Geheimnistuerei«, sagte er dann, und er kniff seine Augen zusammen, als fiele es ihm gerade wieder ein.

»Das gibt es manchmal bei Historikern«, sagte Stachelmann. »Das sind meistens Wichtigtuer, die spielen sich auf.«

Weber nickte. Er legte den Bleistift zurück auf den Schreibtisch.

»Aber in diesem Fall könnte was dran sein«, sagte Stachelmann. »Vielleicht hat er was herausbekommen? Obwohl, er hatte nichts publiziert, und diese Geheimnistuerei … wie soll da jemand auf ihn kommen?«

»Geben Sie meinem Kollegen Ihre Personalien. Und wenn Ihnen noch etwas einfällt …« Er schob eine Visitenkarte über den Tisch.

Georgie wartete draußen. »Und? Haben sie dich verhaftet?«, fragte er betont humorig.

»Nein, noch nicht.«

»Irgendwas Erhellendes?«

Stachelmann schüttelte den Kopf. »Fällt dir irgendwas ein, was der Rehmer gestern Abend rausgelassen hat?«

Georgie weitete die Augen. »Das war doch nur Gewäsch.«

»Wirklich?«

***

Franticek las die Meldung, knüllte sie zusammen und warf sie in den Papierkorb. Die Papierkugel tippte an den Rand, balancierte einen Augenblick und entschloss sich in letzter Sekunde, in den Korb zu fallen.

Franticek war erleichtert. Er betrieb keinen Sport und war bei diesem Bürobasketball daher umso ehrgeiziger. Er notierte den Treffer in dem Block, der an der Seite seines Schreibtisches lag. Heute noch kein Fehlwurf. Immerhin.

Aber sonst herrschte Langeweile, Verwaltungskram, und auch wenn das ganze Land glaubte, der Verfassungsschutz würde Tag und Nacht islamistische Terroristen verfolgen, hatten die meisten V-Männer und ihre Führer oft nichts zu tun. Und wenn, dann infiltrierten sie irgendwelche bedeutungslosen linksradikalen Splittergruppen oder Nazis, die längst so durchsetzt waren mit Spitzeln, dass selbst das Amt oft nicht wusste, wer Nazi war und wer vom eigenen Laden.

Franticek interessierte sich nur für die großen Fälle, das erlaubte ihm seine Position, und er gestattete sonst nur, dass die *jungen Leute* ihn um Rat fragten. Franticek war nämlich ein Ass, der Mann, der das *Projekt Pluto* leitete, die geheimste Operation des Bundesamts. Nur durch ihn war alles in ruhige Bahnen gekommen. Ohne ihn hätte es längst die Mutter aller Skandale gegeben, die die Republik tatsächlich erschüttert hätte. Er war stolz auf sich. Aber das hinderte ihn nicht daran, wachsam zu bleiben. Jeden Tag analysierte er die Informationen, die über Pluto bei ihm eingingen. Meistens waren es nur ein, zwei Zeilen, selten mehrere Seiten, zumal seit diese Leute die Sache wieder im Griff hatten.

Er knüllte ein Reisekostenformular zu einer Kugel, zielte kurz, wobei er die Papierkugel in der Hand nach vorne und nach hinten wiegte, und warf endlich. Diesmal ging der Versuch daneben. Wie um ihn noch mehr zu ärgern, rollte die Kugel unter den Aktenschrank.

***

Sie stand einfach da und schrie. Ihr Gesicht war verzerrt, nicht wiederzuerkennen, und aus den Augen quollen Tränen. Die Schreie waren entsetzlich, er hielt sie nicht aus. Als er sie zum ersten Mal gehört hatte, war er in eine Art Schockstarre verfallen, völlig unfähig zu reagieren. Der Ausbruch kam ohne jede Vorwarnung, und dann herrschte im Schlafzimmer nur noch das Schreien. Er wunderte sich, dass ein so zarter Körper solche Laute erzeugen konnte. Dann endete die Schreiphase, und es folgten die Anwürfe. Er sei fremdgegangen, mit dieser Frau soundso, er wisse schon, die hübsche Blonde, die habe er ihr aus Gemeinheit sogar vorgestellt bei diesem Empfang letzte Woche.

Inzwischen wusste er, es hatte keinen Sinn, über diese Anschuldigungen zu diskutieren. Es waren Wahnvorstellungen. Bei den ersten Ausbrüchen hatte er die Tatsachen genannt, alles genau begründet, quasi gerichtsfest, aber es hatte nichts geholfen. Es hatte sie nur misstrauischer gemacht, sofern das möglich war. Er hatte mit seinem besten Freund, einem Tageszeitungsredakteur, mehrfach darüber gesprochen, aber Reinhard Stabel fiel nur ein, dass Aurelia einen Psychologen aufsuchen solle. Tatsächlich schlug Walzer ihr das in einem Augenblick der Verzweiflung vor und erntete nur einen weiteren Ausbruch, nachdem der vorherige gerade erst abgeklungen war. Nein, sie bilde sich das nicht ein, aber das wolle er ihr einreden. Der Psycho solle sie nur abstumpfen lassen, sie vollpumpen mit diesen Präparaten, die ihr die Sensibilität rauben würden, damit sie nichts mehr merke. Sie habe eben ein Gespür für ihre Umwelt, und es sei daher fast unmöglich, sie zu hintergehen, ohne dass sie es mitbekomme. Sie schrie es heraus und auch noch, dass er es nicht noch einmal wagen solle, sie zu einem Typen zu schicken, der es selbst nötig habe und dafür bezahlt werde, sie für verrückt zu erklären.

An diesem Abend und in dieser Nacht hatte er aufgegeben. Er liebte sie abgöttisch, aber er liebte nur die, die er in Marburg für sich gewonnen hatte. Von der würde er sich nie trennen, und deshalb würde er bei Aurelia bleiben, gleichgültig, was geschah. Und immer wieder erlebte er Tage, an denen sie wieder ein bisschen so war wie früher, auch wenn er die dunklen Wolken nicht mehr übersehen konnte. Die hingen immer über ihm und erinnerten ihn auch in glücklichen Augenblicken an das Unausweichliche. Und doch gelang es ihm, sich an jedem Werktag nach der Arbeit auf zu Hause zu freuen. Er war ein Familienmensch, und das war seine Familie. Auch wenn Aurelia ihm Schlaf und Kraft raubte, er war stark genug, das auszuhalten. Heute und für immer.

***

Obwohl Georgie zunächst gemault hatte, begleitete er Stachelmann in die Kantine, die an der Eingangspforte zum Archivgelände lag. Sie stellten sich in die Schlange. Es gab Soljanka, Rindsgulasch, Spaghetti Bolognese, als Nachtisch Kompott und einen schokoladenfarbenen Pudding. Als sie vorgerückt waren, entdeckte Stachelmann eine der neuen Legenden des deutschen Archivwesens: Erika. Hast du Erika gesehen?, wurde jeder Neuankömmling gefragt. Auf die Antwort, nein, wer das denn sei, wurde einem nur empfohlen, in der Kantine zu speisen, wo das Geheimnis sich von allein enthüllen würde. So war es auch Stachelmann ergangen, wogegen sich Georgie für dieses Rätselspiel überhaupt nicht begeistern konnte. Erika stand tagtäglich hinterm Tresen und trug das verbissenste aller verbissenen Gesichter. Sie fragte nicht, was der, der an der Reihe war, essen wollte, sondern starrte ihn nur mit leicht nach vorn gerecktem Kinn an. Sie schaute jeden Essensempfänger an wie ein hungriger Löwe die gerissene Antilope. Sie nahm die Bestellung schweigend entgegen, knallte das Essen mit einer Kelle oder einer Gabel auf einen Teller und schleuderte diesen dem Empfänger entgegen, was sie aber immerhin so geschickt anstellte, dass nichts verkleckerte. Erika war eine Attraktion, und Stachelmann war begeistert von ihr.

»Die ist ein Gesamtkunstwerk«, flüsterte er Georgie ins Ohr. »Ich garantiere, alle hier lieben sie, sie macht diese Kantine einzigartig im deutschen, ach, was sage ich, im europäischen Archivwesen.« Die Schlange rückte vor, und Stachelmann schwieg. Was würde passieren, wenn Erika ihn hören würde? Würde sie ihre Kelle oder, noch schlimmer, die Gabel als Waffe benutzen?

»Du spinnst«, sagte Georgie in normaler Lautstärke. »Die ist halt schlecht gelaunt.«

Vor ihnen drehten sich zwei Wartende um und grinsten. Auf die Blicke im Rücken achtete Stachelmann nicht.

»Halt die Klappe«, flüsterte Stachelmann, »wenn du das hier überleben willst. Und außerdem, wenn jemand jeden Tag schlecht gelaunt ist, dann ist das keine schlechte Laune, sondern eine Depression oder was noch Schlimmeres.«

»Klugscheißer«, sagte Georgie.

Jetzt war Erika in Sichtweite. Stachelmann schien das Gesicht noch verkniffener als sonst. Ihre Blicke waren kälter als der Nordpol, und die Speisen landeten mit einem besonders lauten Klatschen auf den Tellern, als würde Erika Ohrfeigen austeilen. Womöglich war sie heute richtig schlecht gelaunt, und Stachelmann fragte sich, ob er schuld daran sei. Vielleicht besaß Erika ein übermenschlich empfindliches Gehör oder fühlte, was andere über sie dachten.

Jetzt war ein kleiner Dicker im Blaumann dran. Die Bestellung nahm sie wie immer kommentarlos entgegen, und nur die Tatsache, dass sie mit ihrem Servierwerk begann, zeigte, dass sie sie verstanden hatte. Bestimmt hatte sie noch nie das falsche Gericht serviert, davon war Stachelmann überzeugt. Aber solche Fragen oder Hilfestellungen wie: Ein bisschen mehr Soße vielleicht? Oder: Die Kartoffeln sind heute etwas weich, aber wenn Sie Reis mögen … kannte sie gar nicht. Erika war wie das Schicksal: unbeirrbar bis zum Ende aller Tage. Stachelmann hatte schon überlegt, wie Erika einkaufen ging, wie sie Situationen bewältigte, in denen ihr kein Automat half, den man folgenlos anschweigen durfte. Wie bestellte sie hundert Gramm Gouda an der Käsetheke? Oder kaufte sie nur abgepackten? Wie kam man durchs Leben, ohne ein Wort zu sagen? Und mit diesem Blick?

Sie rückten wieder zwei Schritte nach vorn. Da stieß ihm Georgie den Ellbogen in die Rippen. Der Schmerz war kurz, aber heftig. Bevor Stachelmann ihn anschnauzen konnte, zischte er: »Sie hat den bösen Blick! Den hab ich noch nie gesehen, irre. Hm!«

Tatsächlich durchbohrte Erikas Blick gerade eine Archivarin, nach Stachelmanns Erinnerung zuständig für die deutsche Arbeiterbewegung bis 1945, aber das half ihr jetzt auch nichts. Erikas Augen verwandelten sich in Waffen, aber sie sandten keinen Hitzestrahl, sondern Frost, und die Archivarin verwandelte sich in eine Eissäule. Bis sie dann doch weiterging. Georgie war dran.

Er sagte leise und schmallippig »Spaghetti«, die Erika gleich voller Verachtung auf den Teller knallte, um dann die Soße daraufzuschütten, die nach allem Möglichen aussah, nur nicht nach Bolognese, und Erika schien auch ein wenig erleichtert zu sein, dass sie wieder eine Kelle davon losgeworden war, als müsste sie aufessen, was als Rest blieb. Erika sah gar nicht schlecht aus, entdeckte Stachelmann, wenn sie nur einmal lächeln würde, dann würde die Welt sich weiterdrehen.

Aber das tat sie erst wieder, als Stachelmann die Konfrontation überlebt hatte und mit einem Teller Rindsgulasch und Kartoffeln endlich am Tisch saß. Er brauchte ein paar Minuten, um die Nachwirkung der Begegnung zu verkraften, denn Erika schien ihn besonders finster angeschaut zu haben, was Stachelmanns These stützte, dass sie alles hörte, auch das, was nicht einmal ein Richtmikrofon aufschnappen würde. Es wäre auch seltsam gewesen, sie hätte keine übernatürlichen Fähigkeiten gehabt.

Komisch, dachte Stachelmann, wie schnell man über einen Mord hinweggehen kann. Erika, das Essen, die Kantine, ihre Besucher, alles war wie immer.

Bis Georgie mit vollem Mund fragte: »Vielleicht hat er doch was gesagt?«

»Was gesagt?«

Georgie schleuderte Spaghetti um seine Gabel und bespritzte sein Hemd mit Soße. Er beachtete es nicht. »Was ein Hinweis sein könnte.«

Stachelmann bedachte kurz die Gefahren der Zentrifugalkraft am Beispiel einer Spaghettigabel, holte sich dann zurück ins Gespräch, aber nicht ohne sich zu wundern, welch absurde Ideen einem ins Hirn geblasen werden konnten. »Ich habe das Gespräch noch einmal rekapituliert und überhaupt nichts entdeckt, das helfen könnte. Er hat doch nur rumgeprahlt. Ich halte es auch für Quatsch, dass es unbedingt mit seiner Arbeit zu tun haben muss, und tippe auf das Übliche: Neid, Liebe, Geld.«

»Hm. Bin tief beeindruckt«, sagte Georgie, und Stachelmann erwartete schon die nervige Anrede *Holmes*, die Georgie eine Zeit lang benutzt hatte. Aber sie kam nicht. Manchmal besserten sich die Dinge doch. »War ja nur so eine Idee.«

»Na, die werden sich anschauen, was Rehmer gelesen hat. Die müssen allen Spuren nachgehen. Das Übliche eben. Es soll hin und wieder Kriminalfälle geben, mit denen wir nichts zu tun haben.«

3

Es klopfte an der Hotelzimmertür, nicht laut, aber es war nicht zu überhören. Zaghaft, wie ein Schulmädchen beim Lehrer klopfen würde.

»Herein«, sagte Stachelmann. Die Tür öffnete sich, und ein eher klein gewachsener, fast schmächtiger Mann trat ein.

»Haben Sie einen Augenblick Zeit für mich?« Er fragte leise, fast ängstlich.

»Nein«, sagte Stachelmann. Er hatte seit einer Stunde in dem roten Sessel gesessen und länger, als er wollte, in einem Buch gelesen, auf das er zufällig gestoßen war, Jens Hüttmanns aufregende Studie über die »DDR-Geschichte und ihre Forscher«. »Ich will nicht unhöflich sein, aber ich kenne Sie nicht und wollte bald schlafen.«

Der Mann hatte ein sehr feines Gesicht mit fast ebenmäßigen Zügen. Er trug einen beigen Anzug, weißes Hemd, Krawatte, über dem Arm einen Mantel. Er sah freundlich aus, etwas unterwürfig erschien er Stachelmann. Und dann hatte er eine Pistole in der Hand. Er schloss die Tür hinter sich. Er schraubte fast genüsslich ein langes Rohr auf den Lauf, einen Schalldämpfer. Er setzte sich auf die Bettkante und richtete die Pistole auf Stachelmann. »Vielleicht überzeugt Sie dieses Argument.«

»Ich kenne keines, das mich weniger überzeugen könnte. Wer sind Sie? Was wollen Sie?« Er wartete auf den Schock, aber der kam nicht.

»Zur ersten Frage: Das geht Sie nichts an. Zur Zweiten: Ich möchte genau wissen, was Sie beim Italiener mit Rehmer besprochen haben.« Der Lauf deutete auf Stachelmanns Bauch. Er fühlte dort ein Ziehen.

Es klopfte wieder an der Tür, der Mann erschrak, auch wenn er es sich kaum anmerken ließ. Dann sprang er geräuschlos auf und trat hinter die Tür, während die sich öffnete. »Wann frühstücken wir morgen, und wann gehen wir ins Archiv?« Georgie stand da, reichlich ungekämmt, und seiner Stimme hörte man den Joint an, den er sich gegönnt hatte.

»Frühstück um neun Uhr, okay?«

»Zu früh«, nörgelte Georgie. »Mitten in der Nacht.« Er trat einen Schritt ins Zimmer, da packte ihn der Mann mit der freien Hand, riss ihn ins Zimmer, sodass er neben Stachelmanns Sessel stürzte, während der Mann die Tür schloss, und diesmal drehte er den Schlüssel um. Georgie stand auf, er war völlig verdattert. »Was soll denn der Scheiß?«

Er setzte sich auf den Stuhl am Fenster.

Der Mann saß wieder auf der Bettkante, die Pistole zeigte zwischen Georgie und Stachelmann. »Also, Sie wiederholen jetzt genau, Wort für Wort, was Rehmer gesagt hat gestern Abend.«

»Du spinnst doch«, sagte Georgie.

Die Waffe richtete sich auf seinen Kopf.

Langsam spürte Stachelmann die Angst. Woher wusste dieser Scheißkerl, dass sie mit Rehmer im Restaurant gewesen waren? »Haben Sie ihn bespitzeln lassen?«, fragte Georgie, der auf den gleichen Gedanken gekommen war.

»Halt's Maul!«

»Sie waren bestimmt schon mal höflicher«, sagte Georgie. Stachelmann hatte den Eindruck, dass der Typ sie nur im Notfall erschießen würde. Nur, wenn sie ihn angriffen. Wenn überhaupt. Das war kein normaler Gangster, und sein letzter Anpfiff wirkte aufgesetzt.

»Wenn wir das Maul halten sollen, dann sagen wir jetzt gar nichts mehr«, erklärte Stachelmann und staunte ein wenig über sich selbst. Georgie sah entschlossen aus.

Der Mann erhob sich und bohrte Stachelmann den Pistolenlauf an den Hals. Kalter Stahl. Es begann zu schmerzen, als der Mann fester drückte. »Schluss mit den Spielchen. Jetzt wird erzählt.«

Warum eigentlich nicht?, dachte Stachelmann. Rehmer hatte nichts rausgelassen. Am meisten erfahren habe ich gerade eben. Nur weil der Typ aufgetaucht ist. Da ist also doch was mit dem Rehmer. Nur was?

Stachelmann schilderte mit gelangweilter Stimme, wie das Gespräch verlaufen war. Der Mann hörte angespannt zu, als fürchtete er, etwas zu überhören. »Eine große Sache oder so ähnlich? Was soll das heißen?«

»Das wissen wir doch nicht!«, schnauzte Georgie. »Und jetzt nehmen Sie Ihr Spielzeug da weg!«

Der Typ nahm die Pistole von Stachelmanns Hals und setzte sich wieder auf die Bettkante.

»Können Sie mir mal verraten, was dieser Affentanz soll?«, fragte Stachelmann. »Sie wissen doch mehr als wir.«

Der Typ stand auf, ließ den Lauf zwischen beiden hin- und herwandern, ging langsam rückwärts zur Tür, schloss sie auf, öffnete sie, zog den Schlüssel ab, steckte die Pistole in den Hosenbund und war blitzschnell draußen. Sie hörten, wie der Typ die Tür von außen abschloss, dann schnelle Schritte auf dem Flur, und endlich war es still.

Georgie reagierte am schnellsten und hatte das Handy schon am Ohr, bevor Stachelmann daran dachte, die Polizei anzurufen.

Weber stand bald im Zimmer, begleitet von seinem hageren Mitarbeiter, und in beider Augen stand der Zweifel. »Sie meinen, das war kein Verbrecher?«

»Na ja«, sagte Stachelmann. »Wenn hier einer Leute bedroht mit einer Waffe, dann ist das wenigstens unfein. Aber ich meine etwas anderes. Der Mann hätte auch Kriminalkommissar sein können, er sah aus wie eine Büroexistenz. Oder wie man sich eine vorstellt. Wie ein Beamter eben.«

Weber guckte noch ein bisschen finsterer. Der Hagere schluckte, dann sagte er endlich etwas. »Sie wollen uns jetzt aber nicht … verarschen. Sie können also mit einem Blick erkennen, ob einer *Beamter* ist.«

»Klar kann er das. Hm. Sie haben wir auch schon durchschaut. Sie sind von der Polizei!«, triumphierte Georgie.

»Wir haben Ihnen den Mann beschrieben, und jetzt sollten Sie ihn suchen.« Stachelmann ging zur Tür und öffnete sie demonstrativ. »Oder haben Sie noch Fragen oder Antworten, die uns weiterbringen?«

***

Er lag wach, und er wusste, dass sie ebenso wenig schlief. Ihrem Atem hörte er aber an, dass sie sich beruhigte. Er kannte sie so gut. Seine Hand fand ihre Hand und umklammerte sie. Sie ließ es geschehen, erwiderte aber den Druck nicht. Seine Gedanken wanderten zur Akademie, zu den Sorgen, die er sich seit einiger Zeit machen musste. Dafür gebe es keinen Grund mehr, hatte ihm Ammann versichert, der Fall sei geklärt. Aber Walzer kannte viele geklärte Fälle, die gar nicht geklärt waren. Wahrscheinlich bin ich zu misstrauisch, vielleicht wird doch alles wieder wie früher. Eigentlich spricht viel dafür. Der Gedanke beruhigte ihn. Es spricht wirklich viel dafür.

Er wachte auf vom Kindergeschrei. Sie trampelten auf dem Flur und waren glücklich. Plötzlich knallte die Tür auf, und beide stürzten sich auf ihn. Er bekam einen spitzen Ellbogen in die Rippen, aber er zeigte keinen Schmerz. Die Welt war doch schön. Und er trug einen kleinen Teil dazu bei. Während er die Kinderattacke halbherzig abwehrte, dachte er an die neuen Stipendien, die sie vergeben würden, damit Jugendliche aus armen Familien ihre Begabungen entwickeln konnten. Er dachte an die Hilfsprojekte in Osteuropa, wo sie auch gerade begonnen hatten, Romafamilien zu unterstützen, die in Ungarn und Rumänien unter unerträglichen Bedingungen hausten und von den Behörden und vielen Mitbürgern nur weitere Misshandlung und Entrechtung zu erwarten hatten. Er überlegte, ob sie eine Initiative gründen könnten, die in Brüssel Lobbyarbeit für die Roma in Osteuropa macht. Walzer fand den Gedanken aufregend. Das würde er gleich am Nachmittag mit den Vorstandskollegen besprechen.

Mit theatralischem Gebrüll erhob er sich und warf die Kinder auf Aurelias Bettseite. Dann rannte er aus dem Zimmer, die Jungen hinterher. Der Krach war infernalisch. In der Küche stand Aurelia und lachte sie an, ihren Mann und ihre Kinder.

***

»Es ist zum Kotzen!«, donnerte er. Aber er schrie nicht so laut, dass andere ihn hörten. Er las die Eilmeldung und verfluchte alle Mitarbeiter des Amts. Dilettanten, Anfänger, Versager, hirnlose Stümper, die ein böses Schicksal nach Pulheim verschlagen hatte, und ein noch böseres hatte bewirkt, dass diese Figuren eingestellt worden waren, dass ihnen Dienstränge und Pensionsansprüche zuwuchsen, was sie aber nicht im Geringsten daran hinderte, ihren Brötchengeber zu ruinieren. Er knüllte ein Papier zusammen, warf es aber nicht, weil seine Nerven einen Fehlwurf nicht ertragen hätten. Er las die Meldung noch einmal, dann griff er zum Telefonhörer und wählte die Berliner Nummer. Er wurde gleich verbunden.

»Waren Sie das?«

Auf der anderen Seite schnaufte es. Dann: »Sie erwarten doch nicht etwa, dass ich mich am Telefon dazu äußere. Das müssten *Sie* doch wissen.« Ein heiseres Lachen.

Franticek legte den Hörer auf. Also doch, dachte er. Und er wusste, es würde viel Arbeit auf ihn zukommen. Das war so wie mit dem Steinchen, das man ins Wasser warf. Seine Wellen weiteten sich, bis sie sich am Ufer brachen. Und dann?

***

Esther war bleich um die Nase. Ihr Kopierraum war versiegelt, die Kriminaltechniker wuselten durch die Gänge. Stachelmann und Georgie langweilten sich mit den Akten zur Restitutionssache Rosenzweig herum wie zuvor, aber der Mord ging auch ihnen nicht aus dem Kopf. Nach dem Auftritt des Pistolenmannes hatte Stachelmann noch einmal versucht, das Gespräch mit Rehmer beim Italiener zu rekonstruieren, aber er hatte keinen Hinweis gefunden. Und Rehmers Angeberei war auch keiner. Was musste ein Historiker finden, damit ihn jemand ermordete? Ein Geheimnis, natürlich, das jemandem gefährlich wurde, wenn einer es ausplauderte. Ein Verbrechen könnte ausgegraben werden oder der Beweis für eines sein. In der Tat gibt es Dokumente, die Existenzen zerstören können. Betrug, Raub, Mord, Kriegsverbrechen, das und Weiteres kann zum Himmel stinken, nur weil einer ein Blatt Papier gefunden hat, vielleicht dieses alte, brüchige, graue Papier, mit Lösungsmitteln angerührt, die einem die Hände angreifen. Vielleicht handschriftlich, nur als Randnotiz auf einem getippten Blatt, vielleicht ein Telegramm, ein Protokoll, ein Entwurf, ein Brief. Stachelmann stellte es sich bildhaft vor, wie so ein Dokument aussehen konnte. Mit Hakenkreuz oder SS-Runen, mit einem Behördenkopf, *Ministerium für Staatssicherheit – Der Minister*, vielleicht die Enthüllung einer verlogenen Karriere, Stachelmann hatte so eine ja selbst aufgedeckt.

»Was ist, mein Herr und Gebieter?«, flüsterte Georgie.

Stachelmann erwischte sich beim Tagträumen. »Das ist doch ein Mist hier«, sagte er.

Die Lesesaaltür öffnete sich, das tat sie immer elektrisch, draußen und drinnen waren Schalter an den Wänden. Herein kam eine schlanke junge Frau mit halb langen schwarzen Haaren und großen Augen. Es durchfuhr ihn, sie ähnelte Anne. Während die Frau aus seinem Blickfeld verschwand, wuchs in ihm ein Gefühl der Verlorenheit. Es war ein Augenblick, den er gefürchtet hatte und den er doch für unvermeidlich hielt. Er hatte es vermasselt, und zwar so gründlich, dass es nichts mehr gab, das er wiedergutmachen könnte. Er fühlte sich abgrundtief mies.

»Und wenn wir uns anschauen, was Rehmer recherchiert hat, hm.«

Stachelmann schüttelte sich innerlich, dann wandte er sich Georgie zu. »Da sitzen die Bullen drauf.«

»Klar, aber nicht auf den Findbüchern.«

»Ich glaube, das darf ich nicht«, sagte Frau Bestler. Sie saßen in der Kantine und tranken Kaffee. Stachelmann hatte Frau Bestler am Haustelefon darum gebeten. Georgie guckte sie treuselig an, aber das verfing nicht. Sie schüttelte den Kopf, nippte wieder an ihrem Kaffee und war einsilbig. »Die Polizei, Sie verstehen …« Sie nippte wieder. »Wir sind ja auch eine Behörde, und wenn ich da …«

Sie hatte recht. Und Stachelmann fragte sich, warum er die Sache nicht ließ, wie sie war. Weil ihm einer mit einer Pistole unter der Nase herumgefummelt hatte. Weil er doch ein bisschen rachsüchtig war und es dem Typen gern zurückzahlen würde. Aber in seiner Währung.

Frau Bestler schaute ein bisschen hilflos auf ihren Kaffeebecher. »Ich muss dann mal wieder …« Sie stand auf, zögerte, doch dann verließ sie die Kantine.

»Du willst den Pistolenfuzzy kriegen«, sagte Georgie.

»Genau«, sagte Stachelmann. »Was sonst?«

Zurück im Lesesaal öffnete Stachelmann den blauen Ordner, in dem unsystematisch verschiedene Arisierungsvorgänge gesammelt waren, darunter Protestbriefe zu kurz gekommener Parteigenossen. Obenauf lag jetzt aber ein Computerausdruck.

★★★

Ammann war nach Wuppertal-Elberfeld gereist, wo eine Werkzeugmaschinenfabrik saß, an der die Akademie eine Mehrheitsbeteiligung besaß, natürlich nicht unter ihrem Namen, sondern, um das Akademische und der Wohlfahrt dienende Engagement sauber vom Geschäftlichen zu trennen, über eine Holding mit dem Namen *Academia*. Verstecken mussten sie sich ja nicht. Er wusste, dass die Geschäftsführer der Elberfelder Maschinenbau AG ihn fürchteten, und er fand, dass sie allen Grund dazu hatten. Denn so großzügig die Akademie handelte, so penibel genau arbeitete die Holding, der Walzer ebenfalls vorstand und wo Ammann genauso seine rechte Hand war. Die beiden kannten sich schon länger als zwei Jahrzehnte, waren sich immer wieder begegnet, hatten in Verbänden und Firmen miteinander zu tun gehabt und es gelernt, sich in ihrer Unterschiedlichkeit zu schätzen. Was Walzer nicht konnte, das schaffte Ammann, und umgekehrt. Dabei war Walzer der strategische Kopf und perfekte Moderator, dem es auch in aussichtslos scheinenden Fällen fast immer gelang, einen Kompromiss zu finden. Ammann war schier unübertreffbar in seiner Präzision, seiner Ruhe, seiner technischen und betriebswirtschaftlichen Intelligenz. Einer hatte ihn mal das *Rasiermesser* der Holding genannt, und Ammann fand diese Titulierung angemessen. Niemals würde er die Vorrangstellung Walzers anzweifeln, und zwar nicht, weil er sich diese Aufgabe nicht zutrauen würde, sondern allein, weil er gesehen hatte, wie erfolgreich der Präsident die Akademie und die Holding aus der Krise geführt hatte und wie gut er sie leitete. Ammann hatte keinen persönlichen Ehrgeiz, er würde dessen Existenz jedenfalls immer mit bestem Gewissen abstreiten. Ammann empfand sich als ein Mann, der exakt funktionierte und dessen höchster Ehrgeiz es war, zu funktionieren. Und er war von der Sache überzeugt, welche die Akademie betrieb. Nie hatte er sich besser aufgehoben gefühlt. Natürlich würde Walzer nie sein Freund werden, wie der Generalsekretär überhaupt nur ein paar lockere Bekanntschaften hatte, die sich in einem langen Leben ergaben, und doch empfand er so etwas wie freundschaftliche Gefühle für den Präsidenten. Natürlich hatte Ammann keine Frau und keine Kinder, er lebte in seiner Dreizimmerspießerwohnung mit Blümchentapete, die noch vom Vormieter stammte, in Charlottenburg und spielte Schach mit seinem Computer, wenn er nichts mehr zu arbeiten fand. Einen Fernseher besaß er nicht, manchmal hörte er auf dem alten Dual-Plattenspieler Musik, Telemann am liebsten, weil er fand, dass dieser Komponist genauso beherrscht gearbeitet haben musste wie er.

Am späten Nachmittag saß er mit den beiden Geschäftsführern der Maschinenbau AG beim Kaffee in einem Konferenzraum, an dessen Wänden historische Fotos die Geschichte der Fabrik zeigten, den Aufstieg von einer Klitsche zu einem mittelständischen Betrieb, der Spitzenprodukte in die USA und seit wenigen Jahren auch nach China lieferte. In der Tat war die AG eine der Perlen im Portfolio von Academia. Sie arbeiteten streng an der Jahresbilanz, die die beiden Geschäftsführer eingereicht hatten. Ammann fand einige Punkte, in denen sich Fehlentwicklungen andeuteten, und die Geschäftsführer, der alte dicke und behäbige Paulus und der viel jüngere und dynamische Siffert, schienen die Sorgen Ammanns zu teilen, jedenfalls taten sie so. Sie wussten, dass die Bilanz unterm Strich nicht übel war, gerade wenn man bedachte, dass die große Wirtschaftskrise die Ausfuhr hatte einbrechen lassen. Unternehmen, die noch Gewinne erzielten, hatten gut gearbeitet und Glück gehabt. Doch wussten sie, dass die nächste Bilanz besser ausfallen musste. Sie wurden gut bezahlt, um den Ansprüchen der Holding standzuhalten.

Am Abend saß Ammann in der schmuddeligen Hotelbar, er nächtigte nie in Luxusherbergen, obwohl seine Reisespesen das erlaubt hätten. Er nutzte auch nie seinen Dienstwagen, der von allen möglichen Kollegen gefahren wurde, doch Ammann reiste in der zweiten Klasse der Bahn. In der Hotelbar wie in der Bahn fühlte er sich unter Seinesgleichen, obwohl er sich weder im Zug noch im Hotel mühte, mit anderen Kontakt zu knüpfen. Er schwieg lieber.

Am nächsten Tag würde er zurück nach Berlin reisen, um am späten Nachmittag an einer Konferenz teilzunehmen, auf der viel wichtigere Fragen erörtert werden sollten als die kleinen Sorgen der Maschinenbau AG. Vor allem aber musste er prüfen, ob sie das Loch, das sie so überrascht hatte, endgültig gestopft hatten. Davon hing alles Weitere ab, die Maschinenbau AG, die Software AG, die Beteiligungsgesellschaft Conform, die Cell KG und die vielen weiteren großen und kleinen Firmen, künftige Konferenzen, die Akademie, das Konzept und sein Arbeitsplatz. Aber um den machte er sich die geringsten Sorgen. Menschen wie er wurden immer gebraucht. Doch er schätzte die Gewohnheit und hasste die Vorstellung, sich auf neue Dinge einstellen zu müssen.

***

Sie fanden nichts in der Restitutionssache. Stachelmann hatte in einer vorausgegangenen Recherche schon keine Grundbuchauszüge auftreiben können, und jetzt stießen sie nicht einmal auf einen fragwürdigen Fetzen Papier, aus dem sich ein Besitzanspruch ableiten ließe, und sei es um fünf Ecken. Er war grandios gescheitert, und natürlich würde er es sich selbst in die Schuhe schieben, dem Versager, als den er sich so oft verstand.

In diesem Augenblick kam ein eher klein gewachsener schlanker Mann an ihm vorbei mit halb langen schwarzen Haaren, unrasiert und Kaugummi kauend. Der grinste, und das ärgerte Stachelmann, als wäre es ein Kommentar zu seinem Misserfolg. Manchmal bezog er alles auf sich, wirklich alles, und ließ sich davon hinunterziehen. Er dachte an Valentina und daran, dass er sie bald besuchen würde, und er dachte an Anne und daran, dass da noch etwas ungeklärt war. Und er dachte an seine

Mutter und die Versprechen, die er gebrochen hatte. Sie wohnte immer noch zu Hause, er hatte kein Altenheim gefunden, weil er keines gesucht hatte. Alles fiel ihm ein wie immer, wenn er ohnehin schlecht gelaunt war.

Stachelmann brachte die Akten zur Rückgabestelle, und dann ging er mit Georgie in den Aufenthaltsraum. Sie setzten sich an einen Tisch, und Stachelmann schnaufte, als wäre er erschöpft.

»Eine elende Sucherei«, sagte Georgie. Er zog sich eine Coladose aus dem Automaten und setzte sich wieder. Mehr aus Langeweile trank er. »Und nun?«

»Ich fahre nach Gotha«, sagte Stachelmann. Sie hatten es so besprochen. »Wenn du willst, bringe ich dich zum Hauptbahnhof.«

Georgie winkte ab. »Der wahre urban fighter fährt mit den Öffentlichen.«

Stachelmann musste doch schmunzeln.

Auf der Fahrt nach Gotha kletterte er aus dem Stimmungstief. Er hatte wirklich getan, was er tun konnte. Gewiss mehr als manche anderen Historiker, die keineswegs so tief gruben und vor allem nicht Nebenstrecken folgten, die zu Ämtern führten, von deren Existenz man zuvor nichts geahnt hatte. Aufs Amtsgericht gehen, zum Grundbuchamt, das kann jeder. Aber wer kramte schon in Landes- und Stadtarchiven, in Kirchenarchiven oder im Archiv der Charité?

Es fing an zu regnen, die Fahrerei war nervig. Baustellen, immer wieder kleine Staus, regelmäßig auch wild gewordene Pistenrowdys, denen alles gehörte, die Straße, das Leben, die Welt. Es war längst dunkel, als er in Gotha ankam. Seltsam, immer wenn er sie treffen sollte, fiel ihm die Szene ein, als sie mit ihrer Reisetasche vor seiner Tür gestanden hatte. Das Vertrauen, das sie ihm so schenkte, rührte ihn. Aber er wurde das schlechte Gewissen nicht los wegen Anne und alldem, was zwischen ihnen ungeklärt war.

Er dachte an den Computerausdruck, den er im Ordner gefunden hatte. Es waren offenkundig die Signaturen jener Akten, die Rehmer bestellt hatte, und der Ausdruck konnte von niemand anderem stammen als von Frau Bestler. Stachelmann fühlte so etwas wie Dankbarkeit, war es doch ein Vertrauensbeweis. Nur, was sollte er damit anfangen, zumal die Polizei die Akten mit Sicherheit eingezogen hatte? Es konnte dauern, bis sie wieder frei wurden. Warum kümmerte es ihn eigentlich? Vergiss diesen dubiosen Pistolentypen, vergiss ihn einfach. Aber er schaffte es nicht, den Ärger zu unterdrücken. Er konnte so einen Übergriff nicht hinnehmen, selbst wenn er es als das Vernünftigste empfand. Er würde mit Georgie darüber diskutieren, dann würden sie weitersehen. Georgie war ihm längst ein richtiger Freund geworden, sein einziger. Früher hatte es Ossi gegeben, aber Ossi war tot, und Stachelmann ahnte, dass er ihr Verhältnis verklärte. Ossi war in Wahrheit ein schrecklicher Angeber gewesen, damals an der Universität und später als Polizist. Aber immerhin hatten sie einiges gemeinsam erlebt.

Wieder ein Stau vor einer Baustelle. Was hatte er eigentlich mit Georgie gemein? Der war viel jünger, hatte keinen Beruf, trieb sich in Schwulenkneipen herum, war launisch, stellte sich gern dumm, obwohl er flink im Kopf war, wenn er es wollte – er fand keine Gemeinsamkeiten, und doch war Georgie fast unentbehrlich, nicht nur als Helfer in seinem seltsamen Historikerleben.

Er fand einen Parkplatz direkt vor dem Haus, nahm seine Reisetasche und schloss die Haustür mit dem Schlüssel auf, den sie ihm ungefragt geschickt hatte. An der Wohnungstür klingelte er, bevor er aufschloss.

Valentina stand im Flur und schaute ihn an aus Augen, die ihn schon am ersten Tag berührt hatten. Und doch hatte er immer noch ein schlechtes Gewissen, wenn er sie in den Arm nahm. Vielleicht, dachte er manchmal, vielleicht liegt es daran, dass er sie nicht verdient hatte, nicht ihre Lebensfreude, ihren Körper, schon gar nicht die Selbstverständlichkeit, mit der sie ihm ihre Liebe zeigte, ohne je aufdringlich zu werden. Aber er hatte schon nicht verstanden, warum Anne sich für ihn interessierte. Vielleicht sollte ich es einfach annehmen und nicht weiter fragen. Vielleicht habe ich die Liebe mit Anne auch durch Fragen zerstört.

Sie gingen gleich ins Bett, liebten sich heftig, und als er erschöpft auf dem Rücken lag und sie ihren Kopf an seine Schulter lehnte, was er genoss, obwohl es ihm bald wehtat, da begann er langsam zu erzählen vom Mord an Rehmer.

Sie ließ ihre Finger über seine verschwitzte Brust wandern und begann mit seinem Bauchnabel zu spielen, während sie zuhörte. »Ob es an den Akten liegt, die dieser Rehmer gelesen hat?«

»Kann sein. Nur, die Akten, die er zuletzt bestellt hat, waren nicht so interessant. Die Signaturen kann ich fast auswendig, habe ich früher alle schon gesehen. Das Meiste ist Nazizeug, und wegen so etwas wird man heute nicht mehr ermordet. Aber wenn es doch daran lag, woher soll der Mörder erfahren haben, welche Akten Rehmer bestellt hat? Außerdem, warum muss es bei einem Historiker am Beruf liegen? Wenn ein Germanist umgebracht wird, dann prüft man ja eher zuletzt, welchen literaturwissenschaftlichen Quark er abgesondert hat.«

»Ich darf höflich darauf hinweisen, dass ich Deutschlehrerin bin.«

»Das sind die Schlimmsten. Weiß ich aus eigener Erfahrung.«

Sie zwickte ihn kräftig in den Bauch.

»Und gewalttätig sind sie auch, diese Schöngeister. Nein, aber der Rehmer hat jemanden geärgert oder er hat jemanden betrogen, oder jemand bildet sich was ein. Vielleicht ist es Eifersucht, der gehörnte Ehemann der schönsten Historikerin von Leipzig. Was weiß ich?«

»Und der Typ mit der Pistole?«

»Das ist das Merkwürdigste. Spricht eher für die Aktentheorie, weil der Typ annehmen konnte, dass Rehmer uns sein Herz ausgeschüttet hat. Aber warum sollte der uns ein Aktengeheimnis nennen, das für irgendjemanden immerhin so wichtig ist, dass er deswegen mordet? Das ist alles unlogisch.«

»War der Pistolentyp der Mörder?«

»Keine Ahnung. Eher nicht. Oder doch, was weiß ich? Wenn er es war, dann würde da immerhin ein bisschen Logik durchschimmern. Aber was heißt schon Logik?«

***

Georgie betrat in Lichterfelde-Süd die volle und miefige S 25 nach Hennigsdorf und stieg am Potsdamer Platz aus. Er hatte noch keine Lust auf Hamburg, und das vor allem, weil sich sein letzter Geliebter als Betrüger erwiesen hatte. Jackie war nur auf Geld scharf gewesen, auf Geld und auf Joints und auf Whisky und auf Koks, aber Koks nahm Georgie nicht. Georgie kannte seine Grenzen, aber Jackie hatte keine gekannt. Der Sex war gut gewesen, aber sonst war der Typ nicht zu gebrauchen. Georgie starrte auf das Sony-Center und fragte sich, warum er so oft auf solche Hänger hereinfiel. Sie mussten nur gut aussehen, ihm herausfordernd in die Augen schauen, und schon geschah es. Er drehte sich eine Zigarette, während er am Bürgersteig wartete, um die Straße zu überqueren. Ein blauer Lieferwagen raste heran und bremste scharf vor ihm, die Schiebetür wurde zur Seite geknallt, zwei kräftige Männer packten Georgie und zerrten ihn in den Bus. Er war so erschrocken, dass er sich nicht wehrte. Die gerade fertig gedrehte Zigarette fiel auf die Straße. Georgie hörte draußen noch eine Frauenstimme etwas rufen, dann schlug die Tür ins Schloss, der Wagen sprang mit quietschenden Reifen nach vorn, Georgie wurde auf die Bank gepresst. In seinem Rücken packten ihn starke Hände, umklammerten seine Arme, rissen sie nach hinten, der Schmerz war unerträglich. Dann drückte ihm jemand einen scharf riechenden Mull auf die Nase, und Georgie sackte zusammen.

Sein Kopf dröhnte, und der Schmerz schnitt ihm ins Hirn. Er öffnete die Augen und sah nichts. Die Furcht schoss auf, dass er blind sein könnte. Oder tot. Er tastete seinen Körper ab. Dann suchte er sein Handy und das Taschenmesser, aber er fand sie nicht. Allmählich begannen die Augen dunkelgraue Umrisse zu erkennen. Dann sah er einen gelben Punkt, weit entfernt. Es roch feucht und faulig. Er tastete das Umfeld ab, es war Beton, staubig, klamm und kalt. Er lag aber auf einer Matratze, sie stank nach Schimmel. Der erste Gedanke war, dass sie ihn nicht getötet hatten und dass sie jemanden, den sie gleich töten wollten, nicht auf eine Matratze legten. Die Matratze verstand er als Signal, sie hatte etwas Fürsorgliches. Sie war Mitleid, die Absicht, ihm keine unnötigen Schmerzen zuzufügen. Er lauschte, hörte aber nichts außer einem fernen Rauschen. Er erhob sich, im Kopf schwindelte es, er zitterte, ob vor Kälte, ob aus Angst, ob aus Schwäche, wusste er nicht, wahrscheinlich aus allen diesen Gründen. Hinter den Augen bohrte der Schmerz. Dann rollte die erste Verzweiflungswelle an, aber sie wurde erstickt in seiner Übelkeit. Er torkelte ein paar Meter und übergab sich.

Er blieb eine Weile gebückt stehen, wischte sich mit dem Taschentuch den Mund ab, spuckte aus, wischte noch einmal, dann streckte er sich und starrte auf den Lichtpunkt. Während er auf den Punkt zulief, begann er zu frieren, und er spürte Durst. Jeder Schritt war wie ein Schlag auf den Kopf. Der Lichtpunkt verschwamm immer wieder, Georgie riss die Augen auf, kniff sie zusammen, riss sie wieder auf. Er erreichte den Lichtpunkt. Es war ein Schlüsselloch in einer Tür, und die Tür war aus Stahl. Georgie trat dagegen, noch einmal, dann brüllte er trotz der anschwellenden Kopfschmerzen: »Hallo, ist da jemand?« Er brüllte es immer wieder, bis er mit dem Rücken an der Tür zu Boden rutschte. Er begann zu weinen.

***

Sie saßen sich gegenüber in Franticeks Büro. Der hatte seinem Besucher nicht die Sitzecke angeboten, sondern den Besucherstuhl vor dem Schreibtisch. Klare Verhältnisse, so nannte Franticek das. Der Besucher war einer von diesen Leuten, die man sofort vergaß, wenn sie den Raum verlassen hatten. Doch Franticek wusste, es war besser, den Mann nicht zu vergessen. Die Zusammenarbeit ihrer beiden Behörden war in diesem Fall überlebenswichtig. Eine Zusammenarbeit, wie Franticek sie wollte. Aber schwierig, denn Franticek durfte dem Kriminalrat Kurt Bartels nichts verraten und musste dabei so tun, als würde das Bundesamt für Verfassungsschutz die Kriminalpolizei nach Kräften unterstützen.

Bartels nahm die Hornbrille von der Nase und massierte sich mit zwei Fingern an der Nasenwurzel. Er war müde und verärgert, weil er nach Köln fahren musste trotz der Ermittlungen in Berlin. Der Polizeipräsident hatte ihm die Weisung gegeben und auch angedeutet, es sei nicht seine Idee, er wisse ja, was derzeit los sei, und sie komme von ganz oben. Bartels stellte sich vor, dass der Staatssekretär des Bundesinnenministers, wenn nicht der Minister selbst, die Weisung erteilt hatte. Aber Bartels gehörte zu den Leuten, die keine Zeit verschwendeten auf Spekulationen. Er sah sich diesen fast schon verfetteten Mann mit den klebrigen roten Haaren an und versuchte ihn einzuschätzen. Aber es gelang ihm nicht. Man würde sehen, was das für einer war. Bartels wusste natürlich, dass der andere auch ihn wog, aber Bartels ließ sich nicht wiegen. Er pflegte seine Durchschnittlichkeit, und nur seine engsten Mitarbeiter und der Polizeipräsident von Berlin wussten, was in diesem Mann steckte. Er war nicht stark und nicht schwach. Nicht groß und nicht klein. Nicht schlank und nicht dick. Er war nicht schön und nicht hässlich. Und er wusste, dass er so, wie er war oder nicht war, sein Gegenüber irritierte.

»Ich darf Sie fragen, warum Sie sich für den Fall Rehmer interessieren?« Bartels hatte eine Weile gewartet nach der höflichen Begrüßung. Er konnte gut schweigen, ohne die Beklemmung zu spüren, die bei anderen aufkam. Das Schweigen war seine beste Vernehmungstaktik. Viele hielten es nicht aus und mussten reden.

»Sie wissen, Herr Kriminalrat, dass unsere Behörde nicht sonderlich auskunftsfreudig sein darf.«

»Kommt darauf an.«

»Stimmt.« Franticek lächelte.

»Was haben Sie mit dieser Sache zu tun?«

»Eigentlich nichts.«

»Dann kann ich ja wieder nach Hause fahren.« Natürlich blieb er sitzen.

Sie schwiegen. Bartels saß auf seinem Stuhl, seine Augen fixierten einen imaginären Punkt neben Franticeks Gesicht.

Franticek schnäuzte sich und hob die Augenbrauen. »Wir möchten, dass Sie äußerst zurückhaltend ermitteln. Kein Staub und so … Sie verstehen.«

Bartels verzog keine Miene in seinem glatten Gesicht mit den schmalen Lippen, die nie zu lächeln schienen. »Und ich wurde hierher gesandt, damit Sie mir das sagen.« Es war keine Frage, nur einfach ein Satz, fast tonlos.

»Unsere gemeinsamen Dienstherren, wenn ich das so formulieren darf, legen Wert darauf.«

Bartels überlegte, warum er nach Köln reisen musste, um zu erfahren, was sein oberster Vorgesetzter von ihm wünschte. Das musste daran liegen, dass der Fall Rehmer mit einem Fall zu tun hatte, den Franticek bearbeitete.

»Worauf mein Dienstherr Wert liegt, wird er mir sagen, wenn es ihm gefällt«, erwiderte Bartels nüchtern.

»Gewiss. Aber wenn Ihnen bei den Ermittlungen irgendetwas auffällt, etwas, das ungewöhnlich ist, dann werden Sie damit zu mir kommen. Und Sie werden mit niemandem darüber reden außer mit mir. Sie werden kein Stück Papier für sich behalten oder auch nur kopieren. Es geht um das allerhöchste Staatsinteresse.« Seine Augen blickten zur Decke, und seine Stimme wurde pathetisch. Er schob Bartels einen Briefumschlag über den Tisch. Bartels steckte ihn achtlos ein. Er wusste auch so, was darin war. Dann erhob er sich, nickte Franticek emotionslos zu und verließ den Raum.

***

Am Samstag frühstückten sie ausgiebig und besuchten das Gothaer Naturkundemuseum im Schlosspark. Nicht weit von hier war Franz Laubinger totgefahren worden, fiel Stachelmann ein. Es schien ihm unendlich lange her zu sein. Und er dachte auch einen Augenblick an Cecilia, die ihm noch zehntausend Euro schuldete, aber einfach verschwunden war. Der Bundesgerichtshof tagte seit seiner Sprengung in einem provisorischen Bau. Wenn er mit Valentina zusammen war, fiel ihm oft ein, was damals geschehen war, als sie sich kennengelernt hatten, aber ihre Liebe drängte es allmählich in den Hintergrund. Nachts, wenn er wach lag, fragte er sich hin und wieder, wo Arno wohl gerade steckte. Dieser seltsame Mensch, Valentinas Halbbruder. Doch tagsüber gelang es ihm meistens, an das zu denken, was gerade geschah, und das, was vor ihm lag. Valentina war für ihn ein Glücksfall, nicht nur weil sie ihn bezauberte, sondern auch weil sie ihn aus dem Keller seiner Depressionen geführt hatte. Obwohl er der Sache natürlich nicht völlig traute, ging es ihm mit ihr besser, gelang es ihm meistens, die Selbstzweifel zu besiegen, wenn sie ihn anflogen. Mit ihrer frohen Art, ihrem Optimismus und ihrer unendliche Sicherheit ausstrahlenden Gelassenheit stützte sie ihn wie selbstverständlich mit. Anne war das nur zeitweise gelungen, und er glaubte, dass sie irgendwann aufgegeben hatte, sich um ihn zu bemühen. Er erinnerte sich, wie sie ihn vor vielen Jahren in Lübeck aus dem *Ali Baba* geholt hatte, als ihn die Niedergeschlagenheit das Leben hätte kosten können. Sie hatte ihn nicht nur einmal vor sich selbst gerettet. Deswegen fühlte er sich undankbar. Aber aus Dankbarkeit oder Mitleid wird nie eine gute Beziehung, hatte Valentina gesagt, und sie war kein bisschen eifersüchtig gewesen, als sie es gesagt hatte.

Sie standen vor einem Glaskasten mit Käfern aus dem Thüringer Wald. »Was macht eigentlich Georgie?«, fragte Valentina.

»Seit wann interessiert dich das?«

»So schlimm ist er wirklich nicht.«

»Aber die große Freundschaft wird es nicht mehr zwischen euch beiden.«

»Ich ertrage ihn, aber ich ertrage ja auch renitente Schüler und schlecht gelaunte Kollegen.«

Sie ertrug tatsächlich viel. Sogar ihn. »Georgie ist nicht, wie er ist.«

»Du bist auch nicht, wie du bist. Ich übrigens auch nicht. Sofern ich verstehe, was diese kryptischen Worte bedeuten. Aber Georgie personifiziert den Mangel an sozialer Kompetenz. Er ist launisch und unzuverlässig.«

»Er ist hochintelligent, sensibel und ein Freund«, sagte Stachelmann. »Man muss ihn nehmen, wie er ist. Georgie ist einzigartig.« Natürlich hatte er ihr erzählt, wie er Georgie kennengelernt hatte, was sie miteinander erlebt hatten und was sie miteinander verband.

»Jetzt werde ich aber gleich eifersüchtig«, lachte sie.

»Das wäre eine neue Erfahrung für mich. Nur zu.«

Sie nahm ihn in den Arm, und so blieben sie eine Weile stehen vor dem Kasten mit den Käfern. Sie löste sich, nahm sein Gesicht in ihre Hände und küsste ihn.

Irgendwoher drang Gelächter. Sie schaute sich um und ihre Wangen liefen rosa an. »Nirgendwo hat man seine Ruhe.«

Stachelmann erkannte zwei Mädchen, die gackernd davonliefen. Es war nicht das erste Mal, dass Schüler sie erwischten.

Sie bummelten noch eine Weile ziellos durch das Museum. Draußen zückte Stachelmann das Handy und wählte Georgies Nummer. Es meldete sich nur die Mobilbox. Stachelmann bat Georgie, sich zu melden. »Einfach so.« Das hatte er noch nie gemacht.

***

Er wurde panisch, aber es gelang ihm, den Anfall zu bremsen. Er überlegte, was er tun konnte. Warum hatten sie ihn eingesperrt? Aber gleich wurden seine Gedanken verdrängt von der Frage, wie er aus diesem Loch herauskommen könnte. Wobei das Loch groß war, fast eine Halle. Vielleicht war es eine Halle, die nicht mehr gebraucht wurde. Oder der Typ, dem das Loch gehörte, hatte ihn hierher verschleppt. Er fror erbärmlich. Georgie erhob sich und begann zu hüpfen. Dann lief er die Wand entlang, womöglich fand er einen Ausstieg, einen Durchbruch, eine kleine Tür, die er bisher übersehen hatte. Er ließ die Hand über den Beton wandern, riss sich an einem Steinchen den kleinen Finger auf, fluchte kurz, aber mehr über seine Lage als über die Verletzung. Seine Suche endete an der Tür. Draußen brannte immer noch Licht. Er trat gegen die Tür, klopfte dagegen, brüllte Flüche ins Unbekannte. Er hörte, wie sein Klopfen und Schreien draußen hallte. Da gab es einen Gang.

Er würde verdursten. Sie würden ihn einfach verrecken lassen. Sie würden es so aussehen lassen, als hätte er sich selbst versehentlich eingeschlossen. In die Halle gegangen, die Tür war zugefallen, so ein Schnappschloss, das man nur von außen öffnen konnte. Tja, Pech gehabt. Wird schon seinen finsteren Grund gehabt haben, wenn ein Schwuler sich in dieser Gegend herumtreibt. Vielleicht auch ein Verbrechen im Milieu oder ein Versehen, Drogenjunkies, das ließe sich alles konstruieren. Georgie kannte die Verachtung, noch nicht die tödlichen Varianten, aber wie sie einen mit Hassworten fertigmachten, wie sie einen verlachten, hinter dem Rücken flüsterten, und da gab es diese Blicke, in denen er den Ekel las, den andere vor ihm empfanden.

Er begann den Boden abzusuchen nach einem Gegenstand, mit dem er das Türschloss bearbeiten konnte. Georgie ahnte, dass er nichts finden würde, aber er musste sich beschäftigen, er würde verrückt werden, wenn er nichts tat. Er musste sich wenigstens die Illusion gönnen, dass er um sein Leben kämpfte.

Josef fiel ihm ein, während er auf Knien den staubigen Boden betastete und hustete. Wenn er doch verabredet wäre mit Josef, der würde ihn suchen. Aber sie waren nicht verabredet, er war bei seiner neuen Liebe, und er würde nach allem Möglichen suchen, nur nicht nach ihm. Der Gedanke, einfach aufzugeben, lockte. Irgendwann wäre es doch sowieso vorbei. Und war sein Leben so schön, dass er unbedingt daran hängen musste? Wäre es nicht auch eine Erlösung, auszusteigen? Nahmen ihm diese Typen, die ihn verschleppt hatten, nicht eine Entscheidung ab, die er nur aus Feigheit noch nicht getroffen hatte, vor der er seit Jahren davonlief, wissend, dass sie richtig wäre? Er hatte sein Leben verpfuscht, aus ihm war nichts geworden als ein Hänger, ein Loser. Und, so ehrlich war er, das lag zuerst an ihm selbst. Er hatte es verbockt, niemand anderes. Aber er wollte sich nicht damit abfinden. Wenn er abtrat, würde er es selbst entscheiden, und seine Feigheit ging niemanden etwas an. Und wenn er jetzt befreit würde und in der nächsten Minute aus dem zwanzigsten Stockwerk sprang, das wäre doch seine Entscheidung.

Er wirbelte nur Staub auf und den Gestank von Feuchtigkeit und Schimmel. Kein Draht, kein Nagel, er fand nichts. Er trat gegen den Boden, dann setzte er sich auf die Matratze und zwang sich, ruhig zu sein. Wenn sie ihn hier verrecken lassen wollten, hatte er nicht beliebig viel Zeit, einen Ausweg zu finden. Also musste er jetzt nachdenken.

Ein Quietschen, draußen, er hatte es gehört, zweifelsfrei. Da war jemand. Und jetzt hörte er auch Schritte. Sie kamen näher. Es waren mindestens zwei. Schwere Schritte.

4

Kriminalrat Bartels hatte sein Team versammelt. Er saß am Kopf des Tisches. Neben ihm, wie immer, die Oberkommissarin Gaby Kohlenberg, die müde aus ihren blaugrauen Augen guckte, die halb langen aschblonden Haare ungekämmt. Ihr gegenüber, nicht weniger müde, Hauptkommissar Weber mit dem Vollmondgesicht und den Fischaugen, der die Ermittlungen leitete. Zur Tür herein kam Webers Kollege, der unscheinbare Werner Munzbach. Dann saß dort noch ein Kommissar der Kriminaltechnik, ein kleiner nervöser Mann mit einem dünnen Oberlippenbart und Aknenarben auf den Wangen.

Weber berichtete über den Stand der Ermittlungen, sie steckten fest. Sie hatten kaum eine Spur. Die Projektile in Rehmers Körper stammten aus einer SIG P220 und hatten das Kaliber 7,65 Parabellum. Offensichtlich war ein Schalldämpfer verwendet worden, niemand hatte einen Schuss gehört. Die Waffe gab es wie Sand am Meer, unter anderem als Dienstwaffe beim Schweizer Militär. Sie hatten bisher keine Fingerabdrücke gefunden, die nicht von Mitarbeitern stammten. Die Gerichtsmedizin konnte nur bestätigen, was man ohnehin sah, dass nämlich Rehmer in diesem Raum erschossen worden war. Die Suche nach Partikeln für eine DNS-Probe erschien zwecklos. Der Kriminaltechniker hob seine Hände, zeigte die Handflächen und ließ sie wieder auf den Tisch sinken. Die Leiche war nicht ausgeraubt worden, in der Brieftasche befanden sich etwas mehr als zweihundert Euro, dazu Kreditkarte, Euroscheckkarte, diverse Kundenkarten, der Personalausweis, ein paar Spesenquittungen, sonst nichts. Dann nickte Weber Gaby Kohlenberg zu. Er tat es gern, denn so konnte er sie unverfänglich mustern.

»Dr. Norbert Rehmer, Historiker an der Universität Leipzig, ein eher kleines Licht, wie mir scheint. Ich habe vorhin mit seinem Chef telefoniert, einem gewissen« – sie schaute auf ihren Notizblock – »Professor Maltmann. Der war natürlich geschockt, hat aber dann doch ziemlich ungeschützt herausgelassen, dass er Rehmer nicht für voll nahm. Aber Rehmer scheint keine Feinde am Institut gehabt zu haben. Wir werden die Leipziger Kollegen um Amtshilfe bitten. Ich glaube aber nicht, dass die was herausbekommen.«

»Das Motiv ist völlig unklar«, sagte Weber. »Wir haben die Akten, die er bestellt hat, durchgesehen, so viele sind es nicht. Es sind öde Tabellen, Kassenbücher aus der Nazizeit, Briefwechsel zwischen kleinen und großen Schatzmeistern, auffällig viele Korruptions- und Unterschlagungsfälle, bei denen es aber meistens um lächerliche Beträge geht. Also dass da etwa ein Kreisschatzmeister auf Parteikosten in den Puff geht und so ein Zeug. Dinge, die geschehen, wenn der Pöbel nach oben gespült wird.«

Bartels kniff kurz die Augen zusammen. »Das Motiv muss nicht in den Akten stecken. Das wäre doch ein arger Zufall. Habt ihr das Familienumfeld angeguckt?«

»Wir haben bisher nur einen Bruder gefunden, lebt in Friedrichshain, Rudolf, ist angeblich Ingenieur bei der Schade AG, die stellen Elektronikbauteile her, mittelständischer Betrieb, offenbar ganz erfolgreich«, sagte Gaby Kohlenberg. »Habe Rudolf vorhin aber nicht angetroffen. Sonst gibt es nichts. Die Mutter ist vor mehr als zwölf Jahren gestorben, der Vater vor vier Monaten.«

»Und der Bruder ist verschwunden?«, fragte Munzbach.

»Das habe ich nicht gesagt. Ich habe ihn nicht angetroffen.«

Munzbach starrte sie einen Augenblick an, dann nickte er, um mit weit aufgerissenen Augen zu sagen: »Vielleicht eine Erbschaftssache, ein Klassiker.«

»Du meinst, die beiden Brüder streiten sich ums Erbe des Vaters?«

»Möglich.«

»Möglich ist alles«, sagte Weber trocken. »Möglich ist auch, dass der Frosch am Reck turnt. Was war der Vater?«

»Architekt, er hat ein paar größere Sachen gebaut, soviel ich weiß, Verwaltungsgebäude, hat damals vom Hauptstadtboom profitiert.«

»Wenigstens einer«, sagte Weber. »Wir sollten uns den Herrn genauer ansehen.«

»Tun Sie das«, sagte Bartels. Er hatte aufmerksam zugehört, darin lag das Geheimnis seiner Erfolge als Kriminalist. Wenig reden, viel hören und sehen. »Aber wir sollten jemanden in diese Akten blicken lassen, der etwas davon versteht.«

»Daran habe ich auch schon gedacht«, sagte Weber, und Bartels wusste, dass der Hauptkommissar das nicht vortäuschte. »Im Archiv hat mir die Frau Bestler gesagt, dieser Dr. Stachelmann sei ein Fachmann für diese Zeit, und er kenne sich mit solchen Akten aus. Außerdem, das hat diese Archivarin angedeutet, hat er offenbar den Hamburger Kollegen schon mal erfolgreich geholfen, einen Mordfall zu lösen.«

Bartels nickte.

***

Georgie suchte mit hektischen Blicken im Dunkeln ein Versteck, in dem er sich verkriechen konnte, obwohl er wusste, dass es keines gab. Er presste sich an der Stelle gegen die Wand, die am weitesten entfernt war von der Tür. Er spürte das Zittern, das erst seine Hände, dann den Körper ergriff, Angst und Kälte. Ein Schlüssel wurde ins Schloss gesteckt, es quietschte, ein Schleifgeräusch wie bei einem Riegel, der geschoben wurde. Die Tür öffnete sich in den Raum, das Licht vom Gang blendete Georgie. Er sah den zitternden Strahl einer starken Taschenlampe, deren Lichtkegel schnell, fast zittrig über den Boden wanderte, bis der Kegel sein Gesicht erfasst hatte. Georgie sah nichts, aber er traute sich nicht, sich zu bewegen, er erstarrte im Licht. Schwere Schritte. Als die Taschenlampe einige Augenblicke sein Gesicht verließ, sah er schemenhaft zwei Männer im Gegenlicht. Sie schienen riesig zu sein. Einer stand mitten im Raum und hatte eine Maschinenpistole im Arm, der Lauf zielte auf Georgie. Der andere hatte die Taschenlampe in der einen Hand, trug mit der anderen etwas und näherte sich von der Seite. Dann blendete er Georgie, und der hörte, wie der Mann vor ihm stehen blieb. Georgie wollte schreien, aber er bekam kein Wort heraus. Er musste husten. Der Mann bückte sich und stellte etwas ab. Er richtete sich auf, und der mächtige Körper entfernte sich mit schweren Schritten ohne jede Eile. Dann drehte sich der Mann mit der Maschinenpistole weg und verließ den Raum, der andere folgte ihm. Die Tür wurde ins Schloss gezogen, es war wieder finster. Georgie löste sich aus seiner Erstarrung und tastete vor sich, bis seine Hand eine große Plastikkiste ergriff. Er zog sie zu sich und fasste hinein. Es waren Dosen und abgepackte Brote. Jetzt roch er sie auch, offenbar war mindestens eines mit Käse belegt. Georgie begann zu weinen. Er verstand, dass sie ihn so bald nicht freilassen würden. Wenn überhaupt jemals. Nie hatte er sich so verlassen gefühlt.

Er überlegte, ob er Hilfe von außen erwarten könnte. Wenn seine Entführung etwas mit dem Mordfall zu tun hatte – aber was, verdammt? –, wenn es doch so war, dann würde die Polizei die Täter suchen, und meistens fand sie die auch. Und dann würde sie auch sein Gefängnis finden, diese elende, verfluchte, kalte, staubige, feuchte Halle, die ihn zu zerquetschen drohte, obwohl sie so groß war. Und wenn die Polizei diese Typen endlich verhaftete, dann würde er ihre Gesichter sehen, und er würde am Prozess teilnehmen, nicht nur als Zeuge, sondern auch als einer, der es genoss, wenn diese Schweine für Jahrzehnte in den Kahn gingen. Er würde sich alles merken und eine perfekte Zeugenaussage machen, wegen Entführung kriegten sie schon mal ein paar Jährchen, Mord oder Beihilfe dazu obendrauf, das lohnte sich.

Aber wenn die Polizei ihn nicht fand? Wenn die Bullen versagten? Wenn sie die Schweine fingen, ihn aber nicht fanden, und er langsam, kläglich, elend verrottete? Das Zittern wurde stärker.

Nur einer würde nach ihm suchen, wenn alle anderen schon aufgegeben hatten. Josef. Vielleicht war er seine einzige Hoffnung. Dieser arthritische, jämmerliche, sich in seinem eingebildeten Leid suhlende Mensch, der sein einziger Freund war.

***

Sie mieden es, Friedrichroda zu besuchen. Das würden sie erst in ein paar Jahren schaffen, wenn überhaupt. Vermeiden konnten sie aber nicht, die Wegweiser zu lesen, die von Gotha, Waltershausen oder sonst wo dort hinzeigten. Nicht weil dort etwas Grauenhaftes geschehen wäre, eigentlich war dort nichts Wichtiges passiert, aber es erinnerte sie an diese andere Geschichte, die am Anfang ihrer Liebe stand.

Sie saßen in Valentinas Wohnung und tranken Tee. Die Herbstferien wären bald vorbei, und Stachelmann überlegte, ob sie die Zeit richtig nutzten, ob er sich später Vorwürfe machen müsste. Wenn man sich selten sah, dann zählte jede Stunde mehrfach.

Sie sprach gerade über ihre Arbeit. Über einen Schüler, den sie beobachtete und den andere Lehrer beobachteten, weil er verschlossen war, versunken in einer eigenen Welt. Computerspiele vielleicht, womöglich solche der blutigen Sorte. Und der Vater war Mitglied im Schützenverein. Natürlich dachten alle gleich an diese Erfurter Tragödie, aber sie wollten den Jungen auch nicht brandmarken. »Da gibt es eine unterschwellige Hysterie«, sagte Valentina. »Niemand will sich später den Vorwurf machen oder sich der Anschuldigung aussetzen, er habe es nicht erkannt, wo es doch unübersehbare Zeichen gegeben habe. Ein Kollege hat sogar vorgeschlagen, eine Task-Force einzurichten zur Dauerbeobachtung. Der hat zu viele Amiserien geglotzt.«

Sie zog die Augenbrauen hoch, nur ein wenig. Das machte sie, wenn sie eine Antwort erwartete. Sie hatte die Haare zum Pferdeschwanz gebunden. Die Nasenspitze wies ein wenig nach unten, als würde die Spitze etwas fragen wollen. Ihre hellblauen Augen strahlten ihn an, aber inzwischen hatte er gelernt, dass sie so waren und dass sie daher jeden anstrahlten, was ihm manchmal Angst machte, vor allem, wenn er daran dachte, was ihre Blicke bei ihm bewirkt hatten. Ihr spöttischer Blick, der fast gnädig auf ihm ruhte, hatte ihn gleich am Anfang bezaubert. Erst später hatte er die Lachfältchen am Mund und an den Augen entdeckt und die Grübchen in den

Wangen, die sich bildeten, wenn sie lachte. Sie lachte oft. Aber sie konnte auch abgrundtief ernst sein, so ernst, dass es ihn bedrängte. Und sie konnte schlagartig wechseln zwischen diesen Stimmungen, wenn sie etwas hörte oder sah, das es für sie notwendig machte. Sie reagierte blitzschnell im Kopf, aber auch körperlich. Er dachte oft an ihre Nächte und die Umschwünge, die er mit ihr erlebt hatte. Dabei war sie nicht launisch, sondern überaus sensibel. Er lernte es allmählich, mit ihr umzugehen, und er genoss es als eine neue, aufregende Erfahrung. Aber es war nicht immer leicht, zumal er sich tranig fand, verglichen jedenfalls mit ihr.

Er lehnte sich zurück und schaute sich um, mehr um nicht immer nur sie anzusehen, obwohl sie seine Blicke genoss. Mit ihrem Pferdeschwanz sah sie jünger aus, noch jünger als sonst, obwohl sie tatsächlich nur fünf Jahre trennten. Es war auch eher ihre Art, jugendlich, offen, direkt. Sie konnte ihm über den Kopf streicheln und lachen, als wäre es komisch. Dabei war sie einfach froh. Das erstaunte ihn natürlich, dass sie froh war mit ihm. Aber sie war es.

»Was ich dich immer mal fragen wollte, offen gesagt, ich habe es mich nicht getraut bisher, also, jetzt trau ich mich, und wenn du nicht darüber reden willst, dann vertagen wir es.« Sie hatte nicht gesagt: Dann lassen wir es.

Natürlich wusste Stachelmann, was sie fragen würde. Aber er würde es ihr nicht leichter machen. Bei diesem Thema nicht. Er nickte.

»Sag, hast du das mit Anne wirklich überwunden?«

»Warum fragst du?«

Sie schaute ihn nachdenklich an. »Weil du manchmal abwesend bist, woanders. Nachts oft. Du schläfst wenig und wenn, dann schlecht, und dann liegst du da und denkst.«

»Ja.«

»Versteh mich nicht falsch, was du denkst, ist deine Sache. Ich finde es schrecklich, seiner Liebe Geheimnisse entlocken zu wollen. Ich würde es nie tun. Aber ich fürchte mich ein wenig vor deiner Unentschlossenheit, davor, dass du vielleicht gar nicht weißt, wohin du gehörst.«

»Ich bin in diesem Augenblick genau dort, wohin ich gehöre.« Er sagte es leise, aber bestimmt. Und doch auch, um sich selbst zu überzeugen.

Aber es war so.

»Glaub mir, ich halte es für normal, dass du dich noch nicht völlig von Anne lösen konntest. Ihr wart lange zusammen, und es war intensiv.« Sie schaute ihn fragend an, aber er wollte es nicht sehen. »Vielleicht weniger gelöst, als du es willst oder dir vorstellst. Ich bilde mir ein, ich erkenne es daran, dass du nie von ihr sprichst. Du hast noch keine Distanz gefunden, fürchte ich. Hättest du es …« Ein langer Blick.

»Das geht nicht so schnell.« Sollte er sagen, dass er es am liebsten verdrängen würde? Dass er alles hinter sich lassen wollte. Begraben, nie mehr daran denken.

»Nein, das geht nicht so schnell. Aber es gibt da zwei … Dinge. Die Entscheidung, eine Beziehung abzuschließen, für sich abzuschließen, und das, was manche Trauerarbeit nennen. Ein grauenhaftes Wort. Vielleicht ließe es sich doch besser umschreiben mit verarbeiten und lösen, dass man beides tut, gleichzeitig. Verstehst du mich?«

»Natürlich.« Er klang ruppig. »Entschuldigung.« Er hob die Hand. Sie traf ihn im Innersten, und doch bestritt er nicht, dass sie wissen musste, wie es um sie beide stand. So etwas wie eine Zeit zum Kennenlernen hatten sie nicht erlebt, und er war überzeugt, sie wären nicht zusammen, hätten sie diese Zeit erlebt. Wenn sie mit Distanz und Ruhe herausgefunden hätte, was für einer er war. Eine solche Frau nimmt doch keinen kranken Mann, schon gar nicht so einen wie ihn. Aber sie hatte ihn genommen, auch wenn er fürchtete, dass sie noch nicht richtig gemerkt hatte, auf wen sie sich einließ. Auf seine Schmerzattacken, die ihn immer anfielen, wenn er sie nicht brauchen konnte. Seine Zögerlichkeit, seine Zukunftsangst, seine Miesepetrigkeit; er hatte sie nicht vergessen, auch wenn Valentina das Wunder bewirkt hatte, sie erst einmal zu vertreiben. Irgendwo lauerten sie natürlich, um sich so bald wie möglich ihr Recht zu holen. Er empfand sie als Begleiter, fast als Personen.

So ein Gespräch mit Anne, überlegte er, es hätte im Streit geendet oder bestenfalls in schmerzhaftem Schweigen.

»Wir müssen jetzt nicht darüber sprechen …« Sie erhob sich.

»Doch«, sagte er, und es überraschte ihn selbst. »Doch, aber es fällt mir schwer. Ich muss die richtigen Worte finden.«

Sie lächelte und schaute ihn aufmunternd an.

Ob sie so mit ihren Schülern umgeht? »Ich habe mich mies verhalten«, sagte er endlich.

»Weil du dich getrennt hast.«

»Ich weiß gar nicht, ob ich mich getrennt habe. Da war eine Trennung, natürlich.«

»Das finde ich nicht so wichtig. Könnte doch sein, dass die Trennung fällig war. Das gibt es, sogar bei schönen Beziehungen. Sie sind irgendwann vorbei, und man muss den Augenblick finden, um es dann gut zu machen. Ich meine, die Trennung gut zu machen.«

Stachelmann bekam Angst. Wollte sie sich trennen von ihm? Er überlegte, wie sie mit Anne gewesen war, diese letzte Zeit. Aber es gelang ihm nicht. Es ging so viel durcheinander, und da war diese Sache mit diesem neuen Kollegen, und Stachelmann hatte gesehen, wie der in der Cafeteria seine Hand auf Annes Unterarm gelegt hatte, und sie hatte es zugelassen. Das fiel zusammen mit seiner …, wie sollte er es nennen?, mit seiner Krise an der Uni. Im Rückblick erschien es ihm wie eine einzige große Krise, und so war es wohl auch. Jetzt bin ich der Historiker meines eigenen Lebens, dachte er. Aber das kann man doch gar nicht sein. Da braucht man kritischen Abstand, und niemand findet den zu sich selbst. Er lachte innerlich über sich, wahrscheinlich war er der einzige Mensch, der in solchen Beziehungsgesprächen wissenschaftstheoretische Überlegungen anstellte.

»Was ist mit dir?«

Er winkte ab. »Ich glaube, dass es mit Anne nie gut war. Und dass ich die Schuld daran trage. Es hat schöne Momente gegeben, aber es war doch immer sie, die sie geschaffen hat. Allein sie.«

»Ach, Josef, diese Selbstkasteiung ist doch überflüssig. Es gehören zu fast allen Dingen zwei dazu. Dass du kein Gute-Laune-Bolzen bist, nun, das habe ich von Anfang an gewusst. Aber mir gefällt deine Ernsthaftigkeit, und du bist der einzige Mann in meinem Leben, der unverstellt ist. Der sich keine Gedanken darüber macht, ob eine Äußerung ihn schlecht aussehen lässt. Ich finde, dass du keinen Grund hast, niedergeschlagen zu sein. Und du bist es ja auch viel seltener, als du behauptest.«

»Nur wegen dir.«

»Schau, das ist die schönste Liebeserklärung, die ich seit Langem bekommen habe. Natürlich nur, wenn du einverstanden bist, dass es eine war.« Sie lachte dieses helle Lachen, dem sich niemand widersetzen konnte. Nicht einmal er.

Das Handy klingelte. Er nahm ab, hörte zu, sagte: »Ja, wann?«, hörte wieder zu und legte auf. »Sie wollen, dass ich mir Rehmers Akten ansehe. So bald wie möglich.«

***

Wichtige Leute saßen in den Gremien der Akademie. Mit klugen Anlagen verdiente die Stiftung der Akademie viel Geld, sie hatte sogar die Wirtschaftskrise gut überstanden, weil sie sich nur auf solide Geschäfte einließ. Aber was den Sinn der Akademie ausmachte, das war etwas anderes. Walzer hatte es dereinst im engen Kreis der Mitglieder und Unterstützer umschrieben, und es wurde zum Kredo der Ära, die mit seinem Namen verbunden war, nachdem zuvor unbestimmte und auf jeden Fall überholte Vorstellungen geherrscht hatten. Walzer also hatte gesagt, die Aufgabe der Akademie bestehe darin, die Demokratie zu festigen, für Gerechtigkeit zu wirken und den Extremismus aller Schattierungen zu bekämpfen. Dazu bedürfe es eines Konzepts, und dieses beruhe auf drei Begriffen: Hierarchie, Erfolg, Zugehörigkeit. Auch in einer demokratischen Gesellschaft müsse es Führung geben, die heute eben »Hierarchie« heiße, weil ohne sie Stabilität undenkbar sei. Unvorstellbar sei Stabilität aber auch ohne Erfolg. Der Erfolg, der vom Begriff »Sieg« abgeleitet sei, belohne die Führenden und die Geführten gleichermaßen. Der Begriff Zugehörigkeit löse den der Rasse ab, den man in Deutschland nur missverstehen könne, wogegen er im Angelsächsischen keineswegs verteufelt sei. Verbinde man Zugehörigkeit und Hierarchie, so erkenne man die Grenzen des Zusammenlebens von Menschen unterschiedlicher Herkunft, Sprache, Kultur, Religion. Walzer erklärte, dass der Nationalsozialismus als Kind seiner Zeit es den Deutschen heute fast unmöglich mache, einfache Wahrheiten auszusprechen und die Schlussfolgerungen aus ihnen zu ziehen. Diese Selbstblockade aber sei lebensgefährlich für das Land, weshalb die Akademie ihre kulturelle Tradition überführen müsse in die Aufgabe, für Klarheit zu sorgen und einflussreiche Menschen zu fördern, die diese Klarheit ebenso verfochten. So hatte er den Daseinszweck der Akademie auf den Punkt gebracht. Ihre Aufgabe war es nicht, in der Öffentlichkeit aufzutreten, sondern Menschen an sich zu binden und zusammenzuführen, die in der Öffentlichkeit wirkten. Walzer und Ammann achteten darauf, dass die eigene Aktivität nicht publik wurde.

Die Akademie hatte ihre Vertrauensleute in allen Verzweigungen der Gesellschaft, vor allem aber in den Medien. Walzer hatte als eine seiner ersten Amtshandlungen das Forum Meinungsfreiheit gegründet, viele wichtige Journalisten und Manager der Medienwelt gehörten dazu, und dies nicht wegen der üppigen Tagungsgelder, sondern weil jeder dort einen hochkarätigen, exklusiven und nicht zuletzt vollkommen verschwiegenen Gesprächskreis fand, in dessen offener Atmosphäre man alles sagen konnte, in dem man der Karriere förderliche Beziehungen flocht, in dem man sich abstimmte, welche Positionen man unterstützen und welche man unwirksam machen wollte. Alle diese Köpfe vom Fernsehen, den Printmedien, den Radiosendern waren darauf eingeschworen, die Ziele der Akademie zu unterstützen, weil es auch ihre Ziele waren.

Die Männer, die an diesem späten Nachmittag im kleinen Konferenzraum der Akademie mit Walzer und Ammann zusammensaßen, bildeten den inneren Kreis des Forums Meinungsfreiheit. Sie bereiteten dessen stets nichtöffentliche Tagungen vor. Und obwohl sie von Walzer ausgesucht, also nicht gewählt worden waren, bezweifelte niemand im Forum die Befähigung dieser Männer, ihre Aufgabe vorzüglich zu erfüllen.

Walzer hatte in seinen einleitenden Worten, knapp und genau wie immer, die Grundrisse dessen beschrieben, was er die Fortentwicklung der Strategie nannte. Er hatte noch einmal betont, wie sehr sich die Akademie dem Konzept des Pluralismus verpflichtet fühle und dass sie mit Freude ihre Rolle als Pressure-Group angenommen habe. Und mit einigem Erfolg, wie er hinzufügte. Aber es gebe nichts Gutes, das man nicht verbessern könne.

Als Erster meldete sich wie so oft Gerhard Rachenbühler zu Wort, der Chefredakteur des Bayerischen Rundfunks. Er trug den Duft kubanischer Zigarren an sich und war überaus zufrieden mit seinem Äußeren. Mit den grauschwarzen lockigen Haaren, sorgfältig nach hinten gegelt, dem akkurat geschnittenen Schnauzer, der randlosen Brille mit Titanbügeln, dem lässigen, aber sündhaft teuren beigefarbenen Anzug, den italienischen Stiefeletten und vor allem mit seiner überlegenen Sitzhaltung, ein wenig von der Tischplatte nach hinten gerückt, die Beine überschlagen, den Arm übers Knie gelegt, in der Hand einen edlen Füllfederhalter. »Ich begrüße es sehr, Herr Präsident, dass wir uns noch mehr für ein Verbot der NPD einsetzen wollen. Es wird nicht schwer sein, hier ein vernünftiges Konzept zu entwickeln und die Freunde davon zu überzeugen. Es ist ein Schandfleck, gerade auch mit Blick aufs Ausland, dass dieser Pöbel staatlich subventioniert wird. Wenn es uns gelänge, die Partei zu verbieten oder ihr wenigstens die Wahlkampfgelder zu nehmen, dann bräche das ganze braune Gebilde gleich zusammen und würde nur einen Haufen … Pardon, Scheiße hinterlassen.« Rachenbühler gefiel sich darin, drastisch zu werden.

»Gewiss, Herr Kollege, aber ich finde immer noch,

dass das linke Gesocks, einschließlich der sogenannten Antifaschisten, die in Wahrheit Radaubrüder sind, viel gefährlicher ist als die Neonazis.« Walzer hatte gewusst, dass Meyer-Erlenhof widersprechen würde. Der kleinwüchsige Fettsack mit der Glatze, der immer ein wenig schlampig gekleidet war und nach einem billigen Rasierwasser roch, war auch sonst der natürliche Gegenspieler Rachenbühlers. Sie gerieten sich fast bei jeder Sitzung in die Haare. Walzer hielt Meyer-Erlenhof, Herausgeber eines recht unauffälligen, aber umso einflussreicheren Imperiums von regionalen Tageszeitungen, für ein Relikt aus der alten Zeit, als die Akademie ihre Hauptaufgabe darin sah, den Kommunismus zu bekämpfen. Das war ihr Gründungszweck gewesen, und in der Hochphase des Kalten Kriegs hatten Walzers Vorgänger alles angegriffen, was auch nur aus der Ferne hätte links sein können. Aber die Zeiten hatten sich geändert, der neue Präsident hatte die Akademie umorientiert und sich gegen alle Anfeindungen durchgesetzt. Wir wollen keine Kalten Krieger sein, die sind ein Fall für die Paläontologen, wir sind keine Fossilien.

Und so diskutierten sie über links und rechts, Nazis und Kryptokommunisten, Letzteres ein Lieblingswort Meyer-Erlenhofs, bis sie mehr erschöpft als überzeugt einem Kompromiss Walzers zustimmten, nämlich dass das Forum alles unterstützen werde, was sich gegen jede Form des Extremismus richte. So stand am Ende, was am Anfang schon klar gewesen war, und Walzer hatte es von vornherein gewusst. Der Kampf für Hierarchie, Erfolg, Zugehörigkeit wurde nicht am Rand der Gesellschaft ausgetragen, sondern in deren Mitte. In den Jahren seit dem 11. September stand die Zugehörigkeit an erster Stelle, ohne dass man die anderen Schlüsselbegriffe des Konzepts vernachlässigen durfte. Rachenbühler hatte einmal gesagt, sie müssten den braunen Schreihälsen die Furcht vor dem Fremden und der Überfremdung aus den Händen reißen, Köpfe hätten sie ja keine, und in die Mitte der Gesellschaft tragen.

Ammann hatte sich nicht beteiligt an der Diskussion, hatte den Mann vom WDR von gesellschaftlicher Verantwortung der Medien in der demokratischen Gesellschaft labern gehört und den Vertreter des größten Privatfernsehkanals über Kriterien der Programmentscheidungen, und er hatte alles notiert, weil er immer das Protokoll führte, was es ihm leichter machte, das Gerede zu ertragen. Aber er bewunderte einmal mehr den Präsidenten, der die Debatte jederzeit im Griff hatte, immer hellwach, stets moderierend, ohne jemals sein freundliches Gesicht abzusetzen. Ammann begriff schon lange die Methode Walzer, die darin bestand, in der Akademie und ihren Gliederungen einen gemeinsamen Geist einziehen zu lassen. Man konnte das nicht erzwingen, aber Walzer schuf eine Atmosphäre, in der sogar Leute wie Rachenbühler und Meyer-Erlenhof nicht aufeinander losgingen, die alten Konservativen nicht auf die modernen, die Liberalen nicht auf die Linken und diese nicht auf die Konservativen. Die Stärke der Akademie zeige sich in der Vielfalt, sagte Walzer. Es gehe nicht um Lager oder Fraktionen, sondern um Ideen, die alles Trennende übergriffen. Und so betrachtet, war die Diskussion im inneren Kreis erfolgreich gewesen.

Nach der Sitzung hatten Ammann und Walzer noch eine halbe Stunde zusammengesessen in Walzers Büro. Sie hatten nicht viel geredet. Walzer hatte gefragt, ob nun alles erledigt sei, und Ammann hatte genickt. Woraufhin Walzer lächelte und laut nachdachte, wie er demnächst im Forum umsetzen könne, was im inneren Kreis besprochen worden war.

Doch dann hatte Walzer fast beiläufig gefragt: »Und die Polizei ermittelt in alle Richtungen.«

»Ja, aber wenn es die falsche sein sollte, ist das schon geklärt.«

Walzer nickte wieder, diesmal versonnen, in sich gekehrt. Vor Kurzem noch hatten sie über diesen Historiker gesprochen, der sich mit Rehmer getroffen hatte, und zwar auf dessen Initiative. Das war eindeutig beobachtet worden. Und dieser Historiker, ein Dr. Stachelmann aus Hamburg, erwies sich als eine Gefahr, denn er hatte so etwas wie einen kriminalistischen Riecher. Es war nicht schwer gewesen, herauszufinden, dass Stachelmann schon einige Kriminalfälle gelöst hatte, auch wenn die Polizei es ungern eingestand. Was hatte Rehmer von diesem Mann gewollt? War es nicht wahrscheinlich, dass Rehmer gefürchtet hatte, ihm könnte die Sache über den Kopf wachsen und dass er es als große Chance betrachtete, als dieser Stachelmann auftauchte? Oder hatte er ihn sogar gerufen? Es arbeitete in Walzer, ein Schatten lief über sein Gesicht. Und dann ganz kurz nur ein Gesichtsausdruck, in dem man lesen mochte: Wir haben doch keine Wahl.

Auf der Fahrt nach Hause bedachte Walzer, was ihm bisher gelungen war und was nicht. Er war selbstkritisch. Er hatte immer die Worte des großen Mannes im Ohr, dieses Greises mit dem Verstand eines Genies und den inspirierenden Augen eines Propheten, seines Mentors, der ihm mit seiner geduldigen Stimme beigebracht hatte, dass die alten Ideen früher gut gewesen seien, aber heute nur noch anachronistisch. Und dieses Heute lag nun auch schon mehr als zwei Jahrzehnte zurück. Wir marschieren nicht mehr auf den Straßen, wir errichten vielmehr das, was einer unserer intelligentesten Feinde *kulturelle Hegemonie* genannt hat. Der Weg dorthin ist lang und schwierig und keineswegs gerade. Wir werden Wendungen machen, wir werden Umwege gehen, wir werden vor Abgründen stehen, wir werden zurückgehen, um neue Umwege zu finden. Aber wir werden am Ziel ankommen, einen anderen Weg gibt es nicht. Wir werden uns Bündnispartner suchen, die unsere Feinde sind, und wir werden Freunde enttäuschen. Aber wir werden niemals unser Ziel aus den Augen verlieren. Wir werden Vorurteile in Urteile verwandeln und Urteile in Vorurteile. Wir werden den Geist der Massen beeinflussen und schließlich beherrschen. Wir werden Regierungen heute unterstützen und morgen bekämpfen, bis es völlig gleichgültig ist, wer die Regierung stellt. Wir brauchen keine Ämter, keine Machtinstitutionen, wir brauchen Menschen, die andere Menschen dazu bringen, das für heilig zu halten, was wir für heilig halten. Und was heilig ist. Störe dich nicht an meinem Pathos, hatte der große Mann gesagt, er ist das Erbe einer heroischen Zeit. Du bist ganz anders, du bist sachlich, überzeugend, gemäßigt und mit einem überlegenen Verstand begabt. Du bist der Richtige für diese Aufgabe. Du bist mein Erbe. Und dann gab der große Mann Walzer einen Ordner. Hier findest du die Unterlagen über ein großes Vermögen. Du kannst im Sinn unserer Vereinigung frei darüber verfügen. Bestimme den Weg, den du gehen willst. Aber wenn du auf Abwege kommst, werden wir Mittel finden, dich aufzuhalten. Vergiss das nie.

Als er nach Hause kam, schliefen die Kinder längst. Aurelia saß im Wohnzimmer und las. Das Licht lag wie eine sanfte Decke über dem Raum. In den Fenstern zum rückwärtigen Teil des Gartens vermischten sich die Lichtspiegelungen von innen mit dem Licht der Laternen von der Straße. Es war Frieden. Aurelia lächelte ihn an. Er ging zu ihr und umarmte sie. Sie verharrten eine Weile so. Und Walzer dachte, es möge nie aufhören.

***

Er war schnell, zäh und hatte sich früher einmal in Judo und Karate versucht. Das sagte Georgie sich immer wieder, seit er aufgewacht war. Er fror und spürte, wie die Erkältung sich anschlich. Die Halsschmerzen waren schon da. Er lief ein paar Runden in der Halle, bis er anfing zu schwitzen. Für seine Notdurft hatte er sich eine Ecke ausgesucht, und doch verbreitete sich der Gestank überall. Niemand wusste, wo er war. Niemand würde ihm helfen. Du bist auf dich selbst gestellt. Entweder du hilfst dir selbst, oder es hilft dir keiner. Du bist schneller als sie, wendiger, und du hast die Überraschung auf deiner Seite. Und deinen Hass. Doch bleib kaltblütig. Sie werden einen Fehler machen. Und wenn sie dich erschießen, dann erschießen sie dich. Das werden sie sowieso machen. Er sah sich jammernd in einer Ecke, während einer dieser Scheißkerle eine Knarre auf ihn richtete. Sterben war schrecklich, aber wehrlos sterben war noch schrecklicher. Er dachte die Szenerie immer wieder durch, versuchte alle Möglichkeiten zu erraten. Aber die würden hereinkommen wie beim letzten Mal auch. Einer würde sich nähern, der andere würde mit der Knarre sichern. Sie würden aus dem Hellen kommen und sich nicht wundern, ihn nicht gleich zu erblicken. Georgie nahm die Kiste und schob sie unter die Matratze. Dann verteilte er die Dosen darauf und fing gleich an sich für verrückt zu halten. Aber vielleicht verschaffte ihm der ungewohnte Anblick jenen Bruchteil einer Sekunde, den er brauchte.

Um sich zu konzentrieren, dachte er an das letzte Gedicht, das er geschrieben hatte, und er begann leise zu rezitieren:

Um zu bleiben
wer ich bin
muss ich gehen.

Um zu dir
zurückzukehren
musst du mich gehen lassen.

Um zu werden
wer wir waren
müssen wir uns
aus großem Abstand
an einem anderen Punkt
in der Mitte
wieder treffen.

★★★

»Wo der sich herumtreibt!« Stachelmann schimpfte vor sich hin. »Fünfmal, mindestens, habe ich angerufen, und jedes Mal habe ich ihm was auf die Mobilbox gesprochen. Aber glaubst du, der Schlamper würde zurückrufen?«

Valentina saß an ihrem Schreibtisch im Schlafzimmer, korrigierte Hefte und grinste.

Stachelmann legte das Handy neben sich aufs Bett und schloss die Augen. Und wenn ihm etwas passiert war? Georgie war nicht gerade ein Ausbund an Zuverlässigkeit, aber nun telefonierte er schon zwei Tage hinter ihm her. Das hatte er noch nicht erlebt. Mindestens eine SMS hatte Georgie geschickt, wenn er auf Achse war. Aber diesmal war das große Schweigen.

Valentina kritzelte etwas in ihr Heft. »Nicht nur dein Georgie ist ein Schlamper, der liebe Christian auch.« Demonstrativ stöhnend klappte sie das Heft zu. »Die Kinder glotzen nur noch oder ballern im Internet. Würden sie mal was lesen, dann könnten sie vielleicht auch einen halben Satz richtig schreiben. Es ist ein Elend.«

»Die Welt ist schlecht«, sagte Stachelmann mit geschlossenen Augen.

»Du irrst dich, sie ist noch schlechter.«

»Wenn du meinst.«

»Nun schlaf nicht ein, jedenfalls nicht vor den Augen der werktätigen Bevölkerung.«

»Du werktätigst nicht, du maulst rum«, sagte Stachelmann.

»Das ist aber auch anstrengend.«

»Wenn du so schlaff bist, dann komm her.« Er klopfte aufs Bett neben sich.

»Nein, dann machst du wieder schlimme Sachen mit mir.«

Aber dann kam sie doch.

Beim Abendessen trugen sie Bademäntel.

»Wann willst du denn diese Akten lesen?«

»Ich fahre Montag nicht nach Hause, sondern erst mal nach Berlin. Maximal zwei Tage.«

»Lass es dir bezahlen.«

»Da sehe ich schwarz. Mörder überführen ist kein gutes Geschäft. Jedenfalls nicht für mich. Es ärgert mich, dass ich Georgie nicht erreiche, der könnte da gut helfen. Tut zwar immer so, als wäre die Aktenleserei furchtbar langweilig, aber er passt auf wie ein Luchs. Er liest genauer als ich …«

»Aber das ist doch unmöglich«, sagte sie mit einem langen Ö.

Stachelmann würgte einen imaginären Hals zwischen seinen Händen. Sie hatten inzwischen einen Ton gefunden; Stachelmann war überzeugt, dass jede Beziehung einen eigenen Ton hatte. Und der Ton, den sie gefunden hatten, ohne ihn suchen zu müssen, gefiel ihm. Er erinnerte ihn ein wenig an den Beginn mit Anne. Da war es auch so gewesen. Manchmal jedenfalls. Ach, Wehmut konnte er jetzt nicht gebrauchen.

***

Bartels setzte sich in den Kopierraum des Bundesarchivs, die Tür hatte er von innen geschlossen. Das Erste, was ihm auffiel, war ein fauliger Geruch. Er folgte dem Gestank, zog eine Schublade auf und fand ein halb abgenagtes Hähnchenbein, schon von Schimmel überzogen. Er schloss die Schublade und öffnete das Fenster. Draußen war alles grau, selbst bunten Fassaden raubte dieser Herbsttag die Farben. Er setzte sich auf den Drehstuhl neben dem Scanner und schaute sich um, Zentimeter für Zentimeter. Natürlich würde er nichts finden, was die Spurensicherung nicht schon entdeckt hatte, und doch war es seine Art, sich das Bild des Tatorts einzuverleiben. Er trug es dann mit sich und brauchte keine Fotos mehr. Er prahlte nicht mit seinem Bildgedächtnis, wie er ohnehin nicht angab, sondern sich mühte, so unscheinbar wie möglich zu wirken. Wer redet, hört nicht. Er hatte eine erstaunliche Karriere gemacht, gefördert von überragenden Zeugnissen in der Ausbildung und bei Lehrgängen. Obwohl er seine Vorschläge immer leise vortrug und auf die bei Kollegen üblichen weitschweifigen Begründungen verzichtete, konnte niemand überhören, dass er brillant war. Meist saß er irgendwo im Hintergrund, und wer ihn nicht kannte, mochte ihn dann aus dem Auge verlieren. Aber wer ihn kannte, vergaß nie, dass er anwesend war.

Bartels dachte an den Tod. Es hatte Zeiten gegeben, da hatte er ihn sich herbeigesehnt. Als seine Frau vor fast acht Jahren an Krebs gestorben war, da wäre er am liebsten mit gestorben. Er warf sich lange danach noch vor, dass er zu feige gewesen sei. Doch dann war er froh, es nicht getan zu haben, als er Elsa traf, die nie an die Stelle seiner Frau treten sollte, es dann aber doch tat, ohne eigenes Zutun. Sie hatte in einer Bibliothek gearbeitet und war in den Vorruhestand gegangen, und wenn er nach Hause kam, saß sie meistens im Ohrensessel im Wohnzimmer, rauchte ihre Abendzigarette, trank ein Glas Sherry und las einen Roman, meist eines englischen Autors aus früherer Zeit, mit dem Bartels nichts anfangen konnte, genauso wenig wie ihn Landgüter, Pferde und Adlige interessierten. Aber beim Lesen schaute er ihr gerne zu, da war ihr oft so unruhiges Gesicht glatt und entspannt.

Seit er ihn sich nicht mehr für sich selbst wünschte, hatte Bartels ein sachliches Verhältnis zum Tod gefunden. Er betrachtete die Leichen, die der Beruf ihm eintrug, mit distanziertem Mitleid, das allmählich verdrängt wurde durch den Fragenkatalog, die der Kriminalist abzuarbeiten hatte und an den er sich penibel hielt. Aber zum Objekt wurde ihm ein Opfer nie. Immer noch schmerzte es ihn, an Obduktionen teilzunehmen, fast als schnitte das Skalpell durch seine Haut. Natürlich ließ er sich nichts anmerken, denn er wollte ein Vorbild sein, und wenn er die Nerven verlor, durften alle die Nerven verlieren.

An der Tatsache des Mordes gab es hier keinen Zweifel. Es war ein Killer, der hatte das nicht zum ersten Mal getan. Wer schickte einen Profi? Ein Profi wurde bezahlt, auch dafür, dass es garantiert klappte. Wer einen Killer schickte, ging auf Nummer sicher, sofern es so was gab in diesem Gewerbe. Wer einen Killer schickte, hatte einen handfesten Grund. Was konnte das für ein Grund sein? Warum wurde Rehmer ermordet? Und Franticek, welche Rolle spielte der in diesem Fall? Wollte der Verfassungsschutz wirklich nur, dass nicht unnötig Staub aufgewirbelt wurde? Die klassischen Motive konnten sie fast ausschließen, aber natürlich würden sie auch in dieser Richtung ermitteln, und wenn es nur war, um sich später keinen Vorwürfen auszusetzen. Aber Bartels wusste, dass es Vergeudung war, etwas, das Bartels hasste, auch wenn er es nach außen niemals zeigte. Also, die möglichen Motive, was konnten die sein? War Rehmer in eine Bandengeschichte verwickelt? Hatte er eine kriminelle Vereinigung betrogen? Was konnte ein Historiker mit solchen Leuten zu tun haben? Bartels ließ seine Augen langsam, fast zäh weiterwandern und spürte die Unruhe, die ihn immer erfasste, wenn er nicht weiterkam. Da war etwas Unerklärliches, und er wusste nicht einmal, was es unerklärlich machen könnte. So einen Fall hatte er noch nie gehabt. Die bisherigen waren immer Variationen der gleichen Themen gewesen: Liebe, Hass, Geld. Die Eifersucht, die Wut, meist auf einen Angehörigen, die Gier. Aber Eifersüchtige schickten keine Profikiller. Vielleicht ging es um Geld. Wenn, musste es viel Geld sein, so viel, dass sich ein Killer lohnte. Das ist doch alles Unsinn! Er ärgerte sich über sich selbst. Es war kurzschlüssig. Und doch, so falsch war es auch nicht. Mit einer hohen Wahrscheinlichkeit spielte Geld oder ein anderes wichtiges Gut eine Rolle, wenigstens soweit, als es sich lohnte, einen Killer zu engagieren. Es durfte kein Amateur sein, schon weil bei so einem immer die Gefahr bestand, dass er es erstens vermasselte und dass er zweitens, noch übler, auf die Idee kam, den Auftraggeber zu erpressen. Bartels versuchte sich in die Lage eines Auftraggebers zu versetzen. Er schloss die Augen, um sich besser zu konzentrieren. Aber er schaffte es nicht, sich das vorzustellen, dazu hatte er zu wenig Informationen. Er würde heute Abend wieder unzufrieden sein, und er hatte jetzt schon ein schlechtes Gewissen. Obwohl Elsa, sie kannte das längst, freundlich darüber hinweglächeln würde. Im Lauf des Abends würde sie ihn aufgemuntert haben, obwohl er das jetzt, wo er so unzufrieden im Kopierraum saß, für ausgeschlossen hielt.

Wie hatte der Killer sein Opfer in den Kopierraum gelockt? Dass Rehmer hier ermordet worden war, stand fest. Woher hat der Killer gewusst, dass sonst keiner im Raum war? Vielleicht hat er den Moment abgepasst, als die Kopierfrau eine Pause machte, eilte in den Lesesaal und lockte Rehmer unter einem Vorwand dorthin. Dann müsste das jemand beobachtet haben. Die Mitarbeiter im Lesesaal waren befragt worden, niemandem war aufgefallen, dass irgendwer Rehmer angesprochen hätte. Einen Anruf gab es auch nicht. Wenn alle Zeugen die Wahrheit gesagt hatten, dann hatte Rehmer keinen Grund, den Kopierraum zu betreten. Das war ein Rätsel, aber es sorgte ihn nicht sonderlich, Rätsel zu lösen war sein Beruf. Viel mehr Kopfzerbrechen bereitete Bartels das Motiv. Ein Historiker, der von einem Berufsmörder getötet wird. Niemand hatte die Schüsse gehört, und sie hatten nicht die geringste Spur von ihm. Oder von ihr? Es wäre die erste Profikillerin, aber warum nicht? Keine Spur hieß, dass der Mörder Schutzkleidung oder Ähnliches getragen hatte. Vielleicht war er als Handwerker verkleidet gewesen? Draußen wurde gebaut, zum Archiv gelangte man nur auf Umwegen. Ein Handwerker fiel da nicht weiter auf. Und warum sollte sich einer um einen Handwerker kümmern, der ins Archivgebäude ging, vielleicht mit einem Werkzeug, einer Tasche oder einem Eimer in der Hand?

Er holte sein Notizbuch aus der Jackettinnentasche und notierte *Handwerker?*

Sie saßen eine Weile schweigend im Sitzungsraum, Weber goss sich einen Kaffee aus der großen Thermoskanne ein. Endlich sagte Bartels, das Notizbuch aufgeschlagen vor sich: »Nun?«

Weber warf einen kurzen Blick auf den Kriminaltechniker, dann schaute er Bartels an. »Eine SIG P220, wie gesagt. Wir können das Projektil aber nicht zuordnen. Wäre ja zu schön gewesen.«

»Und was sonst?«

Gaby Kohlenberg schüttelte den Kopf, die Haare wischten über die Ohren wie Gardinen. »Es ist wirklich erstaunlich, keine Hautpartikel, keine Haare, nur ein paar schlammige Fußabdrücke, die aber kein Profil zeigen und uns nur verraten, dass die Schuhgröße wohl mindestens dreiundvierzig ist, eher mehr. War also ein Mann, mit neunundneunzigprozentiger Wahrscheinlichkeit.«

Bartels nickte.

Dann schwiegen sie wieder, nur das Klingeln des Kaffeelöffels in Webers Tasse war zu hören und von draußen der Klangteppich einer Behörde, Schritte, Telefonklingeln, Stimmen, alles gedämpft, weit weg.

»Wann kommt dieser Historiker?«, fragte Gaby Kohlenberg.

»Montagnachmittag«, sagte Weber. Er blickte sie ein bisschen länger an, doch sie schien es nicht zu bemerken.

Bartels blickte in sein Notizbuch, als müsste er erst nachschauen. »Vielleicht war es ein Handwerker.«

Alle schauten ihn an.

»Einer, der aussah wie ein Handwerker.«

Gaby Kohlenberg öffnete den Mund und schloss ihn wieder. »Wie kommen Sie darauf?«

»Keine Spuren bis auf die unbrauchbaren Schuhabdrücke, nicht mal Partikel, da muss der Mann etwas angehabt haben, um keine Partikel zu hinterlassen. Also einen weitgehend geschlossenen Anzug oder so etwas und eine Kopfbedeckung. Aber er konnte da schlecht mit einem Taucheranzug antreten, nicht wahr?« Für Bartels war das eine lange Rede, und er hielt sie, weil er ungeduldig wurde.

»Stimmt«, sagte Weber. »Der Mann geht ins Archiv und dort in den Kopierraum. Und keinem Zeugen ist irgendwer aufgefallen. Ein Handwerker würde niemandem auffallen, vor allem, weil da ja heftig gebaut wird.«

»Ich habe mir im Matsch die Schuhe versaut«, sagte Gaby Kohlenberg pikiert.

»Wir müssen also noch einmal los und nach einem Handwerker fragen«, sagte Weber genervt.

»Es gibt da noch etwas. Wie kam Rehmer in den Kopierraum? Und wie gerade in dem Augenblick, als diese Kopierfrau nicht dort war? Per Handy hat ihn keiner dorthin gelotst, das wissen wir. Wie dann? Ist ein Handwerker in den Lesesaal gekommen, um ihn zu holen? Nein, das wüssten wir, das wäre aufgefallen. Was würde nicht auffallen und trotzdem funktionieren?«

»Ein Kollege«, sagte Weber. »Einer, der auch im Lesesaal arbeitet. Die sitzen da ja zusammen an Tischen. Das würde keiner merken, wenn der eine dem anderen was sagt.«

»Der Mörder hatte also einen Komplizen«, sagte Bartels, nachdem er überflüssigerweise in sein Notizbuch geschaut hatte.

Jetzt schwiegen sie länger.

Kaum war Bartels zurück in seinem Büro mit dem nie benutzten Glasaschenbecher und den Bildern mit seinen beiden Frauen auf dem buchenfurnierten Schreibtisch, klingelte das Telefon.

»Was haben Sie zu berichten?«, fragte Franticek.

»Nichts«, sagte Bartels und legte auf.

***

Georgie trainierte, er machte sich warm für den Augenblick. Irgendwann mussten sie ja kommen, er hatte wieder Hunger, und das war das Einzige, das ihm so etwas wie ein Zeitgefühl gab. Ob es draußen hell oder dunkel war, das wusste er nicht mehr. Wenn er sich erst warm machte, wenn er sie hörte, brauchte er erst gar nicht anzufangen. Außerdem wollte er nicht frieren. Er fror trotzdem. Der Hals schmerzte, die Nase begann zu jucken, bald würde der Husten kommen. Wenn er noch lange hier blieb, handelte er sich eine Lungenentzündung ein. Er bekämpfte die Angst mit seiner Wut. Er stellte sich vor, wie er diesen Drecksäcken in die Eier trat, wie sie stöhnen würden, und wie er dann noch einmal trat. Er hüpfte, sachte, sich nicht erschöpfen, nur die Muskeln warmhalten, und wenn er sie hörte, hatte er genug Zeit, sich aufzustellen. Er sah das Bild genau vor sich, wie sie beim letzten Mal eingetreten waren, der mit dem Essen vorne, der mit der MPi hinten, den musste er ausschalten, nur für ein paar Sekunden. Er war schneller als sie, dessen war er sich sicher. Er brauchte ein paar Meter Vorsprung und etwas Deckung, falls der Typ schießen würde.

Als er ein Klacken hörte, blieb ihm fast das Herz stehen. Er zitterte, aber als die Schritte hallten, lief er los, federnd, bereit und entschlossen. Die Schritte kamen näher. Er hörte es klingeln, Schlüssel schlugen aneinander, dann wurde ein Schlüssel in ein Schloss gesteckt und der Riegel beiseitegeschoben. Es quietschte, die Tür wurde aufgedrückt. Sie verdeckte Georgie, der die Schritte hörte, und dann sah er erst den einen Mann, mit einer Kiste in der Hand, der den Kopf hin- und herdrehte, um Georgie in der Dunkelheit auszumachen, während der zweite Mann mit der MPi im Anschlag und der Taschenlampe in der anderen Hand nun auch in Georgies Blickfeld geriet. Der Strahl der Taschenlampe wanderte erst langsam, dann immer hektischer durch den Raum.

Beide Männer zeigten ihm den Rücken, und Georgie schlich sich um die Tür herum nach draußen, um in den Flur zu rennen. Dann aber änderte er schlagartig seinen Plan, sprang zur Tür und zog kräftig an ihr. Ein ungeheuer lautes Knallen von der Garbe der Maschinenpistole, die in der Tür landete. Die Garbe drückte die Tür erst recht ins Schloss. Georgie zog den Riegel zu und rannte davon. Er hörte noch einen wilden Fluch, aber der war schon weit weg.

5

Die Fahrerei nervte, auch wenn es diesmal glattgegangen war. Es war früher Montagnachmittag, unterwegs war der erste Schnee gefallen, der sich aber gleich in Matsch verwandelte. Erstaunlicherweise hatten ihn die Schmerzen im Auto in Ruhe gelassen, wie sie überhaupt in letzter Zeit gedämpft waren. Wahrscheinlich hieß das neueste Schmerzmittel Valentina. Ich sollte es mir patentieren lassen, dachte er. Der Gewinn wäre ein Leben ohne Arbeit, nur mit ein paar Schachpartien, den Abenteuern von Horatio Hornblower und ein bisschen Fachliteratur.

Stachelmann hatte sich mit Kommissar Weber im Bundesarchiv verabredet, im Büro von Susanne Bestler. Schrank, Schreibtisch, Regale, ein Tisch mit drei Stühlen neben der Tür, darauf Aktenstapel, der Blick hinunter aus dem ersten Stock ins Grüne. An der Wand von Kindern gemalte Bilder und ein großer Rahmen mit Familienfotos. Auf dem Schreibtisch weitere Aktenstapel, es sah nach Arbeit aus. Susanne Bestler servierte Kaffee aus einer Thermoskanne. Auf dem Tisch stand ein Schälchen mit Schokoladenkeksen.

Weber verzog sein Vollmondgesicht, spielte eine Weile mit einem Kugelschreiber, der auf dem Tisch gelegen hatte und den Schriftzug einer Sparkasse trug. Frau Bestler wies auf einen Aktenstapel, der auf dem Tisch neben der Tür lag, und setzte sich. Stachelmann versuchte eine schmerzfreie Sitzposition zu finden und ruckelte immer wieder herum auf dem Stuhl.

»Das sind besagte Akten.« Weber tippte mit dem Kugelschreiber auf die blaue Mappe, die obenauf lag.

»Sie haben die ja schon gesehen«, sagte Susanne Bestler zu Weber.

»Ein Kollege«, erwiderte der.

»Können Sie uns einen kurzen Überblick geben, um was für Akten es sich handelt?«, bat Stachelmann.

»Gut«, sagte Frau Bestler gedehnt, was wohl heißen sollte, dass sie es schon einmal getan hatte.

»Es handelt sich vor allem um Kassenbücher lokaler und regionaler Gliederungen der NSDAP und der SS, dazu ziemlich unsortierter und unvollständiger Schriftverkehr zwischen dem Reichsschatzmeister Schwarz und NS-Funktionären.«

»Sie kennen diese Akten gut?«

»Ja«, sagte Frau Bestler.

»Was ist Ihr Eindruck?«

»Dass die Nazipartei korrupt war und sich auf organisierten Raub spezialisiert hat, zumindest die Schatzmeisterei.«

In Stachelmann keimte eine Idee, aber er sagte nichts. Das wollte er noch einmal durchdenken. Und vorher auch die Akten ansehen. Wenn darin denn überhaupt das Motiv für den Mord lag.

Als hätte Weber Stachelmanns Gedanken gelauscht, sagte er trocken: »Natürlich müssen wir diese Spur gründlich prüfen, aber ich glaube nicht so recht daran. Es ist doch alles zu lang her.«

Als niemand antwortete, erhob sich Weber halb, er hatte noch keinen Schluck Kaffee getrunken, und fragte: »Wie lange brauchen Sie?«

Stachelmann blickte auf den Stapel und sagte: »Zwei, drei Tage. Das meiste sind Tabellen.«

Weber guckte ein wenig erstaunt, doch dann stand er endlich auf und ging zur Tür. »Sie haben meine Telefonnummer. Bitte auf jeden Fall anrufen, auch wenn nichts zu finden ist.« Dann ging er, ohne sich zu verabschieden.

»Komischer Typ«, sagte Frau Bestler.

Und Stachelmann dachte, dass er ziemlich genau ahnte, was in dem Stapel auf ihn wartete. Langweiliges Zeug.

»Bezahlen die Ihnen eigentlich ein Honorar?«, fragte Susanne Bestler.

»Gute Frage.« Und er ärgerte sich.

***

»Wir sollten Rachenbühler besser einbinden«, sagte Walzer.

Ammann nickte. Sie saßen schon eine Weile zusammen, werteten die Gespräche der letzten Runde des Forums Meinungsfreiheit aus und planten die nächsten Schritte.

»Früher gab es beim BR doch nur rechte Holzköpfe, die Strauß-Fraktion. Aber dieser Rachenbühler ist … elegant. Wie er das macht, er flottiert, er wägt die Argumente, hat vermeintlich keinerlei Feindbild, ist gebildet, benutzt die richtigen Worte zur richtigen Zeit, manchmal ein bisschen derb, und er hat Witz. Das darf man nie unterschätzen. Solche Leute brauchen wir, weil sie von sich überzeugt sind und so andere überzeugen können. Leute, die nicht sagen: Macht das oder das, sondern die das, was zu tun ist, unausweichlich erscheinen lassen. Unsere Ziele müssen Sachzwänge sein, alternativlose Gebote der Vernunft.« Er lehnte sich zurück und wiederholte: »Alternativlos.«

Ammann lächelte, ein seltenes Zeichen der Anerkennung. »Wir könnten ihm Vorträge geben, hoch bezahlte Vorträge. Wir könnten ihn als Moderator verpflichten oder den richtigen Unternehmen empfehlen. Wir könnten ihn als Autor für unser Blatt gewinnen. Die Honorare, die wir bezahlen, sollten auch einen Rachenbühler locken.«

»Karl«, sagte Walzer freundlich, aber doch mit etwas Nachdruck. »Wir locken nicht. Wir unterbreiten Vorschläge, es ist für uns eine Ehre, wenn solche Menschen einen Beitrag für unsere Arbeit leisten wollen. Wir müssen ihnen dankbar sein, nicht sie uns. Die Honorare, die wir bezahlen, sind für uns unwichtig, und wir sollten nicht einmal daran denken, dass sie für unsere Freunde eine größere Bedeutung haben könnten als ein kleines Dankeschön, das die Akademie ihnen schuldet. Wir suchen Freunde, und wir wollen, dass es unseren Freunden gut geht.«

»Ich weiß, Herr Präsident …«

Aber der ließ sich jetzt nicht bremsen, die Philosophie seiner Akademie war ihm heilig. »Denken Sie an diese modernen sozialen Netze wie Facebook. Dort geht es nur darum, neue Freunde zu gewinnen. Nichts anderes tun wir auch, allerdings haben wir im Gegensatz zu diesen Netzen Ziele, genauer gesagt: Werte.«

»Herr Präsident, ich habe nicht die geringsten Zweifel. Wenn ich mich ungenau ausgedrückt haben sollte …«

»Es ist gut, Karl. Wie steht die Sache Salvator? Ich fürchte, da haben wir uns zu früh gefreut, Nachwehen der großen Schlacht. Es ist mein Fehler, ich hätte wissen müssen, dass da noch etwas folgt.«

»Das Problem ist nur, er ist auf dem gleichen Informationsstand wie wir, er war der Stellvertreter Ihres Vorgängers, und eigentlich sollte er es nicht wissen, aber Herr Professor Weiden hatte wohl eine schwache Minute.«

»Und Sie sind sicher?«

»Ja. Salvator hat in einer Runde von … Unzufriedenen etwas angedeutet. Sie beklagen die Modernisierung, den Bruch mit Traditionen. Er sprach von Möglichkeiten und tatsächlich auch von Druckmitteln …«

»Sie wissen aus sicherer Quelle, dass die sich noch nicht abgeregt haben?«

»Das ist gewissermaßen amtlich.« Für den Bruchteil einer Sekunde weiteten sich Ammanns Mundwinkel.

Ein kurzer Blick Walzers zu Ammann, dann starrte der Präsident eine Weile ins Leere. »Er würde sich selbst versenken«, sagte er schließlich.

»Es gibt Situationen, da tun Leute das.«

»Gehört er zu den Leuten, und haben wir die Situation?«

Ammann war sich sicher, dass der Präsident längst wusste, wie die Sache stand. Walzer hatte ein Gespür für so etwas. Doch Ammann war dankbar, dass er gefragt wurde. »Eigentlich nicht«, sagte er nur.

»Dann achten wir darauf, dass es so bleibt.« Nach einer kurzen Pause. »Könnten Sie mir bitte morgen Ihre Vorschläge in Sachen Rachenbühler konkretisieren? Wir sind da auf einem guten Weg. Ich werde bald einen Termin mit ihm machen.«

Ammann notierte etwas auf seinen Block mit dem Rechenpapier.

Aurelia wartete im Garten auf ihn, im Regen. Er hörte Marc und Jonas schreien, sah sie aber nicht. Sie hatte eine Strickjacke an und trug eine Mütze. Ihr Gesicht war zart, ihre Haut schien heller als sonst. Und ihr Lachen war umwerfend. Sie stand da, als wäre sie aus einer anderen Welt. Als er das Auto geparkt hatte, schritt sie auf ihn zu, ihre Hüften wiegten sich sanft. Als sie nah bei ihm war, hob sie die Arme und legte sie um seinen Hals. »Es ist ein schöner Tag«, flüsterte sie. »Wir haben gespielt, Hausaufgaben gemacht, dann habe ich vorgelesen und das Abendbrot vorbereitet. Es ist nichts Schlimmes geschehen.« Es klang so, als erwartete sie stündlich eine Katastrophe. Sie legte ihren Kopf an seine Brust, und ihre Haare rochen nach Winter.

Später saßen sie am Tisch in der großen Küche mit den stählernen Fronten und den weißen Bodenkacheln, die immer sofort schmutzig wurden und die Lieblingsfeinde von Frau Kemmler waren, der Putzfrau. Die Jungen waren noch aufgeregt und hatten nasse Haare vom Bad, in das sie Aurelia kurzerhand gesteckt hatte. Sie trank mit Walzer ein Glas Châteauneuf-du-Pape und stocherte auf ihrem Teller herum, auf den sie eine kleine Portion des opulenten Salats aus der blauen Glasschüssel gegeben hatte. Sie bereitete großartige Salate, wogegen ihre sonstigen Kochkünste abfielen, was aber Walzer oft ausgleichen konnte. Er hatte auf das Drängen der Kinder Spaghetti mit Tomatensauce gekocht und aß selbst davon. Er beobachtete, wie Aurelia hin und wieder ihre Blicke zu ihm und den Jungen wandern ließ und lächelte. Er wusste, dass sie gerade glücklich war. Er hätte jetzt noch lange so sitzen können.

Sie schaute ihn an mit ihren tiefen Augen, ihr Blick machte ihn immer noch unruhig. »Wie war es?« Gleichzeitig streichelte sie fast wie nebenbei die Köpfe ihrer Kinder, um sie vom Streiten abzubringen, und es wirkte.

»Gut«, sagte Walzer. »Das Schlimmste haben wir hinter uns. Die Akademie blüht und gedeiht, Ammann arbeitet wie ein Uhrwerk.« Und er dachte an diesen unverzichtbaren seltsamen Menschen, der nun in seiner kargen Wohnung sitzen und Schach spielen würde oder etwas lesen. Zusammen, in der Ergänzung ihrer so unterschiedlichen Fähigkeiten, waren sie stark, fast unschlagbar. »Und wir gewinnen neue Freunde. Es ist doch ein schöner Beruf, Freundschaften zu schließen. Freundschaften fürs Leben.«

Sie lächelte zufrieden. »Es ist der ideale Beruf für dich«, sagte sie. »Und er ist auch ideal für mich. Manchmal denke ich, ich sei mit einem lebensfrohen Pfarrer verheiratet.«

Er hob die Augenbrauen und lachte. »Du übertreibst.«

Ein zartes Rosa weitete sich auf ihren Wangen. »Aber nur ein bisschen.«

Walzer lächelte.

An diesem Abend saßen sie noch lange dicht beieinander auf dem Sofa. Er hatte seine Sockenfüße auf den Tisch gelegt und sie hatte, wie immer, die Nase ein wenig gerümpft. Sie unterhielten sich über das letzte Buch, das sie gelesen hatte, einen eher überambitionierten Erstling, wobei er mehr zuhörte als sprach. Sie besaß ein feines literarisches Gespür, und wenn sie ihm eine Lektüre empfahl, dann lag sie fast immer richtig, wobei sich Walzer eingestand, dass ihre Empfehlung einen Roman schon besser machte, als er war, denn wenn er das Buch las, dann wusste er, dass sie es schätzte, und so war er auch beim Lesen nah bei ihr.

»Ich sehe dir an«, sagte sie plötzlich, »ich sehe dir an, dass du Sorgen hast. Oder besser gesagt, ich sehe es nicht, ich spüre das.«

»Ja, aber es gibt nichts, das uns beunruhigen müsste. Nichts, das der gute Ammann nicht regeln könnte.«

Sie drückte ihm die Hand und legte ihren Kopf an seine Schulter. »Wie gut, dass du ihn hast. Vielleicht sollten wir ihn einmal zum Essen einladen.«

»Das können wir natürlich tun. Aber ich fürchte, es wäre ihm unangenehm. Er ist … zurückhaltend, schüchtern.«

»Und doch leistet er so viel.«

»Ja, er ist unverzichtbar. Gerade so, wie er ist.«

***

Es war ein elend langer Gang, eine Art Betontunnel, und er hörte die eigenen Schritte hallen. Spärlich an der Decke verteilte Neonröhren spendeten dämmriges Licht. Rechts und links graue Stahltüren in der Wand, er hetzte an ihnen vorbei, bis er zu einer Gabelung kam. Links oder rechts? Er entschied sich für links. Er rannte, bis er wieder an einer Gabelung stand, und er entschied sich diesmal für rechts. Nachdem er ein paar Minuten gelaufen war, stieß er auf eine Wand. Er fluchte, trat gegen die Wand und kehrte um. An der Gabelung wählte er nun die andere Richtung. Er spürte Schmerzen in der Brust, musste husten, Seitenstiche quälten ihn. Er glaubte, Schritte zu hören. Er blieb stehen und versuchte seinen Atem zu beruhigen. Aber er hörte nichts außer sich selbst. Er lief weiter, bis er eine Kreuzung erreichte. Es sah alles gleich aus, Beton, Beton, Beton. Er stieß ein trockenes Lachen aus und entschied sich für links. Er hechelte los, dann fiel er in einen Trab, er musste Reserven haben, wenn es zu einer Konfrontation kam. Du darfst dich nicht verausgaben, nicht verausgaben, nicht verausgaben. Der Gang machte einen Knick, dahinter sah er schon die nächste Gabelung. Rechts eine graue Stahltür. Er blieb davor stehen und versuchte sie zu öffnen, aber sie war fest, als wäre sie verschweißt. Er lief zur Gabelung und entschied sich wieder für links. Fern hörte er das Hallen einer Maschinenpistolengarbe. Panik griff nach ihm, aber er überzeugte sich, dass die Typen weit weg waren. Wahrscheinlich versuchten sie die Tür aufzuschießen. Eine Kreuzung. Er blieb stehen, stützte die

Hände auf die Oberschenkel und atmete durch. Er fasste noch einmal Mut und rannte in den Gang. Er machte eine Biegung nach rechts, dann nach links, um schließlich scharf nach rechts abzuknicken. Dann stand Georgie vor einer Stahltür. Natürlich war sie verschlossen. Wieder eine Sackgasse. Georgie stand da, dann stampfte er mit dem Fuß auf, es staubte, und er hustete. Er spürte den Brechreiz, versuchte ihn zu unterdrücken, doch dann musste er sich übergeben. Es schmeckte scharf und bitter. Er wischte sich mit dem Ärmel den Mund ab, dann ging er zurück, Schritt für Schritt. Eine innere Stimme sagte ihm, er solle aufgeben. Aber wie sollte er das tun? Er würde den Weg zu den Schweinen nicht mal finden, um aufzugeben. Jetzt begann er an allen Türen zu ruckeln. Es waren viele Türen, und alle waren verschlossen. Georgie nieste. Er fror und schwitzte zugleich. Wieder eine Tür, wieder ruckeln, der Arm schmerzte schon. Und weiter, immer weiter. Weit entfernt ein metallisches Klacken, noch eines, durch die Gänge gejagte Schallwellen, die sich tausendfach brachen. Georgie begann zu lachen, laut, dann schrie er und verstummte abrupt. Weiter, die nächste Tür. Wie verschweißt. Weiter, eine Kreuzung, war ich hier schon? Egal, weiter. Links abbiegen, wieder Türen, wieder ruckeln. Irgendwann würde sein Arm an einem dieser elenden runden Stahlgriffe hängen bleiben. Aber das war egal. Er bekam Durst, der Staub, dieser elende feine graue Staub. Weitergehen. Er trottete voran, ließ den Kopf hängen, hörte sich schlurfen, aber er schnauzte sich an: Los, du Hänger. Weiter, immer weiter. Der Durst quälte. Er zog an den Türgriffen, die Hand begann zu schmerzen. Er blieb stehen, eine Gabelung. Er stellte sich ans Ende des Ganges, aus dem er kam, und blickte in beide Richtungen. Ganz weit weg schimmerte etwas, links. Vielleicht der Ausgang? Georgie fasste Hoffnung. Plötzlich hatte er wieder Kraft, und die Schmerzen verflogen fast. Er ging los und begann zu traben, bis er rannte. Der Endspurt. Das Licht wurde heller, es war weiß, und er sah die durch den Staub milchig grau gefärbte Luft. Am Ende des Gangs war eine Gabelung, das Licht kam von rechts. Georgie keuchte und hustete, er rannte weiter. Es wurde heller. Wieder eine Gabelung, wieder ging es rechts weiter. Nun wurde es hell, aber er konnte die Lichtquelle nicht sehen. Doch er entdeckte die Öffnung, und hinter der Öffnung schneite es, und es war Tag, ein grauer Tag, und er sah die grauen Wolken, und er wusste, er würde frei sein, und er würde noch viele Tage mit grauen Wolken sehen. Vor der Öffnung war eine Gabelung, die letzte dieser verfluchten, elenden Gabelungen in diesem verfluchten, elenden Labyrinth aus Beton. Georgie schaute nicht zur Seite, sondern trat an die Öffnung. Ihm wurde schlagartig schwindelig. Tief unten war ein geteerter Platz mit Linien, ein Parkplatz, aber ein Parkplatz ohne Autos. Es gab keine Treppe hinunter und keine Leiter. Er sah keinen Menschen, nur gigantische Hügel von Kies und Sand hinter dem Parkplatz, irgendwo hörte er das Summen eines weitab fliegenden Hubschraubers, dessen Blinklicht er erkannte. Als er sich umdrehte, standen die beiden Kerle vor ihm, der eine zielte mit seiner MPi auf Georgies Bauch. Und der andere war schlecht gelaunt. In diesem Augenblick überfielen Georgie alle Demütigungen und Verletzungen seines Lebens und auch die Einsicht, dass er trotzdem allein schuld war, dass er alles, aber wirklich alles vermasselt hatte. Und deswegen stand er am Abgrund. An seinem Abgrund. Er ließ sich einfach nach hinten fallen und sah noch das verdutzte, ungläubige Staunen, das sich auf dem Gesicht des Scheißkerls mit der MPi ausweitete. Wie die Augen sich vergrößerten,

Falten auf die Stirn schossen und er vor allem den Mund aufriss und trotzdem aufhörte zu atmen. Das Letzte, was Georgie dachte, war: Jetzt hab ich's euch gezeigt.

***

Zuerst dachte Stachelmann, dass sie den größten Langweiler der Polizeigeschichte auf ihn losgelassen hatten, aber er hatte auch nicht erwartet, dass ihm mit Kriminalrat Bartels eine sympathische, attraktive, intelligente und witzige Gestalt gegenübersitzen würde. Doch so einer? Wo haben sie den nur ausgegraben?

Aber er berichtigte sein Urteil Stück für Stück und begann zu staunen, während das Gespräch voranschritt. Er war am Nachmittag ins Polizeipräsidium gekommen, das direkt am Monsterbau des stillgelegten Tempelhofer Flughafens lag. Der Blick, der sich vom Tempelhofer Damm bot, nachdem Stachelmann von der Stadtautobahn abgefahren war, war wie immer imposant und führte ihn für einige Sekunden weit zurück in die Geschichte. Er stellte sich die eleganten Flugpassagiere der Weimarer Zeit vor, aber auch die Trümmer am Ende des Kriegs. Er sah die Naziflagge am Portal und die braunen Bonzen in ihren Pfauenkostümen, die wie Uniformen aussehen sollten, aber ihre Träger in getreue Abbilder von Hollywoodnazis verwandelten.

Im Präsidium saß er diesem Mann ohne Eigenschaften gegenüber, der offenbar alles tat, um diesen traurigen Zustand zu betonen. Er trug einen Durchschnittsanzug, eine Durchschnittskrawatte, war glatt rasiert, hatte kurze dunkelbraune Haare und ein Gesicht, das Langeweile ausstrahlte. Aber er war nicht einmal ein Schnösel.

»Und was ist der Stand der Ermittlungen?«, fragte Stachelmann und trank einen Schluck Espresso von der

Maschine, die der einzige auffällige Einrichtungsgegenstand war. Von draußen hörte er das Rauschen des Tempelhofer Damms.

»Offen gesagt, wir haben nichts, das uns weiterhilft. Ist selten. Muss ein Profi gewesen sein. Es ist bei den technischen Möglichkeiten, die wir haben, fast unmöglich, keine Spuren zu hinterlassen. Vom Täter gibt's aber nur verschmierte Fußabdrücke, und ich wette mit Ihnen, dass es uns nichts nutzen würde, das Schuhmodell herauszufinden. Allerdings ist die Spurenarmut auch eine Spur, die einen immerhin zu einer Art Gedankenexperiment einlädt.«

»Ich kann es mir vorstellen«, sagte Stachelmann und erntete einen längeren Blick. »Ein Profi kommt nur zum Zug, wenn es um etwas Wichtiges geht. Offenbar hat Rehmer etwas getan, das jemanden massiv stört. Das bedeutet in meinen Augen, dass Sie nach einem starken Motiv suchen müssen. Eifersüchtige oder neidische Menschen pflegen keinen Killer zu engagieren. Vielleicht ein großer Hass, vielleicht im beruflichen Umfeld. Vielleicht irgendwas in den Akten, die ich mir gleich ansehen werde. Allerdings sage ich Ihnen gleich, dass ich die meisten dieser Akten vor einiger Zeit schon gesichtet habe und dass Sie nichts erwarten sollten.«

»Aber Sie haben sie damals nicht unter dem Aspekt eines Mordes gelesen«, sagte Bartels.

Es klopfte an der Tür, und Weber steckte seinen Kopf hinein. »Kohlenberg und ich fahren nach Leipzig, da ist vielleicht was. Die Kollegen haben angerufen.«

Bartels nickte ausdruckslos, und die Tür schloss sich. Währenddessen suchte Stachelmann nach irgendwelchen persönlichen Gegenständen in dem Büro, aber er entdeckte nur zwei Bilderständer und einen unbenutzten Glasaschenbecher. Das Sitzen schmerzte ihn im

Rücken, er stand auf und ging zum Fenster, unten rollte der Verkehr vierspurig durch den ersten Schnee des Herbstes.

»Wie lange werden Sie brauchen?«

»Ein bis maximal drei Tage.«

»Wir können Ihnen hier ein Büro geben, die Akten liegen auch schon da. Und wir übernehmen die Übernachtungskosten. Sie können Belege für die Autofahrt einreichen. Aber ich warne Sie gleich, es dauert lange, bis der Senat Rechnungen begleicht.«

»Wäre schön, er würde vor meinem Ableben bezahlen«, sagte Stachelmann.

Bartels verzog keine Miene.

Stachelmann blätterte sich durch Seiten mit unendlichen Zahlenkolonnen, ein- und zweistellige Reichsmarkbeträge. Es waren sieben Ordner mit Zahlenwüsten, die würden niemanden weiterbringen.

Der nächste Ordner enthielt Briefe und Aktenvermerke, unsortiert. Beschwerden, Neiddiskussionen, Denunziationen des einen Parteigenossen durch einen anderen, oft aus nichtigem Anlass, wegen lächerlicher Beträge oder im Suff gefallener Behauptungen über finanzielle Unregelmäßigkeiten. Dazu Berichte über Korruptionsverfahren, Unterschlagungen, aber das kannte er alles. Dann ein Brief:

Der Sonderbeauftragte des Reichsschatzmeisters der NSDAP für die Reichshauptstadt

Herrn
Reichsschatzmeister Schwarz
München 33

Im Verlauf des Tages-Terrorangriffs auf Berlin am 26. d. M. erhielt das Gebäude der Dienststelle Berlin der Partei-Kanzlei, Wilhelmstr. 63/64, erneut zwei Volltreffer und einen Blindgänger. Meine Diensträume, die ich im ersten Stock des Hauses Wilhelmstraße 63 innehatte, sind zerstört. Die Panzerschränke haben gehalten, so daß meine wichtigsten Akten erhalten geblieben sind. Lediglich die Akten, die anläßlich des Terrorangriffs am 3. d. M. im Keller des Gebäudes getroffen worden sind und teilweise geborgen werden konnten, sind nunmehr völlig vernichtet worden. (…)
Heil Hitler!

Verschwunden waren nicht nur diese Akten. Verschwunden war seit 1945 auch die Buchhaltung des Braunen Hauses, und es gab keinen Zweifel, dass nicht die Alliierten dafür gesorgt hatten, sondern der Reichsschatzmeister Franz Xaver Schwarz. Schwarz hatte wie die Spinne in ihrem Netz das gesamte Finanzwesen der NSDAP beherrscht, er war in Finanzfragen nur Hitler verantwortlich gewesen, und der hatte ihn machen lassen, hatte ihm sogar die Verwaltung seines Privatvermögens anvertraut. Wenn jemand die Finanzen der Nazipartei kannte, dann war es Schwarz. Die amerikanischen Besatzer hatten versucht, ihm seine Geheimnisse zu entlocken und den alten Mann dabei etwas zu hart angefasst, sodass er 1947 in der Haft starb und sein Wissen mit ins Grab nahm. Diese Tatsachen kamen Stachelmann ins Gedächtnis, als er den Brief sah.

Er blätterte weiter, stieß auf Immobilien, die der Wehrmacht überlassen worden waren, vieles aus Eigentum, das Juden gehört hatte. Auch die Partei hatte sich bei der Arisierung bereichert. Bis Anfang 1933 abgrundtief verschuldet, war sie nach der Machtübertragung schlagartig alle Schulden losgeworden, weil die Industrieherren und

Bankiers Schlange standen, um zum eigenen Nutzen zu spenden. In den Akten, die Stachelmann las, sah er die ihm noch einigermaßen vertrauten Vorgänge, die zeigten, dass einige braune Herren das mit den Spenden sehr persönlich nahmen.

Aber was sollte das alles mit dem Mord an Rehmer zu tun haben? Stachelmann fielen wieder dessen Andeutungen ein, dieses Verschwörungsgeraune. Die Wichtigtuerei. Aber wenn Rehmer gar nicht geprahlt hatte? Stachelmann lehnte sich zurück und ließ seinen Blick zwischen dem Gummibaum und dem Aquarium hin und her schweifen. Buntbarsche und blausilbrige Fischlein, die er nicht kannte, wedelten gelassen umher. Wem mochte dieses kleine Büro gehören, und wer hatte noch ein Aquarium und diesen Gummibaum hineingequetscht? Und wer versorgte Tiere und Pflanze?

In diesem Augenblick fiel ihm auf, wie sehr ihm Georgie fehlte. Er hätte das gut mit ihm diskutieren können, wo er doch mittlerweile Georgies Allüren und seine lustlosen Kommentare gut ertrug, zumal es Georgie trotz aller Mühen nicht gelang, sein Hirn abzuschalten.

Stachelmann wählte Georgies Handynummer, und es meldete sich nur die Mobilbox. Wo, verdammt, war der Kerl? So lange war Georgie noch nie abgetaucht.

***

»Also«, sagte Weber, »dieser Institutsleiter, Professor Maltmann, er heißt übrigens teutonisch Sigurd, du hast ja mit dem telefoniert.« Weber überholte einen Lastwagen, fuhr auf die rechte Spur und verlangsamte den Dienst-Mercedes auf hundertzwanzig.

»Ja«, sagte Gaby Kohlenberg, »sympathisch war er mir übrigens nicht, aber das ist ja kein Kriterium. Was ist mit dem?« Weber hatte sie gebeten, mit nach Leipzig zu kommen, und ihr versichert, den Grund erfahre sie unterwegs.

»Die Leipziger Kollegen, das ist dieser Oberkommissar Rand, kennst du den?« – Sie schüttelte den Kopf – »Also der sagt, er habe mit einem Assistenten von diesem Maltmann gesprochen, und dieser Assistent habe erklärt, Rehmer habe keineswegs in dem Ruf gestanden, nicht ganz dicht zu sein. Er sei sicherlich ein bisschen kauzig gewesen, habe aber als Experte einen guten Ruf gehabt. Nicht gerade eine internationale Koryphäe, aber so viel auf dem Kasten wie Maltmann habe er allemal gehabt. Und Maltmann habe geradezu Angst gehabt vor Rehmer und ihn auch beneidet, weil dessen Lehrveranstaltungen besser besucht waren.«

»Er hat mich also … angeschwindelt.«

»Das hat er. Wobei es möglich ist, dass er sich selbst nicht eingestehen kann, dass er nicht so toll ist, wie er denkt.«

Und Gaby Kohlenberg dachte, dass nicht alle so zurückhaltend sein können wie Bartels, der sogar Pressekonferenzen nach großen Ermittlungserfolgen Weber und ihr überließ. Und der mit Abstand der beste Kriminalist war, von dem sie je gehört hatte. Aber solche Menschen waren viel zu selten. Und sie zählte ja auch nicht zu ihnen, Weber ebenso wenig. Doch Aufschneider waren sie nicht, und irgendjemand musste in die Öffentlichkeit gehen, damit die Bürger das Gefühl hatten, ihre Steuergelder seien gut angelegt.

Sie wählte die Nummer von Oberkommissar Rand, der gleich abnahm. Rand hatte eine sympathische, fast warme Stimme mit leichtem sächsischen Dialekt und offenbar die Ruhe weg. »Wie heißt denn dieser Assistent?«, fragte Gaby Kohlenberg.

»Müller«, sagte Rand. »Also, dieser Müller sagt, der Rehmer habe etwas in der Hand gehabt, um Maltmann ins Schwitzen zu bringen. Aber er wusste nicht, was.«

»Und wie kommt der darauf?«

»Er hat mal, unfreiwillig, sagt er, ein Gespräch zwischen Maltmann und Rehmer belauscht. Die Tür von Rehmers Büro habe offen gestanden, und er habe drinnen einen Streit gehört und die Stimmen auch gleich erkannt.«

Sie trafen Müller in der Leipziger Polizeidirektion an der Dimitroffstraße, einem modernen rot verklinkerten Zweckbau, wo Oberkommissar Rand seinen mächtigen Bauch die Treppe hinuntertrug, um seine Gäste zu empfangen. Er hatte ein freundliches breites Gesicht und trug einen Schnauzer, die Haare waren dünn und verschwitzt. »Der Herr Müller ist auch schon da«, sagte er gleich. »Ich bringe Sie zu ihm. Ich darf vorausgehen.« Er ging zum Aufzug und drückte den Knopf. Im dritten Stock, an der Wand historische Plakate der Polizei, führte er sie zu einer Tür, wo ein Mann vor dem Schreibtisch saß, Mitte dreißig, vor sich eine Tasse, ein Teebeutel lag auf der Untertasse.

Rand stellte Müller die Berliner Kollegen vor, dann fragte er: »Brauchen Sie mich?«

»Wie Sie wollen«, sagte Weber.

Rand zeigte auf seinen Schreibtischstuhl und setzte sich auf einen Stuhl an der Wand. Gaby Kohlenberg setzte sich hinter den Schreibtisch, Weber auf einen weiteren Stuhl, den er näher an Müller heranrückte, sodass er fast neben ihm saß. Auf dem Schreibtisch standen ein Wimpel von Lok Leipzig und drei Bilderrahmen mit Familienfotos. An der Innenseite der Tür hing ein Plakat von der Polizeigewerkschaft.

Müller hatte eine frühe Halbglatze, die Augen waren leicht gerötet, und er fingerte pausenlos an seiner Nase oder an den Ohren herum. Rehmer, so sagte er den Berliner Kriminalbeamten, sei ein fähiger Historiker gewesen, aber Maltmann habe ihn nach allen Regeln der Kunst behindert. »Nun war Rehmer keiner von denen, die besonders selbstsicher auftraten. Keiner von denen. Er war eher einer von denen, die sich selbst wenig zutrauten. Bis auf diese Momente, wenn er zum Höhenflug ansetzte. Er gehörte zu denen, die hin und wieder zu Höhenflügen ansetzten. Sie wissen, was ich meine? Zu denen gehörte er …«

»Wir gehören zu denen, die genaue Aussagen schätzen«, sagte Gaby Kohlenberg. Sie sagte es freundlich, auch wenn ihr der Typ gleich zuwider war. »Sie haben ein Gespräch … gehört zwischen Rehmer und Maltmann.«

»Ja, also, ich bin keiner, der an Türen lauscht, aber …«

»Was haben Sie denn gehört?«

»Also, ich habe den Anfang des Gesprächs nicht mitbekommen. Als ich vorbeiging, da haben die sich schon gestritten …«

»Versuchen Sie, so genau wie möglich wiederzugeben, was gesagt wurde.«

»Also, ich gehöre nicht zu denen, die gleich alles wieder vergessen, ganz bestimmt nicht. Aber wörtlich kriege ich es nicht hin.«

»Nun versuchen Sie es so exakt wie möglich, ja?« Gaby Kohlenberg sprach wie eine bis zur Selbstaufgabe geduldige Mutter zu ihrem missratenen Zögling.

Nun wurde Müller mit einem Mal laut, er schrie fast, als er in die Rolle der Streithähne schlüpfte: »Das können Sie nicht machen! (Dann leise:) so der Maltmann. – Und ob ich mir das erlauben werde. Sie sind geliefert. – Mein Gott, Sie sind doch ein Kollege. – (Fast schrill:) Aber keiner von Ihnen. Sie haben sich verstrickt, und nun baden Sie es aus. Sie werden zum Gespött der Branche. – Das werden Sie bereuen, Rehmer, ich kann kämpfen, glauben Sie's mir. Mit allen Mitteln. Mit allen Mitteln. – Wollen Sie mich einschüchtern? Ha, das wird Ihnen nicht gelingen. Ich fahre jetzt ins Archiv, nach Berlin. Und wenn ich zurückkomme, sollten Sie abgetreten sein. Verstanden? – Wir werden sehen, wer hier abtritt.«

Müller sackte erschöpft zusammen.

»Um was ging es dabei?«, fragte Weber.

»Ich habe nicht die geringste Ahnung.«

Maltmann war ein klein gewachsener Mann mit Glatze und nervösen Augen. Er empfing sie im Historischen Seminar in der Beethovenstraße, gegenüber der Universitätsbibliothek. Das Büro war durch und durch modern eingerichtet, Stahl und Glas, abstrakte Kunst an den Wänden, aber auch das Faksimile einer historischen Urkunde gegenüber des Schreibtisches, der von einer riesigen Lampe beschienen wurde, deren Fuß auf einem grauen Teppichboden stand und deren Schirm an einem beängstigend dünnen gebogenen Stahlträger über der Tischplatte baumelte, auf deren Seitenkante ein ultradünnes weißes Notebook lag, den Deckel aufgeklappt. Die obligatorische Sitzecke und daneben, auf einem anthrazitfarbenen Ständer, ein großformatiger LCD-Fernseher.

Maltmann wippte auf den Fußballen, als er sie begrüßte. Er bot etwas zu trinken an, aber die beiden Kriminalbeamten lehnten ab. Sie wollten am Abend zurück nach Berlin. Sie hatten sich gerade gesetzt, als nach einem Klopfen die Tür geöffnet wurde und eine attraktive junge Frau eintrat. »Oh, ich störe wohl.«

»Vielleicht in einer Stunde«, sagte Maltmann. »Ich rufe Sie an.«

Weber starrte auf die Frau, und Gaby Kohlenberg konnte sich ein leichtes Grinsen nicht verkneifen.

Als die Tür fast unhörbar geschlossen war, sagte Maltmann: »Ich will natürlich Ihre … Arbeit unterstützen, aber ich hatte Ihre Kollegen schon zu … Besuch. Ich dachte, alle Fragen zu diesem tragischen Fall beantwortet zu haben.«

»Natürlich«, sagte Gaby Kohlenberg. »Vielen Dank, dass Sie uns noch einmal Ihre Zeit widmen.« Während sie es sagte, fiel ihr auf, dass sie diese anschleichende Sanftheit von Bartels gelernt hatte. Wenn man Zeugen oder Verdächtige hart anging, dann konzentrierten sich die meisten umso mehr. Wenig reden und zuhören. Freundlich sein, solange es geht. Und wenn nicht, konnte Bartels auch umschalten, als würde er ein anderer Mensch. Aber dann verstellte er sich.

Maltmann nickte betont freundlich.

»Sie haben gesagt, der Herr Rehmer habe einen … Spleen gehabt.«

Maltmanns Augen flatterten. »Ich bin in einer unangenehmen Lage.« Er sprach schnell. »Wissen Sie, de mortuis nihil nisi bene.« Er schaute die beiden Polizisten an und übersetzte: »Man soll nur Gutes über Tote sagen.«

»Natürlich«, sagte Gaby Kohlenberg. »Wir werden unser Gespräch vertraulich behandeln, wir verstehen Ihre Lage. Aber Sie müssen bitte auch unsere Lage verstehen. Wir müssen einen Mordfall aufklären. Wir können es nicht dulden, dass jemand einen Killer beauftragt, einen Menschen zu töten. Und um diesen Fall aufzuklären, folgen wir jeder Spur, und ist sie auch noch so schwach.«

»Ja, gewiss.« Wieder flackerten die Augen.

»Also, der Herr Rehmer, was war das für einer?« Gaby Kohlenberg schaute Maltmann in die Augen.

»Ich bedaure es sehr, Herr Rehmer war gewiss ein

talentierter Kollege, aber er hatte die Neigung, sich zu verrennen. Und wenn er es tat, war er für nichts anderes mehr zu gebrauchen.«

»Nach unseren Informationen galt Herr Rehmer aber immerhin als so profiliert, dass Sie ihn als Konkurrenten betrachtet haben sollen«, sagte Weber und warf Maltmann einen strengen Blick zu.

Der legte seine Stirn in Falten, ließ die Augenlider turnen, lehnte sich zurück, beugte sich nach vorn und schnaufte. »Sie sollten nichts auf Gerüchte geben.«

Gaby Kohlenberg und Weber tauschten einen Blick. Dann sagte sie: »Und wenn er etwas gegen Sie in der Hand hatte, das er gegen Sie hätte verwenden können? Wenn er Ihren Posten als Institutsleiter haben wollte und Sie sich bedroht gefühlt haben?«

»Was dann?« Nun war Maltmann scharf geworden, eine Stimme wie eine Rasierklinge. Nach einer kurzen Pause: »Das glauben Sie doch selbst nicht.«

»Was wir glauben, spielt keine Rolle«, sagte Weber trocken. »Was wir wissen, ist, dass Sie uns am Telefon eine Auskunft über Rehmer gegeben haben, die mindestens unvollständig ist.«

»Und vor allem haben Sie vergessen zu sagen, dass Rehmer ein fähiger Historiker war und sich Chancen ausrechnen konnte, Karriere zu machen. Und was Sie als Marotte betrachten, könnte doch als besonderes Engagement für seine Forschung verstanden werden.« Gaby Kohlenberg blickte ihn freundlich an, verbarg aber nicht ihr Misstrauen. Sie mochte diesen Kerl nicht, er hatte etwas Falsches, Verlogenes, Aalglattes.

»Ich kann Ihnen doch nur meinen Eindruck schildern. Und wenn Sie oder sonst jemand ihn für falsch halten, so what?«

»Darum geht es nicht«, sagte Weber. »Wir wissen« – na

ja, wissen ist ein großes Wort, dachte er –, »dass Rehmer ein guter Wissenschaftler und ehrgeizig war. Und erfolgreich, jedenfalls bei den Studenten. Beliebter als Sie.«

»Das ist eine Interpretationsfrage«, erwiderte Maltmann mit zuckenden Lidern. »Außerdem, selbst wenn es so sein sollte, glauben Sie, ich schicke einem Kollegen einen Mörder auf den Hals, weil er angeblich beliebter ist als ich? Bei den Studierenden!«

»Aber wenn es um Ihre wissenschaftliche Existenz geht …« Weber sagte es wie nebenbei.

Maltmann starrte ihn einen Augenblick fassungslos an, dann schüttelte er den Kopf. »Es ist nicht so. Und wenn es so wäre, siehe oben.«

»Wir gehen davon aus, dass Rehmer Ihren Posten wollte und dass er einen Weg gefunden hatte, ihn zu bekommen. Ist das klar genug?« Weber begann die Geduld zu verlieren, aber kontrolliert, und er wollte die Sache jetzt verschärfen.

Liderflackern. »Ich glaube, Sie verstehen hier einiges nicht. Ich überlege, ob ich nicht besser dieses Gespräch abbreche. Unverschämtheiten muss ich mir nicht gefallen lassen.«

»Wir können das Gespräch auch bei unseren Leipziger Kollegen weiterführen, wenn Sie das vorziehen«, sagte Weber betont gelassen.

Maltmann guckte von ihr zu ihm und wieder zu ihr. »Und warum wollen Sie mir was anhängen?«

»Wir wollen Ihnen nichts anhängen. Wir haben klare Fragen und erwarten klare Antworten. Ich hoffe, Sie verstehen, was ich meine.« Gaby Kohlenberg war besonders freundlich.

»Was hat Rehmer in Berlin gemacht? Sie sind der … Chef hier, Sie müssen es wissen.«

»Das weiß ich nicht. Er hatte ein Forschungssemester, da

dürfen Wissenschaftler machen, was sie wollen. Manche restaurieren ihre Segelboote in der Zeit, und wenn es alte Modelle sind, weisen sie leichter Hand ein historisches Interesse nach.« Da steckte Verachtung in der Stimme.

»Rehmer war im Bundesarchiv, da gibt es keine Segelboote.« Weber ließ seinen Ärger heraushängen. Der Kerl war wie ein Wackelpudding.

»Ja, stimmt«, sagte Maltmann. »Er verfolgte da seit Jahren eine Sache, und das mit einem … außerwissenschaftlichen Impetus. Nicht sine ira et studio.«

»Und was für eine Sache war das?« Gaby Kohlenberg war die Ruhe in Person, aber Weber wusste, dass sie innerlich kochte.

»Das hat er uns nicht … anvertraut. Er hat immer nur gesagt, wir würden es schon erfahren. Er war eben sehr eigen, der Kollege.«

»Wo waren Sie zur Mordzeit?«, fragte Weber und nannte den genauen Zeitpunkt. Aber er wusste natürlich, dass Maltmann kein Profikiller war.

»Fragen Sie doch meine Frau«, sagte Maltmann mit zuckenden Lidern, aber seine Stimme klang siegesgewiss.

»Haben Sie etwas dagegen, dass wir uns Ihre Kontoauszüge ansehen?« Gaby Kohlenberg fragte es, als Maltmann sich gerade straffte und ein kaum sichtbares Lächeln ins Gesicht setzte. Er gewann Oberwasser, eindeutig. Aber die Frage versenkte ihn schlagartig. Das Liderzucken beschleunigte sich, und Gaby Kohlenberg glaubte, Maltmanns Hände zittern zu sehen. Der schwieg eine Weile, dann sagte er: »Ja.«

»Gut«, erwiderte Weber, »wir werden uns eine richterliche Durchsuchungsgenehmigung, auch für Ihre Bankkonten, besorgen. Das geht schnell.«

Maltmanns Schultern sanken herb. »Warum?«

»Das ist doch ganz einfach«, sagte Gaby Kohlenberg

mit einem besonders freundlichen Lächeln, »wir haben es offenkundig mit einem Profikiller zu tun, und so jemand wird bezahlt. Wenn Sie also in letzter Zeit einen hohen Geldbetrag von einem Ihrer Konten abgehoben haben, dann sollten Sie in Ihrem eigenen Interesse genau nachweisen, wohin dieses Geld gegangen ist.«

Jetzt wurde Maltmann blass wie ein weißes Tuch.

***

»Da ist nichts, wirklich nichts«, sagte Stachelmann, und Bartels nickte. Sie saßen in dem kleinen Büro mit den Fischen und dem Gummibaum. Stachelmann hatte dem Kriminalrat detailliert und gestützt auf Notizen erläutert, dass in diesen Akten ein paar hundert Gründe für Mord und Totschlag stünden, aber kein einziger, bei dem er sich vorstellen könne, dass heute noch einer einen Killer beauftrage. Natürlich, wo geraubt wurde wie bei den Arisierungen, wo sich Bonzen bereicherten, wo Bestechung im Spiel war, wo unterschlagen wurde, da wuchsen Hass und Rachsucht. Aber das Ganze war mindestens fünfundsechzig Jahre her, und niemand der Beteiligten lebte noch, es sei denn in einem biologischen Zustand, in dem man üblicherweise andere Sorgen hat als Auftragsmorde. Und wenn da Motive erwachsen seien aus diesen Vorgängen, warum hätten die Zukurzgekommenen, die Beraubten, die Erpressten nicht schon vorher zugeschlagen? Die Wahrscheinlichkeit, dass ein Täter *und* ein Opfer heute noch lebten, tendiere gegen null. Das alles hatte Stachelmann dem Kripomann berichtet und es in vielen Einzelheiten geschildert, gewiss detaillierter, als es nötig gewesen wäre, aber auf jeden Fall genau genug, um deutlich werden zu lassen, dass es in diesen Akten keine Spur gab, die man verfolgen könnte.

Bartels hörte zu, nickte, sagte aber so gut wie nichts. Natürlich bedankte er sich, und Stachelmann verließ das Polizeipräsidium. Er ging zu seinem alten Golf, setzte sich hinein und versuchte Georgie zu erreichen. Aber der nahm nicht ab. Plötzlich war Stachelmann sicher, dass Georgie etwas passiert sein musste. Er begann sich Vorwürfe zu machen, er hätte sich früher um Georgie kümmern müssen. Vielleicht hatte der in einem Anfall der Verzweiflung Suizid begangen, Stachelmann entsann sich dieser Zeiten der Depression, die Georgie heimsuchten und die der mit seinen Launen und seinem Gemoser eher ungeschickt zu überspielen suchte. Wo war Georgie?

Stachelmann stieg wieder aus und ging zurück zum Präsidium. Der Beamte an der Pforte erkannte ihn und fragte gar nicht erst nach seinem Ziel. Stachelmann wartete ungeduldig auf den Aufzug, jetzt hatte er es eilig. Endlich kam der Lift und er stieg ein, die Türen schlossen besonders langsam, es dauerte viel zu lang bis zum dritten Stock. Er klopfte an Bartels Tür und öffnete sie gleich, aber der Kriminalrat war nicht erstaunt, zumindest zeigte er es nicht. Er sagte auch nichts.

»Ich vermisse einen Freund, der mit mir in Berlin war und seit ein paar Tagen verschwunden ist.«

»Setzen Sie sich«, sagte Bartels und zeigte auf den Besucherstuhl vor dem Schreibtisch.

Stachelmann setzte sich und berichtete.

»Vielleicht hat ihn der Besuch dieses Herrn mit der Pistole so erschreckt, dass er sich versteckt?«

Das war ein gutes Argument, fast könnte er glauben, dass Bartels Georgie kannte. »Das ist natürlich möglich.«

Bartels lächelte fast.

Aber dann sagte Stachelmann: »Er stellt sein Handy nie ab. Es meldet sich aber nur die Mobilbox. Er hätte längst zurückrufen müssen.« Er überlegte, ob es stimmte, was er sagte, aber es konnte nicht schaden, ein wenig Druck zu machen. Und wenn er sich jetzt als Hysteriker blamierte, na und?

»Haben Sie ein Foto von ihm?«

Stachelmann schüttelte den Kopf und schrieb Georgies Handynummer auf einen Zettel, den Bartels einem Stapel entnommen hatte.

»Gut, wir werden versuchen, die Funkzelle zu lokalisieren. Aber viel Hoffnung kann ich Ihnen nicht machen.« Er schaute Stachelmann ein paar Sekunden traurig in die Augen und legte den Zettel vor sich hin. »Eine komische Geschichte«, sagte er noch.

»Ja, wenn dieser Typ mit der Pistole Georgie entführt oder ihm was … angetan hat, dann muss die Lösung des Rehmer-Falls doch in diesen Akten stecken«, sagte Stachelmann. »Oder nicht?«

»Möglich. Sie glauben aber nicht, welch seltsame Zusammenhänge sich manchmal auftun.«

»Ja, aber ich bin ein Anhänger eines Mönches namens Wilhelm von Ockham …«

»Ich auch«, sagte Bartels und lächelte flüchtig. »Ockhams Rasiermesser, nicht wahr? Das alles Unwahrscheinliche bis Absurde wegschneidet. Die naheliegende Erklärung ist meist die richtige. Was heißt das in unserem Fall?«

»Der Pistolenmann«, sagte Stachelmann.

Bartels nickte. »Wir suchen den sowieso.«

»Aber ich habe in den Quellen ja nichts gefunden«, sagte Stachelmann. »Und ich hätte es gefunden, wenn da irgendwas gewesen wäre, was auch nur annähernd als Mordmotiv infrage kommen könnte. Es muss doch um etwas anderes gehen. Nur, was ist mit Georgie?«

Bartels hob die Augenbrauen kurz an.

***

Sie brauchten doch keinen Durchsuchungsbefehl, Maltmanns Widerstand war gebrochen. Sie fuhren in sein Haus, ein wenig außerhalb von Leipzig, repräsentativ, mit angedeuteten Säulen an der Wand und sonstigen neoklassizistischen Elementen, die weiß hervorgehoben waren vor ockerfarbenem Hintergrund. Sprossen in den Fenstern, eine massive Haustür mit Messingbeschlägen. Drinnen ging es so weiter, Eingangshalle mit schwarzweißem Marmorboden, an den Wänden großformatige abstrakte Bilder. Im Arbeitszimmer Jugendstilmobiliar, beherrscht von einem riesigen Schreibtisch, an den Wänden Fotos, die Maltmann und seine viel zu junge, schöne Frau zeigten, auf einer Segeljacht, neben einem BMW-Motorrad und vor einem Porsche 911 in Silbergrau. Man braucht keine zehn Sekunden, um zu wissen, was für einer Maltmann ist, dachte Gaby Kohlenberg, und dann dachte sie noch, wie schrecklich es für Maltmann wäre, dies alles zu verlieren, diese Welt, die für ihn sein Leben war, wogegen seine Arbeit ihm nur dazu diente, das Geld dafür zu verdienen. Verlor er seinen Posten, dann verlor er sein Leben. Aber selbst für einen Institutsdirektor und Ordinarius, der gut verdiente, war dieses Leben doch viel zu teuer. Vielleicht war seine Frau nicht nur zu jung, sondern auch reich.

In diesem Augenblick trat sie leise ins Arbeitszimmer. »Oh, du hast Besuch. Ich hatte gar nicht mit dir gerechnet.«

Sie hatte lange dunkelblonde Haare und eine perfekte Figur, vielleicht, so fand Gaby Kohlenberg, ein bisschen zu viel Oberweite, oder die knappe Bluse betonte sie zu stark. Sie hatte ein ebenförmiges Gesicht, als käme sie direkt aus einer Schönheitsfabrik, und bestimmt hatte sie sich irgendetwas richten lassen. Die Nase, tippte Gaby Kohlenberg, bei den meisten ist es die Nase. Und sie merken gar nicht, dass ihre perfekten Proportionen die Gesichter in schöne Dutzendgesichter verwandeln, die man kaum voneinander unterscheiden konnte. Gaby Kohlenberg wusste, dass sie selbst nicht schön war, aber attraktiv, dass sie ein Typ war, einzigartig, und dass ihre Augen bei Männern mehr bewirken konnten als der Anblick eines Retortengesichts. Sie neidete anderen Frauen nie das Aussehen, auch wenn ihre Hüften ein wenig zu breit waren und der Busen vielleicht doch etwas flacher. Es geht um den Gesamteindruck, sagte sie sich, während sie die perfekte Frau Maltmann beobachtete, die sich im eigenen Haus irgendwie verloren vorzukommen schien. Wahrscheinlich brauchte sie einen festen Rhythmus, dass alles vorausschaubar war und nur die Dinge stattfanden, die sie stattfinden lassen wollte. Womöglich, dachte Gaby Kohlenberg, lebte die schöne Frau Maltmann in einem Zwangskorsett, doch dann ermahnte sich die Polizistin, keine voreiligen Schlüsse aus eher nebulösen Beobachtungen zu ziehen.

»Sie wollen die Kontoauszüge«, sagte Maltmann zu seiner Frau, Empörung schwang in seiner Stimme. Klang da auch Angst mit?

»Wer sind Sie?«, fragte Frau Maltmann. »Steuerprüfung? Aber die hatten wir doch gerade erst.«

»Wir sind von der Polizei«, sagte Weber.

»Polizei?«

»Wir ermitteln in einem Mordfall.«

»Meinen Sie den … armen Rehmer?«

»Ja«, sagte Gaby Kohlenberg. »Was hatte die Steuerprüfung hier zu tun?«

»Es ist wegen meiner Boutique«, sagte Frau Maltmann. »Aber da war nichts.«

»Und warum sind Sie nicht in der Boutique?« Gaby Kohlenberg wunderte sich selbst, dass sie es fragte. Aber manchmal trippelten die Erkenntnisse auf krummen Wegen heran, das hatte sie erlebt. Gelernt hatte sie diese vermeintlich unbestimmte Fragerei von Bartels. Wenn man das Ziel nicht aus dem Auge verliert, kann man viele Fragen stellen, die zunächst abwegig erscheinen. Doch hinter dem Abwegigen verbirgt sich oft die Wahrheit, die ohnehin die unglaublichsten Verstecke kennt. Gaby Kohlenberg bewunderte kurz die perfekt sitzende Hose Frau Maltmanns, dann trat sie näher an den Professor heran, der hektisch in den Schreibtischschubladen wühlte. Sein Jackett hatte er über die Lehne des Schreibtischstuhls gehängt.

Frau Maltmann antwortete nicht.

Weber stand unbewegt daneben und ließ sich keine Regung anmerken.

»Haben Sie die nicht abgeheftet?«, fragte Gaby Kohlenberg.

Maltmann schaute sie verwirrt an, dann setzte er seine Kramerei fort. »Ich suche …«

»Wenn Sie so freundlich wären, uns nun die Auszüge zu geben. Sonst müsste ich Kollegen rufen, die beim Suchen helfen.« Nun hörte sich Weber sehr ungeduldig an. Er wollte am Abend noch zurück nach Berlin.

Maltmann blickte ihn fast wirr an, unterbrach seine hektische Suche aber. Ein Blick auf seine Frau, dann auf die geöffneten Schreibtischschubladen, dann auf die beiden Polizisten, dann drehte er sich endlich um, griff nach einem kleinen schwarzen Aktenordner, der im Regal hinter dem Schreibtisch stand, und warf ihn fast auf die Tischplatte. »Bitte«, sagte er mit unterdrücktem Zorn. »Das ist ja wie in einem Polizeistaat.«

Gaby Kohlenberg nahm den Ordner, blätterte, und es dauerte eine Weile, bis sie sich in der Zeitabfolge zurechtgefunden hatte. Aber dann sagte sie: »Sie haben vor vier Wochen zehntausend Euro abgehoben. Bar. Leider enden die Auszüge vor dem Tatzeitpunkt. Haben Sie seitdem noch einmal eine größere Summe abgehoben?«

Maltmanns Augen zuckten wieder. Er fuhr sich mit der Hand durch die Haare, seine Frau beobachtete ihn mit schreckgeweiteten Augen. Dann sagte er: »Ich sage nichts mehr, bevor ich mit meinem Anwalt gesprochen habe.« Er wandte sich an seine Frau, deren Augen feucht geworden waren. »Liebling, bitte ruf Dr. Wiezorek an. Er soll so schnell wie möglich ins Polizeipräsidium« – ein fragender Blick zu Weber, der kurz nickte – »kommen.«

Sie begann zu weinen. Und Gaby Kohlenberg dachte: Auch das noch.

***

Der Flug dauerte unendlich lang, aber Georgie schrie nicht. Er dachte, wie seltsam, an Josef. Als er aufschlug, dachte er, er sei endlich tot. Es staubte gewaltig, war das der Tod? Nein. Er lag eine Weile auf dem Rücken, schaute nach oben, sah die erstarrten Gesichter der beiden Typen, erwartete die Schüsse, stellte sich vor, wie die Kugeln heiß in seinen Körper schlugen, bildete sich einen Augenblick sogar ein, dass es gerade geschah, aber die Kerle glotzten nur, und der eine trug die MPi in der Hand, ohne sie anzulegen. Georgie lag in einem Container, und zwar auf Matten, die völlig verdreckt waren mit Beton und Sand. Er bewegte seine Arme, es ging, er bewegte seine Beine, es ging, auch der Hals und der Rücken schienen unversehrt. Doch dann spürte er die Schmerzen im Steißbein, und auch die linke Schulter tat höllisch weh.

Georgie setzte sich auf und sah, dass auch die beiden Kerle ihre Erstarrung lösten. Er packte den Rand des Containers und zog sich hoch, dann sprang er auf den Boden, stöhnte auf, weil auch der Knöchel etwas abbekommen hatte, und hinkte los. Zunächst tat jeder Schritt weh, aber das Gelenk lief sich allmählich ein, und er kam voran. Die Kerle würden ihn verfolgen, das war klar. Er musste sich beeilen. »Vorwärts! Vorwärts!«, feuerte er sich an, er zischte es vor sich hin. Er humpelte über den Parkplatz zu einem weiteren riesigen Rohbau. Er schaute sich um, aber er konnte die Kerle nicht entdecken. Sie mussten sich erst einmal durch all die Gänge den Weg nach draußen suchen. Aber sie kannten sich da aus, dachte Georgie, und er hatte keine Ahnung, wo er war. Er schaute sich um, sah aber nur menschenleere Bauten mit rechteckigen Aussparungen, wo Fenster und Türen eingefügt werden sollten. Aber hier baute niemand mehr. Vielleicht war es ein Gewerbegebiet mit bankrotten Firmen, ein unbenutztes Handelslager, egal. Er erreichte den anderen Rohbau, ein vierstöckiges Gebäude aus grauem Beton, er rannte hinein. Dann schaute er vorsichtig aus einem Loch, das einmal ein Fenster hatte werden sollen, und erkannte sie sofort, den einen mit der MPi und den anderen, der ihm das Essen gebracht hatte. Was würden sie mit ihm tun, wenn sie ihn erwischten?

Sie näherten sich schnell, der mit der MPi rief dem anderen etwas zu, und sie trennten sich. Erst jetzt merkte Georgie, dass es kräftig regnete. Er ging tiefer hinein in den Bau und stieß auf eine Treppe nach oben, zögerte, ging dann aber nicht hinauf. Zu gefährlich. Er kam in eine Art Halle mit Quadersäulen. Er rannte geduckt in eine Ecke, von den anderen hörte er nichts. Er schaute sich um, entdeckte aber nirgendwo ein Versteck. Weiter, weiter. Er lief zum anderen Ende der Halle und unterdrückte den Hustenreiz. Er wirbelte Betonstaub auf. Ein Klacken, aber es war weit weg. Hinter der Halle zweigten drei Gänge ab. Er stutzte für den Bruchteil einer Sekunde und wählte den rechten. Wahrscheinlich falsch. Wahrscheinlich war es überhaupt falsch, in einen Gang zu rennen. Es klirrte unerträglich laut, dann der Schmerz im Fuß, in den Zehen. Er war gegen etwas getreten. Georgie blieb stehen und ging einen Schritt zurück. Es war eine Zange, eine große Rohrzange. Er hob sie hoch, aber sie war zu schwer. Aber wo es eine Rohrzange gab, gab es doch auch Rohre. Wenn er ein Rohr hätte, dann könnte er sich verteidigen, wenn auch nicht gegen den mit der MPi, aber gegen den anderen. Kann ich einen ausschalten, komme ich vielleicht davon. Georgie spürte, wie die Aggression in ihm wuchs, wie er immer zorniger wurde, wie er sich überzeugte, dass er, nachdem er sein Leben schon fortgeworfen hatte, es nun angstfrei verteidigen könne, da er nichts mehr zu verlieren hatte. Eigentlich war er schon tot. Und das gab ihm Kraft, und der Zorn wurde immer stärker, bis er so weit war, dass er diese Kerle umbringen wollte, diese Kerle, die sich angemaßt hatten, über sein Leben zu bestimmen, die ihn in dieses Loch eingesperrt hatten, die ihn bedrohten und die ihn dazu gebracht hatten, sich umzubringen. Und wenn er jetzt den Spieß umdrehte, zum Angriff überging, dann hatte er einen starken Verbündeten, die Überraschung. Er legte die Rohrzange ab, vorsichtig, sie war für ihn das Signal, die Wende, er redete es sich ein. Er hetzte weiter, bog um eine Ecke, und hinter der Ecke wartete nur die Fortsetzung des Ganges auf ihn. Er kam an einer Türöffnung ohne Tür vorbei, verharrte, trat hinein, hörte sich stoßweise atmen und entdeckte endlich die Rohre. Sie lagen in einer riesigen Holzkiste, und Georgie suchte sich das richtige Stück aus, fast so lang wie sein Arm, schwer, aber nicht zu schwer, eine Weile würde er damit laufen können. Er stellte sich vor, wie er das Rohr einem dieser Kerle ins Gesicht schlug, welche großartigen Verletzungen er ihm beibringen würde. In diesem Augenblick hätte er sie beide totschlagen können. Totschlagen wollen. Er packte das Rohr fest in der Hand, ließ es ein wenig schwingen und war zufrieden, er würde rasch zuschlagen können und das mit Wirkung. Er fühlte sich besser, und die Pause hatte seiner Ausdauer gutgetan. Er trabte aus dem Raum und setzte seinen Weg fort, folgte Abbiegungen und Geraden, blieb hin und wieder stehen, um zu lauschen, aber er hörte nichts. Weiter, immer weiter. Er erreichte eine weitere Halle und sah weit hinten einen Lichtschein. Dort musste ein Ausgang sein. Aber vielleicht warteten die Schweinehunde genau dort?

6

Die Fahrerei von Berlin nach Hamburg war wie immer nervig gewesen, Regen, Graupel, Lastwagen und Idioten. Außerdem hatte Stachelmann einen Müdigkeitsanfall gehabt, der ihn zwang, an einer Raststätte zu halten, in der es penetrant nach Bratöl gerochen hatte. Da begann ihn wie ein Schub die Sorge um Georgie zu quälen, vor allem die Frage, ob er alles getan hatte, um ihn zu finden. Immerhin war Stachelmann zu Georgies Wohnung gefahren und hatte Sturm geklingelt, aber es regte sich nichts. Er würde Georgie um den Haus- und Wohnungsschlüssel bitten, sobald der wieder auftauchte. Das nahm er sich fest vor, doch dann sagte er sich, es sei Blödsinn, denn wenn Georgie verschwand, dann kaum in der eigenen Wohnung. Es sei denn, er hatte Depressionen. Hatte Georgie Depressionen? Stachelmann war sich sicher, dass es so war, doch hatte er ihn oft missmutig erlebt, auch niedergeschlagen, aber nie im schwarzen Loch der Depression. Aber woher wollte er es wissen, wie gut kannte er Georgie wirklich? Er hatte sich ein Bild seines Freundes gemacht, dieses Mannes, der seine Intelligenz und Originalität hinter einem dicken Panzer von Wurstigkeit und Launen verbarg, der offenbar sein Leben nicht in den Griff bekam, der keine Ziele zu haben schien, aber auch nicht bedrückt war von Schuld oder der Suche nach Erlösung. Er stellte sich vor, wie Georgie eine Handvoll Schlaftabletten schluckte, als Stachelmann gerade an der Haustür klingelte. Nein, so wird es nicht sein. Er ist in Berlin verschwunden, hat sich wahrscheinlich in einen Typen verliebt und ist versackt. Vermutlich rauchte er nicht nur Joints, sondern verschmähte auch Koks und anderes Zeug nicht. Und bestimmt landete er von der Verliebtheit gleich im Beziehungschaos.

Dabei fiel ihm seine eigene Lage ein. Tief in ihm, das spürte er immer wieder und das wurde auch nur überdeckt, wenn er bei Valentina war, tief in ihm steckte noch ein Stachel mit einem Widerhaken. Er bekam ihn nicht heraus, und er fragte sich, ob er sich jemals wirklich angestrengt hatte, ihn herauszureißen. Wie würde es Anne gehen? Er schaute auf die Uhr. Jetzt war sie zu Hause, hatte Felix von der Tagesmutter abgeholt. Oder ging er inzwischen in den Kindergarten? Bald würde er eingeschult werden. Mein Gott, alles verfliegt. Mit Anne im Kopf stieg er die Treppen hoch in seine Wohnung. Diesmal ärgerte er sich nicht über die achtlos herumstehenden Fahrräder, nicht einmal über den Kinderwagen im zweiten Stockwerk, den er sonst als mobile Barrikade betrachtete und den er nun zur Seite schob und nicht gegen die Wand donnern ließ, was ihm bisher aber keinerlei Reaktion eingebracht hatte. Aus der Wohnung drang Kindergeschrei und Erwachsenengeschimpfe. Mutter und Vater schrien gleichzeitig auf das Kind ein, und das antwortete mit noch lauterem Gekreische. Dann ein Klatschen, dramatische Stille, die gleich gebrochen wurde durch ein Jaulen, das jede Alarmsirene an ihrem Daseinszweck hätte zweifeln lassen. Stachelmann fühlte sich von diesem Krach verfolgt bis in seine Wohnung, und als er die Wohnungstür geschlossen hatte, drang der Streit bis in den Flur.

In der Küche fand er eine Flasche Rotwein, die ihm vor langer Zeit mal jemand geschenkt hatte. Wer war es gewesen und warum? Er erinnerte sich nicht. Stachelmann begutachtete das Etikett, fand den Bordeaux

Grand Cru angemessen, zog den Korken heraus und setzte sich mit Flasche und Glas ins Wohnzimmer. Er starrte in die Dunkelheit draußen, angedämmert nur durch eine weitab stehende Laterne. Als seine Augen sich an die Dunkelheit draußen gewöhnt hatten, sah er die Regentropfen glitzern im Licht.

Anne. Was war nur mit ihnen geschehen? Es hatte kein richtiges Ende gegeben, obwohl es zu Ende war. Und wenn er es genau bedachte, hatte es auch keinen richtigen Anfang gegeben. Die Beziehung war irgendwann da gewesen und irgendwann war sie nicht mehr da gewesen. Sie hatten sich gestritten, weil Anne glaubte, Stachelmanns Sucherei würde Felix bedrohen, dabei hatte Stachelmann nur gesucht, um die Bedrohung auszuschalten. Vielleicht hatten sie beide, Anne und er, das Richtige gewollt und das Gegenteil erreicht.

Nun kam noch der Schmerz, als hätte er auf einen schwachen Moment gewartet. Er kroch vom Rücken in die Beine bis hinunter zu den Knöcheln, dann auch in die Arme bis hinein in die Hände. Er nahm eine Diclofenac mit einem Schluck Rotwein. Wenn die Schmerzen ihn wenigstens von diesen elenden Gedanken befreien könnten. Warum hatte es nicht funktioniert zwischen ihnen? Warum hatte es eigentlich nie richtig funktioniert? Warum war seit dem Abend, an dem ihn Anne aus dem *Ali Baba* in Lübeck geholt hatte, alles schiefgegangen? Warum hatte er damals nicht einfach mit ihr geschlafen, wo sie doch schon in seinem Bett lag, um dann eine normale Liebesbeziehung zu führen, in der es eben nicht nur Tiefen gab, sondern auch Höhen, Augenblicke des Glücks? Er hätte einfach zupacken müssen, genau an diesem Abend, in dieser Nacht. Und alles wäre anders gekommen. Aber er hatte nicht zugepackt und sich stattdessen in eine Rolle begeben, aus der er sich nicht mehr befreien konnte.

Sogar in den Zeiten, in denen ihn diese Rolle nervte, er sich mit ihr quälte, sogar dann hatte er in Wahrheit nichts unternommen, um ein anderer zu werden. Er wusste, dass Anne glücklich gewesen wäre, hätte er mehr Selbstvertrauen gefunden, hätte er an sich geglaubt, an seine Fähigkeiten, die doch unzweifelhaft waren, an seine Attraktivität, wenn es die auch nur auf den zweiten Blick gab. Er hatte nicht nur die Chancen verpasst, die sich an diesem *Ali-Baba*-Abend eröffneten, er hatte auch nichts getan, um sich aus dem Morast herauszuziehen, in den er selbst gesprungen war. Aus Dummheit, aus Feigheit, ach, aus was für Gründen auch immer.

Wann begann diese elende Tablette endlich zu wirken? Er bewegte seine Bein- und Armgelenke vorsichtig, aber der Schmerz wurde nur schlimmer. Stachelmann erhob sich, zuckte zusammen, weil im Knie die Hölle tobte, aber er hielt durch und humpelte ein paar Schritte, bis der schneidende Schmerz zu stark wurde, er sich setzte, Rotwein nachschenkte und sich dem Trübsinn ergab. Er saß so eine Weile, trank und dachte an alles und nichts. Wie ein Schemen erschien Anne immer wieder in seinem Gedankennebel, und wenn er an Valentina dachte, sich einredete, dass es ihm nun doch gelungen sei, eine schöne Beziehung einzugehen, dass er daran seinen Anteil hatte, dass Valentina doch alles sei, was ein Mann wie er sich wünschen könne, dass sie geradezu perfekt sei und von fast unbegrenztem Verständnis für seine Seltsamkeit, da entschwand sie wieder, und Anne schaute ihn an aus ihren großen Augen, traurig, weil sie so viel mitgemacht hatte mit ihm, weil sie so geduldig war, weil sie sich hatte gefallen lassen, was eine Frau sich nie hätte gefallen lassen dürfen, und weil sie dann doch oder gerade deswegen gescheitert waren. Was ihn an den Ausgangspunkt seiner Überlegungen zurückführte. Vielleicht bin ich so depressiv aus Veranlagung, vielleicht hat es nichts zu tun mit irgendwelchen Situationen, die geeignet sind, einen zu bedrücken. Mochte doch sein. Auch wenn es ihm gerade schlecht ging, so musste er zugeben, dass es ihm in der letzten Zeit, so im Durchschnitt, viel besser gegangen war als früher, als er noch mit Anne zusammen war – er dachte dem Wort *zusammen* ein wenig nach, war es das richtige Wort?

Irgendetwas summte in seinem Schädel, wie eine Melodie. Er lauschte, hörte dann aber nur das Kindergeschrei von irgendwoher, als wäre es weit weg, doch es war nur gedämpft durch Wände und Türen. Hatte er sich eingelebt in der Glashüttenstraße? War das vielleicht sein Problem? Er lebte jetzt umgeben von Menschen, mit denen er nichts anfangen konnte. Gut, das war in Lübeck nicht anders gewesen, Kontakt zu Nachbarn hatte er nie gehabt außer Guten Tag und Guten Abend. Aber er hatte in Lübeck nichts mitbekommen von den Nachbarn, sie waren fast immer unsichtbar und unhörbar geblieben. Hier stolperte er über sie oder über Fahrräder oder Kinderwagen, sah er die Plastiktüten, die Werbeblätter, die herumlagen, es bedrückte ihn. Er fühlte sich umzingelt durch die Dauerpräsenz der anderen, es schien ihm, als versuchten sie in sein Leben einzugreifen.

Hatte er alles vermasselt, ging es immer weiter bergab? An der Uni, da wäre er längst Professor.

Er ging zum Schreibtisch, rief die Mails ab, aber es war keine dabei von Georgie. Der war einfach weg.

Die Diclofenac oder der Wein oder beide wirkten allmählich, der Schmerz war nun nicht mehr scharf, sondern stumpf. In den Rippenwirbeln pochte es. Er schwitzte. Er ging ein paar Schritte, die Knie waren aus Gummi, er fühlte sich schwach. Auf dem Sofa lag eine Tageszeitung, er blätterte, legte sie dann aber gleich wieder weg.

Warum war Valentina so viel weiter entfernt von ihm als Anne, obwohl er mit der Ersten zusammen war, glücklich zusammen war, und von der Zweiten getrennt? Wie sollte er das verstehen?

Das Handy klingelte im Flur. Stachelmann fluchte, dass er es nicht mit ins Wohnzimmer genommen hatte. Er stützte sich mit den Händen hoch und ging zur Kommode, wo er das Handy unter der Post fand, die er nicht weiter beachtet hatte. Eine unbekannte Nummer auf der Anzeige. Irgendeiner dieser elenden Werbeanrufe? Einen Augenblick wollte er den Anruf abweisen, aber dann sagte ihm ein Gefühl oder der anbrechende Suff, dass er ihn annehmen sollte.

Es rauschte. »Josef? Bist du es?« Verkehrslärm, Motorengeräusch, eine Hupe.

»Georgie?«

»Du musst kommen, ganz schnell.«

»Ja, wo bist du?«

»In Beetz, stand auf einem Schild.« Er keuchte und hustete.

»Was ist passiert?«

»Du musst kommen. Setz dich in dein Scheißauto und fahr los. Sofort.«

»Ich bin in Hamburg.«

»Ach du Scheiße … komm trotzdem. Ich suche mir eine Kneipe und ruf dich von da noch einmal an. Fahr los!« Wieder Husten. Es klickte.

Stachelmann fluchte, ging ins Wohnzimmer, starrte ein paar Sekunden die fast leere Weinflasche an, dann ging er zurück in den Flur, zog einen gefütterten Anorak an, fand in der Manteltasche den Autoschlüssel, öffnete die Wohnungstür, zögerte eine Sekunde und humpelte schließlich die Treppe hinunter. Das Auto stand fast direkt vor dem Haus, er stieg ein und fuhr los. Er mühte sich, nicht schneller als fünfzig zu fahren, und hoffte, die Autobahn zu erreichen, ohne in eine Kontrolle zu geraten.

Das Handy klingelte, Stachelmann kramte es aus der Hosentasche. Diesmal schaute er nicht nach der Nummer.

»Georgie?«

»Die Kneipe heißt *Zum Adler*, ist hier in Beetz die einzige. Du musst in Kremmen abfahren, auf die L19, immer in Richtung Kremmen, aber Beetz liegt hinter Kremmen …«

»Ich hab's verstanden. Die Kneipe ist bestimmt an der Hauptstraße, wie immer die heißt …«

»Dorfstraße. Bleib auf der L19, bis rechts der *Adler* auftaucht. Das schaffst sogar du.« Aber er klang gar nicht lustig.

»Danke für den Zuspruch. Ich geb Gas.«

***

Walzer stand am Fenster und schaute hinaus in den Regen. Er stand lange, und Ammann saß mit grauerem Gesicht als sonst schon auf dem Sofa, blickte auf Walzers Rücken, auf die große Palme in der Ecke, zur Tür, als erwartete er jemanden, dann wieder auf den Rücken. Vor sich auf dem Tisch hatte er nur einen Notizblock liegen mit einem unbeschriebenen Blatt obenauf.

Es dauerte unendlich lange, bis Walzer sich seinem Gesprächspartner wieder zuwandte. Er hatte gegen den Ärger angekämpft, gegen seine Verzweiflung über das Versagen, dieses sinnlose, unmögliche, unausdenkbare Versagen. Wie konnte das geschehen? Wie war es möglich, dass ein durch und durch perfekter Plan, dazu ein einfacher perfekter Plan, so dämlich schiefgehen konnte, bevor die Hauptsache in Gang kam.

»Und diese … Leute halten dicht?«, fragte Walzer. Natürlich war er sachlich.

»Gewiss«, erwiderte Ammann, fast zu leise.

»Nun«, sagte Walzer, »fassen wir zusammen: Es war insofern ein guter Plan, als er einfach war und jeder genau wusste, was er zu tun hatte. Und er war vor allem gut, weil wir uns mit Recht versprechen konnten, dass er mit geringem Aufwand diese eine Gefahr, diese Möglichkeit einer Gefahr ein für alle Mal ausschalten würde. Bis dann diese beiden Genies so erbärmlich versagt haben. Und Sie sind sicher, Karl, wirklich sicher, dass diese Genies bis zu ihrem Lebensende kein Sterbenswörtchen verraten werden?«

»Sie wissen nichts, sie können erzählen, was sie wollen.«

»Die haben diesen jungen Mann im Auftrag entführt, das wissen sie. Sie wissen nur nicht, in wessen Auftrag.«

»Ja«, sagte Ammann, immer noch leise. »Aber es gibt keine Spur, die zum Auftraggeber führt.«

Walzer setzte sich nun auch an den Tisch, Ammann gegenüber. Er versank wieder in seinen Gedanken, bedachte alle Gefahren und Verwicklungen und wusste doch, dass er nicht alle kennen konnte, dass es immer irgendwo und irgendwann etwas geben konnte, das er im Augenblick nicht erkannte. Die Akademie hatte es immer verstanden, alle Gefahren zu bannen, weil sie auch die abwegigste Unmöglichkeit für möglich hielt. Seine Vorgänger mochten nicht alle großartig gewesen sein, aber es war ihnen gelungen, das Geheimnis zu wahren, und er würde nicht in die Geschichte eingehen als der große Versager, der ihr Lebenswerk zerstört hatte und vor allem die Zukunft der Akademie.

Er konnte Aurelia nicht als Niete vor die Augen treten. Sie brauchte seinen Erfolg, nicht die Triumphe, nicht die

Niederlagen der Feinde, aber die Sicherheit, die er ihr verlieh in ihrem brüchigen Leben, für das er verantwortlich war, seit er sie zum ersten Mal in Marburg gesehen hatte. Sie hatte sich ihm anvertraut, und er hatte darin seine Bestimmung gefunden. Sie würde ihn nie fragen, was er tat, wenn er arbeitete, es hatte sie nie interessiert. Sie wollte, dass er für sie da war, dass er für die Kinder sorgte, dass er sie ertrug in ihrer Verzweiflung. Da erinnerte er sich, dass sie ihn am Anfang doch einmal gefragt hatte, was seine Arbeit sei, und zwar als er zur Akademie gekommen war. Er hatte irgendetwas gesagt, Leitungsarbeit, Stipendien, Beziehungen, ganz im Hintergrund, aber sie hatte seinen sanften, fürsorglichen Unterton schon verstanden, bevor er geendet hatte, und seitdem wollte sie es nicht mehr wissen. Eigentlich, das wusste er, hatte sie nur gefragt, weil sie dachte, es würde ihm gefallen.

»Ich möchte, dass Sie die Lücke schließen. Es darf nie etwas geschehen sein. Jeder, der etwas sagen könnte, muss verschwinden. Spurlos. Haben Sie mich verstanden?«

Ammann schaute ihn traurig an, wie einer, der weiß, dass er etwas Furchtbares tun musste, er hatte keine Wahl. Es war wie das Schicksal. Das Schicksal hat kein schlechtes Gewissen, und Ammann war dessen Arm. Wie unter einer schweren Last erhob er sich, öffnete einmal kurz die Hände, ließ sie fallen, schüttelte seinen hageren Kopf und ging fast schlurfend hinaus.

***

Weber und Gaby Kohlenberg begrüßten Maltmanns Anwalt, der sich als Dr. Wiezorek aufplusterte. Wiezorek war ein jovialer Typ mit einem runden Gesicht und Hamsterbacken, kleinen schmutzfarbenen Augen hinter einer schweren Hornbrille, der Bauch spannte das weiße

Hemd, und die Krawatte legte sich über die beträchtliche Erhebung. Er trug einen maßgeschneiderten dunkelblauen Anzug, der nur unterstrich, wie altmodisch er sein wollte. Die Stirn glänzte, die kurzen schwarz-grauen Haare waren gegelt und nach hinten gebürstet. Er war außer Atem, und die Hand, die er betont freundlich zur Begrüßung reichte, klebte.

»Ich würde gerne allein mit meinem Mandanten sprechen.«

Gaby Kohlenberg und Weber blickten zu Oberkommissar Heiniken, der in einer Ecke saß und sich fast unsichtbar gemacht hatte. Der Leipziger Kriminalist nickte, und die drei Polizisten verließen den Raum.

»Wie lange?«, fragte Weber in der Tür.

»Eine Viertelstunde«, schnaufte Wiezorek, dann wandte er Weber den Rücken zu.

Die Kriminalbeamten fuhren mit dem Aufzug hinunter, und der schlaksige Heiniken mit dem weißblonden Lockenkopf führte sie in die Kantine. Sie füllten Kaffee in Becher und setzten sich in den wartesaalähnlichen Raum, nur am Fenster saßen zwei uniformierte Kollegen.

»Kennen Sie Wiezorek?«, fragte Gaby Kohlenberg.

Heiniken nickte. »Der ist gut. Angenehm im Umgang, aber knallhart in der Sache. Sehr erfahren, tut alles für seine Mandanten. Eine harte Nuss.«

»Dann ist ja gut«, sagte Weber. Er gähnte. »Sollen wir Bartels anrufen?«

Gaby Kohlenberg schüttelte den Kopf und kippelte mit ihrem Stuhl. »Später.«

Sie genoss diese Verschnaufpause, spürte jetzt erst die Anspannung und die Müdigkeit, und sie wusste, dass sie noch nicht fertig waren für heute. »Was meinst du? Ist er's?«

Weber fing nun auch an zu kippeln, dann trank er einen Schluck Kaffee, verzog das Gesicht und stellte den Becher auf den Tisch. »Keine Ahnung. Es spricht aber einiges gegen ihn. Allerdings kann ich mir einen Haufen Gründe vorstellen, zehntausend Euro vom Konto abzuheben. Neues Auto, Geliebte, Zockerei …«

»Wie schön, dass du dich ins Leben der Reichen und Schönen hineinversetzen kannst.« Sie lächelte. »Ich wette, das ist nicht der einzige größere Betrag, den er bar abgehoben hat. Er hat in den letzten Tagen noch mal zugeschlagen. Zwei Raten, eine als Anzahlung, die andere nach Erledigung. Die Frage ist nur, von was? Wetten?«

»Ich setze ein Abendessen bei *Good Friends* darauf, dass er mit dem Mord nichts zu tun hat.«

»Oho«, sagte sie, während Heinikens Blick von Weber zu Gaby Kohlenberg wanderte. »Ich behaupte, er ist es. Und *Good Friends* ist gebucht.«

Weber dachte, hoffentlich verliere ich die Wette. Er schaute sie an, wie er sie oft angesehen hatte. Sie war keine dieser oberflächlich schönen Frauen, auf die er nicht stand, sondern sie war ein richtiger Typ, eine Persönlichkeit, sie war *tough*, hatte klare Ansichten, einen schnellen Verstand und einen Haufen Geduld, sie setzte sich durch und sie war, auf den zweiten, aber nachhaltigeren Blick, attraktiv. Auf jeden Fall hübscher und anziehender als Judith, seine geschiedene Frau, die ihn verlassen hatte, weil sie einen gefunden hatte, der sie aus dem tristen Leben einer Polizistenfrau befreite.

Dann saßen sie sich gegenüber, Wiezorek hatte ein Pokerface aufgesetzt, der neben ihm sitzende Maltmann spielte mit einem Kugelschreiber.

»Ich habe Ihnen im Namen meines Mandanten Folgendes zu erklären« – Wiezorek schaute die beiden Polizisten nacheinander an, streng wie ein Lehrer, der seine Schüler tadelte –, »nämlich dass Sie einen unbescholtenen und unschuldigen Bürger ohne zwingenden Grund hier festhalten. Und dies allein, weil er einen Geldbetrag bar von seinem Konto abgehoben hat. Sie werden es mir nachsehen, dass ich das als absurd bewerte, als einen schweren Eingriff in die Freiheitsrechte von Herrn Professor Maltmann. Des Weiteren beziehen Sie sich offenbar auf ein Gespräch, das ein gewisser Müller belauscht hat, allein diese Tatsache macht den Mann wenig vertrauenswürdig. Sie sollten uns jetzt erzählen, was dieser Müller, über dessen Leumund man sich gegebenenfalls vor Gericht unterhalten müsste, was also dieser Herr Müller Ihnen so Bedeutsames mitgeteilt haben will, dass es Ihnen als Grund ausreichend scheint, meinen Mandanten zu … behelligen.«

Weber spürte ein Kneifen im Magen. »Wenn Sie so freundlich wären, uns darüber aufzuklären, ob Sie noch einmal, und zwar nach dem Datum des letzten Kontoauszugs, einen größeren Betrag abgehoben haben.« Er schaute Maltmann ernst in die Augen. »Sagen wir mal, so etwa zehntausend Euro.«

Maltmann wechselte einen Blick mit Wiezorek, dann sagte der Anwalt: »Damit Sie sehen, dass mein Mandant kooperationsbereit ist, und selbstverständlich in der Erwartung, dass dieses Verhalten honoriert wird, erkläre ich, dass Herr Professor Maltmann in der Tat einen solchen Betrag vor Kurzem abgehoben hat. An den genauen Zeitpunkt kann er sich nicht entsinnen, aber er wird Ihnen sobald wie möglich die Auszüge dazu vorlegen. Sind Sie jetzt zufrieden?«

»Wir wissen die Kooperationsbereitschaft Ihres Mandanten natürlich zu schätzen. Es hilft allen Beteiligten, denn Sie« – ein kurzer Blick zu Maltmann – »können womöglich früher nach Hause gehen. Wir möchten noch wissen, was Herr Professor Maltmann mit diesem Geld getan hat. Und wenn er es ausgegeben hat, wären Quittungen hilfreich.«

Wieder Blickwechsel zwischen Anwalt und Mandant. Wiezorek nickte leicht, bei Maltmann kräuselten sich Falten an der Nasenwurzel. Er rutschte ein bisschen hin und her auf seinem Stuhl, ließ den Zeigefinger hektisch auf der Tischplatte wischen, lehnte sich zurück und starrte in die Lücke zwischen den beiden Kriminalbeamten, die ihm gegenübersaßen:

»Aber Sie müssen das für sich behalten.«

»Das hängt davon ab, um was es sich handelt. Eine Straftat könnten wir nicht für uns behalten. Aber wenn es sich um eine Sache handelt, die mit unserem Fall nichts zu tun hat und bei der keine Gesetzesverletzung vorliegt, die anzeigepflichtig wäre, dann können wir schweigen. Wir sind auch nicht das Finanzamt oder zuständig für illegale Zockerei und so weiter.«

»Es ist etwas anderes. Es geht um ein Verhältnis zu einer Studentin« – ein Seitenblick zum Anwalt –, »also um Begünstigung. Ich sage es gleich, ich habe Arbeiten von ihr bewertet. Prüfungsarbeiten.« Er schaute nun sehr traurig. »Ich werde erpresst.«

***

Als Stachelmann in den *Adler* kam, nach einer anstrengenden Raserei über die A24 und dann die L19, über brandenburgische Alleen, durch den elenden Regen, vorbei an stets mit Fernlicht rasenden und an unmöglichen Stellen überholenden Dorfdeppen, die erstaunlicherweise in ihrer Mehrzahl überlebten, als er ausgepumpt, mit schwindeligem Schädel und höllischen Schmerzen im Rücken und in den Beinen, das Kneipenschild gesehen hatte, in dem die letzte Silbe nur noch schemenhaft aufschien, als er durch den Matsch getappt war und endlich die Tür aufgezogen hatte und sich von deren lautem Klingeln erschrecken ließ, da sah er Georgie in der Ecke an einem Tisch sitzen, vor sich ein großes Glas Bier, daneben leere Teller und einen leeren Brotkorb. Bevor Stachelmann ein Wort sagen konnte, fiel eine alte Frau mit wirren weißen Haaren und einer Schildpattbrille über ihn her, ein Knochengestell, das ihm höchstens ans Kinn reichte, packte ihn am Arm und kreischte: »Der Herr« – sie zeigte in Georgies Richtung, während sie Stachelmann gierig anstarrte –, »der Herr hat gesagt, Sie bezahlen alles!«

»Ja«, sagte Stachelmann. »Einschließlich des Kaffees, den Sie uns jetzt bitte bringen.« Er befreite sich von der Hand der Alten und trat an Georgies Tisch, der sich die Szene reglos angesehen hatte. Über Georgies Kopf friedlich grasende Rehe am Waldrand in Öl und einem dicken vergoldeten Rahmen. Die Wand holzgetäfelt, angeschwärzt vom Zigarettenrauch vergangener DDR-Jahrzehnte, über Stachelmanns Kopf ein riesiger Lüster mit oben offenen Lampenschirmchen, verziert mit welligen Ornamenten, auf dem Regal hinterm Tresen aus dunkelgebeiztem Holz Pokale in Gold und Silber, Plaketten und Urkunden an der Wand daneben. Es stank nach Küche, altem Bier und auch ein wenig nach Pissoir.

»Was ist passiert?«, fragte Stachelmann, als er sich gesetzt hatte und die Alte in der Küche verschwunden war. Er betrachtete seinen Freund, dessen Haare wie ergraut waren vor Staub, in dessen Gesicht Kratzer und Schmutzschlieren einen Schönheitswettbewerb austrugen und dessen Kleidung Risse aufwies und so dreckig war, das jede Waschmaschine daran verzweifeln musste. Aber im Gesicht trug er ein Grinsen, ein müdes Grinsen.

»Ich habe sie ausgetrickst«, sagte er.

Er hatte sich noch lange in dem Betonlabyrinth aufgehalten, hatte seine Taktik geändert, war nicht mehr gelaufen, sondern hatte ein Versteck hinter einem Bretterhaufen gefunden und von dort gelauscht. Sie hatten gesucht, auch manchmal etwas gesagt, aber zu leise, als dass er es hätte verstehen können. Irgendwann hatte er gar nichts mehr gehört. Obwohl er entsetzlich ungeduldig war und endlich aus dem Verlies entkommen wollte, hatte er mit eisernen Nerven weiter gewartet und sich eingeredet, dass die Typen nur darauf hofften, dass er es nicht mehr aushielt und nach draußen kam, wo sie schon auf ihn lauerten.

Mit mir nicht, hatte er sich gesagt. An mir beißt ihr euch die Zähne aus. Und sie hatten sich die Zähne ausgebissen, denn erst als es dunkel war, schlich sich Georgie aus dem Bau, nahm sich den Mond, einen Telegrafenmast, dann wieder den Mond, dann den nächsten Telegrafenmast zu Hilfe, um nicht im Kreis zu laufen. Es war ihm egal, wohin er ging, Hauptsache geradeaus. Immer wieder drehte er sich, manchmal blieb er stehen und horchte, jedes Knacken trieb ihn weiter voran, bis er endlich die Lichter des Dorfes erkannte, und seine Erleichterung wuchs noch, als er die beleuchteten Fenster der Kneipe sah. Er betrat sie, stieß auf die erstaunten Blicke der beiden alten Männer, die vor ihren Bier- und Schnapsgläsern an einem Tisch direkt am Tresen saßen, wurde von der Alten gestoppt, als sie sich ihm in den Weg stellte, und sagte nur: »Ich wurde überfallen, ich habe Durst, ich habe Hunger. Ich rufe einen Freund an, der wird kommen und alles bezahlen.« Dabei schaute er sie böse an, und das gelang ihm gut, weil er stinksauer war und es jetzt an der Alten auslassen konnte.

»Hast du die Polizei gerufen?«, fragte Stachelmann.

Georgie schüttelte den Kopf.

Die Alte kam mit dem Kaffee, setzte das Tablett hart und kommentarlos auf dem Tisch ab, trat hinter den Tresen und behielt die beiden im Auge.

Stachelmann wählte Bartels Nummer, erreichte aber nur die Zentrale im Präsidium. Nein, die Privatnummer dürften sie nicht herausgeben. Um was es sich handle, wollte die unfreundliche Stimme wissen. »Entführung«, sagte Stachelmann, »vielleicht auch versuchter Mord.«

Die Stimme erkundigte sich nach dem Tatort und gab Stachelmann die Nummer der Polizei in Kremmen. Stachelmann rief dort an. Er berichtete knapp, was geschehen war, und die Alte hinterm Tresen schien nicht schwerhörig genug, um nicht unverhohlen und mit aufgerissenen Augen zu lauschen. Stachelmann trennte das Gespräch. »Sie schicken einen Streifenwagen. Findest du das Gelände wieder?«

»So ungefähr, aber die sollten wissen, hm, wo das Betonlabyrinth liegt. Das ist so riesig, dass es nicht mal die Bullen übersehen können.« Er schenkte sich Kaffee ein und trank einen Schluck.

»Und du hast diese Typen nie gesehen?«

Georgie schüttelte den Kopf.

»Haben die was gesagt?«

»Nichts zu mir. Ich hab sie dann draußen sprechen gehört, es waren Deutsche, eindeutig. Norddeutsche, würde ich sagen. Klangen wie Hamburger oder Schleswig-Holsteiner. Es waren Profis, jedenfalls sah die MPi ziemlich echt aus, und die Typen waren cool. Die Entführung hatten sie gut vorbereitet, die Aktion war erste Sahne.«

»Sie hätten dich erschießen können, haben es aber nicht getan?«

Georgie hatte seine Geschichte ein wenig abgewandelt, seinen Sturz aus großer Höhe hatte er als Sprung ausgegeben. »Das finde ich eigentlich logisch, hm. Sie hatten den Auftrag, mich zu entführen, und der Auftraggeber hat damit einen Zweck verfolgt, den er aber nicht erreicht hätte mit einer Georgie-Leiche.« Er lachte trocken. Es klang ein wenig triumphal.

»Hast du eine Ahnung, warum du entführt wurdest?«

»Ich hatte ja genug Zeit, darüber nachzudenken. Hm. Mir fiel aber nichts ein. Nur, wenn man eins und eins zusammenzählt, dann kommt man auf nichts anderes als unseren toten Rehmer. Da gibt es einen gewissen Dr. Stachelmann, der in solchen Fällen bis zur völligen … Enervierung, was für ein vornehmes Wort, hm, also bis zur Enervierung, das merke ich mir, echt, bis zur Enervierung diesen Mönch aus dem Grab holt, hm, wie heißt er nochmal, Okus, Hokuspokus …«

»Ockham«, sagte Stachelmann.

»Und dieser Mönch aus dem Mittelalter, der sagt dem Herrn Stachelmann in solchen vertrackten Fällen, dass die naheliegende Erklärung mit größter Wahrscheinlichkeit die richtige ist. Sollte also einer glauben, es gebe die Verbrechergattung *Georgie-Entführer*, dann würde unser Herr Stachelmann nach Befragen des Mönchskadavers erklären, dass es keine Leute geben könne, die so blöd sind, einen schwulen Versager zu entführen, weil bei dem nichts zu holen ist und auch das Auswärtige Amt kein Lösegeld zahlt, weil diese *Georgie-Entführer* keine Piraten oder Islamisten oder beides seien, sondern eben nur *Georgie-Entführer*. In diesem Fall würde dieser humane Staat, der überall auf der Welt jeden bekloppten Touristen in jedem bekloppten Reiseland, vor allem in denen, wo man fast garantiert entführt wird, befreit, nur müde mit den Achseln zucken, und zwar nicht sagen, aber meinen, dass dieser Georgie wohl ein armer Wurm sei, doch sein vorzeitig herbeigeführtes Ableben auch kein Verlust.« Georgie packte seine Wut in diese Rede, seine Wut auf so vieles, fast alles.

»Sie haben dich entführt, sie haben aber keine Forderung gestellt.«

»Vielleicht hätten sie das noch getan, hm.«

»Möglich. Wenn sie mich oder wen auch immer noch ein bisschen hätten zappeln lassen. Oder sie waren die Oberschlauen und dachten sich, der, wer auch immer, wird schon wissen, was gemeint ist.«

»Die hätten mit einer Forderung mehr verraten, als sie wollten. Oder? Könnte doch sein, hm.«

Stachelmann dachte nach. Das war bisher die überzeugendste Erklärung. Eine Entführung ohne Forderung, weil der Betreffende schon wissen wird, wie es gemeint ist. Er goss sich die Tasse erneut mit Kaffee voll. »Eine Entführung ohne Forderung«, wiederholte er nachdenklich. »Wenn die mich gemeint haben, dann kann es nur um die Rehmer-Sache gehen. Das hieße dann: Finger weg von den Akten. Nun habe ich die Akten aber längst durchgesehen und nichts, gar nichts gefunden. Was gibt's da also zu erpressen?«

»Und wenn die Warnung einfach heißt: Finger weg von der Sache?« Georgie schlürfte einen Schluck.

»Ja, aber von welcher Sache? Wenn es die Akten nicht sind …«

»Vom Fall Rehmer.«

»Ja, könnte sein.«

»Was sonst, hm?«

Sie schwiegen und gingen ihren Gedanken nach. Georgie gähnte lang und heftig. Stachelmann fand ihn erstaunlich fit für das, was er durchgemacht hatte. Der Kerl war einfach zäh. Er kniff ihm kurz in die Schulter.

»Keine Anmache«, sagte Georgie.

Draußen blitzte es Blau, die Tür wurde geöffnet. Zwei Polizisten erschienen und stellten sich vor den Tisch. Einer, groß, Bodybuilderfigur, Oberlippenbart, musterte Georgie, dann Stachelmann, und sagte: »Sie haben uns gerufen?«

Stachelmann nickte. »Guten Abend.«

»Eine Entführung?«, fragte der andere, auch groß, aber fett.

»Eine Entführung«, bestätigte Georgie und trank einen Schluck.

»Wo?«, fragte der Bodybuilder.

Georgie zeigte mit dem Finger nach draußen. »In der Richtung, ungefähr. Da gibt es eine Riesenbaustelle, offenbar wird da nicht weitergearbeitet …«

»Ich weiß, was Sie meinen, da wollten Russen ein gigantisches Lager einrichten, weiß der Henker für was. Aber dann haben sie nicht mehr bezahlt und sind abgetaucht, und nun steht das da herum. Und darin hat man Sie festgehalten?«

»Zwei Männer, groß kräftig, einer hatte eine Maschinenpistole.«

Der Fettsack zog die Augenbrauen hoch.

Stachelmann beobachtete sie genau. »Warum ist keiner von der Kripo gekommen?«, fragte er.

»Wenn die wegen jedem Kleinkram ausrücken müssten …«

»Eine Entführung ist für Sie Kleinkram?«

»Noch steht ja nicht fest …«, sagte der Fettsack.

»Wie bitte?« Stachelmann wurde laut und seine Stimme scharf. »Rufen Sie die Kripo. Jetzt, ohne weiteres Gerede. Wenn mein Freund hier sagt, er sei entführt worden, dann wurde er entführt.«

Georgie schaute seelenruhig zu. Ihn konnte in Sachen Bullen schon lange nichts mehr überraschen.

Die beiden Polizisten wechselten einen Blick, dann hob der Fettsack die Achseln, ließ sie fallen, schnaufte einmal und machte eine wegwerfende Handbewegung. Endlich ging er hinaus.

»Wir sollten dann schnell zu diesem Bau fahren«, sagte Stachelmann. »Vielleicht kriegen Sie die Kerle noch. Die Kripo kann ja da hinkommen.«

Der Bodybuilder blickte im Zeitlupentempo von einem zum anderen und wieder zurück, als müsste er sich vergewissern, dass die beiden wirklich da saßen. Aber sie saßen da und forderten Dinge, die dem Hirn dieses Polizisten zu viel oder unverständlich waren, jedenfalls musste er lange denken, zumal er in letzter Zeit nur noch schlecht schlief, weil sein Kleiner beschlossen hatte, Zähne zu kriegen. Schließlich ging auch er hinaus. Durchs Fenster konnte Stachelmann schemenhaft sehen, wie die beiden Polizisten sich unterhielten. Schließlich kam der Fettsack in die Wirtsstube und sagte: »Dann wollen wir mal.«

Stachelmann bezahlte die Rechnung bei der Alten, die nun sogar lächeln konnte. Aber für ein Auf Wiedersehen reichte es nicht.

Sie fuhren los, Stachelmann und Georgie auf dem Rücksitz des Passats der Polizei. Stachelmann fühlte sich plötzlich schlapp, und auch Georgie schien jeden Augenblick einschlafen zu können.

»Aber wehe, Sie täuschen eine Straftat vor. Das ist nämlich verboten«, sagte der Fettsack auf dem Beifahrersitz.

Sie fuhren eine Weile auf der L19, dann bogen sie links ab in eine schmale Straße mit Kopfsteinpflaster, auf der schon Walter Ulbricht gefahren worden sein musste. Sie kurvten durch einen Wald, dann eine Lichtung, wieder Wald, wieder eine Lichtung, die Scheinwerferlichtkegel ließen Tieraugen leuchten, wischten durchs Unterholz und über eine Nebelwiese, im Himmel leuchtete der Dreiviertelmond. Plötzlich lagen riesige Schemen vor ihnen. Die Scheinwerfer erhellten einen großen Platz, hinten begrenzt durch einen vierstöckigen Betonbau mit leeren Fensterhöhlen, vom Mond in schattenloses Licht getaucht. Der Fahrer bremste vor dem Gebäude, und sie stiegen aus. Nun standen sie da. Der Fettsack nahm eine Taschenlampe, deren Lichtkegel er eher ratlos über den Platz und die Wand streichen ließ.

»Können Sie sich erinnern?«, fragte der Bodybuilder, es klang ratlos. Es war totenstill.

Weit entfernt ein metallisches Geräusch, Stachelmann zuckte zusammen. Die beiden Polizisten wechselten einen Blick. »Sie bleiben hier«, sagte der Bodybuilder und zog seine Pistole, der andere tat es ihm nach, und sie gingen in die Richtung, in der sie das Geräusch vermuteten. Stachelmann war unheimlich zumute. Er fühlte sich allein gelassen. Er stellte sich an die Wand und blickte um die Ecke, wo die beiden Polizisten im Grau der Nacht verschwanden.

Georgie stellte sich neben ihn. »Hm, bin mal gespannt, was die beiden Helden jetzt anstellen«, flüsterte er.

Die Minuten zogen sich unendlich lang hin. Irgendwo, weit weg, heulte ein Tier, ein Kauz vielleicht.

Dann zwei Schüsse, stark gedämpft, weit weg, und ein Motor heulte auf, was sie aber nur als hochtöniges Summen wahrnahmen, das schnell leiser wurde, und gleich war es wieder still. Sie standen da wie erstarrt.

***

»Die Dame ist auch in der Lage, Herrn Professor Maltmann ein Alibi für den fraglichen Zeitraum zu geben«, sagte der Anwalt.

»Das nützt nicht viel. Wir verdächtigen Herrn Professor Maltmann nicht des Mordes. Es geht um Anstiftung zum Mord.« Weber trank einen Schluck Kaffee.

Gaby Kohlenberg blickte den Anwalt fast freundlich an: »Wir müssten also die Verbindungsdaten des Festnetz- und des Mobilfunkanschlusses auswerten …«

Maltmanns Gesicht lief rosa an, er beugte sein Gesicht zu Wiezorek und flüsterte etwas. Dann setzte er sich wieder gerade hin und starrte irgendwohin.

Wiezorek flüsterte nun Maltmann etwas ins Ohr. Der schüttelte erst kaum sichtbar den Kopf, dann nickte er widerstrebend.

Wiezorek räusperte sich. »Selbstverständlich ist Herr Professor Maltmann bereit, Ihnen den Zugang zu diesen Daten zu ermöglichen. Herr Professor Maltmann wird alles tun, um die Polizei bei der Aufklärung dieses schrecklichen Mordes zu unterstützen.«

»Das ist erfreulich«, sagte Gaby Kohlenberg. »Wie heißt die Dame, und wo wohnt sie?«

Maltmann und Wiezorek wechselten wieder einen Blick, dann zuckte Maltmann mit den Achseln: »Muriel Leitner, Alexanderstraße 17c.«

»Und diese Dame erpresst Sie?«, fragte Gaby Kohlenberg.

»Nein. Ich bin überzeugt, dass … Muriel nichts damit zu tun hat.«

»Aha«, sagte Weber. »Sie haben was mit der Dame, sie weiß, dass Sie verheiratet sind« – ein fragender Blick zu Maltmann, der nach kurzem Zögern kaum erkennbar nickte –, »Sie werden wegen dieser Beziehung zu Frau Leitner erpresst, aber sie hat nichts damit zu tun.«

»Nein.« Maltmann schüttelte seinen Kopf, als wollte er sich selbst überzeugen.

»Wer dann?«, fragte Gaby Kohlenberg.

Maltmann schluckte und schwieg.

»Wer dann?«, wiederholte Weber.

Maltmann schwieg.

»Wie wurden Sie erpresst? Wie ging es vor sich?«, fragte Gaby Kohlenberg.

»Anonyme Briefe.«

»Wo sind die?«, fragte sie, und ihre Stimme klang nun doch ungeduldig.

»Ich habe sie verbrannt.«

»Ich überlege gerade, ob ich nicht verpflichtet bin, beim Staatsanwalt eine Hausdurchsuchung bei Ihnen zu beantragen«, sagte Weber. »Es geht hier um Beweismittel, vor allem geht es um Mord, wenn Sie das einmal in Ihre Überlegungen einbeziehen könnten. Mich interessiert Ihre … Affäre mit dieser Dame nicht besonders, aber wenn Sie unbedingt eine Durchsuchung provozieren wollen, werden wir den Grund dafür nicht geheim halten können. Haben Sie mich verstanden?«

Maltmann glotzte ins Nirgendwo.

»In anderen Worten: Sie stehlen uns unsere Zeit. Und die Zeit, die wir verlieren, gewinnt der Mörder.« Gaby Kohlenberg klang entschlossen, ärgerlich.

»Das grenzt an Nötigung«, schnauzte der Anwalt.

»Herr Maltmann, Ihre Antwort«, sagte Weber scharf. »Wer hat Sie erpresst?«

Maltmann wurde fahl im Gesicht, seine Lider zitterten, er knetete seine Hände, und dann sagte er mit leiser Stimme: »Rehmer.«

7

Sie standen da und warteten.

»Wenn die Typen die Bullen abgeknallt haben ...« Georgie flüsterte.

Ja, wenn die Entführer die beiden Polizisten ermordet haben, was ist dann? Eine Stimme sagte Stachelmann, dass sie ins Auto steigen und wegfahren sollten, bevor sie auch erschossen würden. Aber wenn die Polizisten noch lebten? Wenn sie Hilfe brauchten? Das fragte eine andere Stimme.

Georgie öffnete die Tür des Passats und schaute hinein. »Der Schlüssel steckt«, sagte er. Aber es klang so, als müsste er es jetzt wissen, für den Fall des Falles. Er ließ die Autotür offen.

»Ich geh mal gucken«, sagte Stachelmann. Ein Reißen im Unterleib, dann meldeten sich auch die Schmerzen in den Beinen wieder. Knie und Knöchel fühlten sich geschwollen an. Du machst das jetzt, dachte er. Und obwohl seine Beine den Dienst verweigern wollten, ging er los.

Georgie blieb schweigend zurück.

Die Augen hatten sich längst an das Grau gewöhnt. Das Mondlicht malte den Beton noch trostloser. Stachelmann hielt sich an der Wand, schaute genau, wohin er trat. Er erreichte das Ende der Wand und blickte vorsichtig um die Ecke. Es sah dort aus wie da, woher er kam. Man konnte sich hier leicht verlaufen. Er schaute sich um und fand einen Orientierungspunkt, den großen Telegrafenmast, den Georgie auf seiner Flucht schon benutzt hatte. Er merkte sich auch die Mondstellung, obwohl er wusste, dass ihm dies nicht viel helfen würde. Schließlich war er nicht Horatio Hornblower. Er lächelte einen Augenblick.

Dann ging es weiter. Er überquerte ohne Deckung eine geteerte Fläche, die ein Parkplatz hatte werden sollen, die Buchten waren eingezeichnet.

Er lief zum nächsten Bau und schlich im Mondschatten an einer Mauer entlang. Vorne hörte er Stimmen, noch weit entfernt. Er blieb stehen und überlegte, ob er umkehren sollte. Jetzt hatte er richtig Angst. Doch er ging weiter.

Es klingelte unerträglich laut. Stachelmann erstarrte, dann steckte er hektisch seine Hand in die Jacketttasche, zog das Handy heraus und wies den Anruf ab. Auf der Anzeige stand *Anne*. Er steckte das Handy zurück in die Tasche. Alles in ihm drängte ihn wegzulaufen. Zurück zu Georgie. Aber er blieb stehen. Seine Hände zitterten, und der Schweiß lief über die Stirn. Die Haare waren klatschnass. Er lief weiter in die ursprüngliche Richtung, so schnell er konnte, bis er schwarze Tonnen fand, die, umgeben von Gerümpel, am Ende des Baus standen, den er entlanggekommen war. Er verkroch sich hinter den Tonnen, setzte sich auf den kalten Boden und hatte Angst, dass er im Notfall nicht schnell genug würde hochkommen können.

Er lauschte, hörte aber nichts. Er fror am Gesäß, und die Kälte kroch langsam in seinen Körper. Die Schmerzen wurden stärker, und er quälte sich auf. Er musste weiter, wer immer sein Handy gehört hatte, wusste nicht, wer er war. Die hatten genauso viel Angst vor ihm wie er vor ihnen. Er hörte sich noch einmal um, aber es ließ sich nur der Kauz vernehmen, ein lang gezogenes Klagen. Weiter.

Während er lief, stehen blieb, lauschte, weiterlief,

stehen blieb, lauschte, versuchte er sich einen Reim zu machen aus der Lage. Die Polizisten hätten längst zurückkommen müssen. Wahrscheinlich waren sie erschossen worden oder zumindest verletzt. Und die Typen, die Georgie entführt hatten, waren über alle Berge. Er musste sich beeilen, vielleicht konnte er den Polizisten noch helfen. Mein Handy funktioniert ja, dachte er grimmig. Er lief so schnell, wie seine Beine es zuließen. Aber wo waren die Polizisten? Er hätte sie längst sehen müssen. Jeden Augenblick rechnete er damit, über die Leichen zu stolpern. Er hörte sich atmen, die Anstrengung, die Aufregung. Es ist zu viel für dich. Bleib stehen. Geh zurück. Hau ab, so schnell du kannst. Doch er blieb nicht stehen und haute nicht ab.

Er humpelte mehr zum nächsten Bau, als dass er rannte. Solange er ohne Deckung war, fürchtete er den Einschlag der Kugel oder, noch schlimmer, die Garbe aus der MPi. Hier will ich nicht sterben. Aber wo will ich schon sterben? Er rannte, so gut es ging, bis er wieder an einer Mauer war. Diesmal ging er an einer Türöffnung in den Bau hinein und roch gleich die Feuchtigkeit, vermischt mit etwas Metallischem. Es war fast ein Geschmack. Er schlich sich innen an der Wand entlang und bückte sich, wenn er an Fensterhöhlen vorbeikam. Das ist schon die Richtung, dachte er, auch wenn die Wand etwas nach rechts abknickte.

Am Ende sah er das Dämmerlicht durch eine Türöffnung eindringen. Es glitzerte auf einer großen Pfütze, die sich in einer Bodenabsenkung breitgemacht hatte. Stachelmann lief um die Pfütze herum, schaute hinaus und betrat dann das Freie.

Er spürte sofort, dass jemand hinter ihm war. Und den kalten Stahl, der sich von hinten in sein Genick bohrte, sowieso. Dann packte ihn eine kräftige Hand am Oberarm, und er hörte und roch den Atem des Mannes, und der Atem roch faulig.

***

Gaby Kohlenberg kratzte sich an der Nase. Weber ließ seinen Blick durchs Zimmer schweifen. Wiezorek schaute seinen Mandanten an und schüttelte fast unmerklich den Kopf. Maltmann schnaufte, dann sagte er: »Er hat mich erpresst, daran kann es keinen Zweifel geben.«

»Sie wissen schon, dass Sie uns ein handfestes Mordmotiv nennen. Wenn es stimmt, was Sie sagen, dann hatte es Ihr Konkurrent Rehmer in der Hand, Ihnen gewaltigen Schaden zuzufügen. Eine kaputte Ehe, den Posten als Institutsleiter hätten Sie auch verloren, das ist nicht wenig.« Gaby Kohlenberg warf dem Anwalt einen Blick zu, doch der reagierte nicht. Wiezorek saß schweigend und in sich versunken neben dem Professor.

»Haben Sie einen Beweis für Ihre … Vermutung?«, fragte Weber.

Maltmann wandte ihm das Gesicht zu, leichenblass, mit zitternden Lidern, und die Mundwinkel begannen zu zucken. Das Gesicht war ein Herd der Unruhe und der Anspannung. »Er hat es mir … auf den Kopf zugesagt.«

»Dass Sie ein Verhältnis mit dieser Frau Leitner haben …«, sagte Gaby Kohlenberg.

»Ja.« Der Professor senkte seinen Kopf, und es sah so aus, als glaubte er selbst nicht, dass er dieses Verhältnis eingegangen war.

»Wann und wie?«, fragte Weber.

Maltmann hob den Kopf wieder. Seine Augen waren feucht. »Er kam vor vielleicht drei oder vier Wochen in mein Büro, am Morgen, ich war gerade eingetroffen. Er war aufgeregt, klopfte nicht einmal an, öffnete die Tür und … schnauzte mich an. Sie haben da was mit dieser Leitner, so fing er an. Sie wissen, dass das strafbar ist. Beenden Sie das sofort. Oder ich muss Maßnahmen ergreifen. Ein Institutsdirektor darf sich so etwas nicht erlauben. Und dann kamen noch ein paar Anwürfe. Er hat nicht einmal gewartet, was ich antworte, er ist raus und hat die Tür zugeschlagen. Draußen hat er noch irgendwas gesagt, aber das habe ich nicht verstanden, die Tür war ja zu.«

»Das klingt aber nicht nach einer Erpressung«, sagte Gaby Kohlenberg.

»Haben Sie denn die Beziehung mit Frau Leitner dann beendet?«, fragte Weber.

Maltmann nickte. »Sofort. Ich habe sie gleich angerufen und es beendet.«

»Und wie hat sie reagiert?«

Maltmann überlegte: »Sie war fassungslos. Ich konnte es auch verstehen, dass sie geschockt war. Zwei Tage davor hatte sie das erste Mal davon gesprochen, dass sie mit mir zusammenbleiben wollte.« Er ließ es nachklingen.

»Und wie haben Sie das aufgenommen?« Weber legte seinen Kopf ein wenig schräg.

»Es hat mich … berührt. Aber es ging natürlich nicht. Ich hätte meine Frau nie verlassen. Nie.« Das klang so, als wollte er sich selbst überzeugen.

»Es hat Ihnen geschmeichelt, nicht?« Gaby Kohlenberg warf einen Seitenblick zum Anwalt, aber der schien weiterhin geistig abwesend zu sein.

»Ich bin nicht mehr der Jüngste«, sagte Maltmann.

»Aber Sie sind Professor, Institutsdirektor, Sie haben Macht, und Macht ist attraktiv«, erwiderte Gaby Kohlenberg. »Das ist doch eine uralte Geschichte.« Es gelang ihr nicht ganz, ihre Verachtung zu verbergen. Dass Männer in diesen Abgründen der Bewunderung und psychischen

Abhängigkeiten, in der uralten Suche nach Sicherheit und in archaischen biologischen Programmen etwas Neues entdecken wollten, das gerade im betreffenden Augenblick für sie als Individuum, nur für sie allein, entstanden war, das hatte sie noch nie verstanden. Genauso wenig wie diese jungen Frauen mit dem einschlägigen Beuteschema. Und dann fiel ihr ein, dass Liebe in ihrer ganzen Vielfalt doch immer nur das Gleiche ist. Und sie dachte an Johann, der vielleicht noch auf sie wartete, obwohl sie ihn weggeschickt hatte, weil er ohne Fehl schien, die Sanftmut und das Verständnis in Person, und es gerade das war, was sie zur Weißglut gebracht hatte. Ach, sie würde es nie begreifen. Und sie sah sich diesen alten Mann mit den Tränensäcken an, den Falten, den schütter werdenden Haaren und stellte sich eine junge Frau vor, die mit ihm im Bett liegt. Es schüttelte sie innerlich.

»Sie haben also Rehmers Forderung erfüllt.« Aber auch das fand Gaby Kohlenberg verächtlich.

»Ja, sofort.«

»Haben Sie es ihm mitgeteilt?«

Maltmann schüttelte den Kopf. »Es wäre sinnlos gewesen. Er hätte mir geglaubt oder eben nicht.«

Endlich meldete sich der Anwalt wieder, er straffte seinen Rücken, faltete die Hände, drückte sie und sagte: »Sie müssen sich nicht selbst belasten.«

Doch Maltmann winkte ab. »Aber ich habe Rehmer nicht umgebracht.«

»Darum geht es nicht«, erwiderte Weber, »wir verdächtigen Sie wegen Anstiftung. Das ist schwerwiegend genug.« Weber blickte zum Anwalt. »Wir müssen Ihren Mandanten in Untersuchungshaft nehmen.« Er schaute auf die Uhr. »Wir können ihn aber erst morgen dem Untersuchungsrichter vorführen. So gegen zehn Uhr?«

»Herr Professor Maltmann hat einen festen Wohnsitz,

ist nicht vorbestraft, und es besteht keine Fluchtgefahr. Ich protestiere.« Es klang nicht sonderlich energisch.

***

»Was wollen Sie?«, stotterte Stachelmann, und er kam sich gleich blöd vor.

»Ach Sie sind's, sagen Sie das doch gleich.« Die Antwort war noch blöder, fand Stachelmann.

Der Stahl war weg, der Griff löste sich, der faulige Atem blieb. »Ich dachte schon, es gebe einen Dritten«, sagte der Bodybuilder. »Und was haben Sie hier zu suchen? Sind Sie lebensmüde?«

»Was ist mit den Typen?«, fragte Stachelmann.

»Verschwunden.«

Der Fettsack näherte sich, er trug seine Pistole in der Hand, der Lauf zielte auf den Boden.

»Aber sie haben was hinterlassen«, sagte der Fettsack mit belegter Stimme. »Ihr Blut.«

»Was heißt das?«, fragte Stachelmann.

»Na, wir glauben das jedenfalls«, sagte der Bodybuilder. »Kurz bevor wir sie greifen konnten, hat jemand auf sie geschossen und sie dann weggeschafft. Mit einem Auto. Sie sind wie vom Erdboden verschluckt. Aber wir haben zwei Schüsse gehört, nur zwei, und dann klappte etwas, es klang wie ein Kofferraum, dann zwei Autotüren – klapp, Pause, klapp, klapp.« Er lauschte, als hörte er das Klappen gerade erst.

»Und wir haben uns unseren Reim darauf gemacht. Die beiden Typen wurden erschossen – es war eher eine Hinrichtung, jedenfalls kein Schusswechsel –, in den Kofferraum gepackt und weggeschafft. Es gibt nur noch zwei Blutlachen und Blutspuren, die wohl zum Auto führten, jedenfalls hören sie plötzlich auf.«

Die beiden brachten Stachelmann in die Mitte eines geteerten Platzes, der auf drei Seiten von Betonbauten umgeben war.

»Gehen Sie nicht näher ran«, sagte der Bodybuilder. Er zeigte auf einen schwarzrot schimmernden Fleck. Daneben war noch einer.

Stachelmann erkannte im fahlen Licht nun auch die Blutspur, Flecken, groß und klein, Flecken, die sich zu Fäden zogen und nebeneinander wegführten. Die Kerle waren offenbar hier getötet und weggetragen worden.

Als der Fettsack sagte: »Die Kriminaltechnik kommt gleich«, sah Stachelmann schon den Widerschein des Blaulichts in den Dunstwolken. Plötzlich stand Georgie neben ihm. »Schön, dass du mich so einbeziehst. Ich hätte mir ja auch in aller Ruhe in die Hose scheißen können«, murrte er.

»Reg dich nicht auf, ich wäre schon zurückgekommen, um Händchen zu halten.«

»Blödmann.«

Es waren zwei Passat-Kombis, die mit Blaulicht nebeneinander parkten, nachdem der Bodybuilder und der Fettsack sie in einigem Abstand von den Spuren mit wildem Gestikulieren gestoppt hatten. Aus dem einen Passat sprang ein kleiner, drahtiger Mann mit Stahlbrille und schnauzte den Fettsack an, warum der Ort nicht abgesichert worden sei. Der Fettsack stammelte etwas, das Stachelmann nicht verstand. Währenddessen packten die Kriminaltechniker ihre Koffer aus und begannen mit der Arbeit.

Der Typ mit der Stahlbrille stellte sich dicht vor Georgie. »Und Sie sind also entführt worden.«

Georgie nickte.

»Können Sie die Entführer beschreiben?«

»Kaum. Kräftig, alle beide. So Muskelmänner. Fast wie

Zwillinge. Der eine hatte eine Maschinenpistole, der andere hat das Essen gebracht. Der hatte längere Haare …« Georgie kniff die Augen zusammen. »Hm, ich glaube, er trug einen Pferdeschwanz. Sie kennen doch diese Typen mit den Pseudojeeps, Muscle-Shirt, Dreitagebart. Solche waren das.«

»Wie Zwillinge, sagen Sie?«

»Einigermaßen habe ich nur den gesehen, der den Fraß gebracht hat. Sie haben mich geblendet.«

»Wer hat wen umgebracht?«, fragte Stachelmann.

Der Polizist mit der Stahlbrille zuckte mit den Achseln. »Wenn ich es wüsste, dürfte ich es Ihnen nicht sagen.« Er ging zu den Blutspuren und verwickelte gleich einen Kriminaltechniker in ein Gespräch.

»Es sind also noch welche hergekommen«, sagte Georgie. »Und die haben die nicht gemocht, die mich entführt haben. Und andersherum. Hm. Vielleicht eine Art Bandenkrieg?«

»Egal«, sagte Stachelmann. »Entscheidend ist die Frage, wer dich entführt hat. Und warum. Alles Weitere ergibt sich.«

Und er dachte noch: Ich muss Anne anrufen. Was wird sie von mir wollen? Und was sage ich Valentina?

***

Sie saßen, wie so oft am späten Abend, im Wohnzimmer nebeneinander auf dem Sofa. Walzer hatte seine Füße in Socken auf den Tisch gelegt, sie hatte ihre Beine angewinkelt, lag fast in der Ecke zwischen Rücken- und Seitenlehne. Wie eine Katze, dachte er.

»Du darfst mich nie betrügen«, sagte sie. »Das würde ich dir nicht verzeihen. Du hast es mir versprochen.« Er hörte die Angst in ihrer Stimme, aber auch den Anklang des Hasses, zu dem sie fähig war. Walzer erinnerte sich genau an jenen Abend im *Hinkelstein*, als sie beide als Gäste dort waren und bevorzugt bedient wurden. Dass es einen Rabatt und Freigetränke für beide gab, war selbstverständlich. Der Wirt wusste, was er an Aurelia hatte, ihre Tätigkeit als studentische Aushilfskraft dürfte seinen Umsatz beträchtlich gesteigert haben. Sie hätte Klos putzen können, ohne einen Strahl ihrer Aura zu verlieren. Es war zu der Zeit, als Walzer glaubte und inständig hoffte, dass sie sich auf ihn einlassen würde. In den Tagen davor hatte er sie in den Arm genommen, und sie hatte es erwidert, und am Abend davor, als sie sich verabschiedet hatten, hatte sie sich weggedreht, war zur Haustür gegangen, um schnell umzukehren und ihn auf den Mund zu küssen, flüchtig zwar, aber aus eigenem Antrieb. Und sie hatte mit einer merkwürdig zitternden Stimme gesagt: »Schlaf gut, meiner.«

Das ging ihm nicht aus dem Ohr. Schlaf gut, meiner. Schlaf gut, meiner. Meiner.

Im *Hinkelstein* sagte sie, nachdem sie sich fast distanziert begrüßt hatten: »Aber du darfst mich nie betrügen. Nie. Wenn du es tätest, ich hätte Angst vor mir.«

Wenn du es tätest, ich hätte Angst vor mir.

Inzwischen bildete er sich ein, sie verstanden zu haben. In ihren nächtlichen Schreianfällen entdeckte er eine ungeheure Angst, tiefschwarze Wolken, eine maßlose Verzweiflung. Wenn er sie verriet, würde sie es nicht durchstehen. Da wäre sie unberechenbar. Er hatte sie nie verraten. Walzer war ein altmodischer Mensch, er stand zu seinem Wort, das war er sich schuldig, das machte ihn besser als viele andere. Aber was zählte sein Wissen, wenn sie ihm nicht glaubte? Wenn die Zweifel sie marterten, wenn die Bestie sie nachts aus dem Schlaf riss, wenn ihr Gesicht noch bleicher und ihre Haare so schwarz waren, nachdem sie das Licht eingeschaltet hatte und auf ihn einzuschlagen begann, mit der flachen Hand, nicht zu fest, doch hörte sie erst auf, wenn er ihr Handgelenk ergriffen und sie an sich gezogen hatte. Dann lagen sie eng beieinander, während sie tränenlos weinte und er wusste, es würde nie anders werden, solange sie lebten. Doch fühlte er sich in diesen Momenten auch untrennbar mit ihr verbunden. Er hatte sie so sehr gewollt damals, und er hatte unter ihrem Zögern viel mehr gelitten als in diesen schwarzen Stunden.

Er nahm eine Zeitschrift vom Tisch und begann zu blättern. Sie schien es zunächst nicht zu sehen. Dann legte sie ihren Kopf an seine Schulter. Er küsste sie auf die Haare, sie rochen einzigartig, und blätterte weiter, bis er auf eine Seite kam mit einer Schauspielerin im knappen Bikini, das Rosa der Brustwarze war zu ahnen. Seine Augen verharrten nur einige Sekunden auf dem Bild, da spürte er, wie sie zuckte, kaum spürbar. Aber er kannte dieses Anfangsstadium zu gut.

Zum ersten Mal fragte er sich, ob er es ewig aushalten könnte. Ob er das verdient hatte. Ob er nicht alles getan hatte, um ihr nicht den Hauch eines Verdachts zu ermöglichen. Längst hatte er begriffen, dass ihre Verdächtigungen nichts zu tun hatten mit Vorfällen, dass er genauso gut als Eremit in der einsamsten Höhle sitzen könnte und dass ihr Misstrauen ihn doch quälen würde und sie erst recht. Sie war eifersüchtig auf ihre Ängste, und ihre Ängste waren wie eine Hydra mit Köpfen, die doppelt nachwuchsen. Er hatte oft versucht sich die Welt vorzustellen, in der sie lebte, in der sie gefoltert wurde, so viele Tode starb, in Verzweiflung versank, in der aber doch auch etwas sein musste, das sie vom Freitod abhielt. Aber wäre dieser Tod frei, wenn die Furien sie verfolgten, die Ängste, das Misstrauen, diese schwarze Nacht, in der sie lebte? Was hielt sie am Leben? Vielleicht war es allein er. Die Tatsache, die nicht einmal sie verdrängen konnte, dass er jeden Abend zu ihr kam, dass er sich um sie kümmerte, dass er alles aushielt, was sie ihm antat. Nachdem sie wieder zusammengebrochen war, nachdem sie lautlos geweint hatte, was ihm lauter erschien als das grellste Schreien, saß sie zusammengekrümmt auf dem Sofa, die Tränen flossen auf ihre Bluse und das Polster. Sie hatte flach und schnell geatmet, als wäre sie auf der Flucht, als müsste sie wegrennen, dabei hatte sie sich nicht bewegt. Er wusste am Ende nicht mehr, wie lange sie so verharrt hatte, bis sie sich endlich zögernd gerade hinsetzte und starr zum Fenster schaute, als wäre er nicht im Raum, und bis sie endlich aufstand und wort- und blicklos zum Schlafzimmer ging. Er würde nie begreifen, was sie in solchen Augenblicken fühlte. Hatte sie ein schlechtes Gewissen? Hatte sie das Gefühl, den Zorn auf ihn schließlich zu beherrschen? War es eine Mischung aus beidem oder ein steter Wechsel der Stimmung zwischen Anschuldigung und Selbstbezichtigung? Oder war sie einfach nur erschöpft vom eigenen Leid?

Als sie verschwunden war, goss er sich ein Glas Whisky ein. Und stellte sich vor das große Bücherregal, wo er antiquarische Ausgaben der Klassiker verwahrte, Jean Paul, Goethe, Schiller, Fontane, und dazu alte Atlanten und Sammlungen von Stichen. Es fiel ihm ein, dass er dieser Leidenschaft schon lange nicht mehr nachgegangen war, und zwar genau seit der Geburt von Marc, ihrem ersten Kind. Er sann diesem Gedanken nach, aber er fand nichts weiter, jedenfalls nichts, das ihm etwas hätte verraten können. Seine Gedanken streiften zu ihr, und er stellte sich vor, wie sie auf dem Bett lag und an die Decke starrte, sie konnte Stunden so liegen. Es war die Phase, in der sie sich von der Erschöpfung erholte. Was ging in ihrem Kopf vor? Wenn er das nur wüsste. An diesen Ausbrüchen und dem, was ihnen vorausging, und dem, was ihnen folgte, quälte ihn am meisten die Hilflosigkeit. Wenn er ihr sagte, dass sie dringend eine psychotherapeutische Behandlung brauche, wendete sie sich inzwischen nur noch ab. Früher hatte sie ihn angeschrien, wie aus heiterem Himmel, und er verstand, dass sie nicht davon abging, dass *er* etwas zu ändern hatte, nämlich seine latente Treulosigkeit, und nicht sie, die keiner Behandlung bedürfe, sondern allein seiner Rücksicht und Anständigkeit.

Der Gedanke stand plötzlich vor seinem Auge, und es war ihm fast, als könnte er ihn sehen. Er versuchte ihn wegzuwischen wie eine Dunstwolke oder den Qualmstoß einer Zigarre. Aber er ließ sich nicht wegwedeln, er setzte sich fest in seinem Hirn, und er wusste gleich, dass die Angst, den dieser Gedanke mit sich führte, dass er diese furchtbare Angst nicht mehr loswerden würde. Es sei denn, er käme von Aurelia los. Genau davor aber fürchtete er sich in diesem Augenblick, dass er die Geduld verlieren könnte, dass er einmal glauben könnte, er müsse sie aufgeben, wegen der Kinder und wegen seines Friedens, den er verloren hatte, als er sie gewann.

Du kannst dich nie von ihr trennen. Das sagte er sich jetzt. Und er wiederholte es immer wieder. Du musst bei ihr bleiben. Ohne dich geht sie unter. Er hatte diese Momente des Zweifels schon erlebt, wenn auch nie so stark. Bisher hatte er sie nicht an sich herangelassen. Doch jetzt waren sie da, und sie blieben. Er begann mit sich selbst zu streiten, ließ die Zweifel zu und widersprach ihnen. Und er fühlte sich besser. Natürlich ahnte Walzer, dass er dieses Stadium nur erreicht hatte, weil die Akademie und damit er selbst so stark bedroht wurde wie niemals zuvor. Er war in einer Krise, in jeder Hinsicht. Aber in einer Krise offenbarte sich die Wahrheit. Walzer begriff, dass sich die Dinge ändern mussten. Er musste sie ändern.

Wie bestellt, klingelte das Handy, und er sah Ammans Name auf der Anzeige.

»Ja?«

»Wir haben es erledigt, blitzschnell.«

»Selbst?«, fragte Walzer leise.

»Nein.«

Walzer trennte das Gespräch. Er nahm sein Glas mit zum Sofa und trank einen Schluck, wie um die Vereinbarung zu bekräftigen, die er gerade mit sich selbst geschlossen hatte. Die Akademie schien erst einmal aus dieser Krise befreit. Jetzt musste er einen Weg für sich finden.

Am nächsten Morgen war seine Gewissheit dahin. Ammann saß ihm gegenüber und hatte berichtet. Zwar hatten sie die Sache mit den Typen bereinigt für alle Zeit, aber schon tauchte die nächste Bedrohung auf, es war wie verhext. Eine Quelle in Köln meldete, dass der Verfassungsschutz sich die Rehmer-Akten besorgen wolle.

Ammann hob die Augenbrauen, knetete seine Hände, und das war für seine Verhältnisse ausdrucksstark. »Wir gehen jetzt auf Nummer sicher. Es wird zwar Ärger geben, aber das ist unwichtig. Ich traue diesen Waschlappen nicht mehr. Wie mir unsere Quelle sagte, haben sie tatsächlich diesen alten … Mann allein losgeschickt, so, wie ich es letzte Woche berichtet hatte. Wenn sie den schnappen, gehen wir hoch. Und wenn sie ihn nicht schnappen, liegt das Zeug beim Bundesamt, wir könnten es also auch gleich der Presse geben. Die hätten besser nichts getan oder es uns überlassen. Wie gesagt, wir kennen ihren Plan, und wir übernehmen ihn einfach und blamieren sie ein bisschen. Damit sie begreifen, wer in diesen Fragen das Sagen hat. Ich hoffe, Sie sind einverstanden. Ich kann Ihnen den Plan gerne Schritt für Schritt erläutern und …«

Walzer winkte ab. »Ich bin nach wie vor einverstanden und verlasse mich auf Sie. Das genügt.«

***

Die Wohnung lag im sechsten Stock, und es gab keinen Aufzug. Weber nannte diesen Umstand »legale Demütigung«, und Gaby Kohlenberg sah es nicht anders, auch wenn sie schwieg. Sie hatte einiges zu denken, weniger über den Kriminalfall als vielmehr über Weber. Sie hatten doch ihre Reisetaschen auspacken müssen und waren in einer eher schäbigen Pension abgestiegen, weil es Unsinn gewesen wäre, in der Nacht nach Berlin zurückzukehren, wo sie doch Maltmanns Liebhaberin vernehmen mussten. Am Abend saßen sie noch in einer finsteren Eckkneipe, in die es außer ihnen nur noch drei Gestalten gezogen hatte, von denen einer dummerweise Gefallen an der steinzeitlichen Musikbox gefunden hatte. Und Weber hatte sie wieder angeschaut, aber nichts gesagt, jedenfalls nicht zu dem offensichtlichen Grund, warum er sie immer wieder ansah. Sie war ja nicht dumm. Und sie gestand sich ein, dass Weber ihr gefiel, auch weil er nicht so gut war wie Johannes, der Allesversteher. Doch Weber war zu feige oder zu schüchtern oder sich zu ungewiss, um irgendetwas zu sagen außer Nichtssagendem. Sie wusste nicht, ob sie sich auf ihn eingelassen hätte, aber es hätte ihr gefallen, ernsthaft darüber nachdenken zu müssen. Doch Weber blieb ihr ein Rätsel. Er sah nicht gut aus mit seinem Pfannkuchengesicht, auch nicht auf den zweiten Blick, aber ihr gefielen seine schwarzen Fischaugen, in denen ein paar Moleküle Verlebtheit schimmerten. Seine Stimme gefiel ihr am besten, sie war ohnehin anfällig für Stimmen. Seine war metallisch und klar. Was sie aber vor allem an ihm mochte, war, dass er im Gegensatz zu vielen Kollegen nie den Macho herauskehrte, nie schlüpfrige Andeutungen machte und auch sonst nie übergriffig war, auch nicht in Worten. Sie spürte, dass er sie achtete und gern mit ihr zusammenarbeitete. Natürlich lag Bartels Segen auf ihnen, wie sie es nannte, weil sie wusste, dass der ausgleichende Charakter und die Ruhe ihres Chefs auf seine Untergebenen abfärbten. Wer lange mit Bartels zusammenarbeitete, übernahm dessen ungeschriebene Regeln oder er ließ sich versetzen. Einige, die lieber die harte Nummer schoben, hatten es getan.

Außer Atem standen sie endlich vor der Tür der Dachgeschosswohnung.

»Wehe, sie ist nicht da«, sagte Weber. »Dann kriegt der Hausbesitzer eine Anzeige wegen versuchten Totschlags.«

Gaby Kohlenberg grinste. »Es gibt leider kein Gesetz, das einen zwingt, eine Haustürklingel zu installieren.«

»Warum, es gibt doch sonst für jeden Scheiß Gesetze?«

»Schick eine Petition an den Bundestag. Wieder bei Atem?«

Er schnaufte und nickte. Sie klingelte. Schritte, welch Glück. Sie schauten sich an und grinsten. Und Weber dachte, vielleicht steckt ja mehr in dem Blick.

Es öffnete eine zierliche Frau mit halb langen braunen Haaren. Sie war unfrisiert und trug einen Bademantel. Ihr hübsches, kindliches Gesicht mit Kulleraugen und Stupsnase war noch zerknittert vom Schlaf, und die Müdigkeit stand ihr in den grünen Augen. An der linken Hand trug sie einen Brillantring, er sah jedenfalls teuer aus. Weber versuchte sich vorzustellen, wie der alte Maltmann mit diesem Püppchen Sex haben konnte, aber er schaffte es nicht.

»Sie sind Frau Leitner, Muriel Leitner?«, fragte Gaby Kohlenberg.

Das Püppchen nickte.

»Kriminalpolizei. Wir untersuchen einen Mordfall und haben ein paar Fragen an Sie«, sagte Gaby Kohlenberg und hielt ihr den Dienstausweis unter die Nase.

Muriel Leitner schrak ein paar Zentimeter zurück, dann blickte sie Weber an, als suchte sie bei ihm eine Bestätigung für etwas.

»Dürfen wir hereinkommen?«, fragte Gaby Kohlenberg.

Das Püppchen nickte und öffnete die Tür so weit, dass sie eintreten konnten. Etwas tapsig ging Muriel Leitner vorneweg in ein Zimmer, in dem sich ein ungemachtes Doppelbett befand, dazu ein dunkel gebeizter alter Sekretär, ein Beistelltisch, Bücherregale an zwei Wänden und über dem Bett ein Schwarz-Weiß-Poster, das eine karge Alpenlandschaft zeigte. In der Ecke stand ein Röhrenfernseher. Das Püppchen machte schnell das Bett und setzte sich auf den Schreibtischstuhl, wobei sie dem Sekretär den Rücken zuwendete. Sie fragte mit leicht zitternder Stimme: »Mord?«

Weber schaute unschlüssig auf Gaby Kohlenberg, die aber keine Anstalten machte, etwas zu sagen, weil sie zuhören und beobachten wollte. Weber kannte das, und es hatte sich ausgezahlt. Sie hatte einen besseren Blick als er, und er konnte gut fragen. »Sich das Vertrauen erschleichen«, nannte sie es.

»Sie haben gewiss gehört, dass Dr. Rehmer einem Verbrechen zum Opfer gefallen ist«, sagte Weber.

Muriel Leitner nickte zögerlich. »Ja«, hauchte sie. Und

Weber hörte die Frage mitschwingen, was der Mord denn mit ihr zu tun habe.

»Sie hatten eine Affäre mit Professor Maltmann.«

Wieder erschrak sie. Dann nickte sie wie ein Kind, das eine Missetat zugab.

»Der Ordnung halber muss ich Sie fragen, ob Professor Maltmann zum Tatzeitpunkt bei Ihnen war.« Er las Datum und Uhrzeit von seinem Block ab, obwohl er sie auswendig konnte.

Sie überlegte, schloss ein paar Sekunden ihre Augen, dann nickte sie wieder.

»Das heißt ja?«, fragte Weber.

»Ja.« Ein Hauchen.

»Hat Professor Maltmann sich einmal in Ihrem Beisein über Dr. Rehmer geäußert?«

Ihre Augen weiteten sich, sie schaute auf den Boden.

»Offenbar hat er es«, sagte Weber. »Sie müssen hier die Wahrheit sagen. Wenn Sie die Ermittlungen behindern, kann das böse Folgen für Sie haben.« Innerlich musste er grinsen, er sprach schon wie ein Onkel mit der Nichte. Wenn du noch einmal an den Weihnachtsplätzchen naschst, dann ist der Onkel ganz böse. Und das willst du doch nicht, oder? Natürlich wollte sie es nicht.

Sie steckte ihren kleinen Finger in den Mundwinkel. »Er hat den Herrn Rehmer nicht gemocht.«

»Und warum nicht?«

»Er war zu … ehrgeizig, hat Siggi … Herrn Maltmann … gestört, weil er immer irgendwelche Projekte hatte. Meistens Unsinn, hat Herr Maltmann gesagt. Aber er musste das alles lesen, diese ganzen Konzepte und Papiere und Anträge …« Sie klang nörgelig, als litte sie immer noch mit dem armen Sigurd Maltmann mit.

»Und dieser Dr. Rehmer, *war* das ein Spinner? Hat

Professor Maltmann mal so etwas gesagt? Oder was Ähnliches?«

»Ich habe nur eine Veranstaltung von Herrn Rehmer besucht. Ein Proseminar, vor drei Jahren.«

»Und wie war er? Als Dozent? Wie trat er auf?«

Sie schaute Weber an, und der erkannte in ihrem Gesicht die Hilflosigkeit, die manche älteren Männer anzog, ihn aber nur nervte. Dass erwachsene Menschen sich so kindisch verhalten konnten, ohne dass es ihnen peinlich war. Es war sogar Muriel Leitners Erfolgsrezept, und diese Einsicht ärgerte ihn umso mehr. Aber mit dem Ärger hörte er gleichsam Bartels als Geist sprechen, so weit war Weber schon konditioniert.

»War er verrückt?«, fragte Weber und sah im Augenwinkel, wie für einen Augenblick eine Falte auf Gaby Kohlenbergs Nasenwurzel zog.

Muriel Leitner schüttelte den Kopf. »Nein, nein. Er war nicht verrückt«, sagte sie erstaunlich klar, aber Weber begriff sofort, dass sie beschlossen hatte, sich wenigstens am Rand der Wahrheit zu bewegen, denn sie konnte sich leicht ausrechnen, dass die Polizei noch andere Studenten und Kollegen Rehmers befragen würde.

»Hat Ihnen das Seminar … gefallen?«

»Es ging so.«

»Und Ihren Kommilitonen?«

»Ja.«

»Was heißt ja?«

»Es hat ihnen gefallen. Rehmer war ein bisschen komisch, oft so aufgeregt und manchmal auch ein bisschen durcheinander, aber eigentlich war er ziemlich gut. Er hat sich unheimlich Mühe gegeben, uns etwas zu erklären. Er hat immer alles erklärt.«

»War er ein strenger Dozent? Hat er Leute durch Klausuren fallen lassen?«

Sie schüttelte wieder den Kopf. »Er war schon sehr … genau. Es ist in meinem Seminar niemand durchgefallen, von den anderen weiß ich nichts …«

»Aber er wird doch einen Ruf gehabt haben …«

»Er galt als streng, aber er war nicht unfair. Wenn man etwas tat, kam man durch. Und wenn die Klausur nicht gut ausfiel, hat er in der Sprechstunde mit einem geredet und dann erst die Note gegeben.«

»Hat er mit Ihnen geredet?«

Wieder ein Nicken.

»Was heißt, dass Ihre Klausur nicht besonders gut ausgefallen war.«

»Die Seminararbeit.«

»Und wie hat er die geäußert, also diese Kritik?« Es war ihm noch nicht gelungen, die Mauer, die sie umgab, zu durchbrechen.

»Er war sehr … streng.«

Warum muss man der jede Silbe aus der Nase ziehen? Aber schon meldete sich das Bartels-Mantra: Wenn du dich ärgerst, bleib erst recht ruhig. »Haben Sie sich geärgert?«

Sie schaute ihn hilflos aus ihren Mädchenaugen an und sagte mit ihrer leisen Stimme, sie flüsterte fast: »Nein, geärgert habe ich mich nicht.«

»Aber Professor Maltmann hat sich geärgert.«

»Ja«, sagte sie nach einigem Zögern.

»Professor Maltmann hat die … Beziehung mit Ihnen beendet.«

Sie nickte wie in Zeitlupe. Eine einsame Träne quoll aus ihrem linken Auge, vertrocknete aber schon, bevor sie das Kinn erreichte, und hinterließ eine glitzernde Bahn.

»Und schuld daran ist Dr. Rehmer.«

Sie nickte wieder.

»Warum hat Dr. Rehmer sich eingeschaltet?«

Gaby Kohlenberg sah zu, ausdruckslos.

»Ich weiß es nicht.«

»Ob Sie vielleicht ein bisschen lauter sprechen könnten?«

»Ich weiß nicht.« Sie hob ihren Fuß. Dann setzte sie den Fuß wieder auf den Boden und verdrehte vorsichtig den Oberkörper, als hätte sie Schmerzen.

»Aber es ist Ihnen nicht recht.«

»Nein.« Wieder schüttelte sie den Kopf.

»Was bedeutet, dass Sie auf Dr. Rehmer zornig waren.«

Ein Nicken.

»Haben Sie ihn gehasst deswegen?«

Sie schaute Weber an, und ihre Augen waren plötzlich ganz groß.

Als sie keine weitere Reaktion zeigte, sagte Weber: »Ich verstehe das jetzt mal als Ja. Also wenn mir so etwas passieren würde, ich glaube, ich würde den ... Denunzianten hassen.«

Gaby Kohlenberg warf ihm einen rätselhaften, fast amüsierten Blick zu, verfiel aber gleich wieder in ihre Pose der Beobachterin.

»Das wäre ein Mordmotiv«, sagte Weber.

Muriel Leitner schaute ihn wieder aus großen Augen an. Sie wurde bleich, dann setzte sie sich aufs Bett, die Hände umklammerten die Knie. Sie war jetzt noch kleiner. Sie schüttelte langsam den Kopf, dann schneller, bis sie abrupt aufhörte und ihn anstarrte. »Mord«, sagte sie nur.

»Frau Leitner, wir haben Menschen schon aus geringerem Anlass ... gebeten, mit aufs Präsidium zu kommen zu einem Verhör.«

»Verhör?«, flüsterte sie.

»Verhör.«

»Ich habe Herrn Rehmer nichts getan.«

»Vielleicht haben Sie und Professor Maltmann sich zusammengesetzt und gesagt, wir müssen den Dr. Rehmer loswerden. Der zerstört alles, und das nur aus Böswilligkeit.«

Sie begann zu weinen.

Dann sagte Gaby Kohlenberg kalt: »Ziehen Sie sich was an, packen Sie was ein, Zahnbürste, Unterwäsche, nur sicherheitshalber. Wir nehmen Sie mit aufs Präsidium. Dafür sind Sie ja alt genug.«

***

Er hasste Dienstreisen und hätte bis zur Pensionierung in seinem Büro sitzen bleiben können, um seine Fähigkeiten als Papierkugelwerfer zu vervollkommnen. Aber der Anruf kam aus dem Bundeskanzleramt, vom Geheimdienstkoordinator, dem Staatssekretär Bleichmann, von dem niemand so genau wusste, wie er zu dem Job gekommen war, und dem deshalb so mancher im Verfassungsschutz einen netten kleinen BND-Skandal wünschte. Franticek hatte mies geschlafen, als er sich morgens in den ICE setzte, und das nicht wegen Bleichmann, der ihm keine Angst einjagen konnte, schon gar keinen Respekt. Der Typ war früher Büroleiter eines Ministerpräsidenten gewesen und hatte von der Geheimdienstarbeit so viel Ahnung wie Franticek vom Kuhmelken. Nein, Franticek plagten seit einigen Tagen unerklärliche Schmerzen im Kiefer, aber noch hatte er mehr Angst vorm Zahnarzt als vor der Steigerung der Schmerzen. Er wusste, der Umschlag in den anderen Zustand war unvermeidlich, eine Frage der Zeit, und er fürchtete ihn mehr als die Neugründung einer Gruppe von islamistischen Hobbyterroristen, deren Berufung auf Osama bin

Laden sie gleich zu einer Weltgefahr aufblasen würde, die jeden Überwachungsblödsinn und Gesetzesbruch rechtfertigte. Außer an diesen elenden Kieferschmerzen litt Franticek nur noch unter der hysterischen Blindheit all dieser Experten für Terror, Mord und Totschlag, denen er insgeheim eine Party mit richtigen Terroristen an den Hals wünschte.

Er zerknüllte den Zugfahrplan, und sein Auge suchte einen Papierkorb, fand aber keinen. Die Tür öffnete sich, eine junge Frau mit einem Säugling trat ein. Sie sagte nur »Guten Tag!«, ohne ihn richtig anzublicken, das Baby in ihrem Arm sabberte auf den Mantel. Franticek schnaubte innerlich, sehnte sich nach einem Whisky und verfluchte seine traurige Existenz. Er beobachtete, wie die Frau sich ihm schräg gegenüber ans Fenster setzte, das Baby brabbelte, und die Frau redete auf es ein. Sie setzte ihre Strickmütze ab und blonde Haare fielen auf ihre Schultern. Sie sah gar nicht übel aus, immerhin. Aber nicht gut genug, um das Unbill aufzuwiegen, das sie über ihn gebracht hatte. Er nahm den *Kölner Stadt-Anzeiger* vom Tisch und versuchte zu lesen, aber etwas in ihm befahl ihm, die Zeitung zusammenzuknüllen und sie der Frau auf den Schoß zu werfen. Er widerstand und legte die Zeitung wieder weg. Er lehnte sich zurück, stöhnte leise und schloss die Augen.

Denen in Berlin ging der Arsch auf Grundeis, das war klar. Sie hatten es eilig, und Franticek hatte gleich begriffen, wo der Qualm herkam. Sie würden das klären, genauer gesagt, er würde es klären, und zwar gründlich, ein für alle Mal. Er beschimpfte sich innerlich, dass er sich in einer schwachen Minute bereit erklärt hatte, diesen Irrsinnsjob zu übernehmen, dass er die innere Stimme, die ihn gewarnt hatte, einfach überhörte, dass er sich hatte locken lassen von der Beförderung und dem Extrageld, das ihm jährlich auf ein Geheimkonto in der Schweiz aus irgendeinem Reptilienfonds überwiesen wurde. Damals war er noch eitel und fühlte sich gebauchpinselt. Heute hatte er die Testosteronepoche hinter sich gebracht, verstand sich als alten weisen Mann, der aber bis zum Lebensende unter seiner Jugendsünde leiden würde. Er kam da nicht mehr heraus.

Das Kind schien zu schlafen, die Mutter hatte nun einen Kriminalroman vor der Nase, also einen Quatsch. Bücher waren sowieso Zeitverschwendung, es sei denn, es handelte sich um Fachliteratur. Franticek hasste die Vorstellung, im Kopf zu verreisen, sich auf die Schrullen von Märchenerzählern einzulassen, alle Romanautoren waren in seinen Augen Märchenerzähler. Würden die Leute weniger Romane lesen, dann hätten sie mehr Zeit für die wichtigen Dinge im Leben. Und es würden weniger Unglücke geschehen, wenn sich alle auf das Wesentliche konzentrierten. Wenn man angespannt war, eine geistige Pause brauchte, dann konnte man Papierballen knüllen und sie in Papierkörbe werfen.

Dann war er eingeschlafen, was er aber erst merkte, als das Kind schrie, als würde es mit glühenden Nadeln traktiert. Es war entsetzlich. Er gähnte demonstrativ, was ihm aber nicht einmal einen Blick einbrachte, geschweige denn eine Entschuldigung, stand auf und verließ das Abteil. Die Schiebetür schloss er ein wenig heftig. Er ging durch drei Waggons, um endlich im Speisewagen zu landen. Als der Kellner, ein kleiner, dürrer Kerl mit rotem Gesicht, erstaunlich schnell erschien, bestellte er einen Becher Kaffee. Whisky wäre wirklich besser gewesen.

Er wusste natürlich, was ihn in Berlin erwartete, so ungefähr jedenfalls. Er war in den letzten zwanzig Jahren in dieser Sache vier- oder fünfmal im Bundeskanzleramt gewesen. Mochte ja sein, dass es diesmal kritisch wurde.

In keiner Angelegenheit waren die Herren dort nervöser als in dieser. Und es war bisher immer an Franticek gewesen, sie zu beruhigen. Einmal hatten sie es mit einem Schwätzer zu tun gehabt, was sich aber zu spät herausgestellt hatte. Und Franticek hatte danach sogar der Witwe kondoliert im Auftrag des Kanzleramts, eine runde Sache, wie er fand, denn er hasste die Arbeitsteilung, die alles anonym machte, und warum sollte er ein schlechtes Gewissen haben und einen anderen bedauern lassen, was er zu verantworten hatte? Man hatte ja schließlich ein Berufsethos, also, er hatte jedenfalls eines.

Seltsamerweise stieg seine Laune, während er an diese alte Geschichte dachte. Wie lange war es her, dreizehn Jahre, mein Gott, wie die Zeit verfliegt. Er hatte die Wege des Mannes studiert, herausgefunden, dass er immer am Abend durch eine bestimmte Gasse ging, um den Heimweg abzukürzen. In dieser Gasse gab es nur ein paar Schuppen und die Ruine eines unbewohnten Hauses, wie es im Osten oft vorkam. Franticek hatte gewartet, und als der Mann am anderen Ende der Gasse pünktlich auftauchte, hatte er seinen Mantel aufgeknöpft, die Hand an den Griff der Walther PPK mit dem aufgeschraubten Schalldämpfer gelegt und war ihm entgegengelaufen, langsam, fast träge. Als drei Meter zwischen ihnen lagen, hatte er die Waffe gezogen und dem Mann in den Kopf geschossen, was den mit einem ungeheuren Erstaunen zu Boden sinken ließ, wo Franticek ihm noch zwei in die Herzgegend verpasste. Dann steckte er die Walther in den Gürtel, knöpfte den Mantel zu und ging weg. Langsam und unaufgeregt.

Er lächelte. Inzwischen hatte er seine Leute für so was. Und es war unnötig, dass diese anderen Dilettanten sich einmischten und dass man dann, das war eine Frechheit, deren Müll wegräumen musste. Aber nun gut, dazu war er auch da, daraus leitete sich seine Stellung ab in diesem großen Spiel. Er wollte nicht allzu unzufrieden sein. Die Fehler der anderen waren seine Bestätigung und sein Zorn auf sie immer angereichert mit einer Befriedigung, die er mittlerweile zu schätzen gelernt hatte. Das Alter hat seine Vorteile, wenn man es annimmt, wie es ist. Gewiss, viele beneideten die jungen Männer, die einen Schlag bei den Frauen hatten, doch Franticek hatte sich nie viel aus Sex gemacht, natürlich stach ihn hin und wieder der Neid, aber er löschte ihn bald, vorzugsweise mit einem Glas schottischen Whisky. Er hatte einiges gelesen über die alten Männer im antiken Griechenland, über die Bewunderung, die ihnen entgegengebracht wurde, und er fühlte sich wie ein Weiser, den es in die moderne Welt verschlagen hatte. Er schaute gern imaginär von oben herunter auf das Gewusel von Menschen, die sich so richtungslos treiben ließen wie ein Makrelenschwarm im Ozean.

Der Kaffee wurde gebracht, und Franticek nippte gleich daran. Es war noch ein bisschen heiß, und er verzog den Mund, doch es sah fast aus, als genösse er etwas. Draußen huschten Bäume vorbei, Regentropfen zogen waagerechte Linien über die Scheibe. Alles war grau.

Der ICE brauchte gut vier Stunden bis in die Hauptstadt, ein Taxi brachte Franticek ins Kanzleramt. Eine langweilig gekleidete Frau holte ihn an der Pforte ab und brachte ihn zum Staatssekretär. Der telefonierte gerade, winkte Franticek aber zu sich und deutete auf die obligatorische Sitzecke. Es war ein modern eingerichtetes Büro, an der einen Wand ein Regal, auf den Brettern standen kleine Fotorahmen, daneben Figürchen, ein Dompteur mit Raubkatzen, ein Akrobat am Ring, der Direktor mit dem Zylinder. Die zweite Wand wurde beherrscht von einem weiten Fenster mit Blick auf den Reichstag, oben die Glaskuppel. An der freien Wand ein Gemälde, viel Rot, viel Blau, Franticek mochte es nicht und sortierte es im Surrealismus ein. Das hatte er alles mit schnellem Blick gespeichert, und nun konzentrierte er sich auf den Mann, der immer noch telefonierte, und zwar, das verriet der Tonfall, mit einem Vorgesetzten. Bleichmann hatte ein jugendliches Gesicht, eine Streberfresse, dachte Franticek gleich, und früh ergraute, überaus korrekt geschnittene Haare. Auf der Nase eine randlose Brille. Zweifellos trieb der Mann Sport, er war durchtrainiert, trug kein Gramm Fett zu viel auf den Rippen und ähnelte ein bisschen diesen superfitten FBI-Agenten aus Hollywoodfilmen. Denzel Washington in Weiß. Wahrscheinlich war das Aussehen seine Hauptqualifikation für den Job. Wenn man schon aussieht wie ein Agent, dann wird man das schon können. Sie hatten inzwischen ja auch einen Verteidigungsminister, der das Nichts in eine allseits bewunderte Rede verwandeln konnte und für sein Salbadern Beifall von Journalisten erhielt, die ihn für die Reinkarnation von Cicero hielten.

»So«, sagte Blechmeier. »Jetzt habe ich endlich Zeit für Sie.« Er deutete auf das Telefon. »Die Kanzlerin …«

Er kam hinter seinem Schreibtisch hervor und ging zu Franticek. Der hätte jetzt gern einen Whisky getrunken, aber er sah ein, dass der richtige Moment immer noch nicht gekommen war. Aber solche Typen, sagte er sich, solche Typen halte ich nur im Suff aus. Er machte sich nicht einmal die Mühe zu lächeln, als der Staatssekretär ihm die Hand reichte, und deutete ein Aufstehen eher an, als dass er sich erhob.

»Kaffee, Tee, Wasser, Gebäck?«

Franticek winkte ab. Er machte sich mit solchen Leuten nicht gemein, jedenfalls nicht mehr, als er musste.

Blechmeier schaute ein wenig unsicher, aber er fasste sich binnen einer Sekunde. »Gut, kommen wir gleich zur Sache. Wir gehören ja zu diesen viel beschäftigten Männern, ohne die es diesen Staat längst nicht mehr gäbe.« Er lachte, es klang ein bisschen wie ein Meckern.

Franticek verzog keine Miene.

»Es hat sich da eine Lücke aufgetan«, sagte Blechmeier. »Eine lebensgefährliche Lücke. Wenn wir die nicht schließen, wird uns irgendwann der ganze Laden um die Ohren fliegen. Es geht um unseren Staat, es geht, wenn man es genau betrachtet, um alles.«

»Sie ist erst mal geschlossen, provisorisch«, sagte Franticek. »Aber manchmal halten Provisorien länger.«

»Wir können uns da kein Risiko leisten.«

»Wenn Sie meinen. Sollen wir alles in die Luft sprengen? Wie stellen Sie sich das vor? Glauben Sie, ich gebe nachher den Idioten ab in einem Untersuchungsausschuss oder vor Gericht, weil ja doch wieder einer nicht dichtgehalten hat?«

Blechmeier ließ seine Handflächen abwiegeln. »Malen Sie doch nicht den Teufel an die Wand. Nichts Spektakuläres, wir machen das auf die ganz feine Art, wenn ich Ihnen das vorschlagen dürfte. Es darf keinerlei Aufsehen geben. Sie machen das, wie Sie es für richtig halten.« Ein Lächeln, gewissermaßen der letzte Versuch, Franticek zu ermuntern. »Sie sind doch der Profi, und wir legen die … Rahmenbedingungen fest. Und die heißen, ich wiederhole es: kein Aufsehen. Geräuschlos.«

»Wir haben bisher kaum ein Geräusch gemacht, das waren die anderen, das sind Dilettanten. Aber wir haben alles … beruhigt. Keine verwertbaren Spuren. Wir hatten es schon im Griff, eigentlich war ja nichts passiert, außer dass die Dilettanten die Nerven verloren haben. Wir sind kein Putzdienst, der jedem hinterherfegt, sondern der Verfassungsschutz. Aber immerhin haben die uns rechtzeitig Bescheid gesagt. Und wir hatten zum Glück einen Putztrupp in Berlin.«

Wieder diese Handbewegung, die beschwichtigen sollte. »Wir haben das hier im kleinen Kreis besprochen.« Er strich einen imaginären Fussel von seinem Hosenbein, nachdem er die Stelle mit den Augen fixiert hatte. »Wir« – und er winkte mit dem Daumen nach oben –, »wir wollen die Sache endgültig geregelt haben. Aber leise, ganz, ganz leise.«

Franticek hätte ihm am liebsten den Finger gebrochen, den Blechmeier vor Franticeks Nase tanzen ließ. Als wäre er ein Kleinkind. Und gerne hätte er dazu gesagt: Ich habe schon verdeckte Operationen geleitet, als du noch in die Windeln geschissen hast. Aber er sagte mit resignierendem Unterton: »Wir machen das.« Und er hätte fast angefügt: Weil wir die Staatsputzfrau sind und anderen Leuten den Dreck wegwischen.

»Ohne Aufsehen, unbedingt.«

»Ich hatte es schon beim ersten Mal verstanden.« Franticek stand auf, reichte dem Staatssekretär unwillig die Hand und ging. Als er an der Tür war, rief ihm Blechmeier nach: »Ohne Aufsehen, unbedingt!« Franticek öffnete die Tür und trat hinaus. Er brauchte jetzt dringend frische Luft. Und einen Whisky.

8

Sie fuhren in der Nacht zurück nach Hamburg. Es regnete erbärmlich. Georgie schlief bald ein, träumte offensichtlich einen Mist, schrak hoch, murmelte etwas, schlief wieder ein, und einmal schlug er sogar um sich und hätte fast den Golf in den Straßengraben befördert. Stachelmann hielt an, ging ums Auto herum, öffnete die hintere Tür und dann die auf der Beifahrerseite, packte Georgie an der Schulter und sagte: »Du kommst nach hinten.« Erstaunlicherweise moserte Georgie nicht, sondern stieg schlaftrunken aus und setzte sich nach hinten. Noch bevor Stachelmann die Tür geschlossen hatte, sank Georgie brabbelnd zur Seite und schlief weiter.

Kaum saß er wieder hinter dem Steuer und war losgefahren, klingelte das Handy.

»Ja.«

»Ich bin's. Hatte schon befürchtet, dass du mich wieder wegdrückst ...«

»Ich ... ich bin in Schwierigkeiten ... gewesen.«

»Was ist passiert?«

»Das erzähle ich dir, wenn ich wieder in Hamburg bin.«

»Morgen Abend?«

Es verwirrte ihn. »Ja, ich ruf noch mal an.«

»Nein, ich kenne dich. Wir treffen uns im ... Tokaja, um acht, ja?« Anne legte auf.

Georgie quasselte leise vor sich hin. Stachelmann hätte einiges gegeben für ein Elefantenschlafmittel, er fürchtete, dass Georgie wieder loslegte. »Halt die Klappe und schlaf!«

»Hm.«

Die Scheibenwischer wischten und wischten, doch die Scheibe war immer nur für Sekundenbruchteile klar. Außerdem sah er an den Schlieren, dass die Wischerblätter verschlissen waren. Dass er nie auf so etwas achtete. Das war so gewiss, wie er Anrufe immer gerade dann bekam, wenn er sie nicht gebrauchen konnte. Warum fiel ihm jetzt seine Mutter ein? Es war, als würde der erste finstere Gedanke gleich weitere an sich ziehen wie ein Magnet.

Wenn er in Hamburg war und Georgie im Bett lag, was würde er tun? Sein Rechercheauftrag war beendet, und sonst war da nichts. Dieses Büro – für historische Ermittlungen, was für ein Protzname! Er war bestenfalls Geschichtslaufbursche. Eine unnütze Existenz, was man schon daran ablesen konnte, dass er auch Rosenzweig nichts beschaffen konnte, das dessen Ansprüche stützte. Er würde leer ausgehen, wie so viele vor ihm. Raub lohnt sich eben doch.

Als er vor Georgies Wohnung stand, zog er den Freund aus dem Auto, was der mit Grunzlauten quittierte. Doch er ließ sich widerstandslos in die Wohnung bringen. Stachelmann führte ihn gleich in sein Zimmer, in dem Kleidungsstücke, gewaschen und ungewaschen, Papiere, Bücher, Kissen wild herumlagen, und machte mit einer ausgreifenden Armbewegung das Bett frei für Georgies schlafenden Körper. Dann setzte er ihn auf die Bettkante und gab ihm einen Schubs, woraufhin Georgie mit einem Brummen zurückfiel, und Stachelmann konnte die Beine aufs Bett legen, zog Georgie noch die Schuhe aus, trat einen Schritt zurück, betrachtete den Schlafenden, zuckte mit den Achseln und verließ die Wohnung. Auf der Fahrt nach Hause überlegte er, was Anne von ihm wollte, aber er fand nichts.

In der Nacht dachte er immer wieder daran und versuchte sich einen Reim zu machen daraus, wie sie geklungen hatte. Aber er wusste nicht mehr, wie sie geklungen hatte. Er mühte sich, es sich vorzustellen, aber es gelang ihm nicht. Und wenn er schlief oder döste, träumte er von ihr, von den Dingen, die sie gemeinsam erlebt hatten, und von der ersten Nacht, die keine war, als sie ihn vom *Ali Baba* in Lübeck nach Hause brachte und in seinem Bett einschlief. Wie sie da lag, ihr Kopf auf seinem Kopfkissen, das Gesicht so friedlich und schön, die schwarzen Haare, ach, dieses Bild würde er nie verlieren, selbst wenn er es wollte. Es war die aufregendste erste Nacht, die er erlebt hatte, keine hatte sich ihm so tief eingeprägt und bei keiner fühlte er noch so stark, wie sie gewesen war. Ja, manchmal, und gerade in dieser Nacht, erschien es ihm, als wäre sie gerade erst gewesen, so nah war ihm alles, und nichts hatte er vergessen. Mit einem gewissen Erstaunen blickte er zurück auf seine Lieben, mit einem Schmerz, wie immer, dachte er an die Italienerin, die er geliebt hatte vor fast drei Jahrzehnten und die ihn, das hatte er längst begriffen, nie verlassen hatte, wenn sie auch auf ganz andere Weise bei ihm geblieben war als Anne. Diese war ihm näher, als er es ertrug, und jene war ihm verloren. Bei Lena erinnerte ihn seine Trauer an den unwiderruflichen Verlust, doch Anne ließ ihn nicht los, nicht weil sie etwas unternahm, der Anruf war die erste Meldung seit Ewigkeiten, sondern weil er sich nie gelöst hatte von ihr, obwohl er sich so angestrengt hatte. So sehr angestrengt hatte, dass er überzeugt war, es sei ihm gelungen. Aber ein einziger Anruf von ihr kostete ihn die Nacht.

Er verließ das Bett und starrte hinaus auf die Glashüttenstraße, beim kleinen Buchverlag gegenüber brannte in einem Fenster ein Licht. Dann ging er durch die Wohnung, trank ein Glas Wasser, und Anne war immer bei ihm. Er begriff, dass sie nie weg gewesen war von ihm, dass er sich niemals würde lösen können von ihr, und, das erstaunte ihn, dass er damit einverstanden war, obwohl er wusste, wie viele Schmerzen es ihm noch bereiten würde. Gegen diese Schmerzen halfen kein Diclofenac und kein Indometacin, dagegen half ihm auch nicht die Müdigkeit, die in dieser Nacht, und nicht nur in dieser, ihren Dienst versagte und ihn nicht im Schlaf erlöste, sofern Träume von Anne Erlösung bedeuteten. Aber andere Träume wünschte er sich nicht.

Natürlich war das ungerecht gegenüber Valentina. Irgendwie liebte er sie, auch wenn der Rausch der Verliebtheit bald abgeklungen war. Sie war weich und liebevoll, hatte Humor und war nicht so spröde und streng wie Anne. Sie verstand ihn viel besser als Anne, oder es fiel ihm leichter, ihr seine jeweilige Lage zu erklären, wie es ihm ging, welche Schmerzen und sonstigen Nervereien ihm zu schaffen machten. Und warum sie doch nicht miteinander schlafen konnten, wenn der Schmerz wieder zuschlug. Sie war nicht so ernst, viel lockerer, duldsamer, und er hatte, abgesehen von der Umzugsfrage, nie Ungeduld an ihr festgestellt, wo er doch wusste, dass er es war, der oft genug die Ursachen für Ungeduld legte. Er sah sich oft klar, als würde er neben sich stehen und auf einen Fremden blicken, den er aber in- und auswendig kannte. So gern er mit ihr zusammen war, so sehr es ihm schmeichelte, dass sie ihn nach Gotha lockte, was bedeutete, dass sie immer mit ihm zusammensein wollte, etwas, das zu glauben ihm schwerfiel, so sehr sie ihn auch körperlich reizte, er konnte Hamburg oder Lübeck nicht verlassen, es zerrisse ihm das Herz, würde er von Anne wegziehen, auch wenn sie derzeit nichts miteinander zu tun hatten.

Bis auf morgen, nein, heute Abend, dachte er. Es war fast vier Uhr.

***

Als sie Maltmann ins Verhörzimmer bringen ließen, musste er an dem Büro vorbei, das sich Weber und Gaby Kohlenberg derzeit im Leipziger Polizeipräsidium teilten. Die Tür stand offen, und Maltmann sah Muriel auf dem Besucherstuhl sitzen. Weber registrierte, wie der Professor fast gestolpert wäre. Doch der riss sich gleich zusammen, ging weiter und tat ungerührt.

Gaby Kohlenberg wartete im Verhörraum. Sie saß auf einem Stuhl, der neben zwei weiteren Stühlen und einem Tisch, darauf ein Telefon und ein elektronisches Aufnahmegerät, das einzige Mobiliar im Raum war. Sie begrüßte ihn mit einem Nicken. »Ich hoffe, Sie konnten sich ein wenig ausruhen«, sagte sie, wohl wissend, dass er sich gewiss nicht erholt hatte. Der Mann hatte schlechte Nerven. Als Weber den Raum betrat, startete sie das Aufzeichnungsgerät und sprach die Namen der Anwesenden ins Mikrofon. Dann schwieg sie, und Weber, der inzwischen ebenfalls saß, blickte Maltmann an.

»Ich will meinen Anwalt sprechen.«

»Wollen Sie jetzt gleich telefonieren?«, fragte Weber und schob ihm das Telefon zu.

Maltmann warf einen kurzen Blick darauf, dann zog er die Schultern krampfig nach vorn und wieder zurück.

»Sie haben doch nichts gegen mich in der Hand«, sagte er endlich. »Was soll das Ganze?«

»Wir haben ein handfestes Motiv, die Erpressung, wir haben Indizien wie diese dubiosen Bankabhebungen, und wir haben jetzt die Aussage von Frau Leitner …«

»Was für eine Aussage?«

»Darüber darf ich Sie leider nicht in Kenntnis setzen«, sagte Gaby Kohlenberg steif.

Maltmann starrte sie wütend an, erwiderte aber nichts.

»Woher wissen Sie denn, dass Rehmer Sie erpresst hat? Haben Sie dafür einen Beleg oder einen Zeugen?«

Maltmann blickte von ihr zu ihm und zurück und schüttelte den Kopf. »Beweisen kann ich es nicht, aber wenn Sie eins und eins zusammenzählen …«

»Wenn wir eins und eins zusammenzählen, dann müssen wir Sie für Rehmers Mörder halten«, sagte Gaby Kohlenberg.

Maltmann blickte auf den Tisch und hob lange die Augen nicht. »Glauben Sie, ich würde jemanden umbringen, weil ich annehme, dass er mich erpresst?«

»Wir sind hier nicht in der Kirche«, sagte Weber und hörte gleich Bartels Stimme, die ihn zurechtwies. Erstens war das eine aggressive Bemerkung, die jedenfalls in diesem Stadium des Verhörs den Beschuldigten nur unnötig verärgerte, womöglich also bockig machte, und zweitens hasste Bartels jede Anspielung auf Kirchliches.

Tatsächlich reagierte Maltmann überhaupt nicht auf Webers Einwurf.

»Das heißt, Sie können nicht beweisen, dass Rehmer es war. Haben Sie denn andere Möglichkeiten bedacht? Frau Leitner zum Beispiel. Ich will Ihre Gefühle nicht verletzen, aber das könnte man sich doch auch vorstellen. Hat es alles schon gegeben …«

»Im Fernsehen«, knurrte Maltmann.

»Haben Sie andere Verdächtige? Vielleicht haben Sie oder Frau Leitner anderen gegenüber eine Andeutung gemacht. Vielleicht haben Sie oder Frau Leitner jemandem das Herz ausgeschüttet, wie man das etwa in einer Krise macht. Hat es denn eine Krise in Ihrer Beziehung zu Frau Leitner gegeben?«

Maltmann saß starr, dann nickte er. »Zwei oder zweieinhalb«, sagte er. »Aber nichts wirklich Schlimmes.«

»Um was ging es?«

»Dass ich mich von meiner Frau trenne.«

»Und Sie glauben wirklich, dass eine so … junge Frau ernsthaft mit Ihnen zusammenbleiben will?«

Maltmann versank ein Stück in sich.

»Gut, fangen wir vorne an«, sagte Weber. »Sie haben Erpresserbriefe bekommen. Wie viele, und was stand darin? Wurden die in den Briefkasten geworfen?«

Maltmann tauchte wieder auf. »Sie wurden ans Institut geschickt, also an mich im Institut, mit der Post. Es waren drei, und darin stand ungefähr: Wir wissen, dass Sie eine Affäre mit einer Studentin haben und sie begünstigen. Leider weiß das weder das Kultusministerium noch Ihre Frau. Wenn Sie bezahlen, bleibt es dabei.«

»Und wie haben Sie bezahlt?« Weber war jetzt fast freundlich. »Stand das da auch?«

»Im dritten Brief«, sagte Maltmann leise. Er schien erschüttert, als würde ihm die Katastrophe gerade erst aufgehen.

»Was stand da?«

»Da stand … sinngemäß: Verpacken Sie das Geld in kleinen Scheinen in zwei Plastiktüten. Tragen Sie die Tüten hinaus auf den Institutsparkplatz. Dort steht ein roter Fiat. Stellen Sie die Tüten in den Kofferraum. Wir beobachten Sie. Wenn Sie die Polizei alarmieren oder eine linke Tour versuchen, können Sie was Interessantes in der Zeitung lesen.«

»Haben Sie sich das Kennzeichen notiert?«

»Es hatte keines.«

Weber schaute Gaby Kohlenberg an, und sie schaute zurück. Sie überlegte und kam gleich auf die Idee, dass der Täter wahrscheinlich ein loses Kennzeichen auf die Gepäckablage gelegt haben mochte, bevor er losfuhr.

»Was für ein Fiat?«, fragte sie.

»Ein kleiner, keine Ahnung, welcher Typ. Bin eigentlich nicht mal sicher, ob es überhaupt ein Fiat war. Ich hatte nur den Eindruck …«

Weber schnaufte leise.

»Sie haben zwei Mal bezahlt?«, fragte sie.

Maltmann nickte bedächtig.

»Und wie ging es beim zweiten Mal vonstatten?«

»Genauso«, sagte Maltmann. »Es war das Gleiche … ich nehme es jedenfalls an, also dasselbe Auto. Rot, klein.«

»Und Sie haben das Geld in den Kofferraum gepackt?«

Maltmann nickte.

»Haben Sie beobachtet, wie das Auto wegfuhr?«, fragte Gaby Kohlenberg.

»Nein, nein, ich bin gleich zurück ins Institut. Die hatten ja gesagt, dass sie mich beobachten …«

»Haben Sie Dr. Rehmer angesprochen auf die Sache?«

Maltmanns Arm hing plötzlich in der Luft, nachdem er sich am Auge gekratzt hatte. So, als fiele es ihm gerade wieder ein, sagte er nach einem Räuspern: »Ich habe eine Andeutung gemacht, als ich ihn auf dem Gang traf. Nach der ersten Geldübergabe.«

»Und was haben Sie gesagt?«, fragte Weber. Der Kerl ging ihm auf die Nerven.

»So etwa: Sind Sie jetzt zufrieden, Herr Kollege? Ich hoffe, Sie haben nun keine Geldsorgen mehr.«

»Und was hat er geantwortet?«, fragte Weber.

»Nichts, er hat mich angeschaut, den Kopf geschüttelt und ist weitergegangen.«

»Was meinst du?«, fragte Weber, als sie zurück im Büro waren.

Er schaute Gaby Kohlenberg wieder ein bisschen zu lange in die Augen, und fast hätte sie gelächelt. Dann sagte er: »Der war es nicht. Ich habe das im Gefühl. Er hat zwar ein Motiv, und ob er wirklich erpresst wurde, das wissen wir nicht. Dünn, die Geschichte. Nichts davon lässt sich beweisen. Aber er war's nicht, dafür verwette ich …«

»Nicht schon wieder«, lachte sie.

Er winkte ab.

»Ich sehe das wie du. Ich glaube, die liebe Muriel hat es faustdick hinter den Ohren. Wenn der Typ erpresst wurde, dann von ihr oder einem, mit dem sie was zu tun hat.«

»Wir nehmen sie uns vor«, sagte Weber.

Muriel Leitner saß auf dem Stuhl, auf dem Maltmann kurz zuvor gesessen hatte.

»Herr Maltmann hat die Beziehung mit Ihnen beendet, und zwar nachdem er erpresst wurde.«

Sie schaute Weber puppig ins Gesicht.

»Wissen Sie, was wir glauben? Wir glauben, dass Sie ihn erpresst haben.« Gaby Kohlenberg war die Gelassenheit selbst, als sie es sagte.

Ein Staunen, dann zog ein verächtliches Lächeln über ihr Gesicht. Sie schwieg weiter, aber ihr Gesicht sagte, dass sie die Polizisten für verrückt hielt. Oder es sagte: Mich kriegt ihr sowieso nicht. Oder es sagte: Geht zum Teufel, ihr müsst mich bald laufen lassen. Irgend so etwas wird sie jetzt denken, glaubte Weber.

Und während er noch darüber nachdachte, sagte sie: »Ich habe ihn geliebt, ich liebe ihn immer noch. Ich kann Ihnen Ihre Vorurteile ansehen und auch Ihren Neid, dass

Sie niemals so eine Frau wie mich haben werden. Sie ziehen mich mit Ihren Augen aus, und Sie missbrauchen dieses Verhör für Ihre perversen Gelüste …«

»Halten Sie den Mund«, sagte Gaby Kohlenberg vermeintlich empört. Aber sie war zufrieden.

Muriel Leitner grinste leise vor sich hin. Weber beobachtete sie genau. Sie war ziemlich ausgekocht, und wer so war, dem traute er auch ein Verbrechen zu. Sie war ausgekocht, aber noch nicht klug genug, es völlig zu verbergen. Hätte sie die Puppennummer stur durchgehalten, dann hätten sie gar nichts gegen sie unternehmen können. Aber jetzt hatten sie einen Ansatzpunkt, wenn auch nur einen schwachen.

»Wir werden Ihre Wohnung durchsuchen«, sagte Gaby Kohlenberg. »Die Genehmigung vom Ermittlungsrichter haben wir schon.« Sie zog ein Dokument aus der blauen Aktenmappe, die vor ihr lag, und schob es über den Tisch.

Muriel Leitner verschwendete keinen Blick darauf. Doch es zog Leichenblässe über ihr Gesicht.

»Und wenn wir suchen, finden wir auch was. Sie können sich das allerdings ersparen«, sagte Weber gleichgültig.

Sie blickte an Gaby Kohlenberg vorbei auf die Wand, als wäre da etwas Interessantes. Ihre Augen flackerten kaum sichtbar. Vermutlich überlegte sie jetzt, was wir bei ihr zu Hause finden können. Und wog ab, was das für Folgen hätte. War es besser, eine Aussage zu machen, vielleicht etwas zu gestehen, das sie früher oder später ohnehin nicht mehr abstreiten konnte?

»Gut«, sagte sie endlich. »Ich werde Ihnen etwas … erzählen, und Sie streichen die Durchsuchung.«

***

Im *Tokaja* war er nicht mehr gewesen, seit Ossi tot war. Während er mit dem Rücken zur Wand an einem Ecktisch saß und das Publikum beobachtete, die Kellnerin von damals schien abhandengekommen zu sein, staunte er über die klare Luft, die nicht mehr nach Rauch stank wie damals, es zogen auch keine Nebelschwaden durch den Raum. Er erinnerte sich gut an das erste Gespräch mit Ossi, dem alten Freund, den er seit dem Studium in Heidelberg kannte, auch wenn sie sich danach viele Jahre nicht mehr gesehen hatten.

Damals hatte er Anne hierher mitgenommen, und sie standen vor dem Anfang ihrer Beziehung. Und heute traf er sich hier wieder mit ihr. Natürlich war er viel zu früh gekommen, doch so fand er Zeit, sich an die vergangenen Jahre zu erinnern, angefangen mit Ossis Tod bis hin zur Trennung von Anne. Er war gegangen und nicht zurückgekehrt. Und damals, das hatte er nicht verdrängt, damals war es nur noch schwer gewesen in ihrer Beziehung, es gab nichts mehr, das sie zweifelsfrei verband. Die Liebe war leise gestorben, und er hatte es lange nicht gemerkt.

Jetzt hörte er wieder das Gedödel des Spielautomaten.

Er fühlte die Anspannung im Magen und auch, dass die Schmerzen lauerten. Er setzte sich gerade hin, die Stühle waren in Ordnung. Manchmal genügte es, ein paar Minuten falsch zu sitzen, und der Terror ging los. Er war so unruhig und überlegte, ob es doch nicht zu Ende war mit Anne. Er trug sie immer mit sich, sprach noch oft im Geist leise mit ihr, und er hatte nie versucht, sie loszuwerden. Und natürlich fiel ihm bei vielen Gelegenheiten ein, was sie gesagt hätte, und er achtete ihr Urteil nach wie vor. Sie war immer klar, unzweideutig, was ihn manchmal nervte, was er manchmal aber auch schätzte. Sie war *straight*, wogegen er oft nicht zu Potte kam.

Sie kam geradewegs zu seinem Tisch. Ihm schien ihr Gesicht fast ein wenig knochig, und sie war bleich, aber womöglich lag das am Licht. Er war bestimmt auch fahl im Gesicht, und er schwitzte. Er stand auf, ging um den Tisch herum und nahm sie in den Arm. »Schön, dass du da bist«, sagte er mit belegter Stimme.

»Wartest du schon lang?« Sie setzte sich ihm gegenüber, nachdem er wieder auf seinem Stuhl saß.

Der Spielautomat dödelte.

»Nein, nein«, sagte er.

Sie lächelte, und in dem Lächeln steckte ihr Wissen über ihn.

»Und wie geht es dir?«

Er spürte, wie seine Hände zitterten. Eine kleine, unbedeutende Frage warf ihn fast um. »Gut, danke.«

»Und die Auftragslage?«

Ein Kellner stand neben dem Tisch, er trug Jeans, ein schwarzes Hemd hing über der Hose. »Was darf es sein?«, fragte er mit blecherner Stimme.

»Ein … Bier«, sagte Stachelmann und schaute Anne an.

»Eine Apfelschorle«, sagte sie, und der Kellner zog ab. Seine grauen Haare glänzten im Licht.

»Die Aufträge, ja, was soll ich sagen? Zurzeit ist nichts da. Kommt aber bestimmt wieder was.«

»Weißt du, warum ich dich sehen wollte?«

Er schüttelte den Kopf und war noch zittriger.

»Weil ich mich entschuldigen wollte.«

Er schaute sie mit großen Augen an. »Für was denn?«

»Weil ich damals wegen dieser Puppengeschichte so einen Aufstand gemacht habe.« Ein Verbrecher hatte Stachelmann mehrere als Felix verkleidete Puppen vors Auto gelegt, damit er sie überfuhr. »Du konntest nichts dafür. Aber wenn Felix bedroht wird, raste ich aus.«

»Ja, ja.«

»Aber du hast nichts getan, um Felix zu gefährden. Die Sache ist aus dem Ruder gelaufen, doch das war nicht deine Schuld. Du hast alles getan, um es zu verhindern, aber der Irre hat sich nicht bremsen lassen. Haben sie den inzwischen erwischt?«

»Nein«, sagte er leise. Es war in der Tat nicht seine Schuld gewesen, und er fand es ungerecht, dass sie auch nur die Möglichkeit erwogen hatte. Das war einer der Sargnägel ihrer Liebe gewesen, fand er. Oder war sie schon vorher gestorben?

»Was ich aber nicht gut fand, war, dass du einfach abgehauen bist. Ich verstehe, warum du das getan hast, aber ich verstehe nicht, warum du nicht darüber gesprochen hast.«

Das verstand er doch selbst nicht. »Ich …«, setzte er an, aber glücklicherweise kam die Bestellung. Der Kellner stellte die Getränke gemächlich auf den Tisch – »Zum Wohlsein!« – und ging.

»Ja?«, fragte sie und legte den Kopf ein wenig schräg. Er fand sie wunderschön, nachdem er zuvor die eher schrecklichen Bilder ihrer letzten Tage vor Augen gehabt hatte. Jetzt war sie wieder die Anne, die er kennen- und lieben gelernt hatte. Die Anne, die arglos im Bett in seiner Lübecker Wohnung eingeschlafen war. Die ihm gebeichtet hatte, dass Archive sie ängstigten, die ihm ohnehin so viel anvertraut hatte, wie man nur jemandem anvertraut, den man liebt. Die ihn ertragen hatte, was er noch höher wertete.

Er trank einen Schluck, stellte das Glas ab und guckte auf den Bierdeckel.

Der Spielautomat dödelte.

Er wusste es auch nicht. Oder doch, er war feige gewesen. War es wirklich Feigheit?

Sie schaute ihn unentwegt an.

War es vielleicht so, dass er eine endgültige Trennung nicht wollte, dass er deswegen gegangen war, ohne etwas zu sagen? Dass er diese Worte gefürchtet hatte, die er nicht mehr hätte zurückholen können? Es war von allem etwas, von der Feigheit etwas und von seiner elenden Unentschlossenheit auch. Und jetzt plagte ihn auch noch der Schmerz, der sich heimtückisch angeschlichen hatte. Wenn das mit Valentina ein einziger Irrtum war? Wenn er sich mit ihr nur über den Verlust von Anne hinwegtrösten wollte? Wenn er sich vor all diesen Fragen in Valentinas Arme geflüchtet hatte? Dann wäre er ein Idiot und ein Charakterschwein, denn Valentina hatte es nicht verdient, wegen ihm zu leiden. Er dachte wieder daran, wie sie vor seiner Tür gestanden hatte. Und daran, wie geduldig sie war mit ihm. Aber auch daran, wie sie ihn bedrängte, zu ihr zu ziehen.

Anne trank, dann schaute sie ihn an. »Willst du mir das nicht sagen?«

»Es ist schwer«, antwortete er endlich. »Es ist alles so schwer.« Eine Träne quoll ihm aus dem Auge. Er wischte sie weg und sah durch den Schimmer in ihrem Gesicht, wie sehr sie litt. Gewiss auch an ihm. Er vermasselte alles. Das war der Augenblick, vor dem er sich gefürchtet hatte, der Augenblick, in dem er sich stellen musste. In dem er sich sich selbst stellen musste. Wo Anne fast nur das Medium war, ein Spiegel, der die bohrenden Fragen auf ihn zurückwarf. Jetzt saß sie ihm gegenüber und fragte, was er sich auch gefragt hatte, obwohl er die Frage nie formuliert hatte und vor der Antwort zurückgescheut war.

»Ich dachte, du hast es leichter ohne mich. Diese Puppengeschichte war insofern meine Schuld, weil ich sie, wenn auch ohne Absicht, provoziert hatte. Sie steht sinnbildlich dafür, dass es eigentlich immer so ist mit mir. Dass ich unsere Beziehung immer belaste. Mit meinem Rheuma, mit meiner Unschlüssigkeit, mit verrückten Entscheidungen« – er dachte daran, wie er nach seiner erfolgreichen Habilitation alles hingeschmissen hatte, um in einem als Büro getarnten Kellerloch zu vergammeln –, »mit meinem Pech, immer in einen Schlamassel hineingezogen zu werden, mit meiner Frechheit, dass ich es angesichts all dieser … Dinge auch noch gewagt habe fremdzugehen. Findest du nicht auch, dass es ein bisschen viel ist?«

»Das ist viel zu viel, Josef. Aber deswegen muss man sich nicht trennen.«

***

Sie war strohblond und trug ein geheimnisvolles Lächeln.

Es war ein Forumssonntag, Walzer liebte diese vierteljährlichen Veranstaltungen, zu denen er so viele interessante, wichtige, kluge und originelle Menschen einladen konnte. Es erhob ihn innerlich, er fühlte sich geehrt, dass fast alle wiederkamen. Dass sie ihn achteten, was gewiss nicht nur daran lag, dass er ihnen hohe Honorare bezahlte und dass er ihnen verständlich machte, wie nützlich seine Hilfe sein konnte, da das Geflecht seiner Beziehungen immer weiter reichte und immer enger geknüpft wurde. Auch wenn sein Name in der Öffentlichkeit kaum auftauchte, und dann nur in einem Nebensatz, genannt im Zusammenhang mit anderen, viel prominenteren Namen, wussten die meisten Teilnehmer des Forums, dass sich diese anderen Lobbyvereine wie etwa die plumpe Initiative Neue Soziale Marktwirtschaft mit dem Forum, das die Akademie eingerichtet hatte, nicht messen konnte. Die wirklich wichtigen Dinge verhandelten wirklich wichtige Leute in den Konferenzen, die Walzer einberief. Diesmal verhandelten sie den Nutzen der Vergangenheitsaufarbeitung, und es referierten zwei Geschichtsprofessoren, der eine, Gerhard Reiter, emeritiert und berühmt, der andere, Eberhard Hinkel, Ordinarius in München, in der Öffentlichkeit wenig bekannt, aber einflussreich in der Historikerszene. Es waren originelle Geister, jeder auf seine Weise. Der Alte begründete in gestochenen Worten, wie sehr sich Wiederaufbau und Vergangenheitsbewältigung widersprachen, sich ausschlossen, und dass die Aufarbeitung den deutschen Wiederaufstieg behindert oder gar verhindert hätte, weil die wirtschaftlichen und Teile der politischen, allemal die juristischen und diplomatischen Eliten im Prozess der Selbstreinigung beschädigt worden seien, also die Kräfte, die den Aufstieg erst ermöglichten, und dass also die umfassende Dokumentation der Schuld erst sinnvoll geworden sei, nachdem diese Eliten aus biologischen Gründen abgetreten waren. »In Staaten und Gesellschaften geht es nicht um die Schuld an sich, um die Würdigung der Schuld, sondern es geht am Ende immer nur um Interessen. Vergangenheit gehört ins politische Feld, und das Interesse an einer Vergangenheitsaufarbeitung korreliert mit den vielfältigen anderen Interessen in einer Gesellschaft. Wenn eine zerstörte Gesellschaft jene Kräfte zerstört, die ihre Zerstörung beheben könnten, bleibt sie dauerhaft zerstört.«

»Man muss sich Vergangenheitsbewältigung leisten können«, schloss sich der jüngere Kollege an, aber auch er schon Ende fünfzig. Und er verwies auf die zahlreichen Denkmäler, die erst in dieser Zeit errichtet würden, zu einem Zeitpunkt also, da die Täter und die Opfer körperlich aus der Gegenwart verschwunden seien. Er berief sich auf die Pragmatik der Aufarbeitung, auf ihren natürlichen Opportunismus, den er, wie er gleich sagte, nicht kritisiere, weil er unabdingbar sei als Selbsterhaltungsmechanismus der Gesellschaft. Die vernichtende Kraft der Aufarbeitung von Geschichte erkenne man leicht an dem Streit über die DDR-Vergangenheit, wo man eine gesamte Gesellschaft und deren Eliten dekonstruiert habe und damit in gewissen Grenzen auch jeden Teil unserer Gesellschaft, der nicht zum Gemeinwesen beitragen wolle. Man müsse sich nur einmal vorstellen, welch furchtbare Verheerungen man bewirkt hätte, wenn man sich in den Vierziger-, Fünfziger- und Sechzigerjahren mit ähnlicher Vehemenz der NS-Vergangenheit gewidmet hätte. Die Auseinandersetzung mit den schrecklichen zwölf Jahren habe sich intensiviert mit dem zeitlichen Abstand von ihnen. Und dieser eigentlich erstaunliche Umstand sei nur zu verstehen, wenn man auf die Selbsterhaltungskräfte unserer Demokratie verweise.

Walzer saß wie immer links in der ersten Reihe in dem großen Konferenzraum, vorne hatten die beiden Referenten und der Diskussionsleiter Platz genommen. Der Diskussionsleiter war ein bekannter TV-Journalist, Hans Bredenstein, der auch Kommentare in den Nachrichten sprach und den die Akademie exorbitant gut bezahlte für seinen dreistündigen Auftritt im Forum. Der Raum war karg, funktional eingerichtet, zweiundzwanzig Stuhlreihen, die Stühle aus Stahl und mit anthrazitfarbenen Lederpolstern, schlicht und teuer, von der Decke ragte ein Gestell hinunter, auf dem zwei Beamer standen, die aber derzeit nicht gebraucht wurden. An der linken Seite, nahe Walzers Platz, elektronische Geräte, die unter anderem den Beamern Bild und Ton zuspielten, dann eine Lautsprecheranlage, gekoppelt mit einem elektronischen Rekorder und einem Mischpult, um die Beschallung den jeweiligen Raumbedingungen anzupassen. Die Wände des Konferenzraums waren weiß gekalkt, die Rückseite aber bestand aus einer riesigen, hellgrau getönten Fensterfront mit freiem Blick auf die Spree.

Walzer hörte wie immer gespannt zu, und wie immer hatte er die Teilnehmer begrüßt, um dann die gut vorbereitete Veranstaltung ihren Lauf nehmen zu lassen. Er war nicht der Mann, der große Reden hielt, obwohl er rhetorisch beschlagen war. Aber die meiste Wirkung erzielte er durch seine beharrlichen Gespräche im Hintergrund. Auf diese Weise stellte er sicher, dass die Akademie und ihre Organe dem Auftrag ihrer Gründer folgten. Er bewunderte den weisen Entschluss der Gründerväter, die den ungewöhnlichsten Weg gewählt hatten, sich ihrer Schuld zu stellen, die sich nicht mit dem Schuldbekenntnis und der Bitte um Vergebung aufgehalten hatten, sondern die Sühne lautlos und dafür umso wirksamer leisteten.

Er blickte wieder in diese eine Richtung, in die er am Anfang von Hinkels Vortrag geblickt hatte. Der Anblick hatte etwas Magnetisches, er wollte, konnte sich nicht entziehen. Sie hatte eine frauliche Figur, kluge Augen, die sogar schon seine Blicke wahrgenommen und sie mit einem leisen Lächeln begrüßt hatten. Das bildete er sich jedenfalls ein. Und dachte an Aurelia und die Kinder. Und an die letzte Nacht mit dem Schreianfall, dem lauten Weinen, das irgendwann in einem fast unhörbaren Schluchzen endete. Schließlich war sie eingeschlafen oder auch nicht, Walzer lag neben ihr und war verzweifelt. Und nun war er so müde, auch wenn man es ihm nicht ansah. Er war oft müde, aber an diesem Nachmittag glaubte er zum ersten Mal, dass es ihm an die Substanz ging.

Sie wandte ihren Kopf zur Seite, ziellos, sie hatte große, dunkle Augen, sie war jung, vielleicht Mitte dreißig, sie war zurückhaltend gekleidet in einem gedeckt blauen Leinenkostüm. Sie war schön, fast aufreizend auf den ersten und dazu überaus elegant auf den zweiten Blick. Einen Moment nur streifte ihr Blick seinen, und wieder glaubte er, ein verschwindendes Lächeln gesehen zu haben. Es ging ihm durch und durch.

Aber er würde Aurelia nicht hintergehen, nicht einmal in Gedanken. Wenn er es tat und sie es spürte, sie würde es spüren, dann wäre es für sie so etwas wie Sterben.

***

Und das auf seine alten Tage. Er saß im Auto in der Finckensteinallee, direkt vor dem Berliner Bundesarchiv. Franticek summte etwas vor sich hin, aber das war Missmut und keine gute Laune. Diese Hosenscheißer im Kanzleramt. Immer Angst, ein Journalist käme ihnen auf die Schliche oder irgendeiner im engeren Kreis würde einen Rappel kriegen. Also alle Beweise vernichten, dann können sie behaupten, was sie wollen. Wer nichts beweisen kann, soll die Schnauze halten. Das war Franticek schon klar, aber genauso klar war ihm das Risiko. Woher wussten sie, dass er dichthalten würde, wenn sie ihn erwischten? »Ich suche nur einen Originalbrief von Hitler oder Göring, den kann ich verkaufen«, solchen Blödsinn hatte er sich zurechtgelegt, und es würde reichen, um die Meute zu beschäftigen, bis das Kanzleramt ihn heraushaute.

Würden die ihn heraushauen? Oder würden sie dafür sorgen, dass er draufging bei der Sache? Das wäre doch praktisch. An deren Stelle, dachte Franticek, an deren Stelle würde ich es tun. Kein Franticek, keinen Ärger. Aber es durfte nicht schiefgehen. Er hatte sich alles genau beschreiben lassen, wusste, wo er die Lesesäle für Akten und Mikrofilme fände, die Findbücher und das Reservoir, wo die Akten und deren Verfilmungen aufbewahrt wurden. Sie hatten ihm erklärt, wie Signaturen aussahen und was sie bedeuteten. Außerdem hatten sie dafür gesorgt, dass die Wache am Eingang um exakt zwei Uhr morgens für wenigstens zehn Minuten abgelenkt oder ausgeschaltet würde, sodass er ohne Turnübungen auf das Gelände kam. Nach genau einer Stunde müsste er auf dem gleichen Weg wieder hinaus. Eigentlich war es verdammt einfach, und doch hatte er sich zur Beruhigung seine Walther PPK in die Manteltasche gesteckt und einen Dienstausweis des BKA aus seinen Beständen. Eigentlich idiotisch, dachte er, ein Beruhigungsmittel aus Stahl und eines aus Plastik. Er war viel zu früh und stieg aus, um vor seiner Nervosität wegzulaufen. Er spazierte in eine Seitenstraße, die von Straßenlaternen beschienenen rot geklinkerten ehemaligen Dienstvillen erschienen ihm wie kleine Kasernen. Er stellte sich vor, wie Monokel tragende Nazigeneräle ihr Personal scheuchten.

Franticeks Zorn wuchs, als er das Gespräch mit Blechmeier noch einmal Satz für Satz im Kopf durchging. Was waren das nur für Idioten, für die er die Suppe auslöffeln sollte. Wen hätte er mit diesem Unternehmen beauftragen sollen, wo es doch auf keinen Fall auffliegen durfte? Und er es eigentlich für Blödsinn hielt, wenn man die Risiken abwog? Wer würde dieses Zeug schon finden und wenn, was sollte er damit anfangen? Wie konnte ein Feld-Wald-und-Wiesen-Historiker in dem alten Zeug etwas entdecken, das ihn auf eine Spur bringen könnte? Die Denkwege waren viel zu verschlungen, er verstand es doch selbst nicht ganz. Er erinnerte sich, wie ihn dieser Typ vor zwanzig Jahren angesprochen hatte. Wie war das noch mal gewesen?

Franticek hatte am Alter Markt bei seinem Lieblingsitaliener gesessen, den es schon ewig nicht mehr gab. Wie jeden Montag hatte er die neue Ausgabe des *Spiegel* gelesen. Das war sein Ritual, und er verfluchte jeden Montag, an dem ihm das Amt etwas aufs Auge drückte oder sich V-Leute meldeten, mit denen aus irgendeinem beschissenen Grund ein Treffen nur am Montagabend möglich war. Weil die verehrte Gattin sich gerade beim Turnen amüsierte, am Dienstag eine Elternsprechstunde in der Schule angesetzt und am Mittwoch Skatabend war, am Donnerstag die Schwiegermutter zu Besuch kam, und weil die Musicalkarten für Freitagabend schon lang bestellt waren. Er hatte bei Luigi seinen Stammtisch, ein wenig in der Ecke, und er aß immer Lasagne und trank drei Gläser Chianti, weil das der einzige Tag war, an dem er Wein mochte. Er musste gar nicht mehr bestellen. Wenn Luigi, dieser kleine schnelle Kerl mit dem schmalen Oberlippenbärtchen unter der Hakennase, ihn sah, winkte der kurz, und die Bestellung kam zügig.

An diesem einen Montagabend war die Lasagne vor ihm gelandet, während er im *Spiegel* blätterte, als sich ein Mann einfach an den Tisch setzte, mit dem Rücken zum Fenster, und das Überraschungsmoment verlängerte, indem er Franticek einen Dienstausweis vom Bundeskanzleramt hinschob. Hagere Bürokratenvisage, schüttere blassrote Haare, in der Hand eine Aktentasche, die er gerade auf dem Boden abstellte. Den Trenchcoat behielt er an. Er lehnte sich zurück und fixierte Franticek mit einem freundlichen Lächeln, das sich aber in seinen Augen nicht spiegelte.

»Ich komme aus Bonn«, sagte er. »Wir haben etwas miteinander zu besprechen.« Er wartete gar nicht ab, ob Franticek etwas erwidern wollte, sondern fuhr gleich fort, aber nicht im Mindesten hastig. Als er Luigi herbeieilen sah, winkte er ihm mit einer knappen Handbewegung ab, und Luigi blieb stehen, schaute ein wenig verdutzt, drehte sich um und ging zurück zum Tresen. »Das Kanzleramt hat einen Auftrag für Sie. Er ist wichtig, und er wird Ihr Leben verändern, nicht zuletzt finanziell.«

Er hatte sein Leben verändert. In der Tat.

Aber jetzt, da er in den Seitenstraßen der Finckensteinallee die Zeit totschlug, da überlegte er, ob diese Veränderung nicht eine Verschlechterung war. Ob das Geld, das sie ihm zahlten, ob die Verantwortung, die sie ihm übertragen, ob die Beförderungen, die sie ihm zugeschanzt hatten, nicht zu billig waren. Ob er viel mehr hätte fordern oder ob er sich nie darauf hätte einlassen sollen. Er prüfte sich, ob es an der Anspannung vor dem ersten Einsatz seit Langem lag, aber seine Zweifel rührten am wenigsten daher. Sie waren vielmehr stärker geworden, seit er erkannt hatte, dass die Leute, die ihm Befehle gaben, der Aufgabe offenbar nicht gewachsen waren. Früher hatte er keine Zweifel verspürt. Aber vielleicht lag es daran, dass er alt wurde, ängstlich, ein Bedenkenträger, einer, der um seine Pension zitterte, dass sie ihm nicht auf den letzten Drücker weggenommen wurde. Denn das wusste er: Wenn er etwas vermasselte oder wenn er ohne eigene Schuld erwischt wurde, dann würde ihn niemand mehr kennen außer Luigi. Und der war bestimmt schon tot.

Er schaute auf die Uhr, noch eine Viertelstunde, bis er freien Durchgang hatte. Franticek überlegte, wie sie das hingekriegt oder ob sie es vermasselt hatten und ihn ins Messer laufen ließen. Er traute niemandem mehr. Früher, da bestand diese kleine Truppe des Projekts Pluto, die sich höchstens einmal im Jahr unverfänglich traf, aus Profis, gestählt im Kalten Krieg, misstrauisch bis in die Knochen und schlau, richtig schlau, gerissen. Aber peu à peu hatten die Weicheier die Kontrolle übernommen, ein paar kamen sogar von Unis, Soziologen, Politologen, und wenn er deren Geschwätz nur von Weitem hörte, kam ihm die Galle hoch. Jetzt wurde ihm ein wenig warm vor Zorn. Ein Lastwagen dröhnte vorbei.

Er musste langsam los. Seine Ausrüstung befand sich in seiner Aktentasche im Kofferraum, die musste er noch herausholen. Als er endlich am Eingangstor stand, war der Fußgängerzugang offen, und im Wachhaus saß niemand. Schwach roch er noch einen Schwaden Zigarettenrauch.

Er hatte sich den Weg zum Archivbau gut eingeprägt. Auf der linken Seite erkannte er die Umrisse der ehemaligen Kirche, dann musste er wegen der Bauarbeiten auf dem Gelände einen matschigen Behelfsweg entlanglaufen und umständlich ein Verwaltungsgebäude umrunden, das man tagsüber durchqueren konnte. Es war eine elende Lauferei. Der Mond beschien blass ein paar Wolken, die langsam am Himmel entlangtrieben. Endlich sah er den fast quaderförmigen Bau, einen großen Klotz. Weit hinten leuchtete eine Laterne von einer Seitenstraße her, er erkannte nur Konturen. Das Gebäude war unbeleuchtet.

Franticek hatte den Schlüssel und den Lageplan mit der Wegbeschreibung in seiner Manteltasche. Er musste zunächst ins Magazin im ersten Stock, die Chipkarte für die Tür hatte er in der Tasche, dann musste er das Büro der zuständigen Mitarbeiterin durchsuchen und schließlich im Lesesaal bei der Aktenrückgabestelle nachsehen, ob dort etwas lag – es sei denn, die Akten mit den sechs Signaturen befanden sich bereits alle in seinem Besitz. Der Typ, der das notiert hatte, kannte sich immerhin aus in dem Laden. Ohnehin hatte alles bisher geklappt, Franticek entdeckte seine Zuversicht wieder.

Dann sah er eine Taschenlampe blitzen. Sie ging gleich wieder aus. Er erstarrte für ein paar Sekunden, dann schlich er geduckt hinter einen Baum. Franticek betastete den Griff seiner Walther, das beruhigte ihn ein wenig. In was für eine Scheiße hatten sie ihn geschickt? Es sollte doch alles clean sein. Und jetzt marschierte da jemand mit einer Taschenlampe herum.

Wieder schien die Lampe kurz auf, und Franticek erkannte zwei Typen, die sich an der Eingangstür des Archivgebäudes zu schaffen machten.

Was sollte er tun?

Er schaute auf die Uhr. Noch wäre genug Zeit, aber wenn er jetzt hier warten musste, bis diese Gestalten gefunden hatten, was sie suchten, war die Chance vielleicht für immer vertan. Die wussten schon, warum sie ihn heute hierherschickten. Heute würden die Akten aller Voraussicht nach im Lager zu finden sein, und alle Sucherei woanders galt nur Kopien. Aber, das hatten sie ihm gesagt, er würde keine finden, weil es keine gab. Kopien mussten beantragt werden, und offenbar hatte ein V-Mann im Archiv ihnen mitgeteilt, dass es solche Anträge gerade nicht gab. Aber wer sich auf V-Leute verlässt, der kann sich gleich die Kugel geben, dachte Franticek, und er fluchte innerlich.

Die Typen verschwanden im Gebäude, und es blitzte kurz aus einem Erdgeschossfenster. Franticek zitterte fast vor Zorn, aber er riss sich zusammen. Und es reifte ein Plan in seinem Hirn. Er war ja schließlich kein Anfänger.

Franticek schlich zum Eingang. Er sah die Typen nicht. Nachdem er rechts und links neben der Eingangstür in die Fenster geschaut und niemanden entdeckt hatte, ruckelte er am Türgriff. Sie hatten sie abgeschlossen, nachdem sie hineingegangen waren. Waren es Archivmitarbeiter? Arbeiteten Archivare nachts? Aber wer sollte es sonst sein? Wer sonst hatte einen Schlüssel für die Tür?

Er zog seinen Schlüssel aus der Manteltasche und öffnete die Tür. Er ging hinein, zog die Tür zu und schloss wieder ab. Dann ging er vorsichtig bis zur Gängekreuzung. Rechts ein langer Flur, links die Glastür zum Lesesaal, vorne sah er den Treppenaufgang zu den Mitarbeiterbüros, gesichert durch eine gläserne Tür, rechts daneben das Haustelefon. Er stand und horchte, aber er hörte und sah nichts. Wohin waren die Kerle gegangen? Er musste die Treppe hinauf und öffnete die Tür mit seinem Schlüssel. Er stieg die Treppe hoch, hielt auf dem Absatz und lauschte, bis er endlich die nächste Treppe nahm. Oben war wieder eine Glastür, er schaute, ob er Licht sah, aber es war dunkel, nur der Schein der Laterne und der Mond zeichneten blass graue Konturen in die Finsternis. Er schloss auch diese Tür auf und wieder ab. Bloß nichts verändern, auch wenn es umständlich war. Er lief leise den Gang hinunter, blieb immer wieder stehen, um zu horchen. Hinten rechts musste das Magazin sein.

Ein Rascheln, ein Schlurfen, ganz leise, aber unüberhörbar. Licht drang durch eine Türritze nach draußen. Franticek schlich sich hin, die Hand in der Manteltasche, am Griff der Walther. Jetzt hörte er Stimmen, zwei Männerstimmen, leise, aber eindeutig. Und dann hörte er ein Schleifgeräusch hinter sich, und es traf ihn ein Schlag. Den Schmerz nahm er schon nicht mehr wahr.

Als er aufwachte, lehnte er an einem Baum, und ihm war übel. Er fror. Er roch etwas, Whisky, den Geruch kannte er gut. Er stank nach Whisky, sie hatten ihn damit überschüttet und ihm auch welchen in den Mund gespült. Es ekelte ihn.

Der Morgen dämmerte. Sein Kopf, der verfluchte

Kopf hämmerte. Er strich sich über die Haare, fühlte die Beule und den Schorf der Platzwunde. Als er sich erhob, schwindelte ihm. Franticek steckte die Hand in die Manteltasche, die Pistole war weg. Er schaute sich um, spürte die Panik in sich, aber er ließ sie nicht ausbrechen. Er hatte sich unter Kontrolle. Sie hatten ihn hereingelegt, sie hatten ihn vorgeführt, sie mussten gewusst haben, dass er da sein würde. Auch seine Tasche fehlte, und er fand den Plan nicht mehr, ebenso wenig den Zettel mit den Signaturen. Sie hatten ihm sogar seine Brieftasche, das Handy und den BKA-Ausweis weggenommen. Er hatte nichts mehr, er wusste nicht einmal, wo er war. Franticek blickte sich um, sah aber nichts außer entlaubten Bäumen und Büschen und viel Gras. Kondensstreifen am Himmel.

***

Natürlich gaben sie Muriel Leitner keine Zusage. »Über einen Durchsuchungsbeschluss lässt sich schwer verhandeln«, lächelte Weber, und er glaubte zu spüren, dass ihr Widerstand zusammenbrach. Er konnte ihr ansehen, wie sie verzweifelt nach einem neuen Konstrukt suchte, das einschloss, was die Polizei in Muriel Leitners Wohnung finden würde.

»Aber«, sagte Gaby Kohlenberg, »wenn es keinen Grund für eine Durchsuchung mehr gibt, wäre es Zeitverschwendung, eine zu beantragen. Es ist nicht so, dass uns das Spaß macht.« Auch sie war freundlich.

Muriel Leitner verzog ihr Puppengesicht, kniff die grellrot geschminkten Lippen zusammen, kratzte sich an der Nase und betrachtete anschließend den Finger, aber sie sagte nichts. Sie war ein Ausbund von Angst.

»Haben Sie selbst Professor Maltmann erpresst?«, fragte Weber.

Die Puppe schüttelte den Kopf wie ein Kind, schnell, heftig, trotzig.

»Dann hat das jemand für Sie gemacht«, stellte Gaby Kohlenberg fest.

Muriel Leitner erstarrte. Die beiden Beamten konnten zuschauen, wie es in ihrem Kopf arbeitete. Ihre Augen waren geweitet und nervös.

»Wollen Sie einen Anwalt?«, fragte die Polizistin.

Keine Antwort.

»Ein Anwalt würde Sie beraten, Ihnen sagen, was Sie aus Ihrer Lage machen können.« Weber schaute sie an und nickte bekräftigend.

Nun nickte sie auch.

»Kennen Sie einen Anwalt?«

Sie schüttelte den Kopf, diesmal bedächtig.

»Nun, das ist kein Problem, reich doch bitte das Telefonbuch rüber.« Sie winkte Weber mit dem Zeigefinger zu. Weber gab ihr das Buch, und Gaby Kohlenberg blätterte, bis sie es gefunden hatte. Sie erhob sich und stellte sich neben Muriel Leitner, legte das Telefonbuch vor sie hin und tippte auf eine Spalte. »Suchen Sie sich einen Strafrechtler.« Mit dem Finger tippte sie kurz auf einen Namen. »Wir sind hier zwar fremd, aber von dem habe ich gehört.«

Weber verfolgte es schweigend, aber sein Gesicht war ernst, es zeigte sogar ein bisschen Ärger.

Muriel Leitner nahm den Telefonhörer und rief die Kanzlei an. Sie war sachlich und keineswegs verschüchtert, als sie sich mit dem Anwalt verbinden ließ und kurz ihre Lage schilderte. Sie hörte zu, verabschiedete sich und legte auf.

»Ich sage jetzt nichts mehr, bis mein Anwalt erscheint.«

Weber rief einen Uniformierten, der sich in die Ecke des Verhörzimmers stellte, und verließ mit Gaby Kohlenberg den Raum, um sich im Büro zusammenzusetzen. Sie merkte längst, dass er innerlich kochte.

Kaum saßen sie, sagte sie: »Du bist jetzt sauer, weil ich das Verhör abgebrochen habe.«

»Wir hatten sie am Haken. Sie hätte gestanden, spätestens nach einer halben Stunde.«

Sie schüttelte den Kopf. »Sie war gerade dabei, sich eine neue Geschichte einfallen zu lassen. Also eine, die erklärt, wie dies oder jenes in ihre Wohnung kommt. Sie ist wahnsinnig gerissen, was sich schon daran zeigt, wie sie diese Püppchennummer inszeniert. Sie macht auf dumm, und darauf fällst du rein.«

Er schaute sie lange an und überlegte. Offensichtlich hatte sie die Leitner durchschaut. Diese betuliche Masche mit dem Telefonbuch, der Rat, welchen Anwalt sie nehmen solle, alles Signale, dass Gaby Kohlenberg die Studentin für ein armes kleines Mädchen hielt. Sie packte Muriel Leitner mit ihren eigenen Waffen. Wahrscheinlich war der Weg über den Anwalt tatsächlich der kürzeste, denn der würde seiner Mandantin schnell erzählen, was ihr nutzte und was ihr schadete. Wenn Polizisten das taten, würde Muriel Leitner ihnen eher nicht glauben.

»Du bist eine verdammt gute Polizistin«, sagte er endlich. »Verdammt gut.« Und er hätte ihr gern noch gesagt, dass er sich in sie verliebt habe, aber natürlich sagte er es nicht. Es war der falsche Augenblick. Aber wann war der richtige?

9

»Unser Problem ist, dass wir nie richtig miteinander geredet haben«, sagte Anne.

Der Satz durchfuhr ihn heiß. »Es ist meine Schuld.« Der Schmerz lauerte, er spürte dieses dumpfe Ziehen, diesmal begann es in den Knien, wie so oft. Stachelmann nahm eine Diclofenac aus der Brusttasche und spülte sie mit Bier hinunter. Sie beobachtete es. Er dachte, das war ein Vorteil gewesen, sie hatte sich daran gewöhnt. Ganz am Anfang, um Himmels willen, wie lang war das schon her, hatte es Missverständnisse gegeben, Zeichen, die er nicht erklärte, die sie als gegen sich gerichtet empfand, als würde er sie abweisen, und es dauerte lange, bis er sich dazu durchrang, ihr zu sagen, wie es war. Davor hatte er Angst gehabt. Welche Frau ließ sich mit so einem wie ihm ein? Sie war gesund, sportlich, unternehmungslustig, und er schaute immer, ob er einen Stuhl fand, auf dem er einigermaßen sitzen konnte. So gesehen, waren sie gegensätzlich. Aber sie war, nachdem er es erklärt hatte, lächelnd über all das hinweggegangen.

Der Schmerz kroch das Rückgrat hoch und begann die Brust zu umklammern. Hier stach er, während er in den Beinen dumpf blieb, eher drückte, bis die Gelenke sich anfühlten, als wären sie aufgequollen. In den Kniekehlen pochte es.

»Georgie ist entführt worden«, sagte er.

»Was?«

Er wusste gar nicht, ob sie Georgie schon einmal gesehen hatte. Aber er hatte nebenbei von ihm erzählt, als die Sache mit Brigitte geschehen war.

»Er wurde entführt und weiß nicht, warum und von wem. Sie haben ihn festgehalten in so einer Bauruine in Brandenburg, bei Kremmen.«

»Und niemand weiß, warum?«

»Nein, aber schlau, wie er ist, konnte er abhauen. Sie haben ihn unterschätzt, das ist ein Fehler. Er ist klug und zäh. Georgie kann sich wehren.« So, wie er es betonte, klang es fast so, als wollte er sich selbst das Gegenteil bescheinigen. Diese elenden Schmerzen, das Atmen stockte fast.

»Es ist wie immer«, sagte sie, aber sie lächelte dabei. »Wenn wir auf ein Thema kommen, das dir unangenehm ist, landen wir bald woanders. Machst du das mit Absicht, oder ist das so etwas wie ein Automatismus? Diesmal hast du es besonders geschickt gemacht.« Eine Haarsträhne legte sich über ihr Auge.

Der Kellner erschien, Stachelmann bestellte ein zweites Bier, sie nichts. Sie schwiegen eine Weile.

»Es geht nicht um Schuld, dich beschäftigt das viel zu stark. Wenn zwei nicht miteinander klarkommen, sind meistens beide dafür verantwortlich. Ich genauso wie du. Was die Sache aber schwierig macht, ist, dass du nicht darüber reden willst, sondern dir dauernd eine Schuld einredest. Deine Fremdgehereien fand ich … verletzend. Aber ich habe inzwischen verstanden, dass es wahrscheinlich daran liegt, dass ich dir zu wenig Anerkennung gebe, dass du dich nicht genug geliebt gefühlt hast und dass dich dieser Rheumamist, aber auch deine ewige Unzufriedenheit mit dir selbst anfällig gemacht haben für andere Frauen. Und sie waren, das gebe ich zu, beide attraktiv, besonders Ines. Ich habe in der Zeitung ein Bild von ihr gesehen, beindruckend. Dass so eine Frau sich für dich interessiert, war für dich wahrscheinlich eine großartige Erfahrung.«

»Ich dachte, du verachtest mich deswegen. Das verstehe ich ja auch.«

»Ich habe dich nie verachtet. Es hat mich schrecklich verletzt. Ich habe nächtelang geweint und tagsüber auch. Aber ich weiß inzwischen, dass ich mitverantwortlich bin. Diese Einsicht ist übrigens mindestens genauso schmerzlich. Weil es ja bedeutet, dass ich den Mann, den ich liebte, nicht so akzeptieren konnte, wie er war …«

Er spürt die Tränen in den Augen, tat so, als müsste er sie sich reiben, und sagte: »Niemand hat mich besser verstanden als du. Niemand.« Er rieb sich noch einmal, und sie schaute ihn wieder an mit ihren feucht glitzernden Augen.

»Und … Valentina? Versteht sie dich?«

Woher wusste sie das mit Valentina?

»Ich habe es gewusst, als du den Namen zum ersten Mal genannt hast. Genauer gesagt, du hast erst namenlos von ihr gesprochen, und ich habe mir das später zusammengereimt.«

Er konnte sich nicht daran erinnern, sie oder ihren Namen erwähnt zu haben.

»Ich weiß es nicht«, sagte er.

Der Kellner stellte das Bier ab, und jetzt hörte Stachelmann auch wieder den Spielautomaten.

»Es ist nicht vergleichbar, es fängt erst an, sie ist anders.« Und er dachte, sie ist leichter in ihrer Art. Sie nimmt ihn, wie er ist. Hatte sie ihn schon einmal hart kritisiert, angegriffen? Sie machte es eher ironisch, distanzierte sich ein wenig, hielt es aber nicht lang durch, und sie verlangte keine Reaktion von ihm. Jetzt, da er darüber nachdachte, erschien es ihm, als nähme sie ihn manchmal nicht ernst. Als würde sie sich sagen: Josef hat seine Macken, ich werde sie ihm nicht mehr abgewöhnen, ich ertrage sie und erleichtere mir das Leben im

Notfall mit einem Scherz zu seinen Lasten. Zuletzt hatte sie ihn tatsächlich »mein Krüppelchen« genannt, als er gerade wegen des Schmerzes ins Selbstmitleid abtauchen wollte. Und wenn er sich von seinen trüben Erfolgsaussichten deprimieren ließ, bot sie ihm an, ihm am Bahnhof zwei Euro in den Hut zu werfen.

»Du hast es leichter mit ihr, wolltest du sagen.«

Dass Anne immer wusste, was er sagen wollte. Und dass sie es auch noch aussprach, von keinem Zweifel geplagt. Sie war ungeheuer selbstsicher und rastete nur aus, wenn es um Felix ging.

»Sie hat kein Kind«, sagte Anne.

»Nein.«

»Das ist gut für dich. Sie kann sich ganz auf dich konzentrieren.«

»Ich frage mich, warum sich überhaupt eine Frau für mich interessiert. Ich bin nicht schön, bin beruflich ein Versager, niemand hätte je behauptet, dass ich witzig oder lustig wäre.«

»Das ist grober Unfug. Ich habe zuletzt ein schönes Lied gehört, stammt von den Who, ist ziemlich frisch: *Real Good Looking Boy* …«

»Die gibt's noch?« Stachelmann genoss den kurzen Ausflug ins Unverfängliche.

»Offenbar«, sagte sie. »Jedenfalls schildert das Stück die Verzweiflung eines Jungen, der sich hässlich fühlt, gerade im Vergleich mit Elvis. Und am Ende steht die Einsicht, dass diese sogenannte Schönheit eine Lüge ist und dass nur zählt, was man in dem Menschen sieht, den man liebt. Aber wenn man sich selbst nicht liebt, wird man nie verstehen, warum einen ein anderer liebt und auch schön findet.«

»Du solltest weniger Songs hören …«

Sie lachte. »Siehst du, du bringst mich sogar an einem

solchen Abend zum Lachen. Du unterschätzt dich, und du stiehlst dir Chancen, weil du dich unterschätzt, und fühlst dich dann auch noch bestätigt. Das ist ein teuflischer Kreislauf, auf den du dich eingelassen hast. Warum, glaubst du, könnte sich eine Frau für dich interessieren?«

Stachelmann bedachte die letzten Beziehungen und Affären und sagte schließlich: »Hauptfaktor ist das Krankenschwestersyndrom. Manche nennen es Mitleid.«

»Ich leide nicht darunter«, sagte Anne. »Was Valentina angeht, weiß ich es nicht. Aber die Erklärung ist offenkundig falsch.«

»Wo besagtes Syndrom nicht zuschlägt, soll ich gelinkt werden.« Und er dachte an Carmen und Ines.

»So was gibt es. Aber das ist nicht unser Thema. Wenn du wissen willst, warum ich mit dir zusammen war, kann ich dir das in wenigen Worten erklären, auch wenn du es mir nicht glauben wirst.«

»Dann fang mal an.« Der Unterton verriet, dass er nicht die Absicht hatte, ihr zu glauben.

»Was mich zuerst an dir fasziniert hat, war diese ziemlich einzigartige Mischung aus einem brillanten Verstand, einem enormen Wissen und einer unübertrefflichen Schüchternheit. Oder soll ich Verzagtheit sagen?« Sie schaute ihm in die Augen. »Du glaubst mir kein Wort, stimmts?«

Er zuckte mit den Achseln.

»Du kannst, wenn du willst, geistreich und witzig sein, aber ich habe noch nie eine Zote von dir gehört. Was für dich spricht, ist deine Bescheidenheit, was gegen dich spricht, ist die traurige Tatsache, dass diese Bescheidenheit viel zu oft in Selbstzweifel oder Selbstmitleid umschlägt. Und das nervt, gerade wenn man bedenkt, dass beides in deinem Fall nur absurd ist.«

Davon konnte er schon etwas glauben.

»Außerdem bist du ein zärtlicher Mensch, der ungeheuer viel Rücksicht auf seine Partnerin nimmt. Wenn du nicht gerade im Geist Selbstmordvarianten durchspielst. Aber sonst, wirklich, ich habe nie einen sensibleren Mann gekannt. Außerdem bist du grundehrlich bis zur Selbstaufgabe und auch ungeheuer konsequent. Obwohl ich deinen Abgang von der Universität für idiotisch gehalten habe und immer noch halte, ich bewundere die Konsequenz, die dahintersteckt. So bist du mit den meisten Dingen. Ausgenommen wenn es um deine Mutter geht. Da bist du gar nicht konsequent. Warum das so ist, weiß ich nicht, aber das wäre vielleicht eine Frage an einen« – sie lächelte – »Psychoanalytiker …«

»Aha«, sagte Stachelmann mit belegter Stimme. »Daher weht der Wind.«

»Quatsch, hier weht gar nichts. Ich wollte nur sagen, dass ich bei der Beziehung, die du zu deiner Mutter hast, noch nie durchgeblickt habe.« Ihre Hand wanderte über den Tisch und nahm seine. Er blickte ein wenig verwundert auf ihre Hand, die nun seine bedeckte, sagte aber nichts.

»Das hat mich immer ein bisschen erschreckt.«

»Was?«

Ihm wurde warm. »Du hast manchmal solche Ausbrüche. Ich würde nie ›Quatsch‹ sagen.«

Sie schaute ihn lachend an. »Was mich an dir manchmal stört … oder gestört hat, das ist das Mimosenhafte, hin und wieder bist du superempfindlich, und man weiß dann nicht, was man machen darf und was nicht.«

Er schaute wieder auf die Hände. Sie streichelte ihn zart, aber so, als würde sie es nicht merken. Sie hatte wieder recht.

Er räusperte sich. »Weißt du, was mich an dir stört … du hast immer recht. Ich komme mir blöd vor …«

Sie lachte laut auf, aber dann verschloss die freie Hand ihren Mund.

***

Sie hieß Annette Stein und war, wie Ammann berichtete, die persönliche Referentin der Geschäftsführung in der WAZ-Gruppe. Jetzt erinnerte sich Walzer daran, dass ihm der Name und vor allem die Funktion bei der Durchsicht der Einladungsliste aufgefallen war. Sie war zum ersten Mal im Forum gewesen, und dies auf Empfehlung ihres Vorgesetzten, der selbst verhindert war.

Er hatte in der Nacht von ihr geträumt. Als er am Morgen aufwachte, Aurelia schlief halb aufgedeckt, aber ruhig neben ihm, versuchte er es zu verdrängen. Aber die wenigen Blicke, die sie ihm zugeworfen hatte, konnte er nicht wegwischen.

Ammann saß auf dem Besucherstuhl und schaute ihn nachdenklich an, dann sagte er: »Das Unternehmen hat geklappt wie erwartet. Wir haben die Akten.«

Walzer nickte.

Ammann sagte, als wäre nichts gewesen: »Das Forum war wieder ein großer Erfolg. Wir haben zwölf neue Akademiemitglieder gewonnen, allesamt in wichtigen Positionen oder in solchen, in denen sie noch wichtig werden können.«

»Das ist gut«, sagte Walzer. Aber andere laden wir sowieso nicht ein, dachte er. Ob sie auch einen Mitgliedsantrag ausgefüllt hatte? Ammann hatte den schmalen Stapel mitgebracht, und sie würden ihn gleich durchgehen, wie immer. Der Morgen nach einem Forum gehörte der Auswertung.

»Lassen Sie uns beginnen«, sagte Walzer, und Ammann nahm den Stapel vom Schreibtisch.

»Dieter Krause, Professor an der Uni Köln, Zeitgeschichte, wird oft im Fernsehen interviewt. Sehr aufgeschlossen für unsere Sache, wie mir scheint.«

Walzer erinnerte sich an den Mann, mit dem er sich in einer Pause kurz über Belangloses unterhalten hatte. »Sehr gut«, sagte er.

Ammann legte den Antrag auf den Schreibtisch, dann stellte er den nächsten Kandidaten vor, Hans Kahl, Parlamentarischer Staatssekretär der größeren Koalitionsfraktion. »Vom Studium und über die Jugendorganisation direkt in die Bundespolitik. Erst persönlicher Referent von Rügenwald, Sie wissen, der ist inzwischen so eine Art Sekretär dieses Freundeskreises des Heeres …«

»Sie meinen Förderkreis«, sagte Walzer.

»Ja, natürlich. Und dann hat er den Absprung in den Bundestag geschafft. Ist womöglich ein Kandidat als Verteidigungsminister dereinst.«

»Dereinst«, sagte Walzer trocken. Er hat so viele kommen und gehen sehen.

Ammann fuhr unerbittlich fort mit seiner Liste. Draußen regnete es heftig und ein Sturm begann Wellen auf der Spree zu schlagen. Blätter wirbelten in einer Wolke am Fenster vorbei. Ein Teil von Walzers Hirn bewertete Ammanns Vortrag, der andere verweilte bei Annette Stein. Was machte sie so viel attraktiver für ihn als all die attraktiven Frauen, die er kennengelernt hatte, seit er mit Aurelia zusammen war? Er musste sich wehren gegen diese Anfechtung. Aber mich, so dachte er traurig, mich würde es retten.

»Diese Annette Stein hat auch unterschrieben«, sagte Ammann. »Ich hatte die Gelegenheit, mit ihr zu sprechen. Ich glaube, sie ist klug und ehrgeizig und hat ihre Karriere noch vor sich. Bei der WAZ-Gruppe, das ist ja was.«

Natürlich ist das was, dachte Walzer. Aber vor allem fiel ihm ein, dass er sie nun öfter sehen würde. Es machte ihm ein wenig Angst.

***

Gaby Kohlenberg stand in der Ecke neben dem Fernsehgerät und beobachtete die Durchsuchung. Im Gang waren Muriel Leitner und der Anwalt, ein hagerer Typ mit früh ergrauten Haaren, hohen Wangenknochen und stechenden Augen. Sie flüsterte ihm etwas zu. Vielleicht beklagte sie sich, dass er ihr empfohlen hatte, nichts mehr zu sagen. Doch der Anwalt wusste, dass sie ohnehin die Wohnung durchsucht hätten. Es wäre sonst ein schwerer Ermittlungsfehler gewesen. Insofern hatte er Muriel Leitner vermutlich davor bewahrt, zu viel zu sagen. »Sie müssen meiner Mandantin etwas nachweisen, aber das wissen Sie ja.« Das hatte er gelangweilt im Vernehmungsraum gesagt, und dann waren sie aufgebrochen in die Alexanderstraße. Die Leipziger Kriminaltechnik, ein Kommissar und eine Oberkommissarin, und der Kollege Rand, dem es schwerfiel, seinen Bauch im engen Zimmer durchs Gedrängel zu manövrieren. Gaby Kohlenberg verließ das Zimmer und stieß zu Weber, der vor der Wohnungstür wartete und mit seinem Schlüssel spielte.

Die zierliche Oberkommissarin mit den extrem kurz geschnittenen schwarzen Haaren kam hinaus und reichte Gaby Kohlenberg einen Schuhkarton, darin handgeschriebene Briefe. »Vielleicht finden Sie hier was«, sagte sie schnippisch. Es klang so wie: Sie können ja auch mal was tun.

Gaby Kohlenberg setzte sich auf eine Treppenstufe und Weber neben sie. Sie nahm einen Teil des Stapels und reichte ihn Weber, den anderen begann sie zu lesen.

Es waren verschiedene Handschriften, wie sie bald herausfanden. In den letzten Wochen hatte sie nur wenig Briefe erhalten, aber Gaby Kohlenberg wunderte sich, dass es überhaupt Briefe gab. »Ziemlich altmodisch«, murmelte sie.

»So jemand wie Maltmann ist eben altmodisch«, flüsterte er.

»Natürlich«, sagte sie. »Die hier scheinen von ihm zu stammen.« Sie reichte ihm den Brief, den sie gerade überflogen hatte.

Ich sehe noch dein trauriges Gesicht vor mir, als ich mich gestern Nacht von Dir verabschiedete. Noch kann ich nicht bis zum Morgen bei Dir bleiben, obwohl alles in mir sich danach sehnt.

»Oje«, sagte Weber.

»Du kannst mir ja mal eine Auswahl deiner Liebesbriefe zur Prüfung geben. Mal sehen, ob die spannender sind.« Sie kicherte leise.

»Sind sie«, sagte er. »Aber die haben die Auserwählten und halten sie begierig fest, weil sie einzigartig sind. Aber wenn du lieb bist, schreibe ich dir auch mal einen.«

Sie schaute ihn von der Seite an, das Lachen wich aus ihrem Gesicht, und ihre Wangen zeigten zwei rote Punkte. Dann wandte sie sich wieder den Briefen zu.

»Wir müssen natürlich noch die Handschrift abgleichen«, sagte sie. »Aber wer sollte es sonst sein?«

»Alle anderen delikaten Sachen finden wir im Notebook«, sagte er. »Wenn es denn delikate Sachen gibt. Ich werde alles anschauen, auch studiVZ, Facebook usw. Vielleicht gehört sie ja zu den Mitteilungsbedürftigen.«

»Mach das«, sagte sie. »Diesen Schwulst kann man kaum ertragen.« Sie legte den Stapel zurück in die Schachtel. Weber hielt seinen noch in der Hand, blätterte unschlüssig und ließ ihn dann auch in der Schachtel verschwinden.

Gaby Kohlenberg ging in die Wohnung und flüsterte zur Oberkommissarin: »Wie weit sind Sie?«

»Dauert nicht mehr lang. Bisher sieht es eher mager aus. Bisher haben wir nur das.« Sie holte aus einer Umzugskiste, die sie mitgebracht hatten, ein Fotoalbum, klappte es auf und tippte auf ein Bild, das Maltmann und Muriel Leitner zeigte, innig vereint in einem Kuss. Natürlich konnte man den Professor mit diesem Bild erpressen. Aber wer hatte es gemacht? Sie nahm das Album und trat in den Flur, in dem Muriel Leitner mit ihrem Anwalt stand, als wären sie festgewachsen. Sie zeigte das Foto. »Wer hat das geschossen?«

Muriel Leitner betrachtete es lang und warf ihrem Anwalt einen fragenden Blick zu.

»Und?«, fragte der Anwalt.

»Ich möchte gern wissen, wer es gemacht hat, das ist doch ganz einfach.«

Der Anwalt blickte zu Muriel Leitner, dann zog er sie am Arm ein Stück zur Wohnung, und sie flüsterte ihm etwas ins Ohr. Gaby Kohlenberg hätte es fast verstanden. Dann sagte Muriel Leitner: »Selbstauslöser.«

»Haben Sie die Kamera hier?«

»Nein.«

»Und wo ist sie?«

»Ich weiß es nicht. Vielleicht ist sie bei Professor Maltmann.«

»Und das Stativ? Da wurde doch bestimmt ein Stativ benutzt.«

»Das weiß ich nicht mehr.«

»Schweigen Sie jetzt«, sagte der Anwalt.

Weber hatte in der Tür gestanden und zugehört. Er nahm sein Handy, wählte eine Nummer von seinem Notizblock und wartete. »Herr Professor Maltmann, besitzen Sie eine Kamera?«

»Ja.«

»Haben Sie mit dieser Kamera Fotos von Frau Leitner gemacht.«

Schweigen. »Nein.«

»Auch keines von Ihnen beiden zusammen mit Selbstauslöser?«

»Nein.«

»Aber Sie wurden mindestens einmal zusammen fotografiert.«

Er brauchte Zeit.

»Ja, das kann sein … Sie haben recht.«

»Und wer hat das Foto gemacht?«

»Weiß ich nicht. Das war ein Tourist, glaube ich. Muriel hat ihn gefragt, ob er uns mit ihrem Handy fotografieren könnte, und das hat er dann getan.«

»Wo war das?«

»Im Elbsandsteingebirge, Bad Schandau.«

»Und der das Foto gemacht hat, das war ein Mann?«

»Ja, ich erinnere mich jetzt wieder. Der hatte so einen Hut auf mit einem Gamsbart.«

»Herr Professor Maltmann hat eine andere Erklärung für das Bild«, sagte Weber dann.

Schweigen.

»Welche?«, fragte der Anwalt.

»Die beiden Erklärungen schließen sich aus.«

»Meine Mandantin wird nichts dazu sagen.«

***

Franticek ging los, benommen noch, aber angetrieben von einer unbändigen Wut. Er brauchte nicht lange nachzudenken, wer ihm das verpasst hatte. Nein, das war ihm sonnenklar. Sie hatten ihn vorgeführt, diese Dreckskerle. Sie hatten ihm gezeigt, wer am längeren Hebel saß. Und er wusste genau, was die Kerle im Archiv getrieben hatten. Sie hatten den gleichen Auftrag gehabt wie er, aber sie trauten ihm nicht zu, den Auftrag zu erledigen. Und sie kannten das Arrangement mit den Wachen, und seinen Plan kannten sie auch. Sie hatten einfach beschlossen, dass sie ihm mal zeigten, was eine Harke ist. Er stellte sich vor, wie diese Arschlöcher zusammengesessen hatten.

Arschloch 1: Dieser Franticek soll das klären, sagt Berlin.
Arschloch 2: Dieser alte Sack? Können wir das nicht verhindern? Ruf an, und wir übernehmen. Der vermasselt es. Warum überlassen die das nicht uns?
Arschloch 1: Sie trauen uns nicht. Wenn ich da anrufe und sage, wir machen es, dann sagen die: Finger weg! Es geht um die Staatsraison oder ähnlichen Quatsch.
Arschloch 2: Du weißt, wie das ablaufen soll?
Arschloch 1: Klar, so was wissen wir immer.
Arschloch 2: Dann klinken wir uns da ein. Es geht schließlich um unser Gesäß. Bei denen verliert höchstens dieser Franticek seine Pension. Wir verlieren alles, wenn es in die Hose geht.
Arschloch 1 (denkt nach): Okay, wir klinken uns ein. Aber dass dem nichts passiert, klar! Kein Blut, nirgendwo.
Arschloch 2: Wir werden ihn pampern, versprochen.

Sie konnten machen, was sie wollten. Und er durfte sich nicht dagegen wehren. Er blieb stehen, atmete durch, versuchte seinen Zorn zu beherrschen, aber das gelang ihm nicht. Er war zwar nur Franticek, der Idiot, aber er hatte eine Ehre. Er war ausgesucht, ja auserwählt worden, das große Geheimnis zu schützen, immerhin, und er war kein heuriger Hase. Nicht mit ihm. Das war undankbar. Er hatte bisher funktioniert, Löcher gestopft, Lecks geschlossen, Gefahren gewittert. Nein, es war eine Sauerei. Sie hatten ihn wie Dreck behandelt. Aber das war nicht das Schlimmste; das Schlimmste war, dass sie ihn weiterhin im Griff hatten. Wenn er nicht bei Hartz IV enden wollte, musste er die Klappe halten. Bei aller Wut, der Verstand arbeitete noch, und das war das Schmerzhafteste.

Es war bitterkalt, und er stapfte weiter auf einer Lichtung irgendwohin, im Mondlicht sah er Nebelwolken über dem Boden stehen, der Himmel war grauschwarz, ein paar Sterne verschwanden hinter langsam wegziehenden Wolken und erschienen wieder. Irgendwo knackte es, dann heulte ein Tier und ein anderes schnaubte, weit entfernt die Geräusche, die sich durch den Bodennebel mäanderten, vermischten, nun auch mit einem Getrappel in der Nähe, Wild, das vor ihm floh. Er kam zu den Fichten, die Stämme unten nackt, ragten sie steil hoch in den Himmel wie gigantische Streichhölzer. Nichts war gleichförmiger, nichts konnte Franticek mehr anöden als ein sich unendlich hinziehender Fichtenwald, von dessen Kronen es auf ihn herabtropfte.

Er sah weit in der Ferne ein Licht, vielleicht war es nur eine Halluzination, doch es diente ihm als Orientierung in der Herbstnacht. Immer weiter stapfte er, manchmal sanken die Füße ein, sie wurden auch schon nass. Ihm dämmerte längst, dass diese Demütigung noch nicht beendet war, dass da noch etwas kommen würde. Sie hatten gewiss dafür gesorgt, dass aller Verdacht auf ihn fiel, falls der Einbruch im Archiv bemerkt würde.

Diese Dreckskerle.

Das Licht wurde heller und größer, und bald sah er das Haus, dann mehrere Häuser. Wie ein schmales schwarzes Band schlängelte sich eine Straße durch die Nacht und verlor sich hinter einer Erhebung, der Mittelstreifen glänzte matt. Ein gelbes Schild schimmerte. *Birkholz* hieß das hier, ein Ortsteil von Bernau. Sie hatten ihn in der Pampa ausgesetzt.

***

Er hatte es Anne gesagt. Sie hatte immer recht, und das ging ihm auf die Nerven. Und sie hatte gelacht und sich die Hand vor den Mund geschlagen, fest sogar, um ein Lachen zu unterdrücken. Aber das war ihr nicht gelungen. Es traf ihn, er wollte es nicht, aber es traf ihn. Er war sauer. Nun sagte er es endlich, und sie lachte. Er schaute sich im Raum um, erwartete immer noch Rauchschwaden wie vor Jahren, hörte wieder das Gedödel des Spielautomaten.

»Du hast ein seltsames Bild von den Dingen. Ich habe so selten recht, und *du* weißt doch immer alles besser. Leider *weißt* du es meistens wirklich besser. Es ist nicht einfach, mit einem Mann zu leben, der, wenn es darauf ankommt, die Weisheit mit Löffeln gefressen hat, aber so tut, als wäre er kaum lebensfähig.«

Er starrte sie an. Lebten sie auf verschiedenen Planeten? Der Kellner stand plötzlich da, die Gläser waren leer. Stachelmann bestellte einen doppelten Wodka, sie schaute ihn erstaunt an, dann zog sie mit. »Aber russischen«, sagte sie noch, als der Kellner fast schon verschwunden war.

»Das ist … aufregend«, sagte er. »Die Menschen bilden sich ein, sie lebten in einer Welt. Dabei lebt jeder in seiner eigenen. Da kann man jahrelang zusammenleben, da kann man reden, sich streiten über dies und jenes, und am Ende stellt sich heraus, dass es zumindest unsicher ist, ob man über die gleichen Dinge geredet hat. Das ist Babylon.«

Sie nickte und lächelte ihn an. Ihre Augen waren traurig. Vielleicht, so dachte er, geht ihr gerade so eine Babylongeschichte durch den Kopf. Aber wenn man sich nicht einmal einig ist, über was man redet, warum soll man überhaupt noch miteinander reden?

»Ich glaube, so babylonisch war es doch nicht zwischen uns. Ich denke an Kohn, da haben wir schon über dieselbe Person gesprochen, und du hattest hundertprozentig recht. Ich denke auch an diese blöde Puppengeschichte, da lag ich absolut daneben. Und je länger ich mein Gedächtnis foltere, desto klarer wird mir, dass ich bei wichtigen Fragen meistens im Irrtum bin.«

»Na ja, ich doch auch.«

»Selbst wenn es so wäre, es ist ja nicht so, aber selbst wenn, dann hebt doch dein Irrtum meinen nicht auf. Aber in einem unendlich wichtigen Punkt ...«

Der Kellner brachte zwei beschlagene Schnapsgläser und stellte sie auf den Tisch. Sie nahm ihres, betrachtete es nachdenklich, nickte ihm zu und trank es in einem Zug aus. Er schaute zu und tat er es ihr nach. Er winkte den Kellner herbei und sagte: »Das Gleiche noch mal.«

Sie lachte kurz auf.

»Was ist dieser Punkt?«, fragte er mit belegter Stimme.

»Schau, in allen, sagen wir mal beruflichen Dingen bist du mir meilenweit voraus, und ich habe wirklich dagegen angekämpft.«

»Was hast du?«

»Ich habe versucht, eine so gute Historikerin zu sein wie du.«

Er schüttelte den Kopf, blinzelte mit den Augen, schüttelte noch einmal den Kopf, und dann kam endlich die zweite Fuhre Wodka. Er nahm das Glas und trank es aus. Sie schaute ernst über den Tisch, mied seinen Blick, hob das Glas und leerte es.

»Ich habe mir eingeredet, es liege daran, dass ich ein Kind habe. Kostet Zeit, klar. Aber das ist es nicht. Erinnerst du dich, als ich dir gestand, dass ich Angst vor Archiven habe?« Sie schaute ihn eindringlich an.

Er nickte.

»Die habe ich dank deiner Hilfe überwunden. Es war peinlich. Aber das ist nur ein Symptom. Ich bewundere es, wie gelassen du mit Quellen und der historischen Literatur umgehst, da bist du souverän, obwohl es niemand merkt, der dich nicht gut kennt. Du machst ja nichts draus, du rennst nicht herum und führst diese Besserwisserdebatten. Und wenn du was veröffentlicht hast, du hättest es öfter tun sollen, dann waren diese Aufsätze von einer fast unüberbietbaren Abgeklärtheit, aber ohne dieses elende Herr Lehrer, ich weiß auch etwas. Dir fehlt das Imponiergehabe, obwohl du dich sehr imponierend verkaufen könntest, und das hat mich von Anfang an schwer beeindruckt.«

Der Wodka arbeitete in ihm. Komisch, sie schien noch klar zu sein. Er winkte ab und starrte in den Raum.

»Du hast die rosarote Brille auf«, sagte er endlich.

»Du hättest die Uni nie verlassen dürfen.«

Er winkte wieder ab. »Nun ist es passiert«, sagte er dann.

»Noch bist du Privatdozent, du könntest zurück. Du kannst dich überall bewerben.«

Diesmal winkte er nicht so schnell ab. Natürlich hatte er schon oft daran gedacht, wenn er in seinem Kellerloch in der Glashüttenstraße saß. Er könnte vielleicht sogar heraus aus dem Chaoshaus und zurück nach Lübeck. Oder er würde woanders hinziehen, nach Köln, Berlin, München oder in eine dieser kleinen Unistädte wie Göttingen, Marburg, Greifswald. Es gab ein paar Möglichkeiten, noch hatte er einen Namen in der Szene.

Als hätte sie es gehört, sagte Anne: »Es würde vielleicht ein bisschen dauern, bis ein Lehrstuhl frei wird. Du könntest bis dahin unterrichten und publizieren, wenn du nicht gerade auf Mörderjagd bist.« Beim Nebensatz lächelte sie.

Sie hatte es wieder geschafft, die offene Wunde zu finden. Und sie bohrte darin herum. Oder … vielleicht war es ja anders, und sie wollte ihm nur helfen. Sie wusste, obwohl sie sich so lange nicht gesehen hatten, gleich, was bei ihm nicht in Ordnung war. Es war ihm ein wenig unheimlich, als könnte er nichts verbergen vor ihr.

Dann nahm sie wieder seine Hand. Ihre war feucht vom Wodkaglas.

Der Kellner stand wieder neben dem Tisch, und Stachelmann bestellte ein Glas Wasser. Warum bestellte er überhaupt etwas? Sie wollte einen doppelten Espresso. Warum trinken wir nicht einfach weiter?, dachte Stachelmann. Dann fände ich ein wenig Ruhe.

»Wäre ich an einer Uni«, sagte er endlich, »dann hätte ich binnen weniger Monate die Schnauze voll. Selbst als Ordinarius. Sie würden mich nerven mit ihrer Bürokratenscheiße, ich wäre gezwungen, mich mit Stapeln von Examens- und Doktorarbeiten und, am schlimmsten, den völlig überflüssigen Habilschriften herumzuschlagen.« Er sah einen riesigen Papierberg vor sich aufwachsen. »Neue Berge der Schande würden erstehen, und ich würde Generationen von jungen Leuten enttäuschen. Das habe ich gelernt: Ich würde dem Druck nicht standhalten …«

»Quatsch«, sagte sie.

Warum sagt sie immer Quatsch, wenn sie mit mir redet?

»In Hamburg hast du den Abgang gemacht wegen Bohming. Das kann ich gut verstehen.«

»Seit wann denn das?«

Sie atmete tief ein und wieder aus. Dann trank sie einen Schluck Kaffee, der Kellner hatte ihn gerade abgestellt zusammen mit dem Glas für Stachelmann.

»Habe ich das nie gesagt?«

»Nein, du hast gesagt, ich soll mich nicht so anstellen, ich könnte der Nachfolger des Sagenhaften sein, vielleicht sogar ohne Umweg wegen der besonderen Umstände …«

»Stimmt, das ist auch so.«

»Ich darf doch höflich daran erinnern, dass ich der Urheber der besonderen Umstände bin.«

»Ja und nein. Du bist nicht schuld an Bohmings Betrügerei. Das nun wirklich nicht. Mein Gott, nun mach nicht den Jesus und nimm alles auf dich.«

»Aber ich habe einen Menschen getötet.«

Jetzt schnaubte sie. »Was hat das denn damit zu tun?«

Er saß da, guckte in den Raum, sah vor seinen Augen die Rauchschwaden und hörte den Spielautomaten. Was hat das damit zu tun? Alles hatte damit zu tun. Er hatte diesen Kerl getötet, und auch wenn ihm niemand einen Vorwurf gemacht hatte, es blieb diese Tatsache übrig. Notwehr? Es war keine Notwehr, jedenfalls nicht im klassischen Verständnis. Wie oft musste er daran denken? Warum gelang es ihm nicht, die Sache endlich zu verdrängen? Der Typ war selbst schuld gewesen, der wollte mich töten, und ich habe es verhindert. Würde der Typ noch leben, dann müsste ich jeden Tag um mein Leben zittern, denn sie würden ihn nicht ewig wegsperren können. Sie hätten ihn therapiert und freigelassen. Aber kann man so jemanden therapieren? Und wenn ja, hätte ich nicht trotzdem Angst, weil immer ein Zweifel bliebe?

Sie blickte ihn fortwährend an, dann setzte sie sich auf den Stuhl neben ihn, ruckelte den Stuhl näher heran und legte ihren Arm um ihn. »Entschuldige, natürlich, du hast ihn getötet. Aber es war richtig. Du hattest keine Wahl.«

»Doch«, sagte er.

»Weißt du was? Selbst wenn du eine Wahl gehabt hättest, war es richtig. Ich weiß, dass es dich nicht interessiert, aber niemand macht dir einen Vorwurf, auch die Polizei hat die Ermittlungen eingestellt.«

»Ich mache mir einen Vorwurf.«

»Ja, und das wirst du immer tun. Du musst lernen, damit zu leben. Andere schaffen das auch.«

Da war sie wieder, diese Unbedingtheit, die er bei ihr fürchtete. *Andere schaffen das auch.* »Andere interessieren mich nicht, jedenfalls nicht in diesem Zusammenhang.«

Sie streichelte ihm den feuchtgeschwitzten Nacken. »Ja, Josef.«

Als hätte er keinen Tropfen getrunken. Der Wodkanebel war wie weggewischt. »Warum sitzen wir jetzt so hier?«

Sie antwortete nicht.

»Warum?«

»Vielleicht bist du ein bisschen begriffsstutzig?«

»Weißt du, was mich auch an dir nervt, also manchmal, das ist, dass du nicht einfach antworten kannst, sondern den Ball zurückspielst. Das gefällt mir nicht.«

Das Streicheln hörte auf, dann ging es weiter. »Gut, ich hab's gehört.«

»Warum sitzen wir hier so zusammen?«

»Ich habe da eine Erklärung, aber die wird dir nicht gefallen. Sie ist zudem altmodisch, absurd altmodisch.«

»Ich bin bekanntlich ein Ewiggestriger, also liebe ich altmodische Erklärungen.«

Sie lachte. »Stimmt, ein Mensch, der in der Vergangenheit lebt, liebt antiquierte Erklärungen.«

Sie drückte sich vor einer Antwort, und das gefiel ihm. »Du eierst ganz schön herum.« Er lachte ihr ins Gesicht, und ihre Hand wanderte auf seine Wange. Sie zwickte ihn sanft.

»Ich weiß auch nicht.«

»Du weißt etwas nicht?«

»Fang nicht wieder damit an!« Sie zwickte ihn noch mal.

Sein Handy klingelte. Ausgerechnet jetzt. Sie machte große Augen und lehnte sich zurück. Er zog das Handy aus der Tasche, auf der Anzeige stand *Valentina*. Er drücke *Annahme verweigern* und steckte das Handy weg.

»Sie?«

Er nickte.

»Warum sprichst du nicht mit ihr, wenigstens kurz?«

»Ich spreche mit dir.«

»Ja«, sagte sie nur. Ihre Hand fasste ans Glas, sie drehte es auf dem Bierdeckel. »Ich glaube nicht …« Dann trank sie, setzte das Glas ab und schaute in den Gastraum.

»Was glaubst du nicht?«

»Dass du mich weggedrückt hättest, also früher.«

Darüber musste er nachdenken. Erstens, ob es so war, und zweitens, warum es so war. »Wenn du mich damals angerufen hättest und ich würde gerade mit jemandem reden in einer Kneipe, dann hätte ich dich auch weggedrückt.«

Sie lachte. »Ja, so war das wohl.«

Eine Frage bedrängte ihn. Er wollte sie nicht stellen. Stachelmann fürchtete die Antwort. Aber warum?, fragte er sich. Was gibt es da zu befürchten? Das Schlimmste, sagte ihm eine innere Stimme. Auch wenn du es niemals zugeben wirst, das Schlimmste.

Er winkte dem Kellner zu, und als er kam, bestellte er noch einen Wodka. Der Kellner schaute Anne an, aber die winkte ab. Sie sah Stachelmann an. »Willst du dich betrinken?«

»Warum nicht?«

»Ja, warum nicht?«

»Hast du einen Freund?«, fragte er dann doch.

Sie lächelte ihn an. »Nein … oder, es gibt da einen, der sich sehr bemüht …«

»Natürlich«, sagte er. Der Schmerz kam ganz langsam, aber er war unerbittlich. Und mit ihm kam die Einsicht, dass es ihr gutes Recht sei, dass er der Letzte sei, der sich darüber beschweren dürfe. Doch die Einsicht linderte den Schmerz nicht. »Natürlich.«

Sie blickte ihn von der Seite an, er sah es und blickte zurück. Seine Augen wurden feucht, es war ihm peinlich. Er blinzelte. Sie streichelte ihm die Wange.

»Triffst du dich mit ihm?«

»Ja, manchmal.«

Es tat weh. »Kenne ich ihn?«

»Eher nicht.«

»Er ist an der Uni?«

»Ja, Soziologe. Vielleicht hast du ihn ja schon mal irgendwo gesehen. Aber das ist jetzt nicht wichtig.«

»Ich weiß nicht.«

Der Wodka kam. Stachelmann nahm das Glas, betrachtete die wässrige Flüssigkeit, schaute durchs Glas in den Gastraum und stellte das Glas wieder ab.

»Wir sind nicht fertig miteinander«, sagte er. Er hörte ihren Atem.

»Wir werden nie miteinander fertig sein.«

»Aber was heißt das?«

»Man vergisst Menschen nicht, die man … geliebt hat. Also, ich tue es nicht. Und du auch nicht.«

»Ja, ja, aber das meine ich nicht. Ich meine, wir haben uns getrennt und wir haben uns nicht getrennt, ich komme damit schlecht klar.« Während er es sagte, wusste er, dass er den Mut nur dem Wodka zu verdanken hatte. Er nahm das Glas und trank es in einem Zug aus. »Als wir hier mit Ossi saßen, da war ich furchtbar verliebt in dich, aber ich habe mir nicht vorstellen können, dass so eine Frau wie du sich wirklich für mich interessieren könnte. Ich kann es mir immer noch nicht vorstellen.«

»Aber ist denn Valentina keine tolle Frau? Glaubst du, sie spielt dir was vor? Warum sollte sie es tun?«

»Ich sage doch: Krankenschwestersyndrom.« Dann überlegte er und sagte: »Nein, das stimmt nicht … Das ist ungerecht. Ich weiß nicht, was sie von mir will.«

»Hast du denn gewusst, was ich von dir wollte?«

Der Wodka schmeckte etwas nach, und im Hirn nebelte es. Er schüttelte den Kopf.

Sie schwiegen lange. Sie nahm seine Hand und hielt sie, mit der anderen stützte er sein Kinn auf dem Tisch, bis ihm der Ellbogen wehtat.

»Komm, wir gehen jetzt nach Hause.«

Er sah sie erstaunt an, dann nickte er. Sie winkte dem Kellner und bezahlte, als der herbeigeeilt war. Dann zog sie an Stachelmanns Kragen. »Komm!«

Er verstand nicht, was geschah, dann verstand er es doch, oder er bildete es sich wenigstens ein. Ja, sie gingen nach Hause.

10

Franticek stapfte zu dem Haus mit den beiden beleuchteten Fenstern. Es war ein typischer DDR-Aussiedlerbau, ein Stockwerk mit ausgebautem Dach, schlichter ging es nicht, und gewiss war die Fassade ockerfarben, jedenfalls war sie es gewesen, aber das konnte er jetzt nicht sehen. Es schlossen sich weitere Häuser an, und eines schien auszusehen wie das andere. Vermutlich stand am Ortsrand ein heruntergekommener mehrstöckiger Plattenbau für die Arbeiter der LPG. In die Haustür war oben eine Milchglasscheibe eingelassen. Franticek klopfte daran, weil er die Klingel nicht fand und weil er verzweifelt war. Der Marsch durch die Sumpfwiese hatte ihn erschöpft, genauso wie seine Wut auf diese Dreckskerle. Er stellte sich vor, wie sie feixend weggefahren waren, nachdem sie ihn abgelegt hatten. Er spürte einen stechenden Schmerz in der Armbeuge und wusste, er kam von der Spritze, die sie ihm verpasst hatten. Morgen würde sich an der Stelle ein Bluterguss breitmachen. So dankten sie ihm für seine Dienste in all den Jahren. Franticek wusste, dass es in der Welt ungerecht zuging, und er war nie ein Gerechtigkeitsapostel gewesen. Aber irgendwo hörte der Spaß auf, er hatte nun aufgehört. Sie hatten ihn behandelt wie eine Klobürste. Er gestand sich die Demütigung ein. Am schlimmsten aber war, dass er nichts dagegen tun konnte. Er durfte sich nicht einmal rächen, auch wenn er sich auf seinem Marsch alle möglichen Szenarien vorgestellt hatte, wie er es ihnen heimzahlen könnte. O ja, da fiel ihm einiges ein.

Niemand öffnete.

Endlich fand er die Klingel und drückte sie lang. Ein Licht ging im Flur an, er hörte ein Schlurfen. Franticek trat einen Schritt zurück, vorsichtig öffnete sich die Tür, und eine alte Frau mit weißen Haaren guckte durch den Spalt.

»Guten Tag …«

Die Tür knallte zu.

Franticek trat einen Schritt nach vorn und drückte erneut die Klingel. Nichts rührte sich. Er klopfte an die Tür. Nichts. Jetzt brach seine Wut aus, er trat gegen die Haustür und stellte sich vor, sie wäre das Gesicht von einem dieser Dreckskerle, die ihn verschleppt hatten. Dann stieß er seinen Ellbogen gegen die Milchglasscheibe, die splitternd barst. Er schlug die Splitter aus der Fassung und griff mit der Hand nach innen. Er fand den Schlüssel und drehte ihn. Dann drückte er die Klinke und öffnete die Tür. Er trat ein, sagte: »Rufen Sie die Polizei!«

Aber da ertönte schon die Sirene, und gleich sah er das Blaulicht. Sie hatte sie schon gerufen, und die Polizisten mussten in der Nähe gewesen sein. Sie bremsten hart und sprangen aus dem Passat, beide die Pistolen in der Hand.

Er hatte sie dazu bringen können, in Köln anzurufen, wo das Amt seine Identität anhand einiger Fragen bestätigte. Doch nach wie vor beäugten sie ihn misstrauisch. Wie kam ein nach Schnaps stinkender, völlig verdreckter Typ ohne Papiere und ohne einen Cent in der Tasche nach Birkholz?

Doch Franticek erklärte, dass er keine Aussagegenehmigung habe und daher keine Auskünfte erteile. Er hörte, wie der eine Beamte zum anderen sagte: »So war das mit denen früher auch«, verkniff sich aber einen

Widerspruch. Franticek war viel zu müde, um sich mit Dorfsheriffs herumzustreiten.

***

Draußen nahm Anne ihn an der Hand. Es war nicht weit bis zu ihrer Wohnung. Er trottete mit, so, wie er es Hunderte Male getan hatte, früher, als die Erde noch rund gewesen war. Sie redeten nicht. Ein Taxi fuhr mit beleuchtetem Schild vorbei, auf der anderen Straßenseite standen drei Männer vor einem italienischen Restaurant und rauchten. Der eine lachte laut. Der Wind kam kalt von vorn und schmeckte nach Salzwasser. Jedenfalls bildete er sich das ein. Sie gingen durch den Von-Melle-Park, das Licht war funzelig, der Philosophenturm ragte in den dunklen Himmel, in den Scheiben der Cafeteria spiegelte sich der Platz, vorn das Massiv des Audimax. Stachelmann durchzuckte die Erinnerung an den anderen Mann, der in der Cafeteria seine Hand auf ihren Arm gelegt hatte. Es war so lange her. Es hatte ihm ins Herz geschnitten.

Sie hatte es nicht weit zur Uni, sie wohnte ideal. Er hatte dort auch gewohnt, so halb jedenfalls, und genau so war es gut gewesen. Er hatte sich jederzeit absetzen können, fühlte sich nie eingeengt. Dann standen sie vor der Haustür, und sie schloss auf. Es war alles selbstverständlich. »Felix ist bei der Tagesmutter«, sagte sie, als er fragen wollte.

»Über Nacht?«

»Ich habe eine neue, bei der geht das.«

Sie stiegen die Treppe hoch, er ging hinter ihr und erkannte erst jetzt, dass sie die Hose angezogen hatte, die er an ihr besonders mochte. Er kam sich ein bisschen schmutzig vor, wie er die Bewegung ihrer Pobacken betrachtete und die Beine, die lang und federnd die Treppe erklommen, während er ins Schwitzen geriet. Er spürte die Erregung und den Alkohol auch. Sie schloss die Wohnungstür auf und ließ ihn hinein. Als sie die Tür geschlossen hatte, nahm sie ihn in den Arm und küsste ihn auf den Mund. »Du bist ein Dummkopf«, sagte sie.

»Ich weiß, aber daran werden wir nichts mehr ändern in diesem Leben. Und wenn ich jetzt bitte meinen Mantel ausziehen dürfte.«

Sie lachte und ließ ihn los. »Was zu trinken?«

»Einen Rotwein«, sagte er und hängte seinen Mantel an die Garderobe. Es roch genauso wie früher. Er stand da und genoss es, es roch nach ihr, leicht, irgendein Aroma, das er nicht identifizieren konnte.

»Du bist ein Säufer!«, rief sie aus der Küche.

»Das ist nichts Neues.« Er stellte sich in die Küchentür und sah zu, wie sie die Flasche entkorkte. Er erkannte den Crozes-Hermitage und überlegte, ob der noch aus seiner Zeit stammte oder ob sie den Wein für diesen Abend gekauft hatte. Sie trank lieber Weißen. Sie goss ein Glas ein, öffnete den Kühlschrank, entnahm eine Flasche Riesling und füllte ein weiteres Glas. Anne stellte die Flasche in den Kühlschrank, schloss dessen Tür und blieb stehen. Er fand sie schön, er fand sie immer schön. Ihm fiel ein, wie es morgens gewesen war, wenn er schon wach war und beobachtete, wie sie sich vorsichtig streckte, die Augen öffnete, sie gleich wieder schloss, ein, zwei Mal blinzelte und ihn dann mit einem Auge ansah, ein wenig staunend fast, dass es ihn gab. Er dachte dem Bild nach, dann wischte er es weg.

»Gehen wir ins Wohnzimmer?« Sie kam zur Tür und lehnte sich an ihn, ganz leicht nur.

»Ich nehme mein Glas mit«, sagte er. Er dachte an

Valentina, und es störte ihn nicht. Es war alles in Ordnung, selten genug war alles in Ordnung. Er nahm sein Glas und folgte ihr. Sie stand am CD-Player und legte eine CD ein, nun erklang das Allegro von Mozarts 23. Klavierkonzert, er kannte jeden Ton und war doch nie gelangweilt, sie zu hören, diese vollendete Harmonie, die ihn doch innerlich aufrühren konnte.

»Du hast an alles gedacht«, sagte er und betrachtete sein Glas.

»Ich habe nichts ausgeschlossen«, erwiderte sie.

»Du denkst immer an alles«, sagte er. »Ein beängstigender Grad an Perfektion.« Er lachte trocken und trank einen Schluck. Sie saß auf dem Sofa, er stand neben der Tür und betrachtete sie im milden Licht der rotschirmigen Stehlampe. Sie antwortete nicht, sondern blickte ihn an.

In ihren Blicken las er, dass er sich zu ihr setzen solle, aber sie sagte es nicht. Das ist also besser geworden, dachte er. Oder bilde ich es mir ein? Habe ich sie mir strenger vorgestellt inzwischen? Er ging auf sie zu, stellte sein Glas auf den Tisch und setzte sich. Es hatte sich nichts verändert. An der Wand das Bücherregal, darin die kleine Musikanlage, in der Ecke eine Pflanze, deren Namen er immer vergessen hatte und jetzt schon gar nicht mehr wusste. Das Tischchen neben der Tür, die dunkelroten Vorhänge am Fenster. Ihm war wehmütig zumute.

»Komm«, sagte sie und rückte ein wenig weg von ihm.

Er zog die Schuhe aus und legte sich aufs Sofa, seinen Hinterkopf auf ihrem Schoß. Sie streichelte das Gesicht, und er schaute an die Decke, dann in ihre Augen. Er öffnete den Mund, um etwas zu sagen, aber ihre Hand war schneller und verschloss ihn. Nur eine Andeutung von Kopfschütteln. »Sag besser nichts.« Sie schauten sich an, seine Hand begann vorsichtig ihr Gesicht zu streicheln, sie deutete ein Lächeln an, dann wanderte sie zu ihren Brüsten. Sie schloss die Augen und tat nichts. Er fing beim oberen Knopf an. Sie atmete einmal tief. Er öffnete die Bluse, sie beugte sich ein Stück nach vorn und zog sie aus.

Er wachte auf und wusste nicht, wo er war. Er sah ihre Silhouette im Dämmerlicht, das von der Straße hineinfiel. Sie lag gerade auf dem Rücken und atmete gleichmäßig. Sie strahlte eine ungeheure Ruhe aus. Dann schmatzte sie leise, schien etwas zu sagen, knurrte dann aber nur, drehte sich ihm zu, öffnete die Augen, lächelte ihn an, strich ihm mit der Hand über den Kopf, zog die Hand unter die Bettdecke und schlief ein. Er lag lange wach und versuchte an Dinge zu denken, die aber alle unendlich weit weg waren. Es war ihm, als gäbe es nichts Wirkliches außerhalb dieser Wohnung. Er erinnerte sich, wie sie sich geliebt hatten, sanft und heftig und dann beides, es war anders als sonst. Es war mit restloser Hingabe.

Er schlief ein. Als er aufwachte, lag sie auf der Seite und blinzelte ihn an. Er strich ihr eine Strähne vom Auge, sie lächelte und rutschte unter seine Decke. Sie lagen fest umklammert, bis ihn die aufkommenden Schmerzen zwangen, sich auf den Rücken zu legen. Sie begann ihn zu streicheln.

***

Auf der Rückfahrt nach Berlin sagten sie nichts, bis sie auf der Autobahn waren. Diesmal fuhr Gaby Kohlenberg, sie fuhr gelassen wie Weber auf der Hinfahrt. Sie teilten sich die Fahrerei immer auf, weil keiner scharf darauf war, er noch weniger als sie. Als sie endlich auf der Autobahn waren, ließ Gaby Kohlenberg den Wagen auf der rechten Spur rollen.

»Das war ein echter Reinfall«, sagte sie.

»Sie lügen uns die Hucke voll, aber wir müssen sie laufen lassen.«

»Dabei hat der Maltmann ein gutes Motiv, Rehmer umzubringen. Aber ich traue es ihm nicht zu.«

»Und dieses *Fräulein* schwindelt sich durchs Leben und macht auf dumm, dabei ist sie gerissen wie ein Taschendieb.«

»Diese Fotogeschichte stinkt zum Himmel. Also, ich habe kaum Zweifel, dass sie genau das besagte Foto benutzt hat, um Maltmann zu erpressen. Oder es hat einer ihrer Spezis benutzt. Wir werden die große Ehre haben, uns die Damen und Herren genauer anzuschauen, wenn die Festplatte ausgewertet ist. Wir sollten gleich nach Leipzig ziehen …«

»… oder den Fall den Leipziger Kollegen überlassen.«

»Da sei der heilige Bartels vor«, sagte Weber trocken.

»Die Frage ist nur, ob der Aufwand uns weiterhilft. Wir werden vielleicht eine kleine dreckige Erpressung aufklären, damit Madame eine schöne Prüfung widerfährt, aber sie hätte doch nur den oberen Blusenknopf aufmachen müssen, und Maltmann hätte ihr eine Eins plus geschenkt, wenn es bei den Eierköpfen so was gibt. Warum der Aufwand?«

»Das Geld«, sagte Weber, »das liebe Geld.«

»Ja, aber das passt alles nicht zusammen«, sagte sie nach einer Weile. »Es könnte auch eine doppelte Erpressung sein. Sie erpresst Maltmann, vielleicht gar nicht im strafrechtlichen Sinn, sondern sexuell, macht Anspielungen auf ihr Geheimnis, das sei bei ihr in sicheren Händen und so. Wenn die dem das ein paar Mal unter die Nase hält, merkt der schon, dass er sich besser brav verhält und tut, was sie will. Und dann kommt jemand auf die Idee, den Professor mit dem Bild zu erpressen. Das lässt sich beliebig vervielfältigen. An eine Mail hängen, in einem Internetcafé oder an einem Unicomputer abschicken, niemand kann dieser Spur folgen.

»Vielleicht hat die Süße einen Freund, mit dem sie gemeinsame Sache macht. Sie muss den Professor doch nicht erpressen für eine gute Note. Die kriegt sie auch so. Und nun will ihr Freund absahnen, ob mit ihrem Wissen oder ohne. Vielleicht findet der das Bild des glücklichen Paars am Elbufer zufällig auf Muriels Computer, und sie weiß gar nichts von der Sache oder erfährt es hinterher …«

***

»Was wollten die von dir?«, fragte Stachelmann.

Georgie saß auf dem nach wie vor einzigen Besucherstuhl in Stachelmanns Büro, vor sich einen doppelten Espresso. Stachelmann saß hinter dem Schreibtisch und stellte mal wieder fest, dass sich seit dem ersten Einrichtungsschub nichts geändert hatte. Die Wände waren immer noch bildlos, die Umzugskisten noch nicht völlig ausgeräumt, und auch die beiden Kellerfenster hätten geputzt werden können.

Georgie hatte sich erholt von der Entführung, und sie rätselten über deren Grund.

»Ich habe keinen Schimmer, hm. Ich weiß nicht, was das soll, wenn man jemanden verschleppt und einsperrt und nichts tut. Gar nichts.«

»Die wollten dich weichkochen. Bei einer Erpressung hätten sie gleich losgelegt, oder?«

»Weiß nicht. Vielleicht wollten sie sich alle Möglichkeiten offenhalten. Dafür spräche, dass sie nichts gefragt haben.«

»Versteh ich nicht.«

»Du verstehst meistens nichts, hm.«

Stachelmanns Mimik simulierte Gleichgültigkeit.

»Stell dir vor, du bist eine Verbrecherbande, und du hast einen Coup vor, was auch immer. Und du hast keine Zeit, weil der Coup nur an einem bestimmten Termin klappt, nicht davor, nicht danach. Aber es gibt mehrere Möglichkeiten, den Coup auszuführen. Du gräbst einen Tunnel zum Tresor. Du spazierst in die Bank hinein und ballerst, bis sie dir freiwillig die Knete geben. Du entführst den Bankdirektor oder seine Frau. Du überfällst den Geldtransporter der Bank. Du bestichst einen Bankmitarbeiter, und der gibt dir die Schlüssel und schaltet die Alarmanlage aus.«

»Mein Gott, wie viel kriminelle Energie steckt in diesem jungen Mann!« Stachelmann streckte die Unterarme nach oben.

Das Handy klingelte.

»Ja?«

»Wo warst du gestern?«, fragte Valentina.

Stachelmann verfluchte sich, er hatte ihr versprochen gehabt, sie anzurufen.

»Tut mir leid, ich habe es verbaselt, hatte ein wichtiges Gespräch, und dann war ich müde und auch betrunken.«

Georgie hob die Augenbrauen.

»Ja«, sagte sie nach einer Pause. »Ich dachte, dir wäre was passiert. Du bist sonst immer so zuverlässig. Und als du gestern nicht an dein Handy …«

»Kommt nicht wieder vor«, sagte er und wunderte sich, dass er überhaupt kein schlechtes Gewissen hatte.

Georgie grinste. Stachelmann drohte ihm mit der

Faust. Warum kann der Kerl nicht taktvoll sein, vor die Tür gehen und Murmeln spielen? Stattdessen hört er zu.

»Ist ja gut«, sagte sie, als müsse sie ihn trösten. »Ich wollte nur deine Stimme hören.«

»Ich ruf dich heute Abend an, ja? Georgie sitzt mir gegenüber, hört zu und macht Faxen.«

»Grüß ihn bloß nicht von mir«, sagte sie, aber sie klang schon wieder heller. »Bis nachher.«

»So, so«, sagte Georgie. »Ich sehe dir doch an, dass wir mal wieder Beziehungsstress haben, die übliche Heteroscheiße. Huch, Eifersucht.«

Woher roch der Kerl das? »Quatsch«, sagte Stachelmann.

Georgie lachte. »Ich glaub dir kein Wort. Dass du alter Schlaffsack auch immer wieder auf ein Mädchen reinfallen musst. Und vor allem, dass es Mädchen gibt, die auf dich reinfallen, das ist noch absurder. Jedes Töpfchen findet sein Deckelchen, aber bei dir sind's ja gerne mal zwei Deckelchen. So wie jetzt.«

»Anne«, sagte Stachelmann und ärgerte sich, dass es ihm herausgerutscht war.

»Oh, das ist ja unterhaltsam. Und was wird das nun?«

Stachelmann zuckte mit den Achseln.

»Es wird immer spannender. Alte Liebe rostet nicht ...«

»Du bist so platt«, sagte Stachelmann.

»Ja, ja.« Georgie schaute ihn verschmitzt an. »Das merkst du erst jetzt?«

»Ich weiß auch nicht, was ich machen soll«, sagte Stachelmann, und es kam ihm vor, als begriff er erst jetzt, auf was er sich eingelassen hatte.

Am Morgen hatten sie gemeinsam gefrühstückt und nicht viel gesprochen. Als Stachelmann reichlich hilflos ansetzte, irgendetwas zu erklären, weil er sich gezwungen sah, etwas zu erklären, das er selbst nicht verstand, hatte sie ihn unterbrochen: »Du musst nichts sagen. Das Beste ist, wir überdenken das noch mal. Obwohl, ich gebe zu, dass ich so oft über unsere Liebe nachgedacht habe, ohne auch nur ein Stück weiterzukommen. Aber vielleicht hilft uns die letzte Nacht weiter. Ich habe den Eindruck, mir geht es gut im Augenblick. Und wenn es einem an einem Tag gut geht, dann will man, dass es einem auch am kommenden Tag gut geht. Nur gehören dazu in unserem Fall zwei.«

»Ich würde mir das vielleicht mal überlegen«, sagte Georgie. »Ich könnte dich natürlich an meinem reichen Erfahrungsschatz beteiligen, allerdings müsstest du dann weniger kryptisch werden, hm …« Nun war er ernst.

»Ich habe gedacht, das mit Anne wäre erledigt, abgesehen von ein paar Reminiszenzen. Aber dann haben wir gestern Abend was getrunken und geredet, und heute Morgen haben wir gemeinsam gefrühstückt. Und es war wie ganz am Anfang, als alles perfekt schien.«

»Hm, au Backe. Das heißt, du hast dich gar nicht von ihr getrennt. Du bist zwar ausgezogen, aber getrennt hast du dich nicht. Und als du es versucht hast, nämlich gestern, da hast du es nicht gekonnt.«

Wahrscheinlich war es so, dachte Stachelmann. Obwohl er sich nicht sicher war, ob er sich gestern wirklich hatte trennen wollen. Hatte er nicht geglaubt, das sei schon passiert und man könne sich nun auf neuer Grundlage treffen?

Es klopfte an der Tür. Stachelmann zögerte, dann erhob er sich und öffnete. Er stand vor einem kleinen, hageren Mann mit genau geschnittenen weißen Haaren, einem schmalen, faltigen Gesicht mit dürrer Hakennase unter großen schwarzen Augen. Er trug einen schwarzen Mantel aus feinem Tuch und einen silbrigen Seidenschal, in der Hand eine speckige Lederaktentasche.

»Guten Tag, Herr Rosenzweig«, sagte Stachelmann. »Ich hatte Sie, muss ich gestehen, erst morgen erwartet.«

»Herr Dr. Stachelmann«, sagte der Mann mit leiser und hoher Stimme, »ich will nicht ausschließen, dass ich mich geirrt habe. Aber vielleicht ...«

»Kommen Sie bitte«, sagte Stachelmann. »Es spielt keine Rolle, ich bin ja da. Wäre nur schade gewesen, Sie wären umsonst gekommen.«

Tatsächlich stand Georgie auf und zog sogar den Stuhl ein Stück zurück, damit der alte Herr sich leichter setzen konnte.

»Stört es Sie, wenn mein ... Mitarbeiter bei uns bleibt?«

Rosenzweig musterte Georgie kurz, dann nickte er. »Natürlich nicht.« Er lächelte und ließ blendend weiße Zähne erkennen.

»Ich habe auf Ihre Rückmeldung gewartet«, sagte Rosenzweig. Er hatte eine milde Stimme.

»Das tut mir leid, aber ich bin mir noch nicht ganz sicher. Doch ich sage Ihnen das gleich, es sieht nicht gut aus.«

Rosenzweig guckte ihn betrübt an und sackte ein wenig zusammen. Dann straffte er sich und sagte: »Nun, vielleicht habe ich ja etwas, das uns weiterhilft.« Er nahm seine Aktentasche auf den Schoß, öffnete sie und zog einen Aktenhefter heraus, braun, fleckig, an den Rändern teilweise angefressen, als hätten sich Mäuse daran zu schaffen gemacht. *Die nagende Kritik der Mäuse*, kam Stachelmann in den Sinn.

Rosenzweig legte den Hefter auf den Schreibtisch und schob ihn vorsichtig, als könnte das Papier zerfallen, Stachelmann hin. Der öffnete den Deckel und saß nun vor einem Brief. Er blätterte, weitere Briefe, unterschiedliche Absender, einige mit der Maschine geschrieben, andere handschriftlich. Es waren zwanzig bis dreißig Seiten. Stachelmann schaute Rosenzweig an, während Georgie um den Schreibtisch herumkam und einen Blick auf die Akte warf.

»Es sind Briefe, wie Sie leicht sehen werden. Briefe, aus denen hervorgeht, dass mein Vater Besitzer der Textilfabrik war und sich den Besitz der Läden mit seinem jedoch bald verstorbenen Bruder Günther teilte. Günther hat seinen Anteil meinem Vater vererbt, mit der Auflage, seiner Schwägerin bis zu deren Lebensende einen Teil des Gewinns auszuzahlen. Es war für alle Beteiligten ein vernünftiges Geschäft, außer für Günther natürlich.« Rosenzweig lächelte etwas verklemmt. Stachelmann lächelte zurück und wusste nicht, ob Rosenzweig einen Witz machen wollte oder ob es ihm herausgerutscht war. Sie schwiegen einige Augenblicke.

»Das heißt, wenn ich diese Briefe gelesen habe, soll ich Ihnen sagen, ob sie bei unserer Sache weiterhelfen.«

»Genau«, sagte Rosenzweig. »Natürlich wird ein weiteres Honorar fällig, Sie können mir gerne schon eine Zwischenrechnung stellen« – er ließ seine Augen über die Wände streichen –, »ich bin zwar nicht reich, aber meine Schulden begleiche ich immer sofort.«

»Ganz, wie Sie wollen«, sagte Stachelmann und dachte an seine Reserven, die allmählich schmolzen. »Ich werde Ihnen nachher eine Rechnung schreiben.«

Rosenzweig nickte freundlich. »Ich hoffe, entschuldigen Sie bitte, dass ich so egoistisch bin, aber ich hoffe natürlich, dass Sie bald Zeit haben, diese Briefe zu lesen.«

»Wo haben Sie die gefunden?«, fragte Georgie, der immer noch neben Stachelmann stand.

»Auf dem Dachboden im Haus eines Freundes. Genau gesagt, hat sein Sohn den Koffer gefunden. Darin waren einige Gegenstände, die mein Vater dem Großvater des Jungen anvertraut hatte, etwa 1938 war das. Und darin waren auch diese Briefe. Als hätte mein Vater gewusst, dass sie einmal wichtig würden.«

Bei ihrem ersten Treffen hatte Rosenzweig in dünnen Worten bemerkt, dass seine Eltern in Treblinka vergast worden seien. Das Finanzamt hatte sie ausgeplündert, die Polizei hatte sie aus ihrem Haus vertrieben und in einem Judenhaus einquartiert, dann hatte die Gestapo den Deportationsbefehl gegeben, und die Polizei hatte den Fabrikanten und seine Frau mit anderen Juden auf der Moorweide versammelt, wo sie zum Bahnhof gebracht wurden, damit die Reichsbahn sie in den Osten schaffte, wo die SS sie in die Gaskammer trieb. Ihr Sohn hatte Deutschland lange davor im letzten Kindertransport nach England verlassen können.

Der Hefter war mit einer klebrigen Staubschicht überzogen, Stachelmann spürte es an den Fingern. »Sie meinen, dass diese Briefe zweifelsfrei beweisen, dass Ihr Vater der rechtmäßige und einzige Besitzer der Fabrik gewesen ist? Und dass er sein Eigentum nicht freiwillig verkauft hat, sondern unter Zwang.«

Rosenzweig nickte. »Ja, zweifelsfrei.« Er lächelte.

Stachelmann dachte an den langen Weg, der dieser Gewissheit folgen würde, der Weg durch die Wiedergutmachungsbürokratie. Der Weg, den Rosenzweig bisher zurückgelegt hatte, war schon viel zu lang gewesen, seit Stachelmann feststellen musste, dass die einschlägigen Akten der Hamburger Finanzverwaltung in der Operation Gomorrha verglüht waren. Er konnte nur ahnen, was Rosenzweig vorher angestellt hatte, um die Sache zu klären.

»Ich bin Ihnen so dankbar, Herr Dr. Stachelmann.« Rosenzweig strahlte ihn an, als hätte nie etwas sein Gemüt trüben können.

»Wir, also mein Mitarbeiter und ich, wir schauen uns die Dokumente sofort an, und dann sagen wir Ihnen Bescheid. Ich rufe Sie morgen an, da habe ich bestimmt schon einen Eindruck.«

»Ja, und vergessen Sie die Rechnung nicht«, sagte Rosenzweig, während er sich erhob. »Auf Wiedersehen, Herr Dr. Stachelmann.« Er hatte es eilig.

Georgie hatte den Besucherstuhl neben Stachelmann gestellt, und sie lasen die Akten. Rosenzweigs Vater, Heinrich, mahnte im ersten Brief einen Lieferanten von Polierleinen, der in Verzug geraten war. Im zweiten Brief bot Rosenzweig dem Tuchhändler Hartung in Harburg eine Position Bettwäsche zu einem besonders günstigen Preis an, er war auf ihr sitzen geblieben, weil der Auftraggeber pleiteging. Und dann lag vor ihnen ein Schreiben der NSDAP-Gauleitung vom 31. März 1934 – Absender: *Der Gauschatzmeister* –, in der Heinrich Rosenzweig dringend daran erinnert wird, dass er anlässlich des bevorstehenden Geburtstags Adolf Hitlers der NSDAP eine Spende zukommen zu lassen habe. *Ein Spendeneingang kann bisher nicht bestätigt werden.*

»Ziemlich genau ein Jahr zuvor standen die Braunhemden vor der Tür der Tuchgeschäfte und brüllten ›Kauf nicht bei Juden!‹, und nun wollen sie Geld.«

Stachelmann blätterte um.

Wieder ein Brief der Nazipartei, diesmal vom Reichsschatzmeister, datiert vom 7. Oktober 1936. *Betreffend Vermögenssache Ehrentraud & Cie. GmbH.*

»Ehrentraud?«

»So hieß die Tuchfabrik«, sagte Stachelmann.

Der Gauschatzmeister hat uns unterrichtet, daß entgegen Ihrer Zusage Hemmnisse bei der Vermögensübertragung der oben erwähnten Firma und der dazugehörigen Liegenschaften aufgetreten sind, die allein Sie zu verantworten haben. Wir weisen Sie dringend darauf hin, daß wir darauf bestehen, dass Sie die freiwillig getroffene Vereinbarung über die Veräußerung des besagten Eigentums nach Recht und Gesetz einhalten.

»Davor Gelaber, danach Gelaber, aber das ist Klartext«, sagte Stachelmann, und er stöhnte. »So eine Scheiße. Ich weiß nicht, was Herr Rosenzweig hier gelesen haben will, aber dieses Schreiben ist eigentlich ziemlich tödlich, auch wenn man Nazis kein Wort glauben kann. Wenn es da einen Vertrag gibt und wenn in dem Vertrag und vielleicht sogar Begleitdokumenten von Freiwilligkeit die Rede ist, dann wird sich der Bund darauf hinausreden und keine Entschädigung zahlen.« Und er stellte sich vor, wie Rosenzweig sagte: Aber das ist doch von vornherein klar, dass die gelogen haben.

»Hm, und was heißt das jetzt?«

»Das will ich dir sagen: Ich muss noch mal ins Bundesarchiv nach Berlin. Vielleicht finde ich in den Akten des Reichsschatzmeisters irgendwas, das die Sache wieder herausreißt. Wir blättern den Rest schnell durch, aber wie ich mein Glück kenne, wird sich nichts Erhebendes dazu finden. Und dann ruf ich Rosenzweig an und sag ihm, dass es ein bisschen teurer wird.«

»Sag ihm, dass du solche schwierigen Aufgaben nicht ohne deinen Assistenten lösen kannst.«

***

»Es war ein Kinderspiel«, hatte der kleine Meier gesagt. »Das Notebook ist nicht passwortgesichert, und die

Facebook-Zugangsdaten trägt Firefox automatisch ein, wenn die Seite auftaucht. Das versteht sogar ihr.« Der kleine Meier zog an seiner überlangen struppigen Kotelette, deren Pracht die Glatze ausglich, die im Neonlicht glänzte. Meier hatte Muriel Leitners Notebook auf Webers Schreibtisch gestellt. Gaby Kohlenberg, deren Schreibtisch Webers gegenüberstand, schaute neugierig auf die beiden Männer. Ein Hauch von Menthol waberte durchs Büro.

»Und Mails? Chat? Twitter?«

»Mails ja, sonst nichts. Die Dame interessiert sich offenbar tatsächlich für Geschichte, jedenfalls hat sie fleißig historische Links gesammelt.«

»Dann schauen wir uns das mal an«, sagte Gaby Kohlenberg. »Sag, stinkst du so nach Pfefferminz?«

Der kleine Meier streckte sich und zog kopfschüttelnd ab.

»Der ist immer noch so neugierig«, sagte sie.

Weber lachte. »Dabei hat er längst alles gelesen, was ihn so pläsiert.«

»Oh, welch gewählte Ausdrucksweise, Herr Kollege. Aber seine Interessen sind ja einschlägig bekannt und die passenden Suchbegriffe auch, so wie Sodomie, Satanismus, Sadismus … komisch, fangen alle mit S an.«

Weber startete den Browser, dann öffnete er die Facebook-Seite von Muriel Leitner. Es war das Übliche, banales Zeug, Partyfotos, Scherze oder was sie dafür hielt. Immerhin, sie hatte viele *Freunde*.

»Um Himmels willen, wenn wir die alle befragen müssten! Das sind ja mehr als sechshundert.«

»Von denen sie die meisten nie gesehen hat«, sagte Gaby Kohlenberg. »Sieht schlimmer aus, als es ist.« Sie lehnte sich zurück und schloss einen Moment lang die Augen. »Und wenn alles ganz anders ist?«

»Wie ganz anders?« Weber sah sie erstaunt an.

»Na, wenn sie ihn wirklich nicht erpresst hat? Wenn das einfach nur eine dieser läppischen Alter-Mann-junge-Frau-Geschichten ist?«

Weber stand auf und ging ein paar Schritte um den Schreibtisch herum. Das machte er immer, wenn er nervös wurde. »Vielleicht sollten wir mit Bartels reden.«

»Warum? Der wird uns fragen, ob wir dafür ein Indiz haben. Haben wir aber nicht.«

»Wir haben auch keinen Beweis gegen die Leitner«, sagte Weber. »Wir wissen nur, dass Maltmann erpresst wurde, und dies wegen einer Affäre.«

»Das sagt Maltmann.«

Weber blieb stehen und blickte sie von der Seite an. Er bewunderte ein paar Sekunden ihr Profil, bis sie ihn ansah.

»Das sagt Maltmann«, wiederholte er nachdenklich. »Vielleicht ist es die Variante, die ihm unter zwei üblen besser gefällt?«

»Warum hat er die Erpresserbriefe vernichtet?«

»Damit seine Frau sie nicht findet?« Weber setzte seinen Marsch fort.

»Er hätte sie im Büro aufheben können. In einem der vielen Ordner abheften. Es wäre einfach gewesen, sie vor Madame zu verstecken.«

»Na ja, aber wenn er auf Nummer sicher gehen will?«

»Vielleicht wurde er gar nicht erpresst?« Jetzt folgten ihre Blicke seinem Bürospaziergang. »Setz dich hin, du machst mich nervös!«

Er blieb abrupt stehen, lächelte und setzte sich hin. »Ja, Mama!«, sagte er und lachte.

Sie zog eine Grimasse. »Haben wir einen einzigen Beleg dafür, dass er erpresst wurde?«

»Die Geldabhebungen …«

Sie wischte das Argument kurz und trocken weg. »Dafür kann es viele Gründe geben. Haben wir geprüft, ob er spielsüchtig ist? Wissen wir, ob er ein uneheliches Kind hat? Könnte doch sein, dass er eine nicht ganz so saubere Geldanlage getätigt hat? Oder er hilft als edler Ritter jemandem, der in eine Notlage geraten ist? Mir fiele spontan ein Haufen Gründe ein, größere Geldsummen abzuheben. Wenn man sie denn hat.«

»Das Kussfoto?«

Auch das wischte sie weg. »Das ist kein Beweis.«

»Aber welchen Grund könnte er haben, uns in die Irre zu führen? Er sagt doch, er werde erpresst. Und er gibt sogar das Verhältnis mit der Leitner zu.«

»Vielleicht ist da etwas, das für ihn noch viel übler ist. Wir müssen seine Frau fragen«, sagte sie versonnen. »Er hat uns so deutlich auf eine Spur geführt, dass wir darauf verzichtet haben, seine Frau zu fragen.«

»Das müssen wir uns gut überlegen, das könnte ihn seine Ehe kosten. Und den Job als Institutsleiter auch. Lass uns zum Chef gehen.«

Bartels saß am Konferenztisch in seinem Zimmer und schwieg. Er hatte sich ruhig angehört, was ihm seine beiden Kollegen vortrugen. Es war wie immer, sie fragten ihn, wenn es heikel wurde, obwohl sie das auch allein entscheiden konnten. Doch Bartels war die Instanz, die ihnen auch die Schuld abnehmen würde. Sie hatten ihm ihre Zweifel vorgetragen, und Bartels hatte schweigend zugehört. Sein Gesicht verriet nichts. Dann sagte er: »Fragt die Frau, wir kommen sonst nicht weiter.«

Das Telefon klingelte. Bartels nahm ab, hörte zu, hob die Augenbrauen, ließ sie oben, schüttelte sanft den Kopf, was für seine Verhältnisse ein Temperamentsausbruch war, und legte auf. Nach ein paar Sekunden des

Schweigens sagte er: »Jetzt müsst ihr die Frau sowieso fragen. Maltmann ist tot. Sieht nach Suizid aus.« Er schaute die beiden an, die am Tisch vor ihm saßen. Weber war bleich geworden, und Gaby Kohlenberg spielte hektisch mit dem Kuli, den sie vom Tisch genommen hatte.

»Was ist genau passiert?«, fragte Weber.

»Ihr müsst hinfahren, tut mir leid, es ist unser Fall, und ich werde dafür sorgen, dass es unserer bleibt.«

»Aber wenn das nichts mit dem Fall Rehmer zu tun hat?«, fragte Gaby Kohlenberg.

»Das werden wir früh genug merken. Nehmt den kleinen Meier mit.«

***

Eigentlich war es ganz normal. Die Informationsströme flossen in allen möglichen Richtungen, nicht nur von der Akademie in die Medien und Institutionen, die einen Einfluss auf die öffentliche Meinung hatten, direkt oder indirekt. Manchmal sei der Umweg eine Abkürzung, pflegte Walzer zu sagen. Es war die Wahrheit. Und die Informationen liefen von den Freunden der Akademie, von den Mitgliedern des Forums, von dem großen Kreis in deren Umfeld zurück in die Akademie, um von dort, nach Maßgabe des Konzepts berichtigt, vervielfältigt, verstärkt in die richtigen Kanäle zu sickern. Normal war es also, wenn ein Forumsmitglied um ein Gespräch mit Walzer bat, damit die Akademie irgendein Anliegen aufnahm und es nach Prüfung unterstützte. Selbstverständlich erhielten die Mitglieder des Forums stattliche Aufwandsentschädigungen, doch Geld spielte bei den meisten eine untergeordnete Rolle, sie benötigten es nicht, sondern betrachteten es als Ausdruck der Wertschätzung, welche die Akademie ihnen entgegenbrachte. Walzer, Ammann und ihre Mitarbeiter taten alles, was in ihrer Macht stand, um die Interessen ihrer Mitglieder zu fördern, und hatten schon oft Karrieresprünge herbeigeführt oder Mitgliedern andere Chancen verschafft: Teilnahme an Fernsehsendungen, Artikel in wichtigen Zeitungen und Zeitschriften, Kontakte zu Medienleuten oder Politikern. Wir sind eine Börse der Informationen, sagte Walzer.

Da war es nicht ungewöhnlich, dass kurz nach der letzten Zusammenkunft des Forums Annette Stein anrief und um einen Termin bat. Er hatte ihr das Café Einstein Unter den Linden vorgeschlagen, obwohl er solche Termine sonst im Büro erledigte. Gegen seine Gewohnheit war er zu früh dort, wartete auf einer mit braunem Leder bezogenen Bank und ließ seine Augen über die Nussbaumwandverkleidung streifen, als habe er sie noch nie gesehen. An der Theke zischten Kaffeemaschinen, Kellnerinnen mit weißen Schürzen nahmen Bestellungen auf. Ihm schien es, als beobachtete er alles aus weiter Ferne. Als er sich fragte, warum er so nervös war, öffnete sich die Tür und sie trat ein, gekleidet in einen hellbeigefarbenen Kamelhaarmantel. Er sprang auf und kam sich gleich vor wie ein Schulbube, er eilte auf sie zu und nahm ihre Hand zur Begrüßung.

»Ich freue mich, dass Sie schon da sind.«

»Guten Tag, Herr Dr. Walzer«, sagte sie. Ihre Stimme war etwas rau, als würde sie rauchen. Sie kroch ihm unter die Haut. »Es ist kalt geworden.«

»Bitte geben Sie mir Ihren Mantel«, sagte er.

Sie drehte sich zur Seite, während sie sich mit seiner Hilfe ihres Mantels entledigte. Walzer hängte ihn an einen Garderobenhaken. Sie trug eine eng sitzende hellblaue Designerjeans und eine weiße Seidenbluse, schlicht und teuer. Sie hatte ihre blonden Haare fast streng zurückgekämmt und mit einer schwarzen Spange fixiert. Bis auf einen Ring mit Edelstein trug sie keinen Schmuck, sie war nur an den Augen zurückhaltend geschminkt, und sie strahlte die Gewissheit aus, es nicht nötig zu haben, sich zu verschönern. Er führte sie zu dem Tisch, den er ausgesucht hatte, die Bank an der Wand, zwei Stühle gegenüber. Bevor er fragen konnte, setzte sie sich auf einen Stuhl und er sich zurück auf die Bank.

Schweigen. Er schaute sich um, um sie nicht anzustarren, und blickte sie doch immer wieder an. So gespannt war er das letzte Mal gewesen, als es mit Aurelia begonnen hatte. Um Himmels willen, dachte er. Sie nahm die Karte und las. »Haben Sie schon etwas ausgesucht?«

»Ich werde nur einen Tee trinken«, sagte er.

»Ach, da schließe ich mich einfach an.« Sie schaute nach beiden Seiten. »Ich habe schon vom Einstein gehört, war aber noch nie hier. Gemütlich, sehr stilecht, wie mir scheint.«

»Manchmal sind hier prominente Leute, also andere als ich ...«

»Sie sind zu bescheiden«, erwiderte sie mit einem Lächeln und einem Blick, der etwas in ihm bewegte. »Das ist mir bei unserer Tagung aufgefallen, dass Sie das Licht auf andere Leute leiten, als wären Sie ein Beleuchter, wie im Theater.«

»Das ist ein schönes Bild, ich werde es mir merken. Ja, ich bin ein Beleuchter. Mich selbst nimmt man kaum wahr, aber ich führe andere ins Licht. Eine gute Stellenbeschreibung.« Er lachte. Seine Spannung löste sich langsam.

»Sie müssen nur aufpassen, dass Sie nicht zu kurz kommen dabei.«

»Der Beleuchter ist zufrieden, wenn das Licht die Richtigen anstrahlt und er nach Tarif bezahlt wird.«

Sie hatte ein wunderbares Lachen, frei heraus, aber

doch dezent, fast wie ein wohlerzogenes Mädchen, dem man noch nicht alle Natürlichkeit ausgetrieben hatte.

Eine Kellnerin erschien und Walzer bestellte für beide einen Darjeeling, nachdem er sich vergewissert hatte, dass es ihr recht war.

»Wie lange arbeiten Sie schon bei der WAZ?«

»Alles zusammengerechnet werden es bald sieben Jahre sein.«

Walzer lag eine Frage nach ihrem Chef auf der Zunge, aber er verkniff sie sich. Man weiß nie, in welches Fettnäpfchen man tappt.

»Eine … bedeutende Mediengruppe«, sagte Walzer. »Sehr bedeutend.« Er wollte das Gespräch im Fluss halten. Er hatte früher, als er Aurelia kennenlernte, für Small Talk nur Verachtung übrig. Doch inzwischen hatte er gelernt, das Klima aufzuhellen, wärmer zu machen durch Worte. Er fand sie bedeutungslos, aber nicht das, was sie formten, was sie als Atmosphäre fügten.

»Ich kann auf Ihre Diskretion bauen«, sagte sie. »Wie ich hörte, ist sie legendär.« Sie lachte wieder, aber diesmal schwebte ein Hauch von Unsicherheit mit.

Sie kommt aber schnell zur Sache, dachte Walzer.

Die Kellnerin erschien mit zwei Tabletts, darauf die Teekannen und die Tassen, Zitronenscheiben, verschiedene Zuckersorten, einschließlich Kandis, Unterteller, auf denen die Teesiebe abgelegt werden konnten. Sie stellte die Tabletts auf den Tisch, lächelte so freundlich wie unaufdringlich und verschwand in Richtung Theke.

Walzer schaute sich um, als wollte er ausschließen, abgehört zu werden, und sagte: »Ich schweige wie ein Grab. Das ist das Hauptqualifikationsmerkmal für meinen Job. Wenn es auch nur ein Gerücht gäbe, ich sei nicht verschwiegen, könnte ich abtreten.«

Sie nickte, und er bewunderte ihr makelloses Gesicht.

Wenn sie lachte, zogen sich schmale Fältchen an den Augen- und den Mundwinkeln, die sie an Schönheit nicht verlieren, sondern an Natürlichkeit gewinnen ließen. Er entdeckte eine schmale Narbe, die sich senkrecht auf ihrem linken Wangenknochen nach unten zog. Sie war kaum sichtbar und wirkte wie ein Schönheitsfleck. Er wehrte sich gegen ihre Anziehungskraft, und insofern sie es spürte, zeigte sie nicht die geringste Reaktion.

»Sie sind ein bisschen wie eine diskrete Spinne in einem riesigen Netz«, sagte sie und lächelte.

»Ich gebe zu, dass ich Spinnen nicht besonders mag, und das Bild ist gewiss übertrieben, aber natürlich nicht ganz schief. Doch ich fresse die nicht, die sich in meinem Netz verkleben.«

»Dann bin ich ja beruhigt.«

Was will sie?

Er schaute sie an, und als sie den Blick erwiderte, lächelte er.

»Sie reden nicht so gerne über Ihre Akademie?«

»Doch, doch, das ist mein Lieblingsthema. Ich fürchte nur, ich könnte Sie langweilen. Das meiste, was ich tue, ist Bürokratenkram. Wir sind eine ganz kleine Besetzung und haben uns viel vorgenommen. Wir finden, dass die … sagen wir Meinungsmacher und Bestimmer in diesem Land zu wenig miteinander kommunizieren. Da gibt es Diskussionsrunden, informelle Treffen, Hintergrundgespräche und so weiter, aber wir versuchen diesen Zusammenhängen einen institutionellen Rahmen zu geben. Sie zu verfestigen.« Seine beiden Hände fügten etwas Imaginäres zusammen. Sie beobachtete es genau. Auch wenn sie lächelte, verlor sie keine Sekunde ihre Konzentration.

»Und was treibt Sie an, also Sie persönlich?«

Erstaunlich, das hatte ihn noch niemand gefragt. Was

trieb ihn an? Der Ehrgeiz, etwas Besonderes zu tun und dadurch etwas Besonderes zu sein? Er erinnerte sich, wie ihn der alte Westenhagen, einer seiner Vorgänger, dereinst ins Gebet nahm. Es war so etwas wie Walzers Initiation gewesen. Westenhagen hatte eine Löwenmähne gehabt, Haare über die Ohren, einen sprießenden Vollbart, und er hatte ihn in seinem Landhaus bei Bad Tölz empfangen, einem ehemaligen bayerischen Bauernhof mit einem Dach bis auf die Wiese. Es war im Sommer gewesen, die Wiese war übersät mit Blumen, und im Haus herrschte Gediegenheit. Viel dunkles Holz, massive Möbel. Westenhagen hatte ihm erklärt, was der Sinn seines künftigen Lebens sein würde, und Walzer wusste noch genau, dass ihn besonders die Feststellung beeindruckt hatte, dass die Aufgabe, die man ihm später einmal übertragen würde, einzigartig sei und wichtiger als alle sonstigen Aufgaben, die in diesem Land auf ihre Erledigung warteten. *Wir sind das Stützkorsett der Deutschen.*

Er lächelte sie an. »Sie wollen es immer genau wissen, nicht wahr?«

Sie nickte. »Ganz genau.«

»Mich treibt der Sinn meiner Arbeit an. Es ist keine Lohnarbeit, obwohl ich Geld damit verdiene. Es ist vielmehr eine … Mission, obwohl sich das seltsam anhört.«

»Nein, nein. Ich habe mir so etwas gedacht. Sie sind ein Mann, der hinter seiner Aufgabe zurücktritt. Das hat mich, ich gestehe es, beeindruckt. Man trifft selten Männer, die nicht sich selbst und ihre Karriere für das Wichtigste halten. Sie sind anders.«

»Ach, das glaube ich gar nicht.« Er trank einen Schluck Tee. »Ich finde nur meine Aufgabe so faszinierend, dass es mir leichtfällt, mich mit ihr zu identifizieren. Wenn ich meine Arbeit gut mache, bietet mir das ein Höchstmaß an Befriedigung. Das ist mein Egoismus.«

So hätte es Westenhagen auch sagen können. Aber was hätte er, der zwei Jahre nach ihrem ersten Gespräch mit einem Lächeln im Gesicht gestorben war, gesagt über eine Welt ohne den großen alten Feind, den sinnstiftenden Feind des Kommunismus? Walzer glaubte, dass Westenhagen stolz gewesen wäre auf seine Nachfolger, auch auf Walzer, der das Schiff in unübersichtlichem Fahrwasser sicher steuerte. Niemand hatte ihn bisher auf diese Urgründe seiner Existenz zurückgeworfen, Annette Stein hatte es binnen kurzer Zeit verstanden, sein Innerstes zu bewegen, obwohl sie es gewiss nicht merkte. Sie war eine besondere Frau.

»Sie entschuldigen mich einen Augenblick.« Sie erhob sich und ging zur Toilette. Seine Augen konnten nicht anders, als ihr zu folgen.

Er griff in die Jacketttasche und spielte mit den beiden Silberkugeln. Es klickte leise.

Walzer lehnte sich zurück und ließ seine Augen wandern. Beim Innenminister blieben sie hängen, und als der in Walzers Richtung schaute, nickten sich beide freundlich zu. Dann entdeckte er noch einen Hauptstadtkorrespondenten diverser Regionalzeitungen, und auch hier das Ritual. Ein halbwegs bekannter Schriftsteller saß mit einer Frau in der Ecke, sie trug einen Hut, viel mehr konnte Walzer nicht entdecken. Der Schriftsteller deutete eine Verbeugung an, was, so fand Walzer, durchaus angemessen war, schließlich hatten sie ihm ein Stipendium verschafft.

Als er überlegte, wer der Mann mit krausen roten Locken sein könnte, der am Tisch neben der Theke saß, kehrte sie zurück.

»Ich suche eine neue Stellung«, sagte sie, nachdem sie wieder saß.

»Oh«, sagte Walzer. »An was hatten Sie gedacht?«

»Ich hoffe, Sie können mich beraten.«

»Liebend gern, soweit ich da der Richtige bin.«

»Sie sind es, ich habe da keine Zweifel.«

»Darf ich fragen …«

Sie lachte kurz auf. »Natürlich, fragen Sie. Sie wollen wissen, warum ich Ihren guten Freund schnöde verlasse …«

»Also, mein Freund ist er nicht, aber wir mögen uns. Ich kann das gut trennen, und er wird niemals auf die Idee kommen, wir hätten darüber gesprochen. Er erwartet von mir sogar, dass er solche Dinge nicht erfährt. Denn wie sollte er sonst vertrauensvoll mit mir sprechen?«

»Sie sind ein ganz Raffinierter … Sie wissen alles, und die anderen wissen nur die Hälfte.«

»Ich weiß nichts, was mir nicht freiwillig anvertraut wurde.«

Sie nickte und strahlte ihn an. Jetzt war sie zehn Jahre jünger. »Sie sind wirklich erstaunlich«, sagte sie. »Warum haben Sie sich nicht für die ganz große Karriere entschieden …«

»Entschuldigen Sie bitte, dass ich Sie unterbreche, aber ich habe die ganz große Karriere gemacht. Höher hinaus kann es nicht gehen.«

Sie lächelte, und ihre Augen begannen zu fragen. Aber sie schwieg, sah ihn an, dann blickte sie auf den Tisch, um wieder aufzuschauen. »Sie sind ein geheimnisvoller Mann.«

Er lachte. »Unbedingt. Wenn es Ihnen gefällt, bin ich es gerne.«

Sie war nachdenklich. »Wahrscheinlich kennen Sie ein Drittel der Menschen, die hier sitzen …«

»Sie übertreiben.«

»Aber nur ein bisschen. Auf jeden Fall kennen Sie die Wichtigen.«

Dann stand der gerade nach Koalitionsrangeleien ins Amt gerutschte Innenminister neben dem Tisch, ein blasser Mann mit randloser eckiger Brille, extrem kurz geschnittenen schwarzen Haaren und einem strichartigen Oberlippenbart. Walzer erhob sich und schüttelte dem Mann die Hand. Der nickte Annette Stein zu und flüsterte Walzer ins Ohr: »Wir sollten uns treffen. Wir haben einiges in der Sicherheitspolitik vor und könnten ein wenig orchestrale Begleitung gut gebrauchen.«

»Wir lassen unsere Vorzimmer ein bisschen telefonieren«, sagte Walzer.

»Ich muss leider jetzt weiter«, sagte der Minister überflüssigerweise, drückte Walzer die Hand, nickte Annette Stein noch einmal zu und ging.

»Vielleicht war es doch die falsche Entscheidung, hierherzugehen«, sagte Walzer. Aber er dachte weniger an den Innenminister als daran, dass es vielleicht nicht gut war, zusammen mit ihr gesehen zu werden. Über den Grund dafür war er sich nicht im Klaren. Noch nicht. Sonst war es ihm recht, wenn andere ihn im Gespräch mit einflussreichen Menschen sahen, nicht aus Eitelkeit, sondern weil das zeigte, wie gut vernetzt er war. Dass der Minister ihn begrüßt hatte, war natürlich nicht unbemerkt geblieben im Café. Es sind die Zwischen- und Untertöne, welche die gute Musik von der weniger guten unterscheiden.

Sie lächelte ihn an.

»Kommen wir zu den wichtigen Dingen zurück. Sie wollen sich verändern. Ich hoffe, das heißt, dass Sie sich verbessern wollen, und nicht, dass Sie sich auf Ihrem jetzigen Arbeitsplatz nicht wohlfühlen.«

»Ich könnte mich nicht besser fühlen, ausgenommen eine Kleinigkeit. Es geht nicht weiter voran. Alle Positionen, die mich interessieren könnten, sind erstklassig besetzt, und es sieht nicht danach aus, dass eine frei würde, mal unterstellt, ich würde sie dann bekommen.«

Sie war ehrlich, direkt, das gefiel ihm.

»Sie würden also in Freundschaft scheiden.«

»Darauf lege ich immer Wert.«

»Und doch bitte ich Sie, gegenüber niemandem meine etwaige Beteiligung an dieser möglichen ... Veränderung zu erwähnen.«

»Selbstverständlich.«

»Was wäre Ihre Lieblingsposition, wenn Sie frei wählen könnten?«

Sie zögerte keine Sekunde. »Da, wo ich meine Meinung verbreiten kann. Chefredakteurin, Zeitung, Rundfunk, Fernsehen, egal. Mir geht es nicht um die Privilegien, auch wenn ich die angenehm finde, sondern um die Möglichkeit, mir bei vielen Menschen Gehör zu verschaffen. Ich würde gerne Kommentare oder Leitartikel schreiben oder sprechen. Sie haben mich ja gefragt, was ich mir ... erträume. Das haben Sie nun davon.«

Er lachte. »Wir sollten nie weniger wollen, als wir uns erträumen.«

Sie blickte ihm in die Augen, und er schaute zurück. Er spürte seine Befangenheit.

Sie räusperte sich und sagte mit leicht belegter Stimme: »Sagen Sie, was ich Sie unbedingt fragen wollte, was genau tut eigentlich die Akademie, was ist ihr Programm?«

»Die Langfassung dauert ein paar Stunden«, sagte er.

»Dann muss die Kurzfassung genügen.«

Er nickte und lächelte sie an. Sie war jetzt sehr aufmerksam, ihre Augen folgten auch seiner Hand, als er sich ans Ohr fasste. »Am besten lässt es sich erklären und verstehen, wenn ich die Geschichte erzähle.«

»Es war einmal ...«, sagte sie und lachte.

»Genau, es war einmal eine Handvoll Männer in München und Umgebung. So war das damals eben«, sagte er entschuldigend und hob kurz die Hände vom Tisch.

Sie winkte es weg.

»Diese Männer hatten den Krieg erlebt, die Niederlage, die Besetzung. Sie beschlossen, etwas zu tun, damit sich das nicht wiederholte. Sie sahen früh, manche schon in der Endphase des Krieges, dass die Hauptbedrohung künftig der Kommunismus sein würde. Sie begriffen, dass der wirksamste Feind des Kommunismus die Demokratie war, nicht der Nationalsozialismus, der die Kräfte der Freiheit dazu gebracht hatte, sich mit dem Sowjetsystem zu verbünden. Diese Männer beschlossen also, auf die Demokratie zu setzen, auch weil nur sie freie Märkte ermöglichte.«

»Und worauf lag ihr Schwerpunkt, Markt oder Demokratie?«

»Da haben Sie einen der Kernpunkte unseres nicht existierenden Programms gepackt. Für uns ist das nämlich das Gleiche. Für den freien Markt brauchen Sie die Akzeptanz der Bevölkerung. Zwar gab und gibt es immer wieder Diktaturen, die auf die Marktwirtschaft setzen, aber über kurz oder lang entsteht dabei die Gefahr, dass sich der irgendwann unvermeidliche Widerstand gegen das politische Regime auch gegen das Wirtschaftssystem richtet. Es ist außerordentlich gefährlich, wenn linke Kräfte mit Demokratie gleichgesetzt werden, wo sie doch die Feinde der Marktwirtschaft sind.«

»Seien Sie mir nicht böse, aber das hört sich ein wenig an wie ein Proseminar in Politologie, jedenfalls in Passau oder Würzburg.«

»Ich bin Ihnen gar nicht böse. Die Arbeit unserer Akademie beruht auf einfachen Weisheiten. Was man nicht einfach darstellen kann, sollte man gar nicht erst überlegen.«

»Diese ehrenwerten Herren hatten also beschlossen, eine Akademie zu errichten.«

»Genau, ich bin abgeschweift, entschuldigen Sie bitte.«

Sie nickte und lächelte ihn an. Ein Blick, etwas zu lang.

»Die Herren haben sich gesagt, dass man solche einfachen Weisheiten unters Volk bringen muss, dass jeder Deutsche davon überzeugt sein muss, dass es eine Alternative zur Marktwirtschaft nicht geben kann, es sei denn, man sehnt sich nach Zwangsarbeit und Armut.«

»Dann sind Sie ja recht erfolgreich gewesen …«

Er winkte ab. »Unser Beitrag ist gering, aber er wirkt zusammen mit den Beiträgen anderer. Wir spielen mit, mehr nicht. Aber auch nicht weniger.«

»Sie bringen Leute miteinander ins Gespräch …«

»Wir bringen Leute miteinander ins Gespräch, von denen wir glauben, dass sie unser Ziel unterstützen. Wir fördern solche verantwortungsbewussten Menschen nach Kräften. Wir möchten, dass auf den Leitungspositionen in unserer Gesellschaft Frauen und Männer sitzen, die bei allen Meinungsverschiedenheiten diese Gesellschaft gegen ihre Feinde verteidigen.«

»Und was ist mit dem neuen Feind, dem Islamismus. Was tun Sie dagegen? Gibt es da spezielle Maßnahmen?«

Er lächelte. »Die Sache hat zwei Seiten: Erstens ist er keine Bedrohung für unsere Gesellschaft. Ich schätze, mindestens achtundneunzig Prozent aller Muslime in Deutschland sind entweder integriert oder wollen in Ruhe gelassen werden. Wo ist da eine Bedrohung? Die Fanatiker, die übrig bleiben, gefährden das Leben von Menschen, aber nicht unsere Gesellschaftsordnung. Die sind ein Polizeiproblem. Im Gegensatz zum Kommunismus finden sie nicht den geringsten Anklang bei den Leuten auf der Straße. Gefährlich sind Linke, Leute, die unsere Gesellschaft verändern wollen.«

Sie nickte bedächtig. »Aber die Medien sind voll von der islamischen Gefahr.«

»Mit irgendwas müssen sie ihre Seiten füllen. Dieses Osama-bin-Laden-Spektakel ist doch vor allem ein innenpolitisches Problem der USA. Die Menschen brauchen Feinde, und da bietet sich so ein Finsterling gut an. Im Vergleich zum Kalten Krieg ist das eher eine unterhaltsame Episode …«

»Aber die Anschläge, die Toten …«

»Ganz schlimm«, sagte Walzer. »Und wenn es einen Freund oder Angehörige träfe, ich könnte für nichts garantieren. Aber *politisch* ist das keine Gefahr. Manche meiner Freunde glauben, die einzige Gefahr seien jene islamphobischen Geister, die unserer Gesellschaft, um sie zu verteidigen, das rauben, was sie verteidigenswert macht.«

»Und was meinen Sie?«

»Ich halte das für einen interessanten Gedanken, der spätestens dann richtig wäre, wenn irgendjemand eine Sicherheitsdiktatur errichtete. Aber das wird nicht geschehen, und ich muss nicht zu allen Fragen eine Meinung haben, oft habe ich mehrere gleichzeitig.«

Sie lachte. »Sie sind also eine multiple Persönlichkeit.«

»Klingt gut«, sagte Walzer. »Gerne.«

»Sie sagten ›erstens‹, da fehlt …«

»Ein zweitens, und das berührt den Kern unserer Arbeit in diesen Zeiten der Verwirrung. Wir brauchen einen Feind, um die Gesellschaft zu strukturieren, um eine Hierarchie zu entwickeln, um das Gefühl der Zugehörigkeit zum eigenen Volk zu stärken, weil das die Voraussetzungen für Erfolg sind, schon immer waren. Je bedrohlicher der Feind scheint, desto wirksamer können wir unsere Ziele erreichen. Ideal ist ein Zustand, in dem viele glauben, dass unser Volk existenziell gefährdet sei und die Überfremdung drohe. Das schweißt die Deutschen zusammen.«

»Das klingt archaisch«, sagte sie.

»Es ist archaisch, und es ist ein uraltes Rezept, deswegen wirkt es.«

Sie dachte nach. »Ich hoffe, ich bin nicht indiskret, aber woher nehmen Sie das Geld, um die Akademie zu unterhalten?«

»Das ist nicht indiskret. Wir besitzen einige Firmenanteile. Unsere Gründerväter haben eine Stiftung eingerichtet, deren einzige Aufgabe es ist, mein Gehalt zu bezahlen und die anderen nicht ganz so wichtigen Dinge.« Er lachte wie ein kleiner Junge und sah sie dabei neugierig an.

Sie lachte zurück.

Er legte für einen Moment seine Hand auf ihren Unterarm, und sie ließ es geschehen. »So, jetzt müssen wir uns aber um Sie kümmern. Sie brauchen einen neuen Job. Wenn Sie hoch und heilig schwören, stets die edlen Ziele unserer Akademie zu fördern, dann werde ich mich mal umhören.«

Sie hob die rechte Hand: »Ich schwöre, dass ich stets die edlen Ziele der Akademie fördern werde.«

Sie lachten beide.

»Gut«, sagte er, »ich werde Ihnen bald berichten. Vielleicht, wenn Sie Zeit und Lust haben, treffen wir uns in vierzehn Tagen wieder hier?«

»Sehr gerne«, sagte sie. »Oder woanders.«

11

Franticek formte den Papierball gründlich, zielte, warf und traf. Ohne den Rand zu berühren, verschwand der Ball im Papierkorb. Immerhin. Er lehnte sich zurück, dann beugte er sich über das neue Blatt. Es war leer und schimmerte ihm weiß und fies entgegen. Normalerweise hackte er Berichte direkt in den Computer, aber diesen wollte er zunächst niemandem anvertrauen, nicht einmal einer Maschine. Innerlich tobte der Zorn über die größte Demütigung seines Lebens, aber er hatte es in den letzten beiden Tagen geschafft, sich nichts anmerken zu lassen. Doch er würde sie niemals verzeihen, und er wusste, wem er sie niemals verzeihen würde, obwohl er nicht den geringsten Beweis hatte. *Die* waren verrückt geworden, sie schlugen wild um sich, sie nahmen auf nichts und niemanden Rücksicht. Sie verließen sich nicht mehr auf die alten Bewacher, sondern regelten die Dinge wieder selbst, wie früher, als sie schon mal ausgerastet waren. Doch dann hatte man gesprochen und eine Regelung gefunden. Aber die hatten sie jetzt gebrochen. Der Grund, warum sie ausgerastet waren, lag auf der Hand: ein paar Scheißakten in diesem Scheißarchiv. Altes Papier, das offenbar genügen würde, den Laden hochgehen zu lassen.

Offenbar wollten sie die Akten unbedingt selbst besitzen oder vernichten, was auf das Gleiche hinauslief. Nicht einmal ihm trauten sie. Und das war es, was ihn nach all den Jahren untadeligen Dienstes am meisten kränkte. Er hatte seine Fantasie Racheaktionen ausdenken lassen, er hatte seinen Zorn ein wenig abgekühlt, indem er sich ausmalte, wie er diese Scheißkerle an ihrem eigenen Dreck ersticken lassen würde. Er war konkret geworden und gemein. Und doch wusste er, dass er nichts tun konnte. Wenn er etwas tat, würde es ihm zuerst den Kopf kosten. Wenigstens die Pension. Diese Typen kannten keine Gnade.

Nichts sehnte Franticek mehr herbei als die Pensionierung. Dann wäre er zwar sein Wissen nicht los, aber seine Verantwortung. Dann würden sie ihn in Ruhe lassen. Er bewegte diesen Gedanken ein paar Mal hin und her, und allmählich stieg Angst ihn ihm hoch. Am sichersten wäre es doch, sie würden ihn beseitigen, jetzt, nachdem sie annehmen mussten, dass er stinksauer war. Spätestens, wenn er pensioniert würde, wenn er nicht mehr unter der Kontrolle des Amts stand. Er wehrte diesen Gedanken erst ab. Das konnte doch nicht sein! Aber dann versetzte er sich in die Lage von *denen*. Wenn er *sie* wäre, würde er es tun. Er war ein Sicherheitsrisiko. Jeder, der *das Geheimnis* wusste und nicht unbedingt gebraucht wurde, war ein Sicherheitsrisiko. Er wischte sich mit der Hand über die Stirn, sie war schweißnass. Er betrachtete, was auf seinem Schreibtisch lag, die Schale mit Bleistiften und Kulis, die Aktenmappen mit den Routineberichten, die er selten las, den gefalteten *Kölner Stadt-Anzeiger* mit dem Bericht über das jüngste Desaster des *FC*, die winzige Eulenstatuette, die er in einem Venloer Antiquitätenladen gekauft hatte, sein Notizbuch, gebunden in dunkelbraunes Leder. Franticek schüttelte den Kopf. Dann knüllte er das unbeschriebene Blatt zu einer Kugel, langsam, gründlich, mit verbissenem Ernst. Er zielte und warf. Der Papierball traf den Rand des Papierkorbs und fiel auf den Teppichboden.

★★★

Stachelmann hatte noch nie mit jemand anderem über Gefühle gesprochen, außer mit Anne und früheren Freundinnen, wenn auch meist verkrampft und ohne sich wirklich zu öffnen. Erstaunlicherweise war es ihm nicht peinlich, mit Georgie zu reden, während sie auf der A24 in Richtung Berlin fuhren. Stachelmann saß hinter dem Steuer, Georgie lümmelte auf dem Beifahrersitz, ein Fuß lag auf dem Armaturenbrett, die Haltung des Freundes erinnerte Stachelmann an die Verrenkungen indischer Entfesselungskünstler.

Er fuhr langsam, draußen schien ein Herbststurm aufzuziehen, die Wolken zogen schwer, aber hastig über den Horizont, Blätter wirbelten in der Luft, immer wieder begann es zu regnen, dann hörte es auf, als wäre Petrus launisch. Der Wind schüttelte den alten Golf und drängte ihn nach rechts.

»Und was denkst du, was das wird mit Anne?«, fragte Georgie noch einmal.

»Warum interessiert dich das eigentlich?« Aber er ärgerte sich nicht.

»Ich glaube, dass es dir mit ihr besser geht.«

»Als mit Valentina?«

»Als mit und ohne Valentina.«

Einen Augenblick nur zuckte der Gedanke in seinem Hirn, dass es Georgie eigentlich nichts anging.

»Du magst Valentina nicht. Dabei hätte sie allen Grund, dich zu hassen«, sagte Stachelmann. »Aber sie hat dir im Rekordtempo verziehen.«

»Ja«, sagte Georgie. »Sie hat mir verziehen, dass ich bei ihr eingebrochen bin. Aber sie mag mich nicht.«

Stachelmann hatte gedacht, dass er sich auf Valentina einstellen könnte. Aber nach diesem Abend und der Nacht mit Anne war er durcheinander. Es war, als hätten sie diese Pause gebraucht, als hätte er ausprobieren können, wie es ohne sie und mit einer anderen war, und als gäbe es da einen Plan, der ihn wie auf Geleisen zu ihr zurückbringen würde.

»Ich weiß gar nichts mehr«, sagte Stachelmann, während ein Porsche an ihnen vorbeiröhrte.

»Du bist ein Weltmeister im Entscheidungentreffen. Anders gesagt, du bist ein Drückeberger, hm. Wenn ich dich so beobachte in den letzten Jahren, seit ich die himmlische Genehmigung habe, an deinen Höhen und Tiefen teilzunehmen und sie nicht zu selten auszubaden habe, seit ich mich also gegen jede Vernunft freiwillig oder vielleicht eher von einem Alien ferngesteuert mit dir eingelassen habe, ist mir eines klar geworden: Du bist völlig unfähig, eine halbwegs normale Liebesbeziehung zu führen.«

»Du doch auch!«, blaffte Stachelmann.

Georgie lachte. Es klang wie das Meckern einer Ziege. »Davon verstehst du schon gar nichts, hm.«

Georgie hatte recht, Stachelmann war das längst klar, dass er nicht klarkam mit den Frauen. Aber Georgie, wie war das bei ihm?

»Ich habe noch nie mitbekommen, dass du irgendeine Beziehung hattest, die sagen wir mal länger als einen halben Tag dauerte. Woher kommt deine offensichtlich überragende Kompetenz in diesen Dingen?« In Wahrheit hatte Stachelmann noch gar nichts mitbekommen von einer Beziehung, die Georgie hatte.

Der grinste fröhlich. »Meine Kompetenz ist in der Tat überragend, was unter anderem daran liegt, dass sie nicht aus dem Schwanz kommt, sondern aus dem Kopf. Sie kommt auch nicht aus den labyrinthartigen Abgründen einer verkorksten Heteroseele, sondern aus der Klarheit, um nicht zu sagen Reinheit eines harmonischen schwulen Lebens.«

Stachelmann warf ihm einen kurzen Seitenblick zu. Dann zerrte der Wind am Steuer und er starrte wieder auf die Fahrbahn. Aber er hatte gesehen, dass Georgie immer noch grinste.

»Ich habe keinen Stress mit Dauernervbeziehungen, weil ich keine habe. Ich habe hier und da mal tollen Sex mit tollen Kerlen, denen ich auch noch danach in die Augen gucken oder mit denen ich auch später noch ein Bier trinken kann, ohne Magengeschwüre zu kriegen. Ich weiß ja nicht, was du in diesen Beziehungen suchst, mir fällt jedenfalls nichts ein, was ich dort finden könnte. Wenn ich Sex brauche, weiß ich, wo es den gibt. Wenn ich Zärtlichkeit brauche, hole ich sie mir. Wenn ich einen zum Quatschen brauche, fahre ich mit dir Auto.« Und dann fügte er hinzu, und dies im Tonfall des großen Indianerhäuptlings Sitting Bull nach erfolgreicher Skalpierung eines weißen Mannes: »Hm!«

Ja, was suchte er in einer Beziehung? Bestätigung? Eher nicht, jedenfalls hatte er die bisher kaum gefunden. Aber wie kann man finden, was man nicht sucht? Sicherheit? Auch nicht, er fand sie jedenfalls dort nicht, er würde sie nirgendwo finden. Was unauffindbar ist, soll man gar nicht erst suchen. Sex? Ja, natürlich. Aber irgendwie befriedigte ihn dieser Gedanke nicht, denn Sex könnte er sich ohne die Schattenseiten einer Beziehung besorgen, auch wenn ihn dieser Gedanke erschreckte. Zärtlichkeit? Er sah zum Horizont, an dem der Sturm dunkelgraue Wolken wie Tanker auf dem Ozean nach Norden schob. Vielleicht zuerst Zärtlichkeit. Und Verlässlichkeit. Dass jemand für ihn da war, mit ihm sprach, ihm widersprach, ihn ernst nahm, diesen Haufen von Sorgen ernst nahm, den er mit sich herumschleppte. Und der ihm etwas vom eigenen Selbstbewusstsein schenkte, von dem Stachelmann viel zu wenig hatte.

»Du teilst es alles auf«, sagte Stachelmann. »Sex und Liebe und Zärtlichkeit und Sicherheit und so weiter.«

»Wir leben in einer arbeitsteiligen Welt«, erwiderte Georgie. »Und niemand gibt dir alles gleichzeitig oder gleich gut. Das ist doch ganz einfach. Hm.«

»Du bist ein Zyniker.«

»Nein, ich bin Realist, aber manchmal mag sich der vom Zyniker kaum unterscheiden.«

Stachelmann bedachte dieses Argument, während er einen Bus überholte, auf dessen Karosserie in gelber Schrift für den Linienverkehr zwischen Hamburg und Berlin geworben wurde. *Ab 19 Euro! 6× pro Tag.*

Er zog den Wagen zurück auf die rechte Spur, der Wind drückte dagegen, eine elende Fahrerei. Und dann musste er auch noch über Beziehungskram diskutieren mit einem, der darin offenbar nicht die geringste Schwierigkeit sah. Wenn man alles, was man in einer Liebe suchte, aufteilen konnte, und wenn man für alles eine besondere Partnerin hätte, wie wäre das? Ihm schauderte. Man hätte mit vielen Frauen zu tun, und das wäre für einen, dem schon eine oft zu viel war, eine grässliche Überforderung.

»Ich glaube, du willst überhaupt keine Beziehung. Du befriedigst Bedürfnisse, die man auch in einer Beziehung befriedigt, aber eine Liebe ist etwas, das weit darüber hinausgeht. In der man nämlich die Unzulänglichkeiten der Partnerin als Teil des Gesamtpakets erkennt und sogar lieben lernen kann. Man liebt nicht die Bestandteile der eigenen Bedürfnisse, sondern einen anderen Menschen.«

»Jetzt wird es spannend. Das klingt ja fast nach Hegel, hm.«

»Seit wann kennst du den? Ist das dein Nachbar?«

»Sehr witzig.«

In einer anderen Situation wäre Georgie beleidigt

gewesen, aber er hatte derzeit das Gemüt eines Ochsen. Offenbar war er zufrieden mit seinem Leben. Und wie steckte er die Entführung einfach so weg?

»Haben die Bullen irgendwas Neues verraten?«

»Vergiss es! Man kann einfach so entführt werden, und es kratzt keine Sau, hm.«

»Dir scheint das wurscht zu sein.«

»O nein, hm, aber ich habe nicht die Absicht, den Kerlen einen Gefallen zu tun und mir in die Hose zu machen. Wenn einer gewonnen hat bei dieser Scheiße, dann bin ich das.«

»Sie hätten dich umbringen können …«

»Ich bin überzeugt, dass sie das getan hätten. Aber mein Karma war nicht einverstanden, hm.«

»Ach du lieber Himmel.«

»Genau der.«

»Wenn man mehrere Leben hat, braucht man auf eines nicht mehr so zu achten.«

»Ich sehe, du beginnst zu verstehen. Es gibt einem eine unendliche Gelassenheit.«

»Man muss nur fest daran glauben«, sagte Stachelmann grinsend.

»Du bist heute wirklich in Bestform. Warum musst du sonst immer so dröge sein? Es geht auch anders, du lernst es gerade.«

»Danke, großer Guru. Am liebsten wäre mir natürlich, du wärest Meher Baba.«

»Wer bitte?«

»Meher Baba. Der ist erstens tot und zweitens hatte er Jahrzehnte vor seinem Exitus ein Schweigegelöbnis abgelegt und sich sogar daran gehalten.«

»Wenn ich die Klappe halten würde, wäre es dir auch nicht recht.«

Eine Wolke aus Sand, Blättern, Pflanzenresten und

Zweigen wirbelte über die Autobahn. Es prasselte leise an der Windschutzscheibe und der Karosserie.

»Hast du im Archiv angerufen?«, fragte Georgie.

»Natürlich, bei Frau Bestler, dann klappt das auch.«

Am Morgen gingen sie gemeinsam vom *Hotel Haus Morgenland* ins Bundesarchiv. Sie entdeckten keinerlei Anzeichen der polizeilichen Ermittlungen mehr. Alles sah aus wie immer. Sie hängten ihre Jacken und Mäntel in Spinde im Aufenthaltsraum. Am Tisch saß ein Student, jedenfalls war er in dem Alter, und las in der *Frankfurter Allgemeinen*, vor sich eine Flasche Coca-Cola aus dem Automaten an der Wand. Während Georgie noch in seiner Tasche kramte, ging Stachelmann schnell ein paar Türen weiter, schräg gegenüber lag der Kopierraum. Er klopfte und öffnete die Tür. Esther lächelte ihn blass an.

»Alles in Ordnung?«, fragte Stachelmann.

Sie schaute ihn ein wenig verwirrt an.

»Schön, dass Sie hier wieder arbeiten können.« Während er es sagte, suchten seine Augen nach Blutspuren auf dem Boden, aber er sah keine.

»Ja«, sagte sie. »Aber ein bisschen gruselig ist es doch.«

»Wäre es mir auch«, sagte Stachelmann. »Darf ich Sie nachher in die Kantine einladen?«

Sie zögerte, ihr Mund formte schon ein Nein, dann sagte sie aber: »Ja, aber ich esse das Teuerste …« Sie lächelte ihn an.

»Mein Freund wird mir beim Bezahlen helfen müssen«, sagte er.

»Ach, Georgie ist auch da, das ist ja nett«, sagte sie, und Stachelmann staunte. Wann hatten die beiden sich kennengelernt? Und er war ein bisschen eifersüchtig, weil ihm gleich auffiel, dass sie nun viel lieber mit zum Essen kam. »Bis dann! Sagen wir halb eins?«

Sie nickte, und Stachelmann ging in Richtung Lesesaal.

Georgie wartete an der Tür des Aufenthaltsraums.

»Um halb eins haben wir ein Date in der Kantine«, sagte Stachelmann.

»Dich kann man auch keine fünf Minuten unbeaufsichtigt lassen.«

Kaum saßen sie am Tisch im spärlich besetzten Lesesaal, erschien Frau Bestler. »Ich habe Ihnen die Akten noch mal rausgesucht. Sie liegen schon an der Aktenausgabe.« Sie hatte gerötete Wangen, als wäre sie gerannt. Georgie ging zur Aktenausgabe und schob dann eine Art überdimensionierten Teewagen zum Tisch. Darauf stapelten sich die Akten in blauen und braunen Pappmappen. »Na, das macht ja Spaß, hm«, flüsterte er.

»Du hast es dir so ausgesucht«, flüsterte Stachelmann. An Frau Bestler gewandt, fragte er leise: »Irgendwas Neues im Fall Rehmer?«

Sie schüttelte den Kopf. »Keine Ahnung. Wir erfahren es als Letzte.« Sie zuckte mit den Achseln.

Stachelmann nickte. »Aber noch vor mir.« Er versuchte die Andeutung eines tröstenden Grinsens.

»Viel Spaß«, sagte sie und ging zur Glastür. Stachelmann blickte ihr nach, dann nahm er sich die erste Mappe, während Georgie sich neben ihn setzte.

»Was suchen wir eigentlich?«

»Psssst!«, zischte es von hinten.

Stachelmann drehte sich um, sofort begann der Rücken zu schmerzen. Zwei Reihen weiter saß eine dicke Frau im mittleren Alter mit wirren halb langen braunen Haaren, und ihre kleinen Augen im Rundgesicht blitzten ihn an. Er hätte fast gelacht, aber er winkte ihr nur freundlich zu, setzte sich gerade hin, sammelte sich, um die Schmerzen einzuschätzen, und entschied sich, eine Diclofenac aus der Brusttasche zu nehmen.

Georgie hatte sich schon in eine Akte vertieft. »Wir suchen also nach Ehrentraud und Rosenzweig …«

»Was sonst?«

Stachelmanns Handy vibrierte. Er fingerte es aus der Hosentasche, auf dem Display stand *Valentina*. Er hatte ein blödes Gefühl im Magen, ein ganz blödes Gefühl. Er verließ mit dem Handy den Lesesaal und nahm das Gespräch im Flur an.

»Ich dachte schon, du drückst mich wieder weg.«

Wo war die stets fröhliche Valentina geblieben?

»Ich war im Lesesaal, da darf man nicht telefonieren.«

»Ja«, sagte sie nur.

»Hast du einen speziellen Grund, mich anzurufen, oder wolltest du nur meine schöne Stimme hören?« Er kam sich blöd vor.

Sie schwieg einen Augenblick. »Wann kommst du?«

»Ich weiß noch nicht. Gerade bin ich noch mal nach Berlin gefahren in dieser Rosenzweig-Sache …«

»Kannst du abschätzen, wie lange das dauert?«

»Nur ein paar Tage.«

»Und dann kommst du?«

»Ja, höchstwahrscheinlich.«

»Hast du eine andere?«

Er stockte. Ihm wurde heiß und kalt. »Nein, wie kommst du darauf?« Seine Stimme war plötzlich belegt.

»Ich kann mir dein Verhalten oder besser Nichtverhalten sonst kaum erklären.«

»Verstehe ich nicht.«

»Du bist anders als sonst. So zurückhaltend. Als ob ich dir lästig wäre.«

»So ein Quatsch. Bitte hör auf damit. Ich stecke mitten in einem aussichtslosen Fall, Georgie wurde entführt und sollte ermordet werden, ein Kollege hier wurde umgebracht, und alles ist in Aufregung.« Während er es sagte, schämte er sich seiner Lügen. Niemand regte sich auf, stattdessen zogen Angst und Niedergeschlagenheit durch die Gänge. Eine seltsame Stimmung, dessen wurde er sich erst jetzt bewusst.

Sie zögerte, er hörte ihren Atem, dann sagte sie: »Ja, vielleicht ist es so. Vielleicht. Melde dich, wenn du Zeit für mich findest.« Sie trennte das Gespräch.

Stachelmann lehnte sich an die Wand, das Handy noch in der Hand, und überlegte. Er saß im Schlamassel. Er wusste nicht, was er tun sollte. Er musste doch einen Grund gehabt haben, dass er sich mit Valentina so wohlgefühlt hatte. Aber dieses Gefühl war verflogen, irgendwann in den letzten Tagen. Schon vor dem Abend mit Anne. Aus irgendeinem verdammten Grund fühlte er sich von Valentina bedrängt. Zuvor war jeder Anruf von ihr eine Freude gewesen, jetzt erzeugten ihre Telefonate Beklemmung in ihm. Sie hatte sich verändert, sie war deprimiert, sie hatte die Leichtigkeit verloren, die ihn so angezogen hatte. Wann war es geschehen?

Vielleicht als sie das erste Mal angefangen hatte, ihn zu *bearbeiten*, wie er es nannte, als er begriffen hatte, dass ihre Liebe in eine neue Phase eingetreten war. Wenn wir uns ernst nehmen, dann müssen wir zusammenziehen. Nicht unbedingt in einer Wohnung, das verlange ich nicht, behalte dein Chaos bei dir. Aber du solltest hierher ziehen. Hier gibt es schöne Wohnungen, sogar für dich.

Das setzte ihm zu, es ängstigte ihn. Und er spürte immer stärker, dass er nicht wegkam aus Hamburg, und das lag auch an Anne. Zwar hatte er versucht diesen Gedanken zu verdrängen, doch es war ihm nicht gelungen. Und als Anne und er das erste Mal seit langer Zeit wieder redeten, da war ihm nicht nach Ende zumute gewesen und ihr auch nicht. Warum hatte sie ihn nicht längst zum Teufel gejagt? Gut, sie hatte im *Tokaja* etwas dazu gesagt. Sie hatte ihm erklärt, dass er zwei Menschen war: der, für den er sich selbst hielt, und der, der ihn für sie liebenswert machte. Komisch, auch Georgie schien ihn zu mögen, er nahm all die Strapazen ja nicht nur aus Langeweile auf sich. Was erkannten andere in ihm, das er nicht erkannte? Nie hatte sich ihm diese Frage so hart gestellt. Er war in einer Krise, oder war er schon unendlich lange in einer Krise und begriff es erst jetzt? Irgendeinen Grund musste es geben, dass andere seine Macken in Kauf nahmen. Es musste etwas sein, das diese Mängel aufwog. Er versuchte sich ihr Gespräch im *Tokaja* zu vergegenwärtigen, doch das Telefonat mit Valentina oder was auch immer hatte es verschüttet. Er nahm sich vor, mit Anne noch einmal zu reden. So konnte es nicht weitergehen. Wenn er schon schizophren war, dann wollte er es wenigstens wissen.

Georgie kam raus, er schaute hektisch. »Wo bleibst du denn?«

Stachelmann schüttelte es, als würde er frieren.

»Was ist?«, fragte Georgie. Er wippte auf den Fußballen.

»Warum bist du so nervös?«, fragte Stachelmann.

»Komm mit«, sagte Georgie.

Stachelmann folgte ihm in den Lesesaal. Kaum saß er neben Georgie wieder am Tisch, schob der ihm einen aufgeschlagenen Ordner zu. Er betrachtete die Seite und blickte Georgie fragend an. Es war eine kurze Aufstellung über irgendwelche Überweisungen aus dem Büro des Reichsschatzmeisters Franz Xaver Schwarz. Langweiliges Zeug.

Georgie tippte mit dem Finger auf die Ecke des Papiers, da stand in Bleistiftschrift *36*. Stachelmann blickte Georgie wieder an, hob die Achseln und breitete die Hände mit nach oben offener Handfläche. Georgie nahm die Seite, die auf der beschriebenen Seite neben dem Blatt lag, und drehte sie um. Sie trug die Nummer *21*. Dann zog er die Seite mit den Aufstellungen weg, und Stachelmann las *37*.

Er beugte sich über die Akte und blätterte. Es waren Korrespondenzen und Berichte aus dem Büro von Schwarz, und zwar aus den Jahren 1944/45. Die letzten bürokratischen Zuckungen. Es fehlten vierzehn Seiten. Oder sie waren falsch paginiert worden. Oder jemand hatte sie erst paginiert und dann in einen anderen Ordner gesteckt. Oder jemand hatte sie gestohlen. Je länger er blätterte, desto klarer wurde ihm, dass er diesen Aktenordner noch nicht gesichtet hatte. Er hatte aber die Aktenordner bestellt, die er schon durchsucht hatte, Rosenzweigs neue Informationen hatten ihn dazu veranlasst. Er schlug den Deckel zu und betrachtete die Signatur: *NS 1/219*.

»Was ist nun?«, zischte Georgie.

»Keine Ahnung. Ich werde Frau Bestler bitten, einen Blick darauf zu werfen. Wir haben diese Akten übrigens noch nie gesehen.«

»Dachte ich auch schon«, flüsterte Georgie. »Hm.«

Stachelmann verließ den Lesesaal wieder und ging hinaus zum Telefon im Gang. Er wählte Frau Bestlers Nummer, und sie versprach zu kommen.

Während Stachelmann zurückging zu seinem Platz, glotzte ihn die Frau an, die ihn angezischt hatte. Als sich ihre Augen trafen, blickte sie schnell nach unten. Blöde Kuh, dachte Stachelmann.

Sie warteten schweigend, bis Frau Bestler erschien. Sie hatte ein rotes Tuch um einen Pferdeschwanz geflochten und sah noch jünger aus. Sie lächelte freundlich und stellte sich vor den Tisch.

Stachelmann drehte den Ordner und schob ihn ihr zu. Er zeigte auf die Seitenzahlen und sagte: »Da fehlt was.«

Sie stutzte, dann zog sie einen Stuhl vom Nachbartisch zu sich, setzte sich und begann den Ordner von Anfang an durchzublättern. »Vielleicht hat jemand das durcheinandergebracht«, sagte sie währenddessen. »Das passiert immer mal wieder. Nicht jeder geht mit Akten so sorgfältig um wie Sie.« Sie lächelte ihn kurz an, blätterte aber gleich weiter. Als sie fertig war, seufzte sie. »So ein Mist, da fehlt wirklich was.«

»Außerdem habe ich diesen Ordner beim letzten Mal nicht gehabt«, flüsterte Stachelmann.

Sie stutzte wieder. »Sicher?«

Er nickte.

»Haben Sie Ihren Bestellzettel hier?«

Stachelmann zog ihn unter dem Aktenstapel hervor.

Sie las die Signatur des lückenhaften Ordners und nahm sich den Bestellzettel vor, der übersät war mit Signaturen. »Sie konnten den auch nicht gehabt haben. Sie hatten NS 1/291 bestellt. Ist ein Zifferndreher. Hat jemand nicht aufgepasst.«

»Aber der Ordner passt gut zu meinen Recherchen.«

»Wahrscheinlich war er beim letzten Mal schon vergeben.«

»Vielleicht«, sagte Stachelmann. »Sie haben bestimmt recht.«

»Haben Sie den alten Bestellzettel noch?«

Stachelmann überlegte einen Augenblick, dann schüttelte er den Kopf. »Sind diese Akten verfilmt?«

Jetzt schüttelte sie den Kopf.

12

Der kleine Meier stank wie eine Mentholfabrik, weil er sich das Rauchen abgewöhnte. Derzeit kaute er tütenweise Mentholbonbons. Außerdem wusste er endgültig, dass sich in Muriel Leitners PC so wenig Beweise befunden hatten wie in ihrer sonstigen Habe. »Der absolute Reinfall.«

Später standen sie in Maltmanns Büro am Historischen Seminar. Der Professor saß am Schreibtisch, der Kopf war auf die lederne Schreibunterlage gesunken, auf der Tischplatte hatte sich eine rote Pfütze gebildet, von der ein Ausläufer nahe Maltmanns Bauch den Rand erreicht hatte und Blut auf den Boden hatte tropfen lassen.

Ein Polizist in Uniform bewachte den Tatort, die Spurensicherung der Leipziger Kripo war fertig, der Rechtsmediziner auch. Gaby Kohlenberg und Weber schauten sich verwundert an, dann sagte der Uniformierte: »Ich soll Ihnen ausrichten, dass Sie im Präsidium alles erfahren, was die Kollegen herausgefunden haben. Sie bitten um Verständnis, aber wir brauchen alle Kräfte, und es ist eilig. Fragen Sie im Präsidium nach Kriminalrat Ennenstedt.«

»Aha«, sagte Weber. »Jetzt lernen wir endlich die Prominenz kennen.« Sie fuhren durch den Regen im kalten Leipzig. Die Straßen glänzten, das Schaufenster eines Ladens war beschlagen, die Passanten trugen Regenschirme, an denen der Wind zerrte, oder Kapuzen. Ein Kind patschte an der Hand einer Frau durch die Pfützen, sie wurde an den Beinen nass, ließ es aber geschehen. Ihr Gesicht zeigte Resignation, Trauer, Verzweiflung, irgendetwas davon oder alles drei. Ein alter Mann mit Schirmmütze und einem schwarzen Anorak schob ein Damenfahrrad mit Lenkerkorb, darin ein Dackel. Sie quälten sich durch den Verkehr, der kleine Meier stank noch übler nach Menthol, er kaute und lutschte unablässig. Endlich erreichten sie das Präsidium.

Der Kriminalrat saß im dritten Stock in einem großen Büro mit einer funktionalen Ausstattung, viel Metall, viel Glas, an der Wand ein Bild vom Elbtal, jedenfalls bildete sich Weber ein, Hangvillen Dresdens zu erkennen. Es lag ein Parfümduft in der Luft, der Herr Kriminalrat benutzte ein wenig dezentes Rasierwasser, wenn er sich nicht sogar parfümierte. Er war ein kleiner Mann mit Bauchansatz und einem runden Gesicht, das Kinn verdeckt unter einem sehr gepflegten grauschwarzen Bart, die Augen schmal und eine Nase, die auffällig gerade war. An der Stirn gingen ihm die Haare aus, weshalb er recht ungeschickt eine lange Strähne mit irgendeiner Pomade darübergeklebt hatte. Besser hätte er nicht darauf aufmerksam machen können, dass ihm der Haarausfall zu schaffen machte.

Der kleine Meier blieb in der Ecke neben der Tür stehen, während Ennenstedt den beiden Berliner Kriminalisten entgegenkam, wenn auch nicht besonders eilig. »Ach ja, die Kollegen aus der Hauptstadt«, sagte er, und darin mochten einige Erfahrungen mit Polizisten und Entscheidungen von dort anklingen.

Während der kleine Meier in der Ecke vor sich hin kaute und das Menthol das Rasierwasser zu überlagern begann, setzten sich Gaby Kohlenberg und Weber in die Sitzecke in Ledersessel mit Chromgestell und einem Glastisch. In der Ecke stand noch eine Art Palme, die Ennenstedt bis ans Kinn reichte und gewiss von seiner schicken Sekretärin gepflegt werden musste, die die

Berliner im Vorzimmer empfangen hatte. Nein, Gaby Kohlenberg und Weber wollten nichts trinken, und sie übersahen auch die Kekse, die auf dem Tisch standen.

Ennenstedt seufzte kaum hörbar und sagte mit quakender Stimme: »Es war ein Suizid.«

Die Berliner Polizisten schauten ihn fragend an.

»Er hat sich eine Pistole an die Schläfe gesetzt und abgedrückt. Aus seiner Sicht betrachtet, hat er Glück gehabt.«

»Sie sind sich jetzt schon sicher?«, fragte Gaby Kohlenberg.

Ennenstedt nickte gelangweilt. »Er hatte die Pistole in der Hand. Niemand hat sie ihm hineingedrückt. Der Schusswinkel stimmt. Natürlich machen wir noch ballistische Tests, aber unser Experte von der KT hat schon gesagt, er verwette einiges darauf, dass die Kugel aus der Waffe stammt.«

»Was für eine Waffe?«, fragte Weber.

»Eine HK VP70.«

»Ach du lieber Himmel«, sagte Gaby Kohlenberg.

Ennenstedt nickte. »Ziemlich exotisch.«

»Woher kommt die Waffe?«

Er beugte sich nach vorn und faltete die Hände. »Ein Erbstück, sagt seine Frau. Der Vater war im Schützenverein, und der durfte diese Pistole besitzen. Der Sohn nicht. Aber den können wir jetzt nicht mehr zur Verantwortung ziehen.« Er tat tatsächlich so, als bedauerte er es.

»Abschiedsbrief?«, fragte Weber.

»Nein«, sagte Ennenstedt. »Soweit wir das rekonstruiert haben, ist er morgens im Büro aufgetaucht, hat, wie es scheint, normal gearbeitet, Mails geschrieben, Notizen gemacht, sich offenbar auf eine Konferenz vorbereitet. Und aus irgendeinem Grund hat er plötzlich entschieden, sich eine Kugel in den Kopf zu schießen.«

»Merkwürdig«, sagte Weber nach einer Pause. Er zwickte sich in die Nase.

»Gewiss.« Ennenstedt erhob sich und trat ans Fenster. Er schaute eine Weile hinaus, und Gaby Kohlenberg entdeckte jetzt, dass die Nase des Kriminalrats in einer winzigen Warze auslief. Fast hätte sie gelächelt.

»Hat jemand den Schuss gehört?«

»Mehrere Personen, wir haben bisher drei ermittelt, den Hausmeister, eine Studentin und einen Dozenten. Wir konnten die Todeszeit also leicht bestimmen, kurz nach 15 Uhr 30. Natürlich suchen wir weiter.«

»Irgendeinen Hinweis auf unseren Fall?«

Hagel prasselte gegen das Fenster.

»Wir haben bisher keinen gefunden. Natürlich müssen wir sein Büro noch genau untersuchen.«

Weber schüttelte bedächtig den Kopf. »Es wäre schon ein seltsamer Zufall, wenn der Suizid nichts mit dem Fall Rehmer zu tun hätte.«

Ennenstedt sagte nichts und setzte sich hin.

»Ich verstehe schon, dass Sie das vielleicht ... nicht so schätzen, wenn Kollegen von außerhalb ...«

»Damit das gleich klar ist«, quakte Ennenstedt und richtete seinen Oberkörper auf, seine Hände stützten sich auf die Sessellehne. »Polizei ist für mich Polizei, Kollegen sind Kollegen, fertig. Wenn es Ihr Fall wird, werden wir Sie unterstützen, und wenn Sie meinen sollten, wir täten es, um Sie so schnell wie möglich loszuwerden, soll es mir egal sein.«

Er lehnte sich zurück und schaute die beiden mit einem Gesicht an, in dem stand: Nun habe ich das aber klar gemacht, oder?

»Gewiss«, sagte Weber. Er wechselte einen Blick mit Gaby Kohlenberg, die ein Nicken andeutete. »Wir würden dann gerne mit Frau Maltmann sprechen ...«

»Natürlich«, sagte Ennenstedt gönnerhaft. »Ich lasse Sie hinbringen.«

Es war ein Arzt bei Frau Maltmann, ein langer, hagerer, jungenhafter Typ mit lebhaften blauen Augen und einem nicht weniger regen Adamsapfel, der spitz hervorragte. Der Mann war nervös, aber er hatte keine Einwände gegen ein paar Fragen.

»Gab es ein Anzeichen dafür?«, fragte Gaby Kohlenberg.

»Was für ein Anzeichen?« Sie sprach leise und fast ohne Stimmfarbe.

»War er deprimiert? Hat er sich geärgert? Hat er sich auffällig verabschiedet?«

Sie starrte die Polizistin an und schien nichts zu verstehen. Dann sagte der Arzt: »Muss man Frau Maltmann zweimal mit diesen Fragen … belasten?«

Weber räusperte sich. »Sie wissen, dass Ihr Mann eine Affäre mit einer Studentin hatte?«

Während sich die Augen des Arztes weiteten und er den Mund öffnete, schwenkte ihr Gesicht in Zeitlupentempo zu Weber. Es war vollkommen starr, die Falten wie eingemeißelt, als sie sagte: »Ja, das habe ich gewusst.« Sie blickte einen Moment auf den Teppich, dann hob sie ihre Augen wieder. »Ich bin krank«, sagte sie, »und er ist noch nicht alt genug.«

Der Arzt schüttelte den Kopf und schob eine Haarsträhne von der Stirn.

»Er wurde erpresst«, sagte Gaby Kohlenberg.

Frau Maltmanns Gesicht schwenkte zu ihr, als wäre es an einer Achse befestigt. »Ich weiß«, sagte sie. »Das ist die Sache mit der Begünstigung.«

»Kennen Sie die junge Frau?«, fragte Weber.

Das Gesicht schwenkte zurück, dann nickte es. »Nicht

persönlich, aber ich hatte ihn gebeten, mir ein Foto zu zeigen. Sie hat mir gefallen. Muriel heißt sie, glaube ich.«

»Wollte er Sie verlassen wegen Muriel?«

»Mein Mann wollte mich nie verlassen. Er hätte nur ein bisschen Geduld haben müssen …« Ihre Augen wanderten zu der Palme und blieben dort hängen.

Weber und Gaby Kohlenberg schauten sich kurz an, dann sagte sie: »Darf ich Sie fragen, was Ihnen … fehlt?«

Ihr Blick hob sich zum Arzt und fiel dann wieder zu Gaby Kohlenberg.

»Krebs«, sagte sie. »Ich möchte es bei dieser Auskunft belassen.«

»Frau Professor Maltmann hat *seit einigen Jahren* Krebs«, sagte der Arzt mit erstaunlich sanfter Stimme. »Das wollten Sie doch auch noch wissen, nicht wahr?«

Sie zuckte mit den Augen.

Gaby Kohlenberg nickte dem Arzt bedächtig zu. »Ich habe noch eine kurze Frage«, sagte sie nach einigem Zögern. »Hatten Sie und Ihr Mann getrennte Konten oder ein gemeinsames?«

»Ein gemeinsames natürlich.«

Sie ließen sich zum nächsten Café fahren. Es war auf alt und gemütlich getrimmt, doch es war weder alt noch gemütlich. Sie gingen am Tortentresen vorbei in den Gastraum, der sich hinter einem goldenen Vorhang auftat. Der Raum war nicht groß, aber mit Kitsch überladen. Glitzerndes Gold und Silber, wohin das Auge blickte. Die Stühle waren verschnörkelte Metallkonstruktionen mit versilberten Beinen. In sie eingelassen waren ebene gekachelte Sitzflächen und Rückenlehnen, immerhin gab es ein paar Kissen. An der Wand Bilder von Bergen und Wäldern, zwei in verschnörkelten Goldrahmen, die anderen kleiner und nur silbern eingefasst. Sie zeigten Bleistiftporträts, vielleicht vom besten Freund des Eigentümers.

An der Rückwand des Gastraums erspähte Weber einen freien Tisch mit vier Stühlen. Kaum saßen sie, nahm eine resolute kleinwüchsige Kellnerin mit hochtoupierter Frisur und unbestimmbarer Farbgebung zwischen Beige und Rotbraun die Bestellungen auf. Der kleine Meier bestellte eine Schokoladentorte und ein Kännchen Kaffee, die anderen nur Kaffee.

»Du wirst noch fett«, sagte Weber. »Vielleicht solltest du wieder rauchen.«

»Tu ich doch«, sagte Meier. Er rollte beide Ärmel seines Pullovers auf und präsentierte je ein Pflaster auf den Unterarmen.

»Ach du lieber Himmel«, sagte Gaby Kohlenberg.

»Du solltest noch Nikotinkaugummis dazu kauen«, sagte Weber.

»Danke für die Empfehlung, aber das mache ich längst. So kann man das unheimlich gut dosieren. Tolle Erfindung.«

Weber schüttelte den Kopf und fasste sich an die Stirn.

»Lass uns das systematisch darstellen«, sagte Gaby Kohlenberg und zitierte so fast wörtlich Bartels.

»Hat er wirklich Selbstmord begangen?«, fragte Weber. »Wenn ja, wegen der Erpressung? Wenn es denn eine gab. Wenn nein, wer hat ihn umgebracht? Auch wegen der Erpressung?«

Gaby Kohlenberg schüttelte den Kopf. »Unwahrscheinlich, er hat doch bezahlt.«

»Aber wenn der Erpresser immer mehr wollte«, schmatzte Meier dazwischen.

Sie schwiegen.

»Also, wir haben zwei auf unnatürliche Weise gestorbene Historiker vom selben Seminar. Das ist, um es vorsichtig zu sagen, kein Zufall. Einer ist schon ungewöhnlich. Historiker schickt man ja nicht nach Afghanistan«, sagte Weber.

»Die beiden Fälle haben also etwas miteinander zu tun.« Gaby Weber kaute an einem Fingernagel.

»Wenn es beim Suizid bleibt, hatte Maltmann vielleicht Dreck am Stecken und war irgendwie in den Rehmer-Mord verstrickt.«

»Ach du lieber Himmel«, sagte Meier.

»Klappe«, erwiderte Weber.

Meier hob seine buschigen Augenbrauen, senkte sie und grinste.

»Das ist jetzt die Zeit der Spekulationen«, sagte Gaby Kohlenberg. »Die Geschichte wird aber auch wirklich immer verrückter. Was wissen wir? Fangen wir von vorn an.« Sie nickte Weber zu.

Die Kellnerin kam und deckte den Tisch. Meier zog das riesige schwarze Tortenstück zu sich und begann es mit der Kuchengabel wegzuschaufeln.

»Erstens, Rehmer wurde ermordet«, sagte Weber. Er trank einen Schluck Kaffee und verbrannte sich die Lippen. Er verzog das Gesicht.

Sie nickte.

»Zweitens, Maltmann ist tot.«

Sie nickte.

»Drittens, Maltmann wurde erpresst.« Sie blickte ihn an und wiegte ihren Kopf bedächtig hin und her.

»Maltmann hat das behauptet. Es gibt keinen Beweis dafür. Die Erpresserbriefe hat er vernichtet, hat er gesagt. Außerdem hat er erklärt, seine Frau solle nichts davon erfahren. Was seltsam ist, denn seine Frau scheint alles schon gewusst zu haben. Sie kannte sogar Muriels Namen. Was für ihre Version spricht.«

»Na ja«, schmatzte Meier und wischte sich den Schokoladenmund mit dem Handrücken ab. »Kann doch sein, dass es ihm unangenehm war, wenn seine Frau es wusste. Oder peinlich, weil sie so viel jünger war?«

»Ja und?«, widersprach Gaby Kohlenberg, »das ist doch nichts Besonderes.«

Weber warf ihr einen erstaunten Blick zu und nickte. »Wir wissen also nicht einmal, ob er wirklich erpresst wurde. Diese Geldübergabestory klingt absurd. Wofür hat er das Geld gebraucht, falls er nicht erpresst wurde?«

Gaby Kohlenberg setzte vorsichtig die Tasse an die Lippen und trank. Sie schaute sich um. Die anderen Tische waren besetzt, meistens mit älteren Frauen, nur am Eingang saß ein Pärchen so um die Dreißig. Sie hatte eine bunte Wollmütze auf, und er hielt ihre Hand. Von irgendwoher erklang ein Klappern, und draußen, hinter dem Vorhang, zischte die Kaffeemaschine. Versatzstücke von Unterhaltungen flogen durch den Raum. »Und wenn diese Maltmann-Geschichte ganz anders ist? Wenn er einen Grund brauchte, um das Geld vom Konto abzuheben? Wenn er gegenüber seiner Frau einen Grund brauchte, weil sie den wahren Grund nicht akzeptiert hätte? Was dann?«

Der kleine Meier schmatzte.

***

Sie saßen in Frau Bestlers Büro, um im Lesesaal nicht zu stören. Der Ordner lag aufgeschlagen auf ihrem Schreibtisch, sie saß dahinter. Georgie stand mit dem Rücken zu den anderen am Fenster, neben den Kinderzeichnungen. Stachelmann saß auf einem Stuhl am Beistelltisch, auf dem auch ein Teller mit Keksen stand, die aber bisher keiner beachtet hatte.

»Rehmer hatte diesen Ordner, das steht fest«, sagte Stachelmann.

»Ja«, sagte Frau Bestler nachdenklich, »Bestellformulare sind unfehlbar.« Sie lächelte, schloss die Augen und ließ ihre Finger leise auf der Tischplatte tanzen. Sie trug einen Ehering am Ringfinger der rechten Hand und einen schmalen silbernen mit rotem Stein am Ringfinger der linken.

»Und es fehlen diese Seiten«, sagte Stachelmann.

»War Rehmer ein gründlicher Mann?«, fragte Georgie, ohne sich um zudrehen.

»Was meinen Sie damit?« Frau Bestler blickte auf seinen Rücken.

»Hm. Hätte er es gemerkt, wenn die Seiten schon fehlten, als er den Ordner hatte?«

Sie hob die Augenbrauen und schüttelte den Kopf. »Er schien mir ordentlich zu sein. Aber ob er das gemerkt hätte? Weiß ich nicht. Ich bin mir nicht einmal sicher, ob ich es gemerkt hätte, obwohl ich schon Tausende von Seiten paginiert habe, früher jedenfalls.«

»Nein«, sagte Stachelmann, »darauf achtet man nicht, wenn man die Akten liest. Höchstens, wenn sie nicht in der richtigen Reihenfolgen liegen, wenn Seiten vertauscht wurden.« Er überlegte. »Merkwürdig, bei der Polizeit war die Akte auch nicht gewesen.«

Georgie drehte sich um. »Hm. Also, Rehmer hatte die Akte, und es fehlen die Seiten. Mehr wissen wir nicht.«

»Vielleicht wüssten wir mehr, wenn wir eine Ahnung hätten, was in den fehlenden Seiten steht. Wenigstens ungefähr.« Er stand auf, trat zum Schreibtisch, berührte den Ordner und sah Frau Bestler an. Sie nickte, und er nahm den Ordner. Er setzte sich und begann den Ordner durchzublättern. »Rechnungen werden bezahlt ... Mahnungen geschrieben ... Überweisungen angekündigt ... der Reichsschatzmeister lädt zu einem Gespräch ein ... wie ist der Verteiler? ... der Stellvertreter und ..., sagen wir die Leitungsebene ... nichts Ungewöhnliches ... jetzt fehlen die Seiten, und danach geht es so weiter ... kleinere Überweisungen an den Eher Verlag ... eine Zuwendung für einen ausgebombten Pg ... und so weiter und so fort.« Er klappte die Akte zu. »Da erwartet man doch, dass die fehlenden Seiten auch so einen Müll enthalten.«

»Aber wer klaut Müll?« Georgie setzte sich an den Beistelltisch. »Wenn du mich fragst, mein Herr und Meister, hm, dann steht auf den fehlenden Seiten etwas, das alles erklärt.«

»Schlaumeier.«

»Warum der Besuch dieses Bürokratenpistolero im Hotelzimmer? Warum wurde ich entführt? Weil wir was mit dem Rehmer zu tun hatten. Oder fällt dir eine andere Erklärung ein?«

»Wir haben nicht den geringsten Beweis dafür.«

»Ist schon seltsam«, sagte Frau Bestler. »Übrigens, vorhin habe ich über den Buschfunk noch was Merkwürdiges gehört. Professor Maltmann ist tot ... kennen Sie den?«

Stachelmann nickte. »Entfernt, sehr entfernt. Aber ich weiß, dass er Rehmers Chef war.«

Sie sagten eine Weile nichts. Georgie nahm einen Keks und knabberte. »Und warum ist er gestorben?«

»Selbstmord«, sagte Frau Bestler. »Hat mir jedenfalls ein Benutzer aus Leipzig erzählt, und der hat es von einem Kollegen ... wie das so ist.«

Stachelmann straffte seinen Rücken, als wollte er zu etwas aufbrechen. Doch er sagte nur: »Also, wir treffen uns eher unfreiwillig mit Rehmer beim Italiener. Dort passiert nichts. Rehmer prahlt ein wenig herum ...«

»Und wenn seine Andeutungen sich auf diese fehlenden Seiten bezogen? Vielleicht hat er sie gemopst?«

»Kannten Sie Rehmer besser? Ich weiß nicht, wie ich das zu bewerten habe, also diese Angeberei. War er ein Angeber?«

»Keine Ahnung«, sagte sie. »Mir kam der eher zurückhaltend vor, fiel kaum auf. Aber was sagt das schon?«

»Man müsste nach Leipzig fahren und die Kollegen von ihm fragen«, sagte Stachelmann.

»Ach du lieber Himmel!« Georgie stöhnte.

»Willst du nicht wissen, wer uns bedroht und dich entführt hat?«

»Das ist jetzt aber ein Riesenumweg. Du meinst, wenn sich herausstellen sollte, hm, dass der Rehmer ein liebenswert schüchternes Wesen war, der sich als Seelenverwandter eines gewissen Hamburger Kollegen für einen schlechten Historiker und noch schlechteren Menschen gehalten hat, für den Versager schlechthin, dann wäre angesichts seiner Andeutungen beim Italiener erwiesen, dass er wirklich was in petto hatte. Das ganz große Ding, das am Ende zu groß war.«

Frau Bestler verfolgte die Ansprache mit großen Augen.

»So oder so ähnlich oder nicht so«, sagte Stachelmann. »Du musst ja nicht mit.«

»Wenn ich irgendwas wirklich schätze an dir, dann sind das deine … originellen Ermittlungsmethoden. Was hältst du von dieser jüngsten Erfindung, hm, wie heißt sie noch mal, Tele… Tele… Telefon? Ich glaube, so ähnlich.«

Im Lesesaal setzten sie sich an einen Computer mit Internetzugang und suchten sich die Namen und Nummern der wissenschaftlichen Mitarbeiter des Historischen

Seminars an der Universität Leipzig heraus. Dann fragte Stachelmann Frau Bestler übers Haustelefon, ob es ein leeres Büro gebe, wo sie niemanden störten. »Würde ich Ihnen gerne geben, aber« – sie flüsterte – »meine Chefin ist da …«

Sie gingen den Gang hinunter, und Stachelmann klopfte an die Tür des Kopierraums. Er öffnete sie, Esther saß am PC, der mit dem großen Scanner verbunden war. Sie schaute ihn fragend an, und er wurde unsicher. »Wir suchen einen Raum, wo wir ungestört telefonieren können … wir wollen auch niemanden nerven …«

Sie winkte ihn hinein. »Wenn es Sie nicht stört, dass ich zuhöre.« Sie sah Georgie. »Ach, du bist auch da.« Sie lächelte ihn an.

Georgie lächelte schüchtern zurück und hob kurz die Hand.

Am Fenster stand ein Stuhl, auf den sich Stachelmann setzte. Georgie setzte sich daneben auf die Fensterbank. Er nahm sein Handy und wählte. Nach ein paar Sekunden meldete sich eine weibliche Stimme.

»Frau Dr. Wohler?«

»Ja.«

»Hier Josef Maria Stachelmann …«

»Ach, Ihren Namen habe ich schon mal gehört, nein, gelesen. Sie sind doch Kollege … Hamburg …«

»Ja«, sagte Stachelmann, »Hamburg.« Die Reaktion verwirrte ihn.

»Sie haben in den VJZ diesen großartigen Aufsatz über Buchenwald geschrieben, nicht wahr?«

»Ja, Buchenwald«, sagte Stachelmann. »Ein kleiner Beitrag, ist schon eine Weile her.«

»Der hat hier ziemlich Furore gemacht. Ein Kollege, ich glaube, es war der unglückselige Rehmer, sprach von einem Musteraufsatz. Er wurde mehrfach in Seminaren und Vorlesungen empfohlen. Er ist ja auch brillant geschrieben. Meinen Glückwunsch. Ich habe auch Ihr Buch gelesen, gleichfalls großartig. Sie sollten viel mehr publizieren …«

»Ja, ja, natürlich«, sagte Stachelmann. Er fühlte den Schweiß auf der Stirn.

Georgie beobachtete ihn kopfschüttelnd.

»Das ist ja schön, dass ich einmal mit Ihnen reden kann. Vielleicht kommen Sie bald zu einem Vortrag nach Leipzig, ich werde es den Kollegen vorschlagen, die werden begeistert sein. Das Thema können Sie sich aussuchen.«

»Ja, nein, vielleicht, ich weiß noch nicht … ein bisschen überraschend … eigentlich arbeite ich gar nicht mehr an der Universität.«

Schweigen. Dann: »Das kann doch nicht sein. Haben die Ihren Vertrag nicht verlängert? Das ist ein Skandal.«

»Es ist kein Skandal, ich habe gekündigt.«

Wieder Schweigen.

»Wegen dieser Sache mit Bohming? Ich weiß nichts Genaues …«

»Ja, wegen der Sache mit Bohming.«

»Dann bewerben Sie sich doch woanders. Bei uns vielleicht … Sie bekommen bestimmt eine Stelle, wenn Sie ein bisschen warten können.«

Stachelmann atmete kräftig ein und aus, es klang wie ein Seufzen.

»Der Grund meines Anrufs … ich wollte etwas fragen …«

»Ja, bitte.«

»Kannten Sie den Kollegen Rehmer gut?«

Schweigen, dann: »Wie man einen Kollegen so kennt.«

»Ich habe am letzten Abend vor seinem Tod mit ihm gegessen, hier in Berlin. Er hat Andeutungen gemacht, von einer großen Sache geraunt. Offen gesagt, er kam mir ein wenig vor wie ein Angeber.«

»Puh«, erwiderte sie. »Das ist merkwürdig. Vielleicht hat er sich außerhalb der Uni anders aufgeführt als in der Uni. Er war die Zurückhaltung in Person, er war richtiggehend schüchtern. Er hat manchmal kaum ein Wort herausgekriegt.«

»Hat er getrunken oder irgendwelche Medikamente genommen?«

»Man schaut ja nicht in einen Menschen hinein«, sagte sie. »Ich glaube aber nicht, er erschien mir ziemlich ... solide. Eher, Pardon, ein wenig langweilig. Warum wollen Sie das wissen?«

»Das kann ich so genau gar nicht sagen, ich habe das Gefühl, dass er vielleicht Akten gesehen hat ...«

»Vielleicht hängt es damit zusammen, dass er einer Sache auf der Spur war. Jedenfalls habe ich was davon gehört, eher ein Gerücht.«

»Woher kommt das?«

»Sagen Sie es nicht weiter, jedenfalls nicht mit Hinweis auf meinen Namen. Die meisten Gerüchte stammen bei uns aus dem Vorzimmer des Chefs ... Sie haben ja bestimmt davon gehört, dass Maltmann ...«

»Ja«, sagte Stachelmann. »Eine schlimme Geschichte.«

»Wenn ich fragen darf, was interessiert Sie an diesem Fall?«

»Es fehlen Seiten in einem Archivordner, den Rehmer bestellt hatte und den ich gerade bearbeite. Ich bin im Bundesarchiv in Berlin.«

»Aha.«

»Ich bin natürlich neugierig geworden.« Gerade wollte er sagen, dass es mit der Entführung eines Freundes zu tun haben könnte, aber er verschluckte es doch lieber. Es hörte sich verrückt an. Eine wirre Geschichte. »Haben

Sie vielen Dank für die Auskünfte.« Er verabschiedete sich, hörte sich noch einmal an, dass er in Leipzig immer willkommen sei, und trennte endlich das Gespräch.

»Die hat dir ja schön die Ohren vollgesülzt«, sagte Georgie. »Wenn die immer so schreit, braucht man bei der keine Freisprecheinrichtung.«

Erst jetzt merkte Stachelmann, wie anstrengend das Telefonat gewesen war.

Esther schaute die beiden nachdenklich an. »Es fehlen Akten?«, fragte sie.

Stachelmann und Georgie nickten im Gleichtakt.

»Signatur?« Falten kräuselten ihre Stirn.

»NS 1/219, die Seiten 22 bis 36.«

Sie deutete ein Lächeln an. Ihr Zeigefinger wies auf etwas unter ihrem Schreibtisch. Dann tippte sie auf der Tastatur und ihr Lächeln wurde breiter. »Nie verzagen, Esther fragen«, murmelte sie. »Ha!« Sie schob die Maus sachte hin und her, dann blickte sie die beiden an und winkte sie zu sich. Sie standen hinter Esther und starrten auf den Monitor. Stachelmann hustete. Er las *Besteller: W. Rehmer, Signatur NS 1/219, S. 22–36, Kopienzahl: 1.*

»Hm. Damit ist bewiesen, dass Rehmer die Akten kopieren ließ«, sagte Georgie.

»Und es liegt nahe, dass diese Seiten aus irgendeinem Grund wichtig sind. Vielleicht erklären sie, wer Rehmer warum ermordet hat. Wer uns bedroht und wer dich entführt hat. Vielleicht glaubten die Entführer, dass wir beide oder ich diese Akten auch haben, und wollten die Herausgabe erpressen.«

Sie schwiegen. Esther klapperte auf der Tastatur, dann lächelte sie: »Jungs, ich hab was für euch. Kostet aber ein Abendessen, ein *gediegenes* Abendessen.«

»Klar«, sagte Georgie. »Josef bezahlt.«

Esther grinste kurz, erhob sich und reckte den Zeigefinger. Dann wies sie unter den Schreibtisch. »Da steht mein PC, und in dem PC steckt eine Festplatte. Ich hoffe, ihr wisst, was das ist.«

Ungeduldiges Nicken.

»Auf der Festplatte landen alle Kopien der Dokumente, weil wir ja mit einem Scanner kopieren. Der liest ein Dokument ein und speichert es auf der Festplatte, und ich drucke es dann aus. Diese Kopien brauche ich dann nicht mehr und deswegen räume ich immer mal wieder die Festplatte leer. Das habe ich zum letzten Mal vor drei oder vier Wochen getan. Und deswegen sind die Seiten, die Rehmer kopieren ließ, noch darauf, genauer gesagt, ihre Kopien.« Ihr grelles Lachen erschreckte Stachelmann, aber dann lachte er auch.

Der Drucker gab Schleifgeräusche von sich.

Esther guckte zu und verzog das Gesicht. Sie war aschfahl.

***

»Wir kommen jetzt in eine neue Phase, genauer gesagt, wir sind schon darin.« Walzer strich sich eine Haarsträhne vom Ohr. Er war gut gelaunt. In der Nacht hatte Aurelia ruhig geschlafen, nachdem sie am Abend über Belangloses gesprochen hatten, ein bisschen zwanghaft, aber besser als Eifersuchtsszenen und Schreikrämpfe war es allemal gewesen. Doch spürte er in sich eine Vereisung, die es ihm unmöglich machte, mit ihr zu schlafen, aber ihr schien es nicht zu fehlen. Am Nachmittag hatte er sich mit Annette Stein am Wannsee getroffen, es war ihre Idee gewesen, einen, wie sie sagte, Herbstspaziergang zu machen. Sie waren ein Stück gegangen am See. Das Schilf wiegte mit den sanften Uferwellen, Enten schwammen träge umher, Wildgänse zogen am blauen

Himmel. Krähen überall, manche schwarz, andere mit grauem Kragen. Das herabgefallene Laub war längst am Wegesrand schwarzbraun vermatscht. Sie mussten Pfützen ausweichen, die der Regen der letzten Tage hinterlassen hatte. Sie hatte sich gleich bei ihm eingehakt, und sie waren gegangen, ohne viel zu reden.

Dann fuhren sie in Walzers Wagen zum Kleinen Schloss, um einen Kaffee zu trinken und zu reden.

»Die neue Phase«, sagte sie lächelnd. Sie hatte ihn unentwegt angeschaut, während er über die Pläne der Akademie sprach. »Sagen wir es mal so. Sie haben also geholfen, die Geschichte endlich Geschichte werden zu lassen, damit ein neues Kapitel aufgeschlagen werden kann. Schluss mit der ewigen Selbstgeißelung, die Opfer bekommen Entschädigungen und Denkmäler, und auf uns wartet nicht die Vergangenheit, sondern die Zukunft. Wir retten aus der Vergangenheit, was wichtig ist, weil wir es für die Zukunft brauchen, weil es uns überlegen macht.«

»Ich würde Sie sofort als Pressechefin einstellen.« Er lachte und trank einen Schluck von seinem Cappuccino. Dann legte er seine Hand auf ihre, und sie zog ihre nicht zurück, sondern schaute ihm in die Augen.

»Ich versuche nur zu verstehen, was Sie mir erklärt haben. Ich mache das immer so, indem ich rekapituliere«, sagte sie versonnen.

»Es ist eine Form der Verdichtung, die mir gefällt. Es macht auch mir die Dinge klarer. Und ich beschäftige mich damit ja schon ein paar Tage.«

Beide lächelten. Er legte seine Hand auf sein Knie.

Sie spielte mit dem Teelöffel, es klingelte leise. Einige Tische weiter saß ein altes Paar, sie trug einen schwarzen Hut aus einem samtartigen Material mit einer kleinen roten Feder. Nur ein Tuscheln war zu hören.

Sie schaute ihn wieder an, weich. »Diese neue Zeit bricht an … das klingt aber pathetisch.« Gespielt legte sie ihre Hand vor den Mund wie eine ertappte Schülerin. Sie hob die Augenbrauen, blinzelte ihn an, lächelte und fragte: »Und was kommt nun?«

»Die Normalität«, sagte er. »Deutschland wird wieder die Rolle einnehmen, die ihm aufgrund seiner wirtschaftlichen Macht zusteht. Und mit Europa im Schlepptau haben wir auch politisch Gewicht. Aber das funktioniert nicht mehr wie früher, sondern subtiler. Man hilft, man arbeitet zusammen, man schaut, dass alle Beteiligten etwas gewinnen, man revanchiert sich für Großzügigkeit mit Großzügigkeit, aber am Ende gewinnen die Stärkeren immer etwas mehr als die Schwächeren …«

»… und die ganz Schwachen holt der Beelzebub …«

»Die Rationalität. Wer nicht wirtschaften kann … Deutschland ist nicht das Weltsozialamt. Denken Sie an Afrika. Wir, die westliche Welt, haben Hunderte von Milliarden hineingepumpt. Und hat sich irgendetwas verbessert? Es lohnt sich nicht. Dieses Entwicklungshilfeministerium gehört abgeschafft. Investitionen nur noch da, wo etwas herausspringt, für alle Beteiligten natürlich. Öl in Nigeria und Sonnenkraft in der Wüste, klare Schwerpunkte. Und Deutschland muss wieder vorne mitspielen.«

»Und das ist der Sinn all der Denkmäler, der Rituale?« Sie wollte sich ihre Verwirrung nicht ansehen lassen, aber es gelang ihr nicht ganz.

»Meine Akademie hat sich in all den Jahren immer für die Versöhnung eingesetzt. Unsere Mitglieder und Freunde haben sich die Finger wundgeschrieben und die Mäuler halb zu Tode kommentiert, damit das Holocaust-Mahnmal und all die anderen Symbole der deutschen Schuld und unseres Gedenkens errichtet wurden.

Wir hatten mit der deutschen Einheit, mit dem Ende der Nachkriegszeit, mit dem Friedensvertrag und der Entlassung aus der Aufsicht der Alliierten endlich die Chance, neu zu starten. Das kostete ein bisschen Wohlverhalten, Rituale wie den regelmäßigen Besuch von Yad Vashem und die paar Denkmäler. Es war ein Reset, wie Computerexperten sagen würden.«

»Sie wollen damit sagen, so haben Sie den Weg freigeräumt für unsere Wirtschaft und unsere Politik.«

»Wir waren es nicht allein. Aber unwichtig waren wir nicht. Wir standen vor einer moralischen Barriere, und wir haben sie übersprungen.«

Sie lächelte und nickte bedächtig.

»Fahren Sie nach Israel«, sagte er. »Die Mercedes-Benz-Dichte dort ist nicht geringer als im Rest der Welt, ausgenommen die reichen Golfstaaten. Hitlers Lieblingsautomarke ist die Nummer eins bei jüdischen Taxifahrern. Niemand in den USA, nicht einmal diese sogenannte Israellobby, legt uns Knüppel in den Weg. Wir können sogar schwunghaften Handel mit islamischen Staaten treiben, inklusive dem Iran, ohne dass allzu großes Gezeter anhebt. Es geht voran.« Und er dachte, dass da zwei oder drei irregeleitete Historiker nicht mehr wogen als Fliegendreck. Fliegendreck putzt man weg.

»Eine geistig-moralische Wende war das, das Wort fällt mir gerade ein …«

Er wehrte es mit beiden Händen ab und lachte. »Damit hat die Akademie nichts tun. Das hat sich Kohl dereinst ausgedacht. Der war für uns – ich sage uns, obwohl ich damals noch nicht in dieser Position dabei war – ein Geschenk wegen seines Geschichtspathos. Versöhnung über den Gräbern, auch wenn es die falschen waren. Eine einzigartige Mischung aus Demut und Großkotzigkeit, aber, wie gesagt, erst später. Diese geistig-moralische

Wende Anfang der Achtzigerjahre, das war ein Witz, ein Popanz, der nur überdeckte, dass die Unterschiede zum Vorgänger so bedeutend nicht waren. Wir mussten in der Publizistik dann doch etwas sortieren. Wir haben uns für bestimmte Zielgruppen eingesetzt. Es gibt also ein Denkmal für die Juden, das ist das Wichtigste. Natürlich haben andere Opfergruppen sofort gemeckert, also haben die auch was gekriegt. Die Zigeuner und die Schwulen, sogar die Lesben, obwohl denen niemand ein Haar gekrümmt hatte im Dritten Reich, aber man muss ja die Klientel bedienen ...«

»Das ist mir klar, Herr Walzer, Denkmäler haben mehr mit der Gegenwart zu tun als mit der Vergangenheit. Immerhin wurden die wichtigsten Opfergruppen geehrt ...«

Er lachte wieder. »Das ist, Pardon, nicht ganz richtig. Wo es an Pressure-Groups fehlte und vor allem an unserem Bedürfnis, uns gegenüber dem Ausland von unserer besten Seite zu zeigen, da haben wir geschwiegen. Und es ist nichts geschehen. Zum Beispiel nichts für die sowjetischen Kriegsgefangenen, immerhin mehr als drei Millionen, nichts für die nichtjüdischen polnischen Opfer ...«

»Nun, es gab ja auch so viele«, sagte sie. Ihre Wangen waren ein wenig gerötet.

»So ist es. Wir haben uns auf die konzentriert, die für uns heute wichtig sind. Ein Kollege, der in besonderer Weise mit schwarzem Humor begabt ist, hat einmal gesagt, wir haben die Massengräber ausgeräumt und die Leichen nach unseren heutigen Bedürfnissen sortiert.«

»Sind Sie immer so ... unumwunden?«

»Nur gegenüber Menschen, denen ich vertraue.«

»Ganz schön leichtsinnig«, sagte sie lächelnd.

»Nicht die Bohne. Die Sache ist längst durchgesetzt,

daran wird niemand etwas ändern. Die Krönung vom Ganzen ist nämlich, dass wir endlich ein neues Feindbild gefunden haben, eines, das mit der Vergangenheit nicht mehr viel zu tun hat, bei dem wir aber unsere alten Prinzipien anwenden können: den Islam.«

»Ich finde den schon gruselig, Scharia, Frauen und so weiter …«

»Natürlich, natürlich, aber wo steckt in Wahrheit darin eine Bedrohung für unsere Gesellschaft?«

»Sie sind ein Zyniker, Herr Walzer.« Aber sie lachte.

»Es bleibt einem nichts anderes übrig. Wir haben jetzt endlich die gleichen Probleme wie die anderen westlichen Gesellschaften, auch wenn sie zum Großteil eingebildet sind. Wahrscheinlich steckt die tiefste Erklärung in der Sehnsucht nach einem Feindbild. Das hat unsere Vorfahren zusammengeschweißt, das hat so vielfältige Formen angenommen, denken Sie nur an die entscheidende Rolle, die der Nationalismus gespielt hat und noch spielt, ohne Feindbild gäbe es keine Menschen. Der Feind und der Kampf gegen ihn haben uns zu dem gemacht, was wir sind. Aber diese Millionen Jahre alte Geschichte hat uns eben auch die Sehnsucht nach dem Feindbild vererbt. Und die müssen wir bedienen.«

»Ich beginne allmählich zu verstehen, was der wahre Sinn Ihrer Tätigkeit ist …«

Er legte seine Hand wieder auf ihre. Sie blickten sich lange an.

»Habe ich Ihnen schon erzählt, dass unsere Gruppe in der Nähe eine Gästewohnung besitzt?«, fragte sie.

Als sie das Restaurant verließen, schien die Sonne. Es war kühl und klar. Dürr gewordene Zweige spiegelten sich in Pfützen. Nur wenige Menschen gingen spazieren. Ein Mann, die Parkakapuze auf dem Kopf, fotografierte den Herbst. Als sie vorbeigingen, hörten sie den Verschluss klicken. Annette Stein blieb stehen und drehte ihm ihren Körper zu. Er spürte ihren Atem, sie küsste ihn, sanft zunächst, dann immer drängender.

13

Muriel Leitner empfing sie mit verheulten Augen. Sie trug eine verblasste Jeans und eine dunkelblaue Bluse mit schwarzen Knöpfen und Rüschen an den Ärmeln. Ihre Haare waren nachlässig frisiert, auf Schminke hatte sie verzichtet. Sie ließ die beiden Kripobeamten in ihre Wohnung. Dann setzte sie sich aufs Sofa und schaute Gaby Kohlenberg und Weber mit feuchten Augen an.

»Sie müssen uns endlich die Wahrheit sagen.« Weber saß auf dem Sessel und klang energisch.

Gaby Kohlenberg hatte sich auf den Schreibtischstuhl gesetzt und sagte unfreundlich: »Sie wissen, dass es eine Straftat ist, wenn Sie unsere Ermittlungen behindern. Und was Sie hier tun, grenzt wenigstens daran.«

Muriel senkte ihren Kopf und begann zu weinen.

Die beiden Polizisten wechselten Blicke, Weber hob die Achseln.

»Sie müssen jetzt etwas sagen.« Weber beugte sich nach unten und versuchte ihre Augen zu fixieren. Sie hob allmählich den Kopf, Tränenbahnen glitzerten an den Wangen. »Aber er ist doch tot«, sagte sie endlich.

»Woher wissen Sie es?«, fragte Gaby Kohlenberg.

»Seine Frau …«

»Frau Maltmann hat Sie … angerufen?«

Muriel nickte.

Wieder tauschten die Polizisten Blicke aus.

»Er hat sich erschossen«, sagte Weber. »Und Sie wissen, warum.«

Muriel blickte ihn entsetzt an und erstarrte einen Moment.

»Wurde er erpresst oder nicht?«, fragte Gaby Kohlenberg scharf.

Sie schüttelte den Kopf, erst langsam, dann fast heftig.

»Und was sollte das Theater?«

Sie schluchzte, zog ein Papiertaschentuch hervor und schnäuzte sich. »Seine Frau …«

»Was ist mit seiner Frau?«, fragte Weber ungeduldig.

»Also, er wollte mir eine Eigentumswohnung kaufen, also uns, er wollte sie uns kaufen, aber auf meinen Namen.«

»Und seine Frau war dagegen?« Gaby Kohlenberg blickte sie streng an.

»Ja … natürlich.«

»Hatte seine Frau etwas gegen Ihre Beziehung mit Maltmann?«

Sie schüttelte wieder den Kopf. »Nein, eigentlich nicht.«

»Das Eigentlich bezieht sich darauf, dass Frau Maltmann todkrank ist und dass ihr Mann auf bestimmte Dinge nicht verzichten wollte, sagen wir es so«, erklärte Weber, ohne auf Widerspruch zu warten. »Aber Maltmann ging zu weit. Kann man das so sagen?« Weber fixierte sie.

Sie nickte und schniefte. »Er hätte sie am liebsten sofort verlassen, das hat er gesagt. Aber er konnte nicht.«

»Und Sie haben ihn bedrängt?«, fragte Gaby Kohlenberg.

»Ich war vielleicht … ungeduldig, ja, ungeduldig.«

»Wegen was?«

»Ach, das war ein schrecklicher Zustand.« Sie schnäuzte sich wieder, und ihre Stimme gewann an Festigkeit. »Er war nie ganz bei mir …«

»O Gott, sind Sie egoistisch!«, entfuhr es Weber. Er

fing sich einen bösen Blick von Gaby Kohlenberg ein und hob kurz die Augenbrauen, um sich zu entschuldigen.

»Warum waren Sie ungeduldig? Maltmann hatte doch Zeit für Sie, und seine Frau würde sterben.« Gaby Kohlenberg war die Sachlichkeit in Person.

»Von Anfang an hatte er gesagt, dass *es* bald geschähe …«

»Wie oft haben Sie ihn denn gesehen? Und seit wann?«

Weber stand am Fenster und schaute hinaus in den Regen.

»Seit fast drei Jahren, es fehlen eine Woche und zwei Tage. Wir wollten den Jahrestag feiern.« Sie schluchzte, putzte sich die Nase und blickte Gaby Kohlenberg an aus ihren feuchten grünen Augen.

»Und wie oft …?«

»Manchmal täglich, er war oft das Wochenende bei mir. Dafür wollten wir auch die Wohnung kaufen.«

»Und wenn Frau Maltmann gestorben war, wollten Sie heiraten?«

Sie nickte und zeigte auf den Ring am linken Ringfinger.

»Sie waren also verlobt?«

Sie nickte wieder. »So gut wie«, sagte sie dann.

»Ich verstehe Sie so, dass er gar nicht erpresst wurde«, sagte Gaby Kohlenberg mit leiser Stimme, die verriet, wie sehr sie sich beherrschen musste.

Muriel nickte.

»Maltmann hat das Geld nicht wegen einer Erpressung abgehoben vom gemeinsamen Konto mit seiner Frau, sondern weil Sie so ungeduldig waren. Mit dem Wohnungskauf wollte er Ihnen zeigen, dass er es ernst meinte.«

Sie nickte.

»Die Erpressung hat er erfunden, damit seine Frau nicht dagegen einschritt.«

Sie nickte.

»Haben Sie irgendeine Idee, warum er sich getötet haben könnte?« Weber hatte sich umgedreht und blickte auf sie herab.

Sie hob ihren Kopf, hielt seinem Blick stand und sagte: »Nein.«

»Vielleicht war es so, dass er begriffen hat, in welch moralische Katastrophe er sich gebracht hatte.«

In ihrem Blick las er Unverständnis.

»Na, finden Sie das … normal, dass man den Tod der eigenen Ehefrau herbeisehnt und sich mit einer Freundin abgibt, die geradezu sauer ist, weil das Ableben nicht flott genug geht?«

In ihren Augen las er Empörung. Dann resignierte sie und winkte ab. Sie schnäuzte sich die Nase, schniefte trotzdem und räusperte sich. Sie strich sich eine Haarsträhne aus der Stirn.

»Wir haben manchmal darüber gesprochen«, sagte sie. »Es war nicht leicht, auch für ihn nicht.«

»Vielleicht gerade für ihn nicht?«

Achselzucken.

Sie schaute sich um mit ihren nassen Augen.

Gaby Kohlenberg tippte sich an die Stirn und warf Weber einen Blick zu. Sie trat zu ihm und flüsterte ihm ins Ohr: »Wir müssen noch etwas klären, das haben wir vergessen.«

»Der kleine Meier ist bestimmt inzwischen erfroren«, erwiderte Weber. »Zeit, dass wir hier wegkommen. Sie kotzt mich an.«

***

Franticek saß in seiner Stammkneipe nahe dem Bahnhof und dachte über die Ehre nach, während er mit dem dritten Kölsch den zweiten Whisky hinunterspülte. »Was ist Ehre?«, fragte er.

Der Wirt, dessen bleichem Gesicht man die Wertschätzung für die eigenen Angebote ansah, starrte ihn an und sagte: »Ehre gibt es nicht mehr.«

»Ehre gibt es nicht mehr«, murmelte Franticek, und er dachte an seinen Vater, der in der Bundeswehr gedient hatte, als sie aufgebaut wurde, und der nichts Größeres gekannt hatte als seine Ehre.

»Früher haben sich die Leute duelliert, wenn sie auch nur schräg angesehen wurden. Sie haben sich den Respekt der anderen erzwungen.«

Der Wirt zapfte sich ein Kölsch. Das Schummerlicht glänzte auf seiner Mönchsglatze und warf Schatten in die Pickelgruben seiner Nase. »Ja, früher«, sagte er.

»Die Leute haben ihr Leben eingesetzt, nur um ihre Ehre zu retten.«

»Das macht heute keiner mehr«, sagte der Wirt und trank das Glas aus, um sich ein weiteres Kölsch zu zapfen. Die Flüssigkeit lief in den Glaszylinder. Der Wirt räusperte sich, wischte sich mit dem Handrücken über die Stirn, während er mit der anderen Hand den Zapfhahn schloss.

Der Tresen war dunkelbraun lackiert und voller Flecken. Hinter dem Wirt waren im Regal Flaschen sortiert: Korn, Weinbrand, Wodka, Liköre. Im Gastraum standen Stühle mit Vertiefungen der Sitzfläche, dazu vielleicht acht Tische mit beigefarbenen Tischdecken. Der Boden bestand aus groben Holzdielen, und die Fenster hatten weiße Rahmen, die nicht zum Interieur passten. Der Zigarettenqualm vergangener Jahre hing in der Luft, verquirlt mit dem Gestank abgestandenen Bieres.

»Heute macht das keiner mehr«, wiederholte der Wirt mit seiner heiseren Stimme. »Heutzutage ist die Ehre kein Kölsch mehr wert. Guck dir die Pisser an, die da draußen herumlaufen.« Seine Hand wies nach draußen, wo es Nacht war und die Luft voller Nässe.

»Und woher kommt das?«, fragte Franticek.

»Ganz einfach«, sagte der Wirt und trank einen Schluck. Er stellte das Glas in eine Bierpfütze neben dem Zapfhahn. »Der Staat hat die Ehre übernommen, man darf sie nicht mehr selbst verteidigen. Man darf nur noch zum Rechtsanwalt rennen, und der macht erst mal die Hand auf.«

Franticek deutete auf sein Bierglas. Der Wirt nahm es und füllte es.

»Und wenn die Ehre nicht einklagbar ist, wenn es dafür keinen Anwalt und keinen Richter gibt?«

»Dann siehst du alt aus. Woanders nehmen die Leute die Sache immer noch in die eigene Hand. Du wachst auf, hast ein Stilett im Bauch, und dein Sohn zieht los, um dem anderen den Bauch aufzuschlitzen. Eigentlich nicht so schön«, sagte er und lachte. »Aber übersichtlich.«

»Es ist aber auch nicht schön, wenn man seine Ehre nicht wiederherstellen kann. Das ist gar nicht schön.« Franticek hustete.

Der Wirt warf ihm einen langen Blick zu. »Ja, das ist schlimm«, sagte er. »Geht es um einen ernsten Fall?«

»Ja«, sagte Franticek. Mit einem Fingerzeig auf sein Schnapsglas bestellte er den dritten Whisky.

»Ist es so ernst, dass dich das schlimm plagt?« Er war voller Verständnis.

Franticek nickte, und als der Wirt sein Glas vollgeschenkt hatte, trank er es in einem Zug aus. Der Whisky brannte in der Kehle, es tat gut, auch wenn Franticek wusste, dass ihm am Morgen übel sein würde. Aber das entsprach seiner Stimmung.

***

Stachelmann hatte den schmalen Stapel Papier in der Hand, fünfzehn Seiten, die Paginierung stimmte. Und aus den Dokumentenköpfen ging hervor, dass sie aus den Beständen des Nazischatzmeisters Schwarz stammten. Sie setzten sich an den Tisch an der Wand, während Esther sie unbewegt beobachtete.

Stachelmann las und kommentierte halblaut und schnell: »Kennwort: Odin. Der Reichsschatzmeister weist an, dass die Guthaben auf dem Konto und so weiter bei der Dresdner Bank in Berlin an den Oberführer Schmalsteg, Johannes, Essen, Straße und so weiter zu überweisen sind, und zwar auf das Konto soundso bei Sparkasse Essen. Schmalsteg ist anzuweisen, das Geld unverzüglich abzuheben und Vollzug zu melden.«

»Eine Überweisung oder so ähnlich, aber was ist Odin, abgesehen von seiner germanischen Existenz?«, fragte Georgie.

»Lass uns das erst durchsehen, zunächst schnell, dann gründlich. Zweites Schreiben. Kennwort: Odin. Der Reichsschatzmeister weist an, die Guthaben auf dem Konto soundso bei der Deutschen Bank München unverzüglich auf das Konto soundso bei der Sparkasse Hannover zu überweisen zugunsten von Sturmbannführer Wolters, der dieses Geld unverzüglich und vollständig abzuheben und zu sichern hat. Vollzug ist unverzüglich zu melden.«

»Fast eine Kopie des Ersten«, sagte Georgie.

Stachelmann nickte. »Der Reichsschatzmeister weist an, das Guthaben auf dem Konto soundso bei der Commerzbank Frankfurt am Main unverzüglich auf das Konto soundso bei der Raiffeisenbank Mannheim zugunsten von Unterscharführer Schwäblein zu überweisen. Dem Unterscharführer Schwäblein ist befohlen, den Betrag ungekürzt abzuheben und zu sichern. Vollzug ist zu melden.«

»Und wo ist der Germanengott, hm?«

»Wusste gar nicht, dass du auf so was stehst, den habe ich gerade unterschlagen«, haspelte Stachelmann. »Kennwort: Odin. Der Reichsschatzmeister weist an und so weiter und so fort.« Stachelmann blätterte durch den Rest des Stapels. »Das Gleiche in grün. Kennwort Odin, und Schwarz weist an, dass Knete zu überweisen ist, wer sie abhebt und dass Vollzug gemeldet werden soll.« Er sah sich jedes Blatt noch einmal an. »Alle Schreiben sind vom 27. April 1945, drei Tag vor dem Abgang des Gröfaz.«

»Sie haben die Konten leer geräumt«, sagte Georgie.

»Gar nicht doof«, sagte Esther. »Und Odin ist der Name der Operation, das hatten die also vorher geplant, die Überweisungskonten, die Empfängerkonten und die Nutznießer.«

Stachelmann und Georgie starrten auf Esther, die versonnen vor sich hin redete.

»Das Kopieren hat doch einen höheren Sinn, hm«, sagte Georgie schließlich.

»Sie hat recht, klar. Die Operation diente dazu, das Barvermögen der Nazis vor dem Zugriff der Feinde zu sichern. Klare Sache, logisch.« Stachelmann nickte Esther zu und hob den Daumen.

Sie lachte. »Wenn ich euch noch was erklären soll, sagt Bescheid. Ist kein Problem.«

»Ja«, erwiderte Stachelmann grinsend. »Dann erklär mir doch, warum das zum Teil kleine Lichter sind, die das Geld absahnen. Sieht man von dem Oberführer ab, der aber auch nicht der Tollste ist, sind das mittlere, zum Teil niedrige Dienstgrade.« Er blätterte im Stapel. »Unterscharführer, Hauptscharführer, der Sturmbannführer, na schön, das ist aber auch nichts Großartiges …«

Esther kicherte. »Das ist doch ganz einfach. Die Empfänger sollten das Geld nicht behalten. Odin war ein Netz von Nazis, eine Organisation, die Schwarz aufgebaut hat. Und die Empfänger der Überweisungen waren kleine Rädchen. Ist doch klar.« Sie kicherte wieder.

Stachelmann und Georgie schauten sich an und grinsten.

»Also, okay«, sagte Stachelmann, der immer noch grinste, »wir übernehmen die Kopierarbeit und du machst die historische Recherche. Einverstanden?«

Sie grinste zurück und sagte: »Wenn ich mir euch so anschaue, also, ich würde euch nie diese komplizierten Geräte anvertrauen. Ihr macht die kaputt und wenn nicht, kopiert ihr die Rückseiten. Das kann ich den Benutzern nicht antun. Wir machen es so: Wenn ihr mal wieder ein unlösbares Problem habt, kommt ihr zu mir, und ich erklär es euch. Davor und danach erfreue ich die lieben Benutzer mit erstklassigen Kopien.«

Sie lachten. Stachelmann und Georgie winkten Esther zu und zogen ab. Bevor er die Tür von außen schloss, sagte Stachelmann noch: »Könntest du bitte die Kopien noch einmal ausdrucken und sie Frau Bestler schenken? Sie wird dir einen Orden verleihen.«

»Klar«, sagte sie. »Auf Orden bin ich scharf.«

Sie setzten sich an den Tisch im Aufenthaltsraum. Georgie zog im Automaten eine Cola, öffnete die Flasche und trank. »Wir sind einen Schritt weiter, hm.« Er nuckelte an der Flasche, stellte sie auf den Tisch und setzte sich. Am Fenster schlugen Graupeln Wasserflecken, das Rauschen und Klicken der Eiskörnchen drang gedämpft in den Raum.

»Ja, ja«, sagte Stachelmann, »wir sind ein Stück weiter.« Sie schwiegen eine Weile, und Stachelmann las in den Kopien, dann sagte er: »Halten wir fest, was wir wissen und was wir herausfinden müssen.«

»Warum müssen wir eigentlich etwas herausfinden? Übergib den Kram der Polizei …«

»Und die gibt ihn mir zurück mit der herzlichen Bitte, denen zu erklären, um was es geht. Das kapieren die nie.«

»Na und?«

»Und du willst deinen netten Entführern nicht in den Arsch treten? Ich mag auf jeden Fall Leute nicht, die mich mit einer Knarre bedrohen. Ich gebe es zu, ich bin da ein wenig nachtragend. Aber wenn du keine Lust …«

Georgie winkte ab. »Fiel mir nur so ein.«

»Toll, was dir so einfällt.«

»Aber das mit in den Arsch treten, das ist eine schöne Vorstellung, hm.«

»Also, was wissen wir?«

Georgie räusperte sich. »Rehmer wurde ermordet. Rehmer hat diese Akten gesehen. Die Akten sind verschwunden. Ich nehme an, nachdem Rehmer sie gesehen hat. Er hat ja Kopien bestellt.«

Stachelmann nickte. »Ich glaube, wir sollten davon ausgehen, dass jemand diese Akten unbedingt verschwinden lassen wollte, weil Rehmer sie gefunden hatte. Nur woher wusste der Dieb, dass Rehmer sie gefunden hatte, und um welche Quellen es ging?«

»Die einfachste Erklärung, hm, wäre, dass Rehmer jemandem etwas darüber erzählt hat. Er war stolz, das zu finden, klingt ja auch toll: Operation Odin, und das drang ans Ohr von diesen Drecksäcken.«

»Aber was hatten diese Drecksäcke damit zu tun? Und wie kam es an ihr Ohr?«

»Ein Spitzel im Archiv, hm.«

»Woher soll der wissen, was alles bestellt, gelesen und kopiert wird? Letzteres ist wahrscheinlich am einfachsten, wenn man einen Zugriff auf den Computer hat, mit dem Esther arbeitet.«

»Das ist doch mal eine Idee. Aber warum hat der Hacker die Relikte nicht von der Festplatte gelöscht?« Georgie kratzte sich am Kopf. Dann stand er auf und verließ den Raum, um eine Minute später zurückzukehren. »Also möglich wäre es, die haben ein ziemlich rottiges Antivirenprogramm und nicht einmal eine Softwarefirewall installiert. So was könnte sogar ich knacken.«

»Oder die Sache läuft ohne den elektronischen Umweg. Da gibt's bestimmt einen Eingang, also die Dokumente, die kopiert werden sollen, und einen Ausgang mit den kopierten Dokumenten, die an die Besteller gegeben oder verschickt werden. Wenn man den Eingang und/oder den Ausgang im Auge behält, weiß man genau, was kopiert wird. Das könnte erklären, warum die Datenleichen auf der Festplatte geblieben sind.«

»Aber der Spitzel müsste einen Schlüssel haben und jeden Tag kommen.«

»Da käme nur Esther infrage …«

»Du spinnst, Josef …«

»Aber dann hätte sie uns nicht die Kopien von der Festplatte gegeben. Hat sie noch eine Kollegin?«

»Ja, ihre Schwester, aber die ist gerade in China.«

»Die beiden können wir vergessen«, sagte Stachelmann. »Du weißt ja gut Bescheid über die Damen.« Er grinste.

Georgie reagierte nicht, sondern trank einen Schluck.

»Wahrscheinlicher ist doch, dass das über einen Zufall

gelaufen ist. Wer sollte warum einen Spitzel ins Archiv setzen? Das ist Quatsch. Man stelle sich vor, der hockt seit Jahrzehnten hier herum und kümmert sich tagtäglich um nichts anderes als um solchen Quatsch. Es käme realistischerweise nur ein Mitarbeiter infrage, ein Dauerbesucher würde auffallen. Aber kann ein Mitarbeiter alle Bestell- und Kopiervorgänge überwachen? Das wäre monströs.«

»Und wenn es mehrere sind?«

»Nein, vergiss es. Was für einen Sinn soll das haben? Und wer interessiert sich dafür? Wer kauft Archivmitarbeiter als Spitzel, und das womöglich über Jahrzehnte?«

Eine klein gewachsene junge Frau kam in den Aufenthaltsraum, in der Hand eine Mappe, gekleidet in einen dicken roten Pullover und einen langen blassblauen Wollrock. Sie guckte die beiden Männer am Tisch etwas erschrocken an, als wären sie Wesen von einem fernen Planeten, und huschte zur Spindreihe. Es klapperte, ein leises Quietschen, dann tauchte sie wieder auf, nun gehüllt in einen Mantel und einen Schal, den sie sich mehrfach um den Hals geschlungen hatte. Sie schaute zum Tisch und verließ grußlos den Raum.

Georgie grinste.

»Lass uns noch mal anfangen. Wir haben zwei Tote, eine Nötigung und eine Entführung. Bei Rehmer gehen wir mit großer Wahrscheinlichkeit davon aus, dass sein Tod etwas mit den besagten Akten« – er tippte auf den Papierstapel vor sich – »zu tun haben könnte. Okay?«

Georgie nickte.

»Dann haben wir Maltmann, Rehmers Chef. Es wäre leicht, eine Verbindung zu ziehen, die was mit den Akten zu tun haben könnte. Also Rehmer erzählt Maltmann etwas darüber, Maltmann erzählt es jemand anderem, und zwar dem Falschen, und das ist derjenige, der aus irgendwelchen Gründen Angst vor den Akten hat. Er hat solche Angst, dass er Rehmer und Maltmann umbringt. So herum lässt sich die Geschichte einfach zusammenbringen. Und die Entführung passt auch hinein, denn die Typen wollen damit herauskriegen, ob weitere Aktenkopien im Umlauf sind, und für den Fall, dass es so ist, haben sie dich gleich als Austauschobjekt auf Lager.«

»Ich wüsste noch ein paar nette Geschichten, die sich einfach zusammenbringen lassen und leider alle darunter leiden, dass sie Quatsch sind, hm. Außerdem erinnere ich an dieser Stelle an einen berühmten Hamburger Geschichtsphilosophen, der einmal was abgesondert hat über die Gefahren der Plausibilität. Leider ist mir sein Name gerade entfallen.«

Stachelmann winkte ab. »Zäumen wir die Sache versuchsweise vom anderen Ende auf. Was ist an den Akten so besonders, dass sie … mehr als fünfundsechzig Jahre nach ihrem Entstehen noch jemanden so aufregen, dass er wenigstens einen Mord begeht und vielleicht einen zweiten und eine Entführung dazu. Da riskiert jemand eine Menge. Und er muss es für etwas tun, das dieses Risiko lohnt. Es sei denn, er ist verrückt, aber das schließen wir jetzt mal aus. Die Typen jedenfalls, die dich entführt haben, scheinen ganz sympathisch gewesen zu sein.«

Georgie deutete eine Schlagbewegung an. »In den Akten geht es um Knete, Naziknete, das ist doch eines der ältesten Motive überhaupt. Dieser besagte Geschichtsphilosoph übrigens pflegte in vergleichbaren Fällen in der ihm eigenen klaren Weise, leider kann ich es nicht nachmachen, aus den Tiefen seines Geistes die Erkenntnis herauszuarbeiten, dass das Naheliegende meistens richtig sei. Hm. In den schlichten Worten eines Normalsterblichen und damit auch du es verstehst, könnte man sagen: In den Akten geht es um Geld, also geht es in unserem Fall um Geld. Logo?«

Stachelmann nickte. »Das ist zumindest eine überzeugende Theorie. Aber was haben Maltmann und Rehmer mit dem Geld zu tun, von dem in den Akten die Rede ist?« Er hielt sich die Dokumente vor Augen und las jedes noch einmal quer. Dann gab er Georgie den Stapel. »Aber keine Schmutzflecken daraufmachen.«

Georgie nahm die Colaflasche und neigte sie über die Papiere. Dann stellte er die Flasche auf den Tisch und las.

Stachelmann räusperte sich. »Eigentlich ist die Sache ziemlich klar. Jedenfalls habe ich keine bessere Erklärung. Die Niederlage steht fest, keine Wunderwaffe hilft was, die Rote Armee ist schon in Berlin, im Westen rücken Amis und Briten unaufhaltsam und schnell vorwärts. Im Braunen Haus in München sitzt der Parteigenosse Schwarz und verteilt auf den letzten Drücker das Barvermögen der Partei. Er weiß, dass die Immobilien und Firmen beschlagnahmt werden, aber das Geld kann er retten.«

»Wie viel?«

»Keine Ahnung. Aber die Partei war stinkreich, die hat locker den Staatshaushalt geschröpft und frohgemut Spenden einkassiert. Ein paar zig Millionen werden es schon gewesen sein. Wenn nicht mehr.«

»Wir könnten bei den genannten Banken nachfragen.«

»Vergiss es«, sagte Stachelmann. »Bankgeheimnis oder die Unterlagen gibt's nicht mehr, such dir eine Begründung aus. Außerdem hilft uns die Summe nicht weiter, zumal es unsinnig wäre zu glauben, das wären die einzigen Überweisungen.«

»Okay«, sagte Georgie. Aus dem Graupelschauer wurde ein Graupelsturm, der die Sicht nach draußen in körniger wässriger Milch enden ließ, die die Scheibe hinunterfloss. »Dann bleibt ja nur eine Möglichkeit. Rehmer hat etwas herausgefunden, das jemanden heftig gestört hat.«

»Und es geht um Geld«, unterstrich Stachelmann.

»Was ist denn mit den Geldern geschehen, so generell?«

»Achtundvierzig mussten sie die Währungsreform überstehen. Aber das war nicht so schwierig. Anlagen wurden ja auch getauscht, und obwohl nicht eins zu eins, so hatte man statt der Reichsmark D-Mark in der Hand. Die braunen Finanzexperten werden das schon hingekriegt haben, da musst du dir keine Sorgen machen.«

Georgie streckte ihm die Zunge raus. »Aber wie kommen wir weiter?«

»Na, über die Namen, ist doch klar.«

»Hm. Wir klappern also die Friedhöfe ab und exhumieren die braunen Finanzrecken, würgen ihre knochigen Hälse ein bisschen und enthüllen so das große Geheimnis. Deine beste Idee, Holmes.«

»Hör mit dem Holmes-Scheiß auf. Nein, ich spekuliere auf den Koffer auf dem Dachboden, so unter einer schönen dicken Staubschicht. Die Typen hatten Kinder, die Kinder haben Enkel …«

»Es gibt nichts Schöneres, als mit dir zusammenzuarbeiten. Und wie kommen wir an die Daten zu den Namen?«

»Wir schauen Frau Bestler, genauer gesagt, da komme nur ich infrage, also ich schaue Frau Bestler tief in die Augen, und dann rückt sie die NSDAP-Mitgliedskartei raus, die die Amis ihr geschenkt haben. Sie wird ein bisschen über Datenschutz murmeln, aber dann doch dem Führer nicht mehr Rechte einräumen als uns.«

***

Aurelia nahm ihn in den Arm, wie sie es immer tat, wenn Walzer nach Hause kam, nicht fest, aber zärtlich. Sie küsste ihn am Ohr, und ihr Gesicht lag ein wenig länger als sonst an seinem. Sie schien zu riechen. Dann nahm sie sein Gesicht in beide Hände und sah ihn an, ganz freundlich. Sie musterte ihn eine Weile, ohne ein Wort zu sagen. Sie wandte sich ab, ließ ihn stehen und ging ins Haus.

Walzer stand wie erstarrt, dann dachte er, dass sie es nicht habe merken können. Dass es ihre zerstörerische Einbildungskraft sei, die sie fehlleitete, auch wenn sie diesmal zufällig recht habe. Er hatte geduscht, er war noch einmal im Büro gewesen, hatte mit Ammann die Einladung für die nächste Forumstagung durchgesehen, hatte Kaffee getrunken und Kekse gegessen. Nein, so lange trug man den Duft der anderen nicht mit sich herum. Aurelia hatte nur wieder einen schlechten Tag.

Annette und er hatten sich geliebt an diesem Nachmittag, aber es war weder besonders intensiv gewesen noch hing es ihm sonderlich nach, eigentlich nur als schlechtes Gewissen und als die Angst vor dem großen Fehler, den er bisher vermieden hatte. Auch wenn der Sex nicht besonders aufregend gewesen war, so hatte er doch die Befreiung gespürt. Er konnte sich wieder ausleben, er hatte es nicht mit einer in eine umwerfend schöne Hülle verpackten und entsicherten Handgranate zu tun, sondern mit einer richtigen Frau, die ihren Spaß hatte, die lachte, die ihn foppte, die nichts von ihm wollte außer dem, was sie getan hatten. Gewiss erbat sie seine Hilfe bei der Suche nach einem Job, aber das hatte nichts miteinander zu tun. So billig war sie nicht, sie hatte kein Wort darüber verloren. Er hatte ihren festen Körper genossen, und sie hatte ihn genossen. Und bald würden sie voneinander profitieren. Er würde ihr einen Karrieresprung verschaffen, und sie würde zu den Freunden der Akademie gehören. Da hatte er am Ende mehr gewonnen als sie. Sogar in dieser seltsamen, angespannten Lage, als er draußen im Herbstwind vor der Tür stand, die Aktentasche in der Hand, selbst in dieser eigentlich brenzligen Lage war er stolz auf sich, weil es ihm immer wieder gelang, dass alle, die mit ihm zu tun hatten, gewannen und dies auch begriffen. Er war der Mittelpunkt einer Gruppe von Menschen, die sich nur Gutes wünschten. Der Erfolg der neuen Strategie war offensichtlich, und er trat schneller ein, als selbst der optimistische Walzer es erhofft hatte. Es lag auch an ihrer Arbeit, dass ein neues sinnvolles Feindbild gefunden worden war und über alle Fakten zu triumphieren schien, dass sogar Politiker im Spektrum links der Mitte die Argumente eines alternativlosen Liberalismus übernommen hatten und dass nicht zuletzt die Geschäfte der Holding florierten und neues Geld in die Kassen spülten und damit ihrer Arbeit noch größere Wirkung ermöglichten. Er musste grinsen, als er an seine Vorstandskollegen dachte, an den stocksteifen Potthoff, der eigentlich für Organisation zuständig war, aber sich damit abgefunden hatte, dass Ammann die wichtigen Dinge regelte, an Karstedt, der die Finanzen verwaltete, natürlich unter Ammanns Aufsicht, an den fetten Roggisch mit der angedeuteten Elvistolle, der das Marketing und die Pressearbeit leitete, es sich aber nach einigen eher läppischen Fehlschlägen angewöhnt hatte, mit jedem Kleinkram zu Walzer zu rennen, weil der das Naturtalent war, wenn es darum ging, Ideen zu verkaufen.

Er sah Aurelias ernstes, trauriges Gesicht in der Scheibe. Endlich kamen die Jungen angelaufen. Vielleicht ist das Gewitter schon vorbeigezogen, dachte Walzer. Er nahm die beiden in die Arme und zog sie ins Haus. Er fror, das merkte er erst jetzt.

Sie setzten sich ins Wohnzimmer, Aurelia kam dazu, und ihm schien, dass ihre Bewegungen langsamer waren als sonst. Ihr Gesicht war leer. Sie setzte sich in einen Sessel und verfolgte, wie er mit den Kindern tobte, bis alle erschöpft waren. Walzer schwitzte, und die Jungen lagen auf dem Teppich. Aurelia verschwand in der Küche, es war fast alles wie sonst. Dann holte sie den Rest in die Küche, und sie aßen, die Kinder schwatzten über die Schule. Aurelia sagte nichts, aber das war nicht ungewöhnlich.

Nach dem Essen flitzten Marc und Jonas nach oben, um zu spielen. Man hörte das Trampeln ihrer Füße. Aurelia und Walzer saßen schweigend auf ihren Plätzen. Walzer lag die Frage im Mund, ob es ihr gut gehe, aber er fürchtete einen Ausbruch als Antwort.

»Wir haben einiges geschafft in der Fabrik«, sagte er. Manchmal nannte er die Akademie so. Meistens lächelte sie dann.

Aber sie lächelte nicht. Sie nickte. »Gut, dass du fleißig warst.«

Ein Anknüpfungspunkt, dachte er, ganz harmlos. »Du machst dir doch hoffentlich keine Sorgen, dass das Geld nicht mehr reicht.«

Aurelia wandte ihm ihr Gesicht zu. Es war so schön wie damals in Marburg. In ihren Augen aber konnte er nichts lesen. »Darüber mache ich mir keine Sorgen. Außerdem, ich käme auch mit weniger Geld aus.«

Stimmt, dachte er. Sie hat kaum Ansprüche. Sie kleidet sich nicht übermäßig teuer, sie ignoriert Schmuck, sie achtet bei der Innenausstattung mehr auf die Funktionalität und hat keinen Sinn für den Markenfetischismus. Wenn etwas teuer wurde, dann lag es immer an ihm. Sie fuhr seit vielen Jahren einen Renault-Großraumwagen, damit die Kinder und das Gepäck, früher der Kinderwagen, heute die Fahrräder, transportiert werden konnten, und hätte von sich aus nie den Wunsch auch nur bedacht, ein moderneres und prestigeträchtigeres Auto fahren zu wollen. Sie hatte auch nicht diese Freundinnen, die solche Impulse setzen würden. Eigentlich hatte sie gar keine Freundinnen, sie hatte nur ihn. Sie hatte sich damals ganz auf ihn eingelassen, auf eine fast beängstigend konsequente Weise. Aber er hatte es gewollt, er hatte so heftig und anhaltend um sie geworben. Er hatte jetzt ein schlechtes Gewissen. Und doch genoss er noch das Gefühl der Befreiung. Und spürte, dass er sich in ein Gefängnis begeben hatte, aus dem er nicht mehr herauskam. Natürlich konnte er aufstehen und sie von einer Minute auf die andere verlassen. Er würde ihr Geld geben, sodass sie ausgesorgt hätte. Man könnte sich das Sorgerecht teilen, er war ein guter Vater, niemand konnte das bestreiten. Aber er würde es nicht tun. Er konnte sie nicht verlassen, und dies nicht wegen ihr, nicht aus Mitleid, nicht wegen der Verpflichtung, die er eingegangen war, sondern weil sie einzigartig war. Und wenn sie ihm jetzt etwas antun würde, wenn sie nun schreien, wenn sie Geschirr werfen, wenn sie ihn schlagen, wenn sie ihren Kopf gegen die Wand hämmern würde, er erinnerte sich mit Schrecken an diesen Anfall, all dies und alles, was noch kommen sollte, konnte seine Liebe für sie nicht erschüttern. Sie war für ihn die Frau, die ihn fesselte, seit er sie zum ersten Mal gesehen hatte.

Er war versucht, ihr seinen Fehltritt zu gestehen. Walzer überlegte, ob es ihr helfen könnte, wenn sie einmal recht hatte mit ihrem Verdacht. Doch er fürchtete, dass er nur die Tür zur Hölle öffnen würde. Für sie waren all die Verdächtigungen und Ängste der vergangenen Jahre wirklich, sie würde keine Genugtuung verspüren, sondern Bestätigung. Sie würde nicht sagen, du warst mir nun doch einmal untreu, aber immerhin gestehst du es, immerhin bist du kein Waschlappen. Sie würde stattdessen sagen: Ich habe es immer gewusst, und jetzt hast du selbst deine Lügen aufgedeckt. Er verschloss den Weg in die Hölle wieder.

***

Zurück bei Ennenstedt im Kommissariat, fragten sie den Kriminalrat, was die Durchsuchung von Maltmanns Büro ergeben hatte. Der schüttelte seinen Kopf und sagte: »Vorbehaltlich einer genaueren Sichtung, fürchte ich, dass es nichts gibt, das uns weiterhelfen könnte. Einen Haufen Papier, den wir noch durchsehen müssen. Akten und so weiter.«

»Akten aus dem Bundesarchiv?«, fragte Gaby Kohlenberg. »Da war Rehmer zuletzt.«

Ennenstedt zuckte mit den Achseln. »Woran erkennen wir die?«

»Gute Frage«, sagte Gaby Kohlenberg.

»Und was könnte darin stehen?«

»Wieder eine gute Frage.«

Schweigen.

»Könnte es sein, dass es zwischen Rehmer und Maltmann eine spezielle Beziehung gibt, und zwar wegen bestimmter Akten?« Gaby Kohlenberg hörte sich nicht so an, als wäre sie überzeugt von dieser Hypothese. »Es geht ja die Behauptung um, Rehmer habe etwas Sensationelles gefunden in Berlin. Die Frage ist, ob er es seinem Chef mitgeteilt hat.«

»Was soll das heißen?«, fragte Ennenstedt.

»Ach, ich weiß es selbst nicht so genau. Ich habe da etwas in der Nase. Wir müssen jedenfalls die Beziehung zwischen Rehmer und Maltmann neu bewerten. Rehmer hat ihn nicht erpresst, wie Maltmann behauptet hat. Das war ein übles Ablenkungsmanöver, Tote können sich nicht wehren.«

Weber räusperte sich. »Dann können wir also unterstellen, dass Maltmann und Rehmer nicht in herzlicher Liebe miteinander verbunden waren, sich gewiss auch gestritten haben, aber es gibt kaum einen Zweifel, dass sie sich die meiste Zeit wenigstens arrangiert haben. Maltmann war der Chef, Rehmer war vielleicht zu ehrgeizig, aber das ist nichts Ungewöhnliches.«

»Hatten sich Maltmann und die Leitner nun wirklich getrennt?«

Ennenstedt zuckte mit den Achseln. »Sie hat es behauptet.«

»Vielleicht war Maltmann einfach fertig«, sinnierte Gaby Kohlenberg. »Auf den Tod der eigenen Frau zu warten, vielleicht zu hoffen, irgendwas dazwischen, das ist eine Lage, die einen seelisch extrem belastet, wenn man kein Betonklotz ist. War Maltmann ein Betonklotz?«

»Eher nicht«, sagte Weber. »Aber wer weiß es?«

Gaby Kohlenberg knetete ihre Hände. »Wir sollten den Stachelmann in diese Akten von Maltmanns Schreibtisch gucken lassen. Wir kommen damit doch nicht weiter.«

Ennenstedt hob die Augenbrauen. »Es gibt auch in Leipzig Historiker …«

»Natürlich, aber Stachelmann hatte mit derlei Akten schon zu tun. Außerdem habe ich den Eindruck, dass er verdammt gut mit … Quellen umgeht. Und er hat der Polizei verschiedentlich geholfen, wie mir ein Hamburger Kollege gesteckt hat. Es waren Dinge dabei, die uns nicht nur zur Ehre gereichen.«

Weber warf ihr einen erstaunten Blick zu.

Ennenstedt überlegte, seine Finger trommelten auf der Tischplatte. Wahrscheinlich formulierte er Gründe, um die Kosten zu rechtfertigen. Warum haben Sie keinen Historiker aus Leipzig herangezogen? Das würde der Polizeipräsident vielleicht fragen, vielleicht auch der Landesrechnungshof. Die Korinthenkacker eben.

»Bevor sich da ein anderer einarbeitet, ist der Stachelmann fertig damit. Der hat bei uns in Berlin extrem schnell gearbeitet. Also, die Fahrtkosten kommen billiger, als hier einen sich einarbeiten zu lassen.«

»Gut. Rufen Sie ihn an?«

»Das macht unser Chef.«

***

Sie hatten ihm die Akten aus Leipzig in den Berliner Lesesaal gebracht. Bartels hatte schließlich eingesehen, dass Stachelmann keine Zeit und offensichtlich auch keine Lust hatte, nach Leipzig zu fahren. Es erschienen zwei uniformierte Beamte, die einen Karton in den Lesesaal trugen, was ihnen erstaunte Blicke einbrachte und in der Folge auch Stachelmann interessant machte, nachdem der Karton auf seinem Tisch abgestellt war. Er musste versprechen, die Akten keine Sekunde unbeaufsichtigt zu lassen, sie also, wenn er auf die Toilette musste oder essen ging, dem Aufsichtspersonal zu übergeben, das von den Polizisten instruiert worden war. Am Abend würden die Beamten die Akten abholen und sie am kommenden Morgen, sofern nötig, wieder bringen, damit sie über Nacht unter Verschluss waren.

Stachelmann und Georgie aber brauchten keinen ganzen Tag, um zu erkennen, dass die Akten für den Kriminalfall belanglos waren. Maltmann wollte sich offenbar mit der Parteienentwicklung in den Westzonen ab 1945 befassen, ein ausgelutschtes Thema, wie Stachelmann fand, dutzendfach beackert und in seinen Augen nur bedeutend im Hinblick auf die auch nicht mehr neue Frage, wo die alten Nazis sich verkrochen hatten auf ihrer Flucht in die Demokratie. Ein schmaler Stapel handelte von den Urgründen des Bundes der Heimatvertriebenen, der seine personalen und politischen Interessen mit gewaltigem Tamtam beförderte und gleichzeitig feststellte, er verfüge leider nicht über genügend Mittel, um die eigenen braunen Wurzeln zu erforschen. Nichts Neues also.

Georgie schnaubte und beschwerte sich flüsternd über die Zeitverschwendung.

»Es gibt zwei Möglichkeiten. Entweder hat Rehmer Maltmann Kopien von seinen Akten gegeben. Oder er hat es nicht getan. Im ersteren Fall liegen die woanders, vielleicht hatte er die Brisanz des Materials erkannt und es versteckt, oder das Zeug wurde geklaut wie hier im Archiv.«

»Pst!«, zischte es von hinten.

Stachelmann erhob sich, zeigte auf den Karton und verließ den Lesesaal. Er ging in den Aufenthaltsraum, nahm seinen Mantel aus dem Spind und schlenderte Richtung Ausgang. Georgie kam ihm entgegen, er hatte mittlerweile den Karton bei der Aufsicht abgeliefert. »Lass uns ein paar Schritte gehen«, sagte Stachelmann.

Georgie verschwand in Richtung Aufenthaltsraum.

Jemand tippte Stachelmann auf die Schulter, er erschrak, fuhr herum und sah in das grinsende Gesicht von Esther. »Alles klar?«

Stachelmann nickte. »Keine unlösbaren Rätsel bisher. Wenn, dann komme ich zu dir.«

»Stehe zu Diensten.« Sie hob den Daumen und ging wiegenden Schrittes zum Kopierraum. Georgie blinzelte ihr zu, als sie vorbeikam, während er den Aufenthaltsraum verließ, die Kapuzenjacke geschlossen.

»Die Sache hängt fest«, sagte Stachelmann, als sie vor

der Tür standen. Es war kalt und feucht, es hatte genieselt. Eine trübsinnige Stimmung.

»Ja, aber ich will nicht, dass wir aufgeben. Klar?«

»Natürlich«, sagte Stachelmann. »Ich müsste eigentlich für Rosenzweig arbeiten, aber ich komme kaum dazu.«

»Wie kommen wir weiter, hm?«

»Ich sehe das so. Die Bullen wissen wenig, wir wissen wenig, aber vielleicht ein bisschen mehr« – er wiegte seinen Kopf –, »wir sollten uns mit denen zusammensetzen.«

»Dann legen wir also wenig und wenig auf den Tisch.«

»Womöglich kommt nichts dabei heraus. Aber wir wären dumm, es nicht zu versuchen. Außerdem können die uns helfen, die Namen in den Rehmer-Dokumenten herauszuklamüsern. Die haben Zugriff auf die Akten der Einwohnermeldeämter, das könnte helfen. Wenn wir uns da abmühen müssten, ich sage nur Datenschutz …«

»Okay«, sagte Georgie. »Hm, dann gehen wir eben zu den Bullen.«

Stachelmann beschäftigte sich in den folgenden Stunden mit Rosenzweigs Fall, ohne etwas Neues herauszufinden. Als am Abend die beiden Beamten kamen, um die Akten abzuholen, sagte er ihnen, sie könnten sie behalten. Ob Bartels im Präsidium sei, er würde gern mit ihm sprechen.

»Im Prinzip ist er da, rufen Sie ihn an. Meistens bleibt er bis spät.«

Stachelmann wählte Bartels Nummer, der Kriminalrat war gleich dran, und nachdem Stachelmann ihm mitgeteilt hatte, dass Maltmanns Akten nicht weiterhelfen würden, schlug er eine gemeinsame Besprechung vor. Je früher, desto besser. Sie einigten sich auf den kommenden Vormittag.

Stachelmann und Georgie fuhren nach dem Frühstück mit der S-Bahn und der U-Bahn zum Platz der Luftbrücke. In Bartels Büro warteten neben dem Kriminalrat bereits Weber und Gaby Kohlenberg. Sie saßen am Tisch, darauf standen zwei Thermoskannen, weiße Porzellanbecher vor den Sitzplätzen. Stachelmann beäugte kritisch die Stühle und bat dann darum, Bartels Chefsessel benutzen zu dürfen. »Ich hab's ein bisschen im Rücken«, sagte er, und Bartels nickte freundlich.

Stachelmann saß an der einen Stirnseite, der Kriminalrat an der anderen. Georgie hatte sich neben Stachelmann gesetzt, er beäugte die Bullen misstrauisch. Neben ihm saß Gaby Kohlenberg, ihr gegenüber Weber. Der goss den Besuchern ungefragt Kaffee ein und schob Zucker und Milch in ihre Tischecke. Nachdem sie sich genommen hatten, lehnte sich Bartels zurück und sagte: »Ich fange an, wenn Sie einverstanden sind. Wir wissen erbärmlich wenig, und wir haben keine belastbare Spur. Nur ein paar nicht ganz abwegige Vermutungen, wobei wir nicht wissen, wie die zusammengehören.«

Das Telefon klingelte. Bartels stand auf und wies an, keine Anrufe mehr durchzustellen, außer im Notfall. Dann setzte er sich wieder.

»Wir wissen nicht einmal, in wie vielen Straftaten wir ermitteln. Sicher ist, erstens, der Mord an Rehmer, zweitens wurden Sie entführt« – ein fragender Blick zu Georgie –, »drittens wurden Sie beide von einem Mann mit einer Waffe bedroht, und viertens, vielleicht viertens, ist Maltmann erschossen worden. Unsere Kollegen in Leipzig glauben allerdings, es handle sich um Suizid. Nun gut, wenn die KT fertig ist, wissen wir vielleicht mehr.«

»Kann man jemanden so umbringen, dass es zweifelsfrei wie ein Selbstmord aussieht?«, fragte Stachelmann.

»Im Prinzip ja. Aber dann müssten Sie den Selbstmörder, eigentlich mag ich dieses Wort nicht, also Maltmann hätte selbst abdrücken müssen. An seiner Hand finden sich Schmauchspuren, an der Waffe nur seine Fingerabdrücke, nicht einmal Wischspuren, die andeuten könnten, dass da jemand anderes im Spiel war. Dagegen könnte man anführen, dass er keinen Abschiedsbrief hinterlassen hat, aber das Argument sticht schon deswegen nicht, weil keineswegs jeder Suizid literarisch begleitet wird.« Er verzog keine Miene. »Wir haben natürlich Spuren von anderen Menschen gefunden, aber das ist in einem Büro normal. Es sind Hunderte von Fingerabdrücken, was gegen die Reinigungsfirma spricht, die das Büro sauber halten soll, aber uns das Leben vielleicht erleichtert, wenn man davon absieht, dass wir alle diese Fingerabdrücke abgleichen müssen mit denen von Studenten und Kollegen, die in diesem Büro waren. Sie können sich leicht vorstellen, dass das dauert.«

»Wir buchen den Fall bisher als ungeklärt ab«, sagte Gaby Kohlenberg.

»Aber wir finden heraus, was es war«, ergänzte Weber nach einem Hüsteln.

Bartels nickte. »Sie haben in Maltmanns Unterlagen nichts gefunden, das uns weiterhilft.« Er blickte Stachelmann an.

Der schüttelte den Kopf. »Nein, schon gar nicht Kopien von den Akten, die Rehmer entdeckt hatte und die offensichtlich der Schlüssel für diesen Fall sind.«

Die drei Polizisten starrten ihn an. Georgie grinste.

»Es gibt nur eine Sache, die alle Straftaten miteinander verbindet, und das sind diese Aktenseiten aus dem Bestand des NSDAP-Reichsschatzmeisters Schwarz …«

Weber hob die Hand. »Wer ist das?«

»Franz Xaver Schwarz, NSDAP-Mitglied Nr. 6, 1925 bis 1945 Schatzmeister der Nazipartei und Hitlers Generalbevollmächtigter für alle Finanzfragen, der Mann, der erst die lebensbedrohlichen Schulden der Nazis verwaltete und dann, nach der Machtübertragung an sie, ihr Vermögen aus Spenden der Industriellen und Banker, Mitgliedsbeiträgen, Abzweigungen aus dem Staatshaushalt, Arisierungsgewinnen, Immobilienerlösen, Unternehmensgewinnen und so weiter und so fort anhäufte. Dieses Vermögen war gigantisch, ohne dass ich genaue Ziffern nennen könnte, Hunderte von Millionen, vielleicht Milliarden in damaliger Währung. Immobilien und Unternehmen der Nazis wurden von den Alliierten beschlagnahmt. Aber das Geldvermögen, das auf Hunderten von Konten und nicht nur in Deutschland ruhte, das wurde wenigstens in Teilen kurz vor der Götterdämmerung sichergestellt. Die Akten, die Rehmer gefunden hat, dokumentieren einige Überweisungen, da wurden, schlicht gesagt, die Konten leer geräumt, und das nach einem Notplan, der Operation Odin.«

»Und Sie sagen, wenn diese Straftaten miteinander zusammenhängen, dann über diese Operation Odin.« Bartels schaute seine Kollegen an, dann Stachelmann. Georgie übersah er.

»Nein, das sage ich nicht. Es kann alles ganz anders sein. Aber es wäre falsch, diesen einzigen Punkt, mit dem sich alles andere verbinden lässt, außer Acht zu lassen. Oder fällt Ihnen was Besseres ein?«

Die drei Polizisten wechselten Blicke, sie sahen nicht überzeugt aus. Bartels seufzte, dann sagte er: »Möglich ist natürlich immer alles, aber mir scheint es weit hergeholt zu sein, dass sich aus dubiosen Transaktionen vor fünfundsechzig Jahren irgendein Fall ergeben könnte. Die Leute in den Akten sind doch alle längst tot.«

»Und das Geld, ist das auch tot?«, fragte Georgie in vollendeter Gelassenheit.

Schweigen.

»Geld stinkt nicht nur nicht«, sagte Stachelmann, »es geht in der Regel auch nicht verloren, solche Summen jedenfalls nicht.«

»Wir sollen also, wie heißt es so schön« – Bartels lächelte ein wenig gönnerhaft –, »der Spur des Geldes folgen. Und Sie werden mir erklären, wie das geht.«

»Gerne«, sagte Georgie, »man klappert die Namen in den Akten ab. Was sonst?«

Schweigen.

Dann Gaby Kohlenberg: »Und dieser Schwarz, was ist aus dem geworden?«

»Der wurde inhaftiert und befragt, offensichtlich haben die Amis ihn ein bisschen hart angefasst, jedenfalls ist er 1947 in der Haft gestorben. Vielleicht haben die damals ja schon für Guantánamo geübt. Er hat die Klappe gehalten und nichts verraten.«

»Und jetzt wollen Sie seine Nachkommen suchen ...« Gaby Kohlenberg schaute Stachelmann fragend an.

»Nein, die Empfänger, also, hm, die Nachkommen der Empfänger. Irgendeiner von denen sollte doch wissen, was Papa oder Opa mit der Kohle gemacht hat«, sagte Georgie. Ihm schien die Sitzung Spaß zu machen.

»Jetzt stellen Sie sich mal Folgendes vor«, sagte Bartels betont ruhig. »Sie finden also einen von diesen Nachkommen. Der Großvater oder Vater hat das Geld abgehoben und irgendwo gebunkert. Er hat es auch durch die Währungsreform gebracht. Nun könnte man sagen, das erfüllt Straftatbestände wie etwa Unterschlagung zu Lasten der NSDAP, also ihrer Erben ...«

»Das ist der Freistaat Bayern«, sagte Stachelmann.

»Danke. Dieser und alle anderen Straftatbestände sind längst verjährt. Zivilrechtlich, also nach Paragraf 197 BGB, könnte man, weil es eine Erbsache ist, die erstaunliche

Verjährungsfrist von dreißig Jahren annehmen, auch wenn Sie genug Juristen finden werden, die das ganz anders sehen. Aber selbst dreißig Jahre sind viel zu kurz.«

»Wir wollen ja auch diesen Erbkram nicht aufklären oder nur so weit, wie es nötig ist«, sagte Georgie.

»Sie verstehen nicht, was ich meine«, erwiderte Bartels und blickte Georgie an. »Die Frage ist: Warum sollte heutzutage jemand einen Mord begehen, Sie entführen, mit einer Waffe in einem Hotelzimmer herumfuchteln und einen Leipziger Professor umbringen, wenn das alles gar nicht nötig ist? Wer immer das Geld in dieser *Operation Odin*« – er zog die beiden letzten Wörter in die Länge – »kassiert hat, er kann es behalten. Niemand wird es ihm wegnehmen. Verstehen Sie, was ich meine?«

»Klar«, sagte Stachelmann genauso gelassen. »Es sei denn, dem Nutznießer ist die Herkunft des Geldes peinlich.«

»Sicher, aber wenn sich herausstellt, es ist bei einem Wohlfahrtsverband gelandet, dann wird dessen Geschäftsführer die Achseln zucken und sagen: Es ist doch gut, dass gerade dieses Geld und so weiter. Und wenn es bei einem üblen Kapitalisten gelandet ist, dann wird der sowieso mit den Achseln zucken, nichts gewusst haben und oder eine Spende an die jüdische Gemeinde absondern. Wir sind die Mordkommission, wir suchen Spuren und Motive. Spuren mag es geben, aber kein Motiv.«

»Gut«, sagte Stachelmann. »Mein Vorschlag ist: Sie helfen uns bei den Namen in den besagten Akten. Wenn wir im Internet suchen müssten, es wäre ein Elend. Aber wenn wir die Namen und die Adressen mit den Daten in den jeweiligen Einwohnermeldeämtern abgleichen, sollten wir doch ein paar Treffer landen. Und es wird sich bald zeigen, ob unsere Theorie abwegig ist.«

Bartels überlegte. »Das ist datenschutzrechtlich nicht

einfach, aber das kriegen wir hin. Ich will mir von niemandem den Vorwurf machen lassen, wir hätten diese Spur ignoriert. Auch wenn sie ins Nirgendwo führt.« Er schaute seine beiden Kollegen an. »Wer macht das?«

»Der kleine Meier«, sagte Weber.

»Wir müssen aber vorher ins Archiv«, sagte Stachelmann. »Und wenn wir Glück haben, kommen wir mit den Mitgliedskarten oder Ähnlichem zurück.«

Frau Bestler holte sie im Lesesaal ab und führte sie in ihr Büro.

»Wir brauchen alle Unterlagen zu den in den besagten Akten genannten Personen, also Mitgliedsausweise, die Daten der parteistatistischen Erhebung von neununddreißig, Fragebogen, Zentralkartei …« Stachelmanns Stimme wurde leiser, während er es sagte.

Ihre Augen wurden größer. »Wollen Sie auch die mumifizierte Leiche des Führers sehen?«

»Keine schlechte Idee«, sagte Georgie.

Stachelmann hob die Augenbrauen. »Wir sind auf der Spur des Geldes. Schwarz überweist an Parteimitglieder und die haben Nachkommen. Sie verstehen?«

Sie nickte.

»Persönlichkeitsschutzrechtlich sollte das doch ein lösbares Problem sein«, flötete Stachelmann. »Wir haben ja auch schon unterschrieben, dass wir da brav sein werden.«

Sie lächelte ein wenig. Endlich.

»Und wir arbeiten mit den Bullen zusammen!«, erklärte Georgie mit triumphierendem Unterton. »Genauer gesagt, die mit uns.«

»Na, wenn das so ist, leiste ich Ihnen ja Amtshilfe.« Sie lachte. »Und für so großartige Kollegen legt man sich gern krumm. Bis wann brauchen Sie das denn?«

»Och«, sagte Georgie zuckersüß, »eigentlich sofort.«

»Sie verbreiten hier Entspannung und Gemütlichkeit.« Sie blickte auf die Uhr. »Nicht vor morgen Mittag.« Sie klang entschlossen. »Oder Sie bereiten bei mir zu Hause das Abendessen, erledigen den Abwasch und bügeln drei Kubikmeter Wäsche, nachdem Sie zwei nölende Kinder ins Bett gebracht haben.«

»Das mach ich«, sagte Georgie.

Ihr Arm schnellte vor in Richtung Tür, ihr Zeigefinger war spitz und gefährlich wie ein Messer. »Raus!«, sagte sie. Und dann musste sie doch lachen.

Am übernächsten Tag im Präsidium. Gaby Kohlbergs Blick ging auf den Flughafen, draußen goss es in Strömen, Stachelmanns Haare waren nass, und er verfluchte sich, weil er den Regenschirm vergessen hatte. Neben dem üblichen Büromobiliar gerahmte Fotos auf dem Schreibtisch, Blumentöpfe auf der Fensterbank. An einer Wand ein großformatiger Kunstkalender, der Picassos *Guernica* zeigte. Vor ihnen lagen die Rehmer-Akten und Kopien der Dokumente aus der NSDAP-Mitgliederkartei. Am Tisch saßen noch Gaby Kohlenberg und Weber, Letzterer offensichtlich übermüdet. Gaby Kohlenberg warf einen skeptischen Blick auf den Papierstapel. Dann sagte sie: »Also, wir reden kurz darüber, dann schicken wir Ihnen den Kollegen Meier, der wird die Einwohnermeldeämter anrufen.« Sie klang nicht überzeugt und gab sich wenig Mühe, es zu überspielen.

Die Tür öffnete sich, der kleine Meier lugte herein.

»Ja, komm«, winkte Weber.

Meier nickte allen zu, sagte kein Wort und setzte sich dazu. Bald umwehte eine Mentholwolke den Tisch.

Weber deutete auf die Papierstapel, und Meier nickte. Weber kratzte sich an der Stirnglatze. »Dann lassen wir

Sie jetzt mal allein.« Und das klang so, als wäre er froh, nichts mit dem Unsinn zu tun zu haben.

Stachelmann zog die Papierstapel vor sich und begann zu notieren: *Johannes Schmalsteg, Essen, Kastanienallee 57b. Norbert Wolters, Hannover, Adolf-Hitler-Straße 19* – »Die wird es nicht mehr geben, kriegt man aber leicht raus, wie die heute heißt« –, *Konrad Schwäblein, Frankfurt am Main, Letzter Hasenpfad 112.* Und er schrieb alle weiteren Namen heraus, bis eine Liste mit fünfzehn Namen vor ihnen lag: *Manfred Hachhuber, München; Herbert Duncker, Linz; Gunther Zack, Lüneburg; Adam Peters, Hamburg; Horst Köhler, Kiel; Bertram Walcher, Salzburg; Horst Held, Graz; Peter Mösius, Wien; Karl Bachleitner, Stuttgart; Gerold Maier, Würzburg; Karl Häberlein, Augsburg; Gottfried Otto, Köln.* Er schob die Liste Georgie zu. Der las sie durch und sagte trocken: »Ich wusste schon immer, dass der Köhler drinhängt. Sonst wäre der nie Bundespräsident geworden. Und jetzt ist er auf der Flucht, wundert mich nicht …«

Stachelmann grinste. »Wahrscheinlich ist diese Odin-Geschichte in Raten abgewickelt worden. Ohne nachzuschlagen, weiß man, dass die Partei viel mehr Konten hatte, als wir in diesem Kram finden. Die Gaue hatten eigene Konten, und von denen gab es Ende des Krieges mehr als vierzig. Und pro Gau gab es mit Sicherheit mehr als ein Konto. Allerdings waren im April 1945 viele Gaue schon von den Alliierten besetzt und die heldenhaften Gauleiter und Konsorten auf der Flucht oder festgesetzt. Nehmen wir einfach mal an, dass Schwarz so schlau war, und er war so schlau, dass er versucht hat, die Konten der Parteigaue vor der Besetzung leer zu räumen. Wobei die Parteigenossen hier und da den Überblick verloren haben. Mancher Brief dürfte zu spät gekommen sein. Nur, hätte Schwarz früher geschrieben, hätte er Ärger kriegen können wegen Defätismus und Wehrkraftzersetzung. Jedenfalls sind Hannover, Frankfurt und Essen Gauhauptstädte gewesen, und die anderen auf der Liste«, er murmelte: »Hamburg, Wien, Lüneburg«, dann las er leise weiter. »Ja, alles Gauhauptstädte. Also, wir haben die Struktur klar vor uns. Die Empfänger sind mit Gewissheit Mitarbeiter der Gauleitungen gewesen, und zwar gewiss beim Gauschatzmeister, wenn es nicht der Schatzmeister selbst war. Das könnte man überprüfen, aber erst wenn wir sonst nicht weiterkommen … vielleicht hatte der Schwarz auch ein eigenes Netz von Leuten, auf die er sich hundertprozentig verlassen konnte … ach, egal.«

Der kleine Meier guckte, lauschte, lutschte und stank nach Menthol.

14

Bartels saß am Schreibtisch und telefonierte, Gaby Kohlenberg und Weber warteten auf Besucherstühlen und schauten ihrem Chef zu.

»Der Abgleich hat also nichts ergeben.« Bartels zog die Mundwinkel nach unten, dann nach oben. »Alle Fingerabdrücke … das ging ja schnell … es waren viele, aber von einer überschaubaren Zahl von Personen … es wurden alle gefunden … gut, gut … und sonst auch keine Spuren.« Er hörte zu, dann sagte er: »Und wirklich keine sonstigen Spuren, schon gar nicht irgendwas DNS-Fähiges … ja, danke, Ihnen auch, wiedersehen, Herr Kollege.« Er legte auf, seufzte und blickte dann Gaby Kohlenberg und Weber an. Mit Falten auf der Stirn sagte er: »Das ist ein Suizid.«

Die beiden saßen eine Weile und ließen ihre Augen wandern.

»Das ist nicht wahr«, sagte Gaby Kohlenberg.

Weber zögerte, dann nickte er. »An solch einen Zufall glaube ich nicht.«

Bartels erwiderte nichts, er sah betrübt aus.

»Diese verfluchten Akten, die hat Rehmer ihm gegeben, davon bin ich fest überzeugt. Und dann haben diese Typen, wer immer das ist, sich die Akten geholt und Maltmann erledigt, weil der weiß, was darin steht.«

»Das war die Operation von einem Geheimdienst. Die haben Rehmer ermordet, die haben diesen Georgie entführt, die haben Stachelmann und Georgie einen Typen auf den Hals gehetzt, der sie mit einer Waffe bedroht hat, und sie haben Maltmann ermordet. Sie haben das so ausgebufft gemacht, dass sie keine Spur hinterlassen haben«, ergänzte Weber.

Bartels hörte mit halb geschlossenen Augen zu.

»Man kann also von den Taten auf den Täter schließen«, sagte Weber. »Was hat er oder was haben sie für ein Profil? Sie sind kaltblütig, sie sind geschickt und technisch auf dem neuesten Stand. Sie sind gut informiert. Sie hinterlassen keine Spuren, im Bundesarchiv stehlen sie Akten, ohne dass eine Tür aufgebrochen ist oder es überhaupt nach einem Einbruch aussieht …«

Bartels hob die Hand. »Wenn das stimmt, was dieser … Georgie sagt, dann waren seine Entführer Dilettanten …«

»… oder sie haben den Kerl unterschätzt. Das ist ja eher ein Hänfling, und die beiden Entführer sollen Riesen gewesen sein. Sie haben einmal nicht aufgepasst, und der Kerl ist einfach gesprungen. Damit rechnet niemand.« Weber schnaufte.

»Und der Kerl, der im Hotelzimmer mit der Waffe herumgefuchtelt hat? Was ist mit dem? Das war doch ein Amateur.«

Sie schwiegen.

Gaby Kohlenberg nickte. »Das war ein Amateur«, sagte sie. »Aber in Geheimdiensten arbeiten auch Idioten. Die soll es sogar bei der Polizei geben, natürlich nicht in Berlin.« Sie lächelte, aber niemand erwiderte es.

»Was Sie da aufzeigen, ist in sich ziemlich stimmig. Rehmer gibt seinem Chef diese Akten, und jemand versucht Maltmann die Akten wegzunehmen, aus welchen Gründen auch immer … nun, wegen Überweisungen vor fünfundsechzig Jahren … na ja … das ist doch nicht so stimmig. Dann ist da noch diese komische Geschichte, dass er angeblich erpresst wird, es sich aber nur um eine Affäre handelt, eine besonders unappetitliche.«

»Aber wir haben auch kein Motiv für den Suizid«, sagte Weber, und Gaby Kohlenberg nickte. »Wir können doch nicht einen Fall als Suizid abschließen ohne Motiv, ohne wenigstens einen Hinweis auf mögliche Gründe …«

Bartels putzte sich die Nase. »Wenn wir die Konstellation genau betrachten, könnten wir diesen Hinweis schon finden. Die Frau ist todkrank, und er hat sich mit einer Studentin eingelassen. Die beiden Liebenden warten darauf, dass die Ehefrau bald das Zeitliche segnet. Die Turteltäubchen wollen sogar eine gemeinsame Wohnung beziehen, obwohl die Ehefrau noch nicht unter der Erde ist. Hat jemand überprüft, ob diese Eigentumswohnungsgeschichte stimmt?«

Gaby Kohlenberg und Weber wechselten einen Blick, dann schüttelten sie fast parallel den Kopf.

»Und?«, fragte Bartels.

Weber erhob sich, wollte etwas sagen, schwieg dann aber und verließ den Raum.

»Weniger spekulieren. Sohlen ablaufen bringt mehr«, sagte Bartels ruhig. Er lächelte sie an.

Sie wusste, dass sie seine Lieblingsschülerin war, obwohl er sie nie vorzog. Aber er hörte ein wenig genauer hin, wenn sie etwas sagte, und wenn er jemanden fragte, dann immer zuerst sie. Und doch war Bartels gerecht, er hatte sie kritisiert, als Weber draußen war. Dass er Weber nicht mehr rüffeln musste, weil der es selbst tat, wussten sie. Wo wäre sie heute, wenn sie diesen Chef nicht hätte?, dachte sie. Wahrscheinlich genauso frustriert wie die meisten Kollegen in den anderen Abteilungen, die sich totarbeiteten und dennoch angemault wurden von ihren Chefs oder den Staatsanwälten. Aber Bartels nahm seine Leute immer in Schutz, und die Staatsanwälte hatten einen Mordsrespekt vor dem Kriminalisten.

Sie sagten kein Wort. Gaby Kohlenberg betrachtete

gelangweilt die spartanische Inneneinrichtung, sah durchs Fenster, dass der Regen nachgelassen hatte und die Dämmerung anbrach, hörte das Rauschen des Tempelhofer Damms und beobachtete mehr aus den Augenwinkeln, wie ihr Chef in sich versank, die Augen geschlossen, aber hellwach, wie sie wusste. Bestimmt kreisten alle Bausteine ihrer Theorie in seinem Hirn und er mühte sich, sie in fieberhafter Geschwindigkeit immer wieder neu zusammenzubauen. Es war ja auch ein Elend, dass sie immer noch nicht wussten, wie die Teile passten. Vielleicht waren es doch einzelne Taten, die nichts miteinander zu tun hatten. Das wäre zwar erstaunlich, aber auch nicht viel weniger erstaunlich als jede andere Variante.

Sie saßen eine Viertelstunde, dann öffnete sich endlich die Tür und Weber erschien. »Es stimmt«, sagte er, während er sich setzte. »Ich habe mit der Wohnungsbaufirma telefoniert und mit einem Makler, und die *liebe Frau Leitner* hat mir gleich Auskunft gegeben.«

»Zwanzigtausend Euro sind aber nicht viel als Anzahlung für eine Eigentumswohnung«, sagte Bartels.

»Ja und nein«, erwiderte Weber. »Die haben vereinbart, Zug um Zug zu bezahlen, einen Teil bei Vertragsunterschrift, einen zweiten, wenn der Rohbau von der Anlage steht, und so weiter.«

Bartels winkte resigniert ab. »Also, was haben wir?«

»Einiges, aber in Wahrheit wissen wir nichts.« Gaby Kohlenberg hustete, aber mehr aus Enttäuschung.

»Und wo können wir ansetzen?«, fragte Weber.

»Fangt noch mal von vorn an. Geht alles durch, was wir haben. Prüft Rehmers Umfeld noch einmal besonders gründlich …«

Weber schnaufte.

Bartels überhörte es. »Dreht jeden Stein noch mal um. Vielleicht hat Rehmer gegenüber irgendjemandem eine

Andeutung gemacht. Er hat sich offensichtlich bedroht gefühlt, zumindest sagt Stachelmann das. Vielleicht hat Rehmer noch jemand anderem etwas erzählt. Schnappt euch alle Archivbenutzer vom Mordtag und ein paar Tagen zuvor. Befragt die Archivmitarbeiter ein zweites Mal, gerade auch diese Kopierfrau. Warum ist es gerade in ihrem Zimmer passiert? Ich finde, wir haben uns bisher hetzen lassen durch die Ereignisse. Jetzt nehmen wir uns alle Zeit der Welt.«

***

Als sie das Polizeipräsidium verlassen hatten, schaltete Stachelmann sein Handy ein, und es begann gleich zu piepen. Er schaute aufs Display, zwei SMS.

Es war Nacht geworden und windstill. Feuchtigkeit lag in der Luft, sie kroch unter die Kleidung und ließ ihn frieren. Die Autoscheinwerfer ließen den Asphalt des Tempelhofer Damms glänzen. Laublose Bäume reckten ihre kargen Äste und Zweige in die Luft, müde beschienen von schmutzigen Laternen. An der Tankstelle herrschte Hochbetrieb, aber trotz der Scheinwerfer, die das Geschehen taghell beleuchteten, erschienen die Menschen finster, trostlos. Ein Mann mit einer knappen Strickmütze auf dem Kopf stand schlapp neben seinem Auto und stierte zu ihnen herüber, aber er sah nichts.

Sie stiegen die Treppe hinunter zur U-Bahn. Unten erwartete sie schon ein Mann in abgerissener Kleidung und mit langen grauen Haaren. Er fragte sie nach ihrem Fahrschein, als könnte er nicht sehen, dass sie erst fahren wollten. Stachelmann gab ihm zwei Euro. Sie drängten sich zum Gleis hinunter, um auf den Zug zu warten. Neben ihnen stand eine hübsche junge Frau, vermutlich Türkin, in einem schwarzen Kunstpelzmantel und einer schicken Wollmütze, einer femininen Abart der Russenkappe. In den Ohren steckten weiße Kopfhörer. Sie beachtete ihre Umgebung nicht, stand ganz still und hörte aufmerksam zu. Sie schien froh zu sein. Dann warf sie Stachelmann einen missbilligenden Blick zu, und er wendete seinen Blick ab, bis der an einer alten Frau festhing, die in beiden Händen schwere Plastiktüten trug. Sie war ganz in Grau gekleidet, auch ihre Dauerwelle war grau.

Endlich schaute Stachelmann auf die Handyanzeige. Eine SMS kam von Valentina, die andere von Anne. Er schnaufte, und Georgie warf ihm einen fragenden Blick zu. Ein lauwarmer Wind zog durch den Tunnel.

Valentina schrieb: *Melde dich endlich!*

Anne schrieb: *Ich hoffe, es geht dir gut. Bis bald?*

Und Stachelmann wusste nicht, was er antworten sollte. Sein Gefühlschaos eingedampft auf zwei Zeilen. Er hätte am liebsten nichts unternommen, die Dinge laufengelassen wie so oft. Warum ließen sie ihn nicht in Ruhe? Aber er gab sich zu, dass ihm das auch nicht recht wäre. Und Anne bedrängte ihn nicht, sie hatte es noch nie getan. Sie hatte es meistens gut gefunden, wenn sie zusammen waren, aber sie hatte kein böses Wort verloren, wenn er nicht bei ihr war.

Die U-Bahn fuhr ein. Instinktiv trat er einen Schritt zurück, er sah noch das braun gebrannte Gesicht, die Mallorca-Fresse des alten Mannes, der ihn dereinst vor den Zug gestoßen hatte.

Sie standen in der Mitte des Wagens nebeneinander, als der Zug abfuhr.

»Und?«, fragte Georgie, »schlechte Nachrichten?«

»Zusammengenommen, ja«, erwiderte Stachelmann. Er musste grinsen, so ein Kauderwelsch. »Ich habe derzeit zwei Freundinnen«, sagte Stachelmann.

»Na, herzlichen Glückwunsch. Mich wundert es ja schon, wenn sich nur eine zu dir verirrt.«

Stachelmann schaute ihn böse an, aber Georgie guckte einfach weg.

»Und die eine drängt, die andere nicht.«

»Als wäre das der Punkt«, sagte Georgie.

Neben ihnen stand eine junge Frau vom Typ hippe Studentin und lauschte ungeniert.

»Und was ist der Punkt?«

»Die Liebe«, sagte Georgie. »Ganz einfach.«

»Genau«, sagte die Studentin und strahlte Georgie an. Der wich ihrem Blick aus.

»Ohne deine tiefgehenden philosophischen Darlegungen käme ich nicht zurecht«, sagte Stachelmann und warf der Studentin einen bösen Blick zu. Sie schüttelte ihren pechschwarzen Pagenkopf.

»Aber er hat doch recht«, sagte sie energisch. »Du musst dich fragen, wen du wirklich liebst.«

Georgie grinste breit, und die Studentin lachte zurück.

Und Stachelmann fragte sich, ob sich die beiden kannten und ihm ein Spielchen vorspielten. Aber natürlich kannten sie sich nicht.

»Ich sage nichts über Valentina, da bin ich befangen, hohes Gericht«, sagte Georgie.

Die Bahn fuhr in Tempelhof ein, sie stiegen aus – die Studentin sagte »Tschüs!«, Georgie winkte ihr knapp zu – und gingen hinauf zur S-Bahn. Eine Traube von Menschen bevölkerte den Bahnsteig, die S 41 in Richtung Wedding war angezeigt. Der Zug würde wieder gedrängt voll werden, weil das S-Bahn-Chaos ungebrochen weiterherrschte.

Neben ihnen stand ein drahtiges mittelaltes Pärchen im Radfahreroutfit, beide hatten Räder an der Hand mit

Satteltaschen und Trinkflaschen am unteren Rahmenrohr. Sie sahen fast gleich aus, auch ihre Räder, die vom selben Hersteller stammten, bekannt für superleichte Aluminiumrahmen. Die Reifen waren mit mächtigen Stollen bestückt. Mindestens vierundzwanzig Gänge und Scheibenbremsen. Die Helme hingen am Lenker. Er war ein wenig größer als sie und trug einen schmalen Rucksack. Und Stachelmann fragte sich, warum die beiden sich ausgerechnet die Bahn aussuchen mussten, mit der er auch fahren wollte.

»Du bist wirklich ein Depp«, sagte Georgie und unterstrich es nach einer kurzen Pause mit einem »Hm«.

»Klar«, sagte Stachelmann.

»Es gibt ja einige Dinge, die du so einigermaßen hinkriegst, in Altpapier wühlen etwa. Hm, aber was du überhaupt nicht kannst, ist, über Beziehungen zu reden. Und wenn du mal eine hast, ähnelt sie einem Trümmerfeld. Bin ich froh, dass ich mit dir nichts am Laufen habe.«

»Ja, ja«, sagte Stachelmann genervt.

»Also, wenn du meine bescheidene Meinung hören willst, hm, Anne ist die Richtige für dich. Ich bin auch bereit, als Mediator einzuspringen, du weißt bestimmt noch nicht, dass ich Experte für Paargespräche bin.«

Ein fetter großer Mann kam an ihnen vorbei. Er trug einen hellgrauen Anorak, um den Hals einen dunkelblauen Schal, aus seinem Mund dampfte es. Er stellte sich ein paar Meter weiter auf, holte aus der Tasche eine Zigarettenschachtel und zündete sich eine an, nachdem er sich umgeschaut hatte.

»Ich weiß, du bist Experte für alles Mögliche … und warum Anne?«

»Die Frage lässt sich nach dem Sherlock-Holmes-Ausschlussverfahren beantworten. Weil sie die Einzige ist, die übrig bleibt. Die liebe Valentina wird bald einen finden, der sich mehr um sie kümmert und sonstige Anfechtungen ihrer sensiblen Psyche vermeidet. Anne, weil sie dich liebt, wie du bist. Und die andere will dich verändern. Das fängt bald an. Sie weiß noch nicht, dass es hoffnungslos ist.«

»Ich soll also zu Kreuze kriechen.«

»Was bist du für ein Idiot!« Der Radfahrer warf Georgie einen empörten Blick zu. Leiser sagte Georgie: »Anne verlangt so etwas nicht.«

»Woher weißt du das?«

»Hm«, erwiderte Georgie, »Betriebsgeheimnis.«

»Habt ihr miteinander geredet?«

»Betriebsgeheimnis.«

»Ich fasse es nicht. Hinter meinem Rücken!«

»Wenn es so wäre, dann fände jedes Gespräch hinter deinem Rücken statt. Nun werde nicht größenwahnsinnig. Ganz hypothetisch nur: Als das angebliche Gespräch angeblich stattgefunden haben soll, hat es natürlich nie, da hattest du gar nicht angeblich längst den Abgang gemacht. Und ich kann reden, mit wem ich will. Klar?«

Stachelmann überlegte. Zwei junge Männer drängten an der Bahnsteigkante vorbei, ein herber Geruch von Parfüm oder Rasierwasser stach in Stachelmanns Nase. Sie hatten also über ihn geredet, Georgie und Anne. Und ihm nichts gesagt. Es störte ihn, aber dann spürte er so etwas wie Rührung. Sie hatten sich um ihn gekümmert. Er war ihnen nicht egal.

Er war ihr nicht egal.

»Und was habt ihr angeblich festgestellt?«

»Dass du gar nicht angeblich ein Idiot bist.«

»Nun, das behauptest du schon seit deiner Geburt. Irgendwas Neues?«

Nun geschah ein Wunder. Eine S-Bahn ratterte den Bahnsteig entlang. Ihre Bremsen funktionierten, und bisher war auch keine Achse gebrochen. Sie quetschten sich hinein. »Die sollten mal solche Reindrücker einstellen wie in Japan«, sagte Georgie.

»Es ist eine Sauerei«, sagte der Radfahrer.

Sein Vorderrad verschmutzte gerade Stachelmanns Hose, aber er hatte keine Chance, sich wegzubewegen. Er warf dem Radfahrer, dessen Rucksack einer alten Frau den Brustkorb eindrückte, einen finsteren Blick zu. Aber der schaute so ungerührt ins Leere wie ein Kampfhundebesitzer, dessen Liebling gerade genüsslich die Wade eines Fahrgasts zerkaute.

»Also, Valentina wird dich irgendwann nerven. Es folgt die Phase, in der du die Schuld daran allein tragen willst, und dann wirst du wieder Reißaus nehmen. Vermutlich, ohne etwas zu sagen, sodass die Arme bis an ihr Lebensende glaubt, du hättest dich nur ein wenig verspätet.«

»So war es nicht.«

»Doch, genau das hast du bei Anne gemacht.«

Der Radfahrer hörte interessiert zu, das Vorderrad scheuerte weiter an Stachelmanns Hose. Die Luft war stickig, es wurde viel zu warm, und Stachelmann begann zu schwitzen. Wellenförmig packte ihn die Platzangst. Aber sie verließ ihn wieder, als er an Annes SMS dachte. *Ich hoffe, es geht dir gut. Bis bald?*

»Was findet sie eigentlich an mir?«

Georgie grinste. »Das versteh ich auch nicht. Hm, sie meint angeblich, sie sei die Einzige, die weiß, wer du in Wahrheit bist. Besser als du, fürchte ich.«

»Klar«, sagte Stachelmann.

»Angeblich, man kann das sowieso nicht glauben, hält sie dich für den besten Historiker, den sie je erlebt hat. Und wenn du nicht gerade dabei bist, alles zu Klump zu hauen, seiest du, ich wage kaum, es auszusprechen, aber in Wahrheit hat das Gespräch ja nicht stattgefunden, deshalb kann ich es sagen, also, hm, du seiest ein fast idealer Partner für eine in jeder Hinsicht anspruchsvolle Frau. In meinen Worten gesagt, die anderen Männer, die sie kennt, sind noch dämlicher als du. Und das will schon was heißen.«

Stachelmann spürte einen Stich. Andere Männer, die sie kennt?

»Es war zwar eine miese Tour, wie du dich verdrückt hast, aber sie meint angeblich, dass sie daran genauso schuldig sei. Sie habe sich auch falsch verhalten. Angeblich.«

Er erinnerte sich, wie sie ganz am Anfang zu ihm gekommen war, weil sie Angst vor Archiven hatte. Als Historikerin! So stark sie immer wirkte, sie hatte ihre Schwächen, vor allem beruflich. Was hatte sie sich abgequält mit ihrer Dissertation, und die war gut, aber nicht überragend. Er hatte ihr geholfen und gemerkt, dass es ihr noch schwerer fiel zu formulieren als ihm. Er hatte schon gedacht, er wäre in dieser Hinsicht absolute Spitze. Er verstand die historischen Zusammenhänge schneller, was auch daran lag, dass er mehr wusste als sie, zumindest über die deutsche Geschichte des 20. Jahrhunderts. Er machte sich sonst nie Gedanken darüber, ob andere besser waren als Historiker, aber jetzt, wo er an Anne dachte, flog ihn der Gedanke an, dass er gar nicht so übel war, rein fachlich gesehen. Das schätzte sie an ihm, doch das reichte nicht für eine Liebe. Was war es, das sie an ihm liebte, womit hatte er das verdient? Ja, sie hatten harmonische Tage erlebt, natürlich achtete er sie, niemals würde er so etwas Albernes wie eine Führungsrolle anstreben. Das war seinem Charakter fremd. Sie waren auch zärtlich miteinander gewesen, vor allem verständnisvoll. Und sie waren ruhig miteinander gewesen, er hatte es immer genossen, wenn sie in ihrer Wohnung arbeiteten, jeder an seinem Platz, die Türen offen und mit gemeinsamen Pausen. Warum hatte er das aufgegeben?

Der Zug hielt in Südkreuz. Stachelmann und Georgie quälten sich hinaus, was Stachelmanns Hose noch eine Ölschliere von der Fahrradkette einbrachte. Er fluchte, aber die Tür schloss sich schon wieder, der Radfahrer schaute gelangweilt in eine andere Richtung.

Sie hatten Glück, dass die S 25 Richtung Teltow Stadt gerade heranrumpelte. Es waren noch alte Wagen. Drinnen waren die Sitze verschlissen, aber sie mussten immerhin nicht stehen. Als er saß, spürte Stachelmann die Schmerzen in Knien und Hüfte. Die Innenverkleidung war übersät mit Gekritzel, meist spätpubertären Eindeutigkeiten, Liebesgeständnissen, Telefonnummern, schlechten Strichzeichnungen und Parolen gegen Türken und Polen. Als der Zug losfuhr, erklang vorne eine Gitarre im Flamencostil. Leider musste der Mann auch noch singen, Spanisch. Er trug rissige schwarze Kleidung und wurde von einem vielleicht sechzehnjährigen Mädchen begleitet, das mit einer Blechbüchse bettelte. Stachelmann warf einen Euro in die Dose, während der Mann mehr plärrte als sang. Doch sein Gitarrenspiel war nicht übel.

»Sie will mich also immer noch«, sagte Stachelmann, als der Musiker am Wagenende angelangt war.

»Angeblich hat sie dich eine Zeit lang nicht mehr gewollt. Sie hatte einen Mordszorn auf dich. Hm. Aber der ist verraucht, und dann hat sie einiges verstanden. Sie sagte, dass ihr erst mit dem zeitlichen Abstand klar geworden sei, wie viel ihr an dir liege. Sie habe es erst jetzt begriffen. Sie hat sich vorgeworfen, dass sie eure Beziehung einfach so gelebt habe, ohne sich jemals richtig Gedanken darüber zu machen. Außer bei dieser archaischen Kindergeschichte. Sie meint, dass du darunter leidest, nicht der Vater von Felix zu sein. Sie hat das immer genervt und erst vor Kurzem begriffen, dass das auch als Liebeserklärung verstanden werden könnte …«

Stachelmann blickte ihn finster an.

»Ja, wirklich, also angeblich.«

»Verstehe ich nicht.«

»Ich werde Heteros mit ihrem Gefühlsgehampel nie verstehen, beim besten Willen nicht. Aber sie meint wohl, dass sich darin eine Art Zusammengehörigkeitsgefühl versteckt, dass du sie so sehr liebst, dass für andere kein Platz sein kann. In meinen Augen riecht das gewaltig nach Klammerei, aber der Typ bist du in ihren Augen auch nicht. Vielleicht ist es diese Kombination: restlose Liebe und trotzdem Freiheit.« Er kratzte sich am Ohr. »Hm, habe ich das nicht schön gesagt?«

»Angeblich hat Anne das gesagt.«

Georgie sah jetzt traurig aus, dann grinste er. »Ich habe dir nie was erzählt von diesem Gespräch, das ja auch nie stattgefunden hat.«

»Niemals«, sagte Stachelmann wie nebenbei. Er war im Kopf bei Anne.

»Aber mit Valentina redest du anständig, klar!«

Stachelmann nickte. Er hatte Angst davor, aber er wusste, dass er nicht kneifen würde.

In der Nacht schlief er kaum. Er hatte mit Georgie beim Italiener gegessen, aber nicht einmal eine Miniportion hinunterbekommen. Nach zwei Gläsern Chianti hatte er geglaubt, genug Bettschwere zu haben, und war schlafen gegangen. Aber er schlief nicht ein. Erst wollte er Anne anrufen, doch dann zögerte er. Kann man darüber am Telefon sprechen? Also beantwortete er nur ihre SMS, brauchte aber eine halbe Stunde, bis er die richtigen Worte gefunden hatte.

Bald. Ich freue mich!

Dann kamen die Schmerzen. Es fing direkt über dem Steißbein an und arbeitete sich hoch bis zum Hals, es folgten Beine und Ellbogen. Die Kniekehlen brannten und fühlten sich an, als würden sie platzen. Er stand auf, trat ans Fenster, sah hinunter in den Garten. Matte Lichter von der Straße und den Fenstern warfen schwache Schatten zwischen den blattlosen Büschen. Sie sahen aus wie Gerippe. Er ging ein paar Schritte und überlegte, ob er noch eine Schmerztablette nehmen sollte, aber er verwarf den Gedanken.

***

»Wir drehen uns im Kreis«, sagte Weber. Sie saßen in der Kantine und tranken Kaffee. Weber aß ein Stück Sandkuchen, aber mehr aus Frust. Gaby Kohlenberg rührte in ihrem Becher herum. Ihr Blick schweifte über den an diesem späten Nachmittag fast leeren Saal. Hinterm Tresen mit der Auslage hinter Glas hantierte ein junger Mann mit mächtigen schwarzen Locken an der Kaffeemaschine herum. Es klapperte, dann ein leiser Fluch. Die großen Fenster zum Flughafengebäude hin ließen das letzte trübe Licht ein, es hatte wieder geregnet, und die Scheiben waren schmutzig.

»Wenn wir nichts finden, müssen wir den Fall Maltmann abschließen. Und im Fall Rehmer sind wir kein Stück weiter. Der Staatsanwalt wird sich seinen Teil denken.« Gaby Kohlenberg wischte einen imaginären Krümel vom Tisch.

»Also, entweder Mord oder Suizid in Sachen Maltmann. Für Mord gibt es nicht den geringsten Beweis, für Suizid aber auch nicht.«

»Na ja«, widersprach sie gedehnt. »Er hatte die Pistole

in der Hand. An seiner Hand sind Schmauchspuren. Es spricht nichts dagegen, dass er selbst abgedrückt hat. Da ist nichts seltsam am Tatort, nichts spricht dagegen, dass er es selbst war.«

»Findest du nicht auch, dass es zu perfekt aussieht?« Weber spülte ein Kuchenstück mit einem Schluck Kaffee hinunter. Er musste husten, zog sein Taschentuch hervor und hielt es gegen den Mund, während er trocken keuchte. Sie erhob sich, ging um den Tisch zu ihm und schlug ihm mit der flachen Hand ein paar Mal auf den Rücken. Der Husten hörte auf. Sie setzte sich hin, und Weber schaute sie mit tränenden Augen an. »Danke«, sagte er mit heiserer Stimme. »Willst du ausschließen, dass jemand einen Suizid so perfekt vortäuschen kann?«

Gaby Kohlenberg zögerte, dann sagte sie: »Na ja, wenn einer in einem Taucheranzug oder Chirurgenklamotten …«

»Ist gut. Immerhin fehlt der Abschiedsbrief, immerhin ist Maltmann in den Rehmer-Fall verwickelt, immerhin hatte er ein paar Probleme mit seinem Eheleben …«

»Die Frau, meinst du?« Sie schüttelte den Kopf.

»Wenn wir keine Spur haben, bleiben ja noch mögliche Motive.«

»Puh«, sagte sie.

»So einfach ist das nicht.« Weber sprach wieder klar, und er war energisch. »Die Frau hat ein handfestes Motiv. Ihr Mann besitzt die Frechheit, ihr unter einem saublöden Vorwand Geld zu stehlen …«

»… vom gemeinsamen Konto abzuheben …«

»Das läuft aufs Gleiche hinaus. Und er benötigt das Geld, um sich ein Liebesnest mit dem Püppchen …«

»Weber!«

»Ist doch so, also mit Mademoiselle Langer« – Gaby Kohlenberg schickte ihm einen bösen Blick, dann lachte sie doch – »zu bauen, damit sie ungestört ihre unsterbliche Liebe zelebrieren können.«

Sie tippte sich an die Stirn.

»Und du glaubst, dass die Frau deswegen nicht eifersüchtig oder gekränkt ist, weil sie Krebs hat. Das halte ich für einen Kurzschluss, denn die Kränkung mag umso stärker sein. Der Kerl kann nicht mal warten, bis ich unter der Erde bin. Das wird sie gedacht haben. Und, das kommt hinzu, sie ist nicht haftfähig oder glaubt zumindest, das Gefängnis nicht mehr zu erleben, weil sie vorher stirbt.«

»Spekulation«, sagte Gaby Kohlenberg.

»Unser Beruf besteht zu erheblichen Anteilen genau daraus«, erwiderte Weber.

Sie schwiegen eine Weile, während sie mit einem Kugelschreiber spielte und er zum Flughafengebäude hinüberstarrte.

»Gut«, sagte sie, »das kann man nicht ausschließen. Und psychologisch ist es nicht absurd. So, wie du es sagst, stimmt es irgendwie doch. Aber es ist nicht wahrscheinlicher als die andere Variante, nämlich dass die beiden Fälle miteinander zusammenhängen, die Frage ist nur, wie.«

»Also noch mal, es ist mehr als ungewöhnlich, dass zwei Historiker vom selben Institut binnen weniger Tage auf unnatürliche Weise ums Leben kommen. Und es hängt vielleicht mit diesen Akten zusammen. Oder mit etwas anderem. Vielleicht hat Maltmann Rehmer ermordet oder ermorden lassen und ist dann unter der Last seiner Schuld …«

»Hör auf, Weber, das klingt ja schrecklich.«

»Gut, ich höre auf.« Weber stand auf und ging mit seinem Becher zum Tresen. Er zapfte einen weiteren Kaffee, warf dann Gaby Kohlenberg einen fragenden Blick zu, die schüttelte den Kopf, woraufhin Weber an der Kasse bei dem jungen Mann mit den Locken bezahlte. Mittlerweile saßen zwei Uniformierte am Fenster, beide vor Mineralwasserflaschen. Es war längst dunkel geworden. Und es war still, bis auf das Klacken einer flackernden Neonröhre in der Decke nahe der Tür. Weber kehrte zurück zum Tisch und sah erst jetzt, wie zerschlagen Gaby Kohlenberg war. Er wollte fragen, verkniff es sich, dann sagte er doch etwas. »Du bist müde.«

Sie blickte ihn eine Weile an, dann nickte sie.

»Wir haben einen Scheißjob«, sagte er, »manchmal jedenfalls.«

»Wenn es nur das wäre«, sagte sie.

Sie dachte wohl an diesen Johann. Weber hatte ihn nie gesehen, und er wusste nichts über ihn. Sie hatte nur einmal eine Andeutung gemacht, deren Wortlaut er vergessen hatte. Sie hatten Stress derzeit, das hatte Weber jedenfalls einem Nebensatz entnommen, der Gaby Kohlenberg herausgerutscht war.

»Stress zu Hause?«

Wieder dieser Blick, trauriger nur. Dann atmete sie kräftig durch, zog einen Notizblock aus der Tasche ihrer roten Jacke mit den großen Knöpfen und sagte: »Komm, lass uns da einmal Ordnung hineinbringen.«

Er zögerte, dann nickte er.

»Also, wir machen es, wie Bartels vorgeschlagen hat«, sagte sie. »Wir schauen sämtliche Vernehmungsprotokolle der Archivbenutzer durch. Und wir befragen sie noch einmal. Wenn wir einen finden, der Rehmer kannte, dann bohren wir nach. Wir folgen dieser Aussage, dass Rehmer etwas Besonderes entdeckt hat, und wir suchen alle, die etwas davon gehört haben.«

Diesmal war es an Weber, zu schnaufen. »Da hast du schnell so was wie ein exponentielles Wachstum. Der eine, der Rehmer kannte, kennt wieder zwei, denen er was darüber erzählt hat. Die beiden kennen jeweils wiederum …«

»Nein, das ist doch Quatsch!« Sie schaute ihn an. Dann sagte sie: »Entschuldigung, war nicht so gemeint.«

Er winkte ab.

»Aber es ist der reine Frust«, sagte sie nach einer Weile.

»Bleiben wir doch mal im Archiv. Der Mörder war ein Archivbenutzer, so meine These. Sonst wäre er aufgefallen.«

Sie nickte. »Das ist ein vernünftiger Ansatz. Und den Maltmann überlassen wir für ein paar Tage den Leipzigern.«

Sie nickte ihm zu. »Wenn ich mal schlecht drauf bin, hast du die guten Ideen. Sonst ist das ja eher mein Ressort.« Sie grinste, und er war froh.

***

»Odin war doch der Boss da oben, oder?« Georgies Zeigefinger streckte sich zur Decke.

»Genau«, sagte Stachelmann. »Auch bekannt als Herr Wodan, gewissermaßen die germanische Variante von Zeus. Bei der Vielgötterei muss es immer eine Nummer eins geben. Warum soll es im Himmel anders sein als auf Erden?«

»Hm, haha«, sagte Georgie. »Vielleicht verrät der Name irgendwas?«

»Und was?«

»Au Mann, du bist so fantasielos. Wenn es der höchste Chef ist, vielleicht ist dann auch die Operation Odin ganz oben angesiedelt.«

»Warum? Schwarz *ist* doch ganz oben angesiedelt.«

»Nein, ich meine den Führer persönlich.«

»Oh, den Führer persönlich.«

»Idiot!«

»Nun rück doch mal raus, was du meinst.«

»Also, der Führer hat diese Operation befohlen, damit die Nazis auch nach dem Untergang noch Knete haben.«

»Nein, der Führer hat da nichts befohlen. Was man weiß, ist, dass Nazigeld abgezweigt wurde, damit die arischen Helden Reißaus nehmen konnten, nach Spanien, Südamerika und so weiter.« Er stützte sein Kinn auf die Faust, der Ellbogen stand auf dem Tisch in dem bis auf einen Schreibtisch an der Wand fast leeren und stickigen Büro im Präsidium, dessen Luft nur Meiers Mentholwolke etwas auffrischte. Meier saß da, lutschte und kaute und schaute von einem zum anderen. Vor ihm lagen zwei Blatt Papier.

»Aber ich vermute, das hier ist etwas anderes. Die haben nach einem vorbereiteten Plan systematisch die Geldkonten geräumt. Und sie haben es nicht verteilt, um diesem oder jenem die Flucht zu organisieren, sondern sie haben das Vermögen zusammengetragen, sonst hätte dieser Plan keinen Sinn, oder?«

Georgie wiegte seinen Kopf. »Erst verteilen, dann konzentrieren. Sie hätten das Geld ja gleich auf ein Konto überweisen können.«

»Viel zu riskant«, sagte Stachelmann. »Dann hätte alles von der Bank oder dem Besitzer dieses einen Kontos abgehangen. Und man hätte der Überweisung folgen können. Wenn man sich das Chaos in den letzten Kriegsmonaten anschaut, wäre das eher ein schlechter Plan gewesen. Könnte funktionieren, könnte auch schiefgehen. Schwarz war aber ein Perfektionist. Lies mal die Akten aus der Reichsschatzmeisterei unter diesem Gesichtspunkt. Der feilschte um Pfennigbeträge, der war nach Nazimaßstäben topseriös, hatte alle Unterschlagungen in der Partei aufklären wollen, was gut dazu passt, dass er beim Eintreiben von Geld aus anderen Quellen gar nicht kleinlich war. Der liebte nämlich die Nazikohle mehr als seine Frau. Der größte Schatzmeister aller Zeiten …«

»Gröschaz«, sagte Georgie.

»So ist es. Und der soll aus zum Teil schon umkämpften Reichsgauen Geld überwiesen haben in eine Hauptstadt, an deren Außenbezirken schon die jüdisch-bolschewistischen Banden herumlungerten? Niemals.«

»Herr Dr. Stachelmann, Sie sind ein großer Psychologe. Hm.«

Meier hörte einen Augenblick auf zu kauen. Dann setzten sich seine Kaumuskeln wieder in Bewegung.

Stachelmann wandte sich an Meier: »Entschuldigen Sie, wir spekulieren zu viel.«

Meier zuckte mit den Achseln, sein Gesicht zeigte Gleichgültigkeit. Er schob die beiden Blätter Stachelmann zu. »Fünf habe ich herausgefunden, zumindest scheint es bei denen eine Verbindungslinie zu diesen alten Säcken zu geben, die in Ihren Akten stehen.«

Stachelmann las und schaute Georgie an: »Ich glaube, das ist nicht schlecht.« Ein Blick zum kleinen Meier. »Danke.« Dann sagte er mit Blick aufs Papier: »Karl Bachleitner, Stuttgart, ist offenbar der Vater von Adolf Bachleitner, der hat jedenfalls die gleiche Adresse. Das Gleiche gilt erstaunlicherweise für Wolters, Hannover, die Straße ehrt nicht mehr den Führer, sondern heißt Bahnhofstraße, dann gibt es einen Herbert Zack in Lüneburg, der wohnt aber … woanders.«

»Das ist der Enkel«, sagte Meier.

Stachelmann nickte. »Und der Enkel von Adam Peters in Hamburg heißt heute Jochen Schmidt, hat sich offenbar nach seiner Frau umbenannt. Scheint also kein Nazi zu sein.«

»Ich liebe deine genialischen Schlüsse, hm.« Georgie grinste. Er wandte sich an Meier und sagte: »Wissen Sie, wenn man mit so jemandem zusammenarbeiten darf, kommt man aus dem Lernen gar nicht mehr heraus. Und man kriegt alles frei Haus geliefert, hm, braucht nicht zu fragen. Man muss ihm nur ein paar Monate zuhören und man ist ein umfassend gebildeter Mensch … nun werden Sie mal nicht neidisch auf mich.«

Der kleine Meier kaute ungerührt weiter.

»Gerold Meier aus Würzburg hat sich auch fortgepflanzt, welch Glück für uns. Er lebt in Würzburg, andere Adresse …«

»Kein Zweifel, der Sohn«, sagte Meier. »Die Österreicher habe ich mir erst mal erspart. Bis die Kollegen da zu Potte kommen, das dauert. Vielleicht reicht Ihnen ja das, was Sie in Deutschland finden.«

»Ja, wahrscheinlich. Und wenn wir nicht klarkommen, können wir den Österreichern ja immer noch auf die Pelle rücken.« Stachelmann grinste. »Also versuchen wir es mal mit Herrn Schmidt in Hamburg.« Stachelmann ging zum Schreibtisch an der Wand, setzte sich auf den Stuhl, zog das Telefon zu sich und wischte sich erst einmal die Hände an der Hose ab. »Der Raum wird offenbar seit Gründung der Bundesrepublik nicht mehr benutzt. Hier staubt es und klebt es.«

Meier zuckte mit den Achseln.

Stachelmann wählte die Nummer der Auskunft. Als abgenommen wurde, fragte er nach Jochen Schmidt in Hamburg-Altona, Kleine Bergstraße 32. Die Frau am anderen Ende sagte ihm die Nummer. Stachelmann wählte neu.

»Guten Tag, spreche ich mit Herrn Jochen Schmidt?«

Er entdeckte seifige Schlieren am Fenster. In den Fenstern des Flughafengebäudes spiegelte sich das Präsidium, in einem gekippten Fenster der graue Himmel. Stachelmann erkannte auf dem Apparat einen Knopf mit dem Symbol eines Lautsprechers. Er drückte darauf.

»Ja, ich bin Schmidt.« Eine alte, raue Stimme erklang im Raum.

»Hier Dr. Stachelmann, ich ermittle im Auftrag der Berliner Kriminalpolizei …«

»Im Auftrag?«

Er klang misstrauisch, und Stachelmann kam sich einen Augenblick vor wie der Anbieter von Kaffeefahrten. Er las die eigene Nummer ab, die hinter Plastik am Telefon befestigt war.

»Ich gebe Ihnen jetzt die Telefonnummer vom Berliner Polizeipräsidium« – er winkte Meier zu sich, der kam auch gleich und legte eine Visitenkarte auf den Tisch – »und bitte Sie, zurückzurufen und sich durchstellen zu lassen.« Er nannte die Telefonnummer des Präsidiums und die Durchwahlnummer des Apparats. »Dann wissen Sie, dass Sie tatsächlich mit der Polizei verbunden sind.«

Nach einem Zögern: »Nein, ist nicht nötig. Was wollen Sie denn?« Ein bisschen resigniert klang es.

»Ihr Großvater war Adam Peters, das stimmt doch, oder?«

Wieder ein Zögern: »Ja, das ist richtig.« Eine Pause, dann: »Was wollen Sie … von ihm, er ist lange tot?«

»Von ihm will ich nichts, sondern von Ihnen.«

»Von mir?«

»Es geht darum, dass Sie vielleicht etwas wissen, das uns bei einer Mordermittlung weiterhilft.«

»Eine Mord- … Ermittlung?«

»Ja. Und die hat auf einigen Umwegen etwas mit Ihrem Großvater zu tun.« Der Hörer rauschte. Stachelmann hörte auch den Atem des Mannes, es klang, als hätte er beim Luftholen einen Widerstand zu überwinden.

»Das verstehe ich nicht«, sagte Schmidt endlich.

»Sie müssen sich keine Sorgen machen. Es geht um eine Geldüberweisung vom April 1945.«

Wieder Schweigen.

»Ihr Großvater war doch in der NSDAP?«

»Ja«, sagte Schmidt. »Bis zu seinem Tod.«

Stachelmann erschrak. »Wann ist er denn gestorben?«

»Am 16. April 1956.«

Stachelmann dachte, dass Peters den Geburtstag seines Führers nur knapp verpasst hatte. »Das verstehe ich nicht.«

»Mein Großvater hat gesagt, er sei nicht ausgetreten oder ausgeschlossen worden.«

»Ach so, ich verstehe.« Er überlegte. »Wissen Sie denn, was Ihr Großvater in der NSDAP gemacht hat?«

»Meines Wissens war er in der Gauleitung, nichts Höheres, aber Parteifunktionär.«

»Hatte er mit Finanzen zu tun?«

»Eher nicht. Aber sicher bin ich mir da nicht. Wissen Sie, ich habe keine Ahnung, was er getrieben hat. Ich habe ihn auch nie gefragt. Mir sind seine Sprüche furchtbar auf den Sack gegangen.« Für seine Verhältnisse war es ein kleiner Ausbruch.

»War Ihr Großvater irgendwann einmal reich, also hatte er plötzlich viel Geld?«

Zögern, dann: »Leider nie. Nach 1945 nicht, an die Zeit davor kann ich mich kaum erinnern, ich war ein Kind, da ging es uns nicht gut. Mein Großvater hat bestenfalls Gelegenheitsarbeiten bekommen, im Hafen oder sonst wo. Er hatte ja auch nichts Richtiges gelernt.«

»Haben Sie noch Unterlagen von Ihrem Großvater? Briefe, Tagebuch, Hefte, Kalender, Notizbücher?«

Der Mann schnaufte. »Da müsste ich im Keller nachsehen. Da gibt es altes Gerümpel. Ich glaube aber nicht.«

»Kennen Sie noch alte Freunde Ihres Großvaters?«

»Die sind doch alle tot und wenn nicht, solche Leute kenne ich nicht.« Er legte Verachtung in die Stimme.

»Wenn ich Sie bitte, einmal zu schauen, ob Sie Unterlagen von Ihrem Großvater finden …«

»Das wird staubig«, stöhnte er. »Darf ich fragen, um was es geht?«

»Das ist eine komplizierte Geschichte, die wir selbst noch nicht durchblicken. Es geht um die Frage, ob die Überweisung eines größeren Geldbetrags an Ihren Großvater etwas mit einem Mord in Berlin zu tun hat.«

Wieder Schweigen und Schnaufen. »Mit einem Mord, damals?«

»Nein, vor ein paar Wochen.«

»Und Sie sind wirklich von der Polizei?«

»Ich unterstütze die Polizei. Wollen Sie einen Kriminalbeamten sprechen?« Er gab Meier den Hörer.

Meier nahm ihn, ohne Überraschung zu zeigen, legte ihn an Ohr und Mund und sagte mit fester Stimme: »Guten Tag, hier Kommissar Norbert Meier, Mordkommission Berlin. Bitte erkundigen Sie sich über meine Identität beim Leiter der Mordkommission, Kriminalrat Bartels. Sie erreichen ihn über die Zentrale des Präsidiums. Die Nummer der Zentrale können Sie im Internet auf den Seiten der Polizei überprüfen, die Adresse ist *polizei.de*, klicken Sie dann auf das Wappen mit dem Berliner Bär, auf der Uhr stünde er auf der Position 13 Uhr 30.«

Langes Schweigen, im Lautsprecher knisterte es. »Gut, ich werde nachschauen. Wie war Ihr Name noch einmal?« Die Stimme klang schleppend.

»Dr. Stachelmann.«

»Ich habe ihn notiert. Rufen Sie wieder an?«

»Volltreffer!«, sagte Georgie.

»Du bist ein echter Muntermacher«, erwiderte Stachelmann und ließ sich von der Auskunft die nächste Nummer geben, die von Herbert Zack in Lüneburg.

»Guten Tag, Herr Zack«, sagte Stachelmann freundlich. »Hier Dr. Stachelmann. Ich ermittle für die Mordkommission der Kripo in Berlin in einem Mordfall.«

»Aha. Und was habe ich damit zu tun?« Eine scharfe Stimme, Stachelmann hatte einen Exerzierplatz vor Augen, nasser Asphalt, gleichtönige Stiefeltritte.

»Sie haben damit nichts zu tun. Aber vielleicht Ihr Großvater oder Vater?«

»Ja, wer nun?«

»Ein Anton Zack.«

»Das war mein Großvater.«

Enkel Nummer zwei, dachte Stachelmann. »War Ihr Vater bis 1945 in der NSDAP?«

»Klar, wie jeder gute Deutsche.«

Stachelmann musste schlucken.

»Ihr Großvater hat in der Gauleitung in Lüneburg gearbeitet?«

»Weiß ich nicht.«

»Aber er war so was wie ein Funktionär.«

»Ja, er war fleißig, treu und zuverlässig. Er hat Verantwortung übernommen, freiwillig. So was gibt es heute ja nicht mehr.« Die Stimme zerschnitt die stickige Luft.

»Haben Sie noch Unterlagen Ihres Großvaters, Briefe, Notizen und so weiter?«

»Hören Sie, ich helfe unserer Polizei natürlich, aber darf ich erfahren, was das alles soll?«

Stachelmann erklärte es in knappen Worten.

»Ach du lieber Himmel«, sagte der Mann. »Eine Geldüberweisung vom April 1945 soll was mit einem Mord von heute zu tun haben. Ich glaube, Sie sind von einer Filmfirma …«

Plötzlich stand Meier neben Stachelmann und streckte die Hand aus, der Mentholgestank war jetzt stark. Stachelmann gab ihm den Hörer, und Meier schnauzte: »Hier Kommissar Meier, Mordkommission Berlin. Jetzt hören Sie mal genau zu. Wir diskutieren nicht mit Ihnen und wir interessieren uns auch nicht für Ihre Meinung. Wir stellen Fragen, und Sie beantworten sie so genau wie möglich. Lassen Sie sich dazu Zeit, aber verschwenden Sie unsere nicht durch Ihr Gerede. Verstanden?« Er gab Stachelmann den Hörer zurück, der grinste. Meier setzte sich auf seinen Stuhl und verfiel wieder in scheinbare Lethargie.

»Ja«, kam aus dem Hörer. Nicht mehr ganz so schneidig.

»Haben Sie Unterlagen?«, fragte Stachelmann.

»Ja, da ist einiges. Briefe auch. Ich habe da aber ewig …«

»Wann können wir die Unterlagen sehen?«

»Eigentlich jederzeit, also abends, tagsüber arbeite ich.«

»Morgen, 15 Uhr?«

Ein Zögern. »Das geht.«

Stachelmann schaute auf die Liste. »Nitzendorffstraße 2?«

»Stimmt.«

Als er aufgelegt hatte, sagte er: »Jetzt machen wir eine Pause. Ich glaube, dass wir bei unserem Nazifreund was finden könnten. Selbst wenn nicht, ich habe Hunger.«

»Wohin?«, fragte Georgie.

»Nach Kreuzberg, ins *Molinari*.«

»Waren wir da schon mal?«

»Wir nicht, aber ich. Sehr gemütlich, gutes Publikum, gutes Essen. Kommen Sie mit?« Er blickte Meier an.

»Ach, warum nicht?«, sagte der. »Wir nehmen mein Auto.«

»Riemannstraße«, sagte Stachelmann.

»Ich kenne die Ecke, ich wohne da. Aber verraten Sie bloß nicht, dass ich Bulle bin.«

15

Amman saß in der Sitzecke. Walzer stand am Fenster. Draußen schüttete der Himmel Graupel auf die Spree. Aber nur eines war wirklich anders als sonst, in der Sitzecke saß Annette Stein. Sie hatte eine Art Hosenanzug an, der ihre Figur dezent betonte. Walzer verglich sie manchmal mit Aurelia, doch fehlte Annette das Geheimnisvolle, das untrennbar zu Aurelia gehörte. Ein unergründlicher Rest. Annette dagegen war offen, manchmal verblüffend offen, und sie vertrat ihre Interessen, persönlich wie geschäftlich, sehr direkt. Das faszinierte ihn auch, vor allem, dass sie keine Angst vor einer Niederlage hatte.

Sie hatte einfach angerufen. »Ich bin wieder in Berlin«, war ihre Begrüßung. Und sie hatte fröhlich geklungen.

»Komm doch vorbei, dann lernst du meinen besten Mitarbeiter kennen.«

Sie war gekommen. Sie wusste, wie sie sich zu benehmen hatte, war höflich und distanziert, geschäftsmäßig.

Als Ammann pünktlich um zehn Uhr das Büro betrat, stellte Walzer Annette vor, und Ammann sagte nur, dass er sich freue, Frau Stein wiederzusehen. Er hoffe, ihr habe die letzte Tagung gefallen. Sie lobte die Tagung und deren Vorbereitung.

Und als sie blieb, hatte Ammann nicht mit der Wimper gezuckt.

»Vielleicht kann Frau Stein uns ein wenig helfen«, sagte Walzer, nachdem er sich beiden wieder zugewandt hatte.

»Ich meine, bei der Vorbereitung der nächsten Tagung in zwei Wochen.«

Ammann nickte. »Gewiss. Wir haben ja auch ein interessantes Thema ausgesucht.«

»In der Tat«, sagte Walzer. »Es geht um Armut.«

Annette blickte auf. Ihr Gesicht strahlte nicht nur Schönheit aus, sondern auch Klugheit. Ihre Augen blitzten. »Das ist ein gutes Thema«, sagte sie.

»Ich hatte ein paar Gespräche mit Freunden, und es stellte sich heraus, dass der Begriff Armut zentral ist, wenn man in dieser Gesellschaft ein wenig mehr Vernunft zur Geltung bringen will.« Er fand es gleich selbst gestelzt, wie er es gesagt hatte.

»Genau«, sagte Annette, »wenn der Armutsbegriff bleibt, wie er ist, kommen wir nicht voran.« Sie überlegte, eine einsame schmale Falte zog über ihre Stirn.

Ammann räusperte sich, die beiden schauten ihn an, aber er sagte nichts.

Der Graupelschauer ließ nach.

Sie schwiegen eine Zeit lang. Dann räusperte sich auch Walzer, und er sagte: »Das ist wie bei einem Parallelogramm. Wenn man an einer Stelle einen anderen Wert nimmt, ändern sich alle Verhältnisse, es verändern sich die Längen und Winkel. Eine Ecke ist Reichtum, eine andere ist Wirtschaftswachstum, eine dritte ist Stabilität, und eine heißt auf jeden Fall Armut.«

»Vielleicht Sozialstruktur?«, warf Ammann ein.

Walzer überlegte, Annette kam ihm zuvor. Sie war wirklich schnell im Kopf. »Nein, Herr Walzer« – ein Blick, er ging ihm durch und durch – »hat, glaube ich, schon recht. Je nachdem, wie man Armut bestimmt, verändert sich das Parallelogramm. Und wie man Armut bestimmt, legt unser Urteil über die Sozialstruktur unserer Gesellschaft fest …«

»Es geht nämlich nicht darum, wie die Dinge sind, sondern wie sie gesehen, beurteilt werden. Armut ist relativ, grob gesagt, fünfzig oder sechzig Prozent vom Durchschnittseinkommen, je nach Definition. Wenn wir diese Definition ändern, vergrößern oder verringern wir die Armut. Würden wir also sagen, Armut beginne erst bei vierzig Prozent, dann hätten wir vielleicht nur noch halb so viele Arme.«

Annette lachte: »Man könnte die Armut so auch abschaffen. Doch das wäre dumm, einen bestimmten Bodensatz braucht die Gesellschaft als Antrieb. Steigt die Armutsquote aber, dann wächst das Gefühl, in der Gesellschaft gehe es nicht gerecht zu, und die soziale Stabilität gerät ins Wanken, linke Ideen gewinnen Raum.«

Walzer hörte ihr fast andächtig zu. Er fand sie souverän, originell und ungeheuer sexy. »Wenn es uns gelingt, die Armut anders zu bestimmen, nicht völlig neu, aber so, dass sich die Verhältnisse insgesamt zugunsten des Wachstums und der gerechten Belohnung des Fleißes ändern, hätten wir schon viel erreicht.«

»Wir haben da auch interessante Referenten eingeladen, vom Schröder-Flügel der SPD …«

»Sozial ist, was Arbeit schafft«, warf Annette ein und lachte wieder, »und weitergedacht heißt es: Reichtum ist sozial. Ich fand diesen Kniff schon immer genial, vor allem weil es die pure Wahrheit ist, auch wenn die Bedenkenträger es nicht glauben wollen.«

»Dann haben wir Referenten und Diskussionsteilnehmer von diversen Vereinigungen, die sich der sozialen Marktwirtschaft verbunden fühlen, wir haben sogar einen modernen Gewerkschafter gefunden«, ergänzte Ammann.

Walzer fragte Annette: »Wollen Sie nicht auch einen

Vortrag halten oder vielleicht wenigstens eine Intervention vorbereiten. Das wäre … belebend. Machen Sie es ruhig provokant, wir sind ja unter uns.«

***

Es war wieder eine elende Fahrerei, diesmal von Berlin nach Lüneburg. Regenschauer, die Fahrbahn nass, teilweise glitschig. Die Scheibenwischer waren zeitweilig überfordert, die feuchte Luft kroch Stachelmann in den Körper, in die Gelenke, bis es überall schmerzte, von den Kiefern bis zu den Fußzehen. An einer Raststätte hielt er an und bat Georgie weiterzufahren.

Georgie verzog sein Gesicht, als wollte er anfangen zu maulen, doch er stieg um auf den Fahrersitz, richtete sich ein und fuhr los. Stachelmann suchte eine erträgliche Sitzposition, fand aber keine. Er schluckte eine Diclofenac, krümmte sich nach vorn, lehnte sich nach hinten und hoffte, die Bewegung würde den Schmerz lindern. Georgie fummelte währenddessen am Radio herum, bis er einen Sender fand, auf dem gerade *Ace of Spades* von Motörhead lief. Er drehte auf und gab Gas. Der Bass dröhnte. Stachelmann streckte seine Hand aus, um leiser zu drehen, aber Georgie gab ihm einen Klaps. »Wer fährt, bestimmt. Das hat mal ein berühmter Hamburger Straßenverkehrsphilosoph gesagt.«

»Das habe ich nie gesagt.«

»Und jetzt auch noch ein schlechtes Gedächtnis vortäuschen.«

Georgie passte seinen Fahrstil der Musik an, er überholte und schnitt sein Opfer fast, als er wieder rechts hinüberzog. Als Motörhead fertig war und ein bemüht froh gesinnter Moderator loslaberte, fuhr Georgie gemütlich. In Lüneburg verfranzten sie sich ein paar Mal, weil Stachelmann mit den Wegbeschreibungen von Passanten nicht klarkam, was Georgie grinsend ertrug. Und doch standen sie endlich pünktlich vor dem Haus. Als sie ausgestiegen waren, sah Stachelmann eine Bewegung des Vorhangs im linken Erdgeschossfenster, der Schemen eines Gesichts verschwand. Georgie drückte die Klingel mit der Aufschrift *H. Zack*. Gleich ertönte ein Summer. Mit einem Klacken drückte Georgie die Tür auf, und sie betraten einen muffigen, grauschwarz gepunkteten Steinflur mit trübem Licht. Links öffnete sich eine Tür, und ein Mann trat heraus. Er war klein und fett, hatte ein glänzendes Vollmondgesicht mit kleinen Augen und Pickeln, um den Hals eine schwere Goldkette, am Handgelenk eine golden schimmernde Uhr, er trug ein weiß-blau kariertes Hemd, eine schwarze Hose ohne Bügelfalte, und seine Füße steckten in Filzlatschen. In der Hand qualmte eine Zigarette.

»Guten Tag, Herr Dr. Stachelmann.« Der Händedruck des Mannes war eher schwach, und Stachelmann hatte das Bedürfnis, sich die Hände zu waschen.

Zack musterte Georgie, und sein Blick füllte sich mit Verachtung. Der Mann trat zur Seite und ließ seine Besucher in die Wohnung. Sie roch nach Zigarettenqualm. Im Flur eine uralte Tapete, die vielleicht einmal weiß gewesen war. Ein gerahmtes Foto, offenbar ebenfalls alt, zeigte in Linie angetretene Bundeswehrsoldaten. In die halb geöffnete braune Tür zum Wohnzimmer war eine Milchglasscheibe eingesetzt. Zwei weitere, weiße Türen waren geschlossen.

Im Wohnzimmer standen ein Tisch sowie ein Sessel und ein Sofa, so gruppiert, dass von beiden ein riesiger Flachbildschirm betrachtet werden konnte, der an der Wand hing. Neben der Tür eine Jugendstilkommode, an der Wand ein paar Fotos mit Gesichtern und Gestalten.

In eine Eckvitrine sah Stachelmann wenige Buchrücken, er erkannte einen Konsalik, einen Simmel, was ihn überraschte, dann Masers Hitler-Biografie, in der dem Führer einige bis dahin unbekannte Talente und Fähigkeiten zugeschrieben werden. Auf dem Wohnzimmertisch standen ein halb volles Glas Wasser, ein fleckiger weißer Kaffeebecher und ein Aschenbecher aus schwerem Kristallglas, darin einige Kippen mit Filter.

Zack platzierte Georgie und Stachelmann auf dem Sofa, er selbst rückte den Sessel ein Stück herum, sodass er die beiden im Blick hatte. Er bot nichts an.

»Danke, dass Sie uns empfangen«, sagte Stachelmann, nachdem er sich ermahnt hatte, auf jeden Fall freundlich zu bleiben. »Wir hatten über Unterlagen gesprochen …«

Zack erhob sich, schniefte laut und verließ den Raum. Er kam zurück mit einem Pappkarton, in dem er offenbar einen DVD-Player gekauft hatte. Er stellte den Karton auf den Wohnzimmertisch, Staub wirbelte hoch. »Bitte«, sagte er.

»Dürfen wir das Material mitnehmen?«

»Nein«, sagte Zack, als hätte er auf die Frage gewartet. Er zündete sich eine Zigarette an. »Ich gebe es nicht aus dem Haus.«

Stachelmann überlegte, ob er die Berliner Polizei einschalten sollte, aber er verzichtete darauf, es würde die Sache nur verzögern. »Gut«, sagte er, »dann fangen wir mal an.«

Er griff in die Kiste und packte das Material aus. Lose Blätter, Aktenordner, ein dickes Buch, in Kunstleder eingebunden, mit einer Druckknopfverschlussschnalle. Mitten auf dem Vorderdeckel prangte eine Rune, ein aufwärts weisender Pfeil, die Tyr-Rune, die, wie sich Stachelmann entsann, für den Himmelsgott stand. Aber hier diente sie nur als Verzierung. Stachelmann stellte die geleerte Kiste auf den Boden und schob Georgie einen kleinen Stapel mit Ordnern zu. »Uns interessiert nur, wo es um Geld geht.«

Georgie grinste, sagte aber nichts. Er griff den oberen Ordner und begann zu lesen.

Stachelmann nahm das Buch, löste den Verschluss und schlug es auf. Es waren handschriftliche Eintragungen in Sütterlin. Eine sehr klare Schrift, Stachelmann hatte keine Mühe, sie zu lesen. Er blätterte erst einmal. Es war ein Tagebuch, allerdings mit sporadischen Eintragungen, manche recht lang, andere knapp. Zurück auf der ersten Seite, begann er zu lesen.

2. April 33
Haben es dem Juden gezeigt. Er hat nichts mehr zu bestellen, und seine internationalen Machenschaften beeindrucken den Führer nicht. Es weht ein neuer Wind, es ist aus mit dem Niedergang.
Hatte Ärger mit P. S. Der wollte alle totschlagen, mußte ihn zügeln. Kein Lüneburger soll mehr beim Juden kaufen.
A. J. sagte, er habe vielleicht eine Stellung für mich. Bei einer Spedition in Harburg. Ich bin jetzt schon 4 ½ Jahre arbeitslos, Scheiß System.

Und so ging es weiter. Es waren quälend primitive Auslassungen. Hassausbrüche fast auf jeder Seite, Stachelmann musste sich zwingen, es nicht zu kommentieren, was ihm das Lesen erleichtert hätte. Zack lehnte in seinem Sessel, zog an der nächsten Zigarette und beobachtete die beiden unerbetenen Gäste. Stachelmann bildete sich ein, dass der Mann leise grinste. Vielleicht ahnte er, was es für einen wie Stachelmann oder Georgie bedeutete, solchen brutalen Unsinn zu lesen.

Die Luft war unerträglich.

»Ob ich Sie bitten darf, vielleicht ein wenig zu lüften?«

Zack zog an seiner Zigarette und stieß genüsslich den Rauch aus. »Sonst gerne«, sagte er. »Aber ich bin erkältet. Der Zug, Sie wissen …« Er hob Hände und die Augenbrauen. Und zeigte ein Grinsen.

Stachelmann blätterte vor bis zum Juli 1944. Die Eintragungen waren durchweg meist unpersönlich, als hätte er niedergeschrieben, was er in der Propaganda gehört hatte, die Verdammung der Widerständler vom 20. Juli eingeschlossen, und natürlich war deren Scheitern ein Hinweis der Vorsehung, die dem Führer nicht nur das Leben rettete, sondern auch Deutschland den Krieg gewinnen ließ. Daneben dokumentierte er eher spärlich und in dürren Worten seinen beruflichen Werdegang. Er war inzwischen Angestellter der Gauleitung geworden, in der Schatzmeisterei. Dort versah er offenbar niedere Dienste, was ihn durchaus wurmte.

Stiefellecker kommen voran. Und auf die Treuesten der Treuen spuckt man.

Aber dann ein Eintrag, der Stachelmann fast erschreckte:

2. September 1944
Odin. Gehöre jetzt zum inneren Kreis. Eine größere Ehre konnte er mir nicht bereiten. Er denkt an alles. Und er hat wie immer recht. Schwarz ist treu und immer korrekt. Er läßt nichts durchgehen.

Stachelmann lehnte sich zurück. Die Wirkung der Tablette ließ nach, und er saß unbequem. Georgie las ruhig in einem Ordner, blätterte um, las wieder. Er arbeitete zügig, wollte gewiss auch so schnell wie möglich an die frische Luft. Georgie hielt inne, dann reichte er Stachelmann den aufgeschlagenen Ordner. Stachelmann schob dafür das Tagebuch zu Georgie und tippte auf die Stelle. Dann las er in der Akte, es war ein Brief von Schwarz, aber unter seinem privaten Briefkopf.

16 11 44

Parteigenosse Zack!

Wir erleben schwere Zeiten. Auch wenn der Führer uns aus der Krise, in die unser Vaterland geraten ist, bald wieder herausführen wird, müssen wir doch Vorbereitungen treffen, um jeder denkbaren Lage begegnen zu können. Des Führers größte Errungenschaft ist die National-Sozialistische Deutsche Arbeiter-Partei. Sie ist wie Blut vom Blute unseres Führers. Wir müssen die N. S. D. A. P. um jeden Preis stärken und in jeder Situation bewahren. Das sind wir unserem Führer schuldig.
Sie wurden bereits über die Odin-Aufgaben unterrichtet. Ihnen wurde bereits befohlen, über alles, was mit Odin zu tun hat, vollkommenes Stillschweigen zu bewahren, auch gegenüber allen Stellen und Einrichtungen der Partei. Sie dürfen mit niemandem sprechen außer dem Verbindungsmann, den ich Ihnen hiermit nenne.

Oberscharführer Hagedorn, Otto, Hamburg, Habichtstraße 86, Telefon: 17980

Osch. Hagedorn wird sich bald mit Ihnen in Verbindung setzen und Sie über die kommenden Aufgaben unterrichten. Er ist befugt, Ihnen Befehle zu erteilen. Diese Befehle müssen sofort und ohne Rückfrage zuverlässig ausgeführt werden. Jeder Befehl von Osch. Hagedorn ist ein Beweis unseres Vertrauens in Ihre Person als aufrechter National-Sozialist.

Heil Hitler!
Schwarz

Georgie lachte. »Da haben wir gleichzeitig was zum selben Thema gefunden.« Er sprach so, als wäre Zack nicht im Raum. Das Grinsen hatte dessen Gesicht verlassen.

Sie tauschten ihre Unterlagen zurück und lasen weiter. Die aufkeimende Euphorie legte sich bald, als Stachelmann sah, dass im Tagebuch nichts weiter über Odin oder Parteifinanzen stand. Auch Georgie sagte nichts. Sie nahmen sich Akte für Akte, Blatt für Blatt vor, sie hatten staubverklebte Finger, und die Luft war längst unerträglich geworden. Georgie musste manchmal husten. Und Zack saß ungerührt in seinem Sessel, grinste aber wenigstens nicht mehr.

Als sie fertig waren, fragte Stachelmann: »Kennen Sie einen Otto Hagedorn?«

Zack schüttelte langsam seinen Kopf, als wäre er befriedigt, den Mann nicht zu kennen.

»Ihr Großvater hat nie über Hagedorn gesprochen?«

Wieder ein Schütteln.

»Sie haben, vermute ich, keinen Scanner …«

Wieder ein Schütteln.

»Warte einen Augenblick«, sagte Georgie. Er vergewisserte sich, dass der Autoschlüssel in seiner Tasche steckte, und verließ die Wohnung. Kalte Luft strömte ein durch die offenen Türen. Nach weniger Minuten war Georgie zurück, in der Hand eine schlanke Digitalkamera. Er suchte die Materialien heraus, die sie gefunden hatten, und fotografierte sie ab.

Als sie das Haus verlassen hatten, schnaufte Stachelmann schwer. »Lass uns einen Spaziergang machen.«

»Wir machen jetzt auf bürgerliches Ehepaar«, sagte Georgie und hakte sich ein.

Stachelmann schüttelte ihn ab und lachte.

»Wir haben immerhin eine dünne Spur, eine sehr dünne Spur. Hagedorn. Das ist die nächsthöhere Stufe bei Odin.«

»Was machen wir mit Schmidt?«

»Der wohnt auch in Hamburg. Wie wir. Das ist doch praktisch.«

»Und wenn das nichts wird, haben wir ja noch ein paar andere Kandidaten auf der Liste. Vielleicht sollten wir erst mal alle anrufen?«

»Keine Ahnung«, sagte Stachelmann. »Lass uns nach Hamburg fahren.«

Er begann zu frieren. Am Straßenrand standen Einfamilienhäuser der billigeren Art, deren Eigentümer umso härter dafür gearbeitet hatten. Ihre schlichten Fassaden, die mit Eisengittern und Ornamenten verunstaltet waren, dokumentierten den Drang, der Außenwelt zu zeigen, dass man etwas geschafft hatte. Dafür wurden die Feierabende und Wochenenden über Jahre geopfert, dafür mussten Verwandte und Freunde helfen, dafür verschuldete man sich bis auf den Sankt-Nimmerleins-Tag. Eine Laterne spiegelte sich in einer Pfütze. Ein alter Ford Mondeo mit einem kaputten Scheinwerfer rollte mit zischenden Reifen vorbei, auf dem Beifahrersitz eine dicke Frau mit frischer Dauerwelle, die hinausstarrte. In einem Fenster flimmerte ein Fernsehgerät, eine Quizsendung, der harmlosere Weg in die Verblödung.

Sie bogen um eine Ecke und landeten in einer Einbahnstraße. Der Halbmond zeigte sich über dem letzten Haus am Straßenkopf, eine grüne Mülltonne glänzte nass. Eine Katze schlich geduckt über die Straße. Irgendwo erklang eine Frauenstimme, dann Kindergeschrei.

»Wir rufen den Schmidt an und hoffen, dass uns die weitere Reiserei erspart bleibt«, sagte Stachelmann. »Wenn es nicht klappt, scheuchen wir die Nächsten auf.«

»Zu Befehl!«

***

Franticek betrank sich jeden Abend, seit er gedemütigt worden war. Er begann in der Kneipe am Hauptbahnhof und brachte es zu Hause zu Ende. Er hatte sich einen Vorrat an Whiskyflaschen in die Küche gestellt. Wenn er einen guten Pegel erreicht hatte, fantasierte er sich durch seine Rache. Es gab so viele Möglichkeiten, die Bande hochgehen zu lassen. Und er lachte trocken, wenn es ihm wieder einmal gelungen war. Morgens musste er öfter kotzen, aber das war ein Preis, den er klaglos bezahlte dafür, dass er seine Rache in der Fantasie hatte auskosten können. Er ging mit geröteten Augen ins Amt und verließ es halbwegs ernüchtert wieder, nur um in der Kneipe einzukehren. Was er früher schon nicht selten getan hatte, wurde ihm nun zur täglichen Gewohnheit.

Manchmal erinnerte er sich, wie er durch die Gegend gereist war, wenn sich irgendwo eine Lücke auftat, und wie es ihm jedes Mal gelungen war, die Dinge zu klären. Meistens hatte es genügt, mit einem Geldschein zu winken. Wo Kollegen oder V-Leute auf die Sache stießen, wussten sie, dass es dafür eine Stelle gab: Franticek. Franticek, der nichts anderes tat in seinem Leben als aufzupassen und sich zu betrinken. Früher war es besser gewesen, da hatte er hin und wieder eine Frau gehabt, nichts Festes, eher was fürs Bett. Er war auch einsam, wenn er mit anderen zusammen war. Franticek war im

Lauf der Jahrzehnte, in denen er verantwortlich war, ganz auf sich selbst zurückgefallen. Er erinnerte sich gern der ersten Jahre seines Dienstes, als noch etwas los gewesen war. Als er wirklich gebraucht wurde. Er hatte ganze Stapel von Akten aufgekauft und Zeugen bezahlt dafür, dass sie eidesstattlich versicherten, nichts oder etwas anderes zu wissen. Manche hatte er auch bedroht. Einem die Pistole an den Kopf gehalten, bis er endlich unterschrieben hatte. Franticek hatte das Gesetz gebrochen, dies aber in dem guten Gefühl, einem höheren Gesetz zu folgen. Aber das war jetzt alles dahin.

Auch an diesem Abend schlurfte er mehr, als dass er ging, am Bahnhof vorbei und auch an dem Brauereigebäude, in dem sich vor einiger Zeit mit großem Tamtam ein Verlag eingenistet hatte, dessen Bücher Franticek so wenig interessierten wie die Bücher anderer Verlage. Er las nur Zeitungen und Zeitschriften, am liebsten die Sportseiten des *Kölner Stadt-Anzeigers*. Und er ärgerte sich meistens über den *FC*, aber der war ihm inzwischen auch egal, nicht wegen der missglückten Rückkehr eines weithin überschätzten Fußballers, sondern weil er andere Sorgen hatte. Sie hatten ihn gefickt, und das würde er nie vergessen. Es sei denn, er schlug zurück. Dann könnte er sich an seine Rache erinnern.

Er zog die Tür auf und ging hinein. Ein Schlager tönte seifig durch den Gastraum, der Wirt, Hans-Heinz, stand am Zapfhahn, blickte kurz auf und nickte Franticek zu. An der Ecke des Tresens stand eine Frau, etwa mittleren Alters, wenn auch schwer bestimmbar. Vor ihr war ein Glas Rotwein, daneben lag eine Schachtel Zigaretten. Ihr Gesicht war schon ein wenig verbraucht, ein wenig zu bleich und ein wenig aufgedunsen. Aber ihre Augen hatten ein Leuchten. Und ihre schwarzen Haare fielen ihr lang und glänzend auf die Schultern, das gefiel ihm.

Franticek orderte mit einem Fingerzeig erst einmal ein Bier, der Whisky mochte einen Augenblick warten.

»Sie sind zum ersten Mal hier«, sagte Franticek zur Frau. An ihrem linken Handgelenk hing eine goldene Uhr, Ringe an drei Fingern.

»Sie sind also jeden Tag hier.«

»Montags hat er Ruhetag.« Er deutete auf den Wirt. »Ich habe versucht es ihm auszureden, aber er ist ein sturer Bock.«

Hans-Heinz grinste.

»Früher war er mal ein echter Kerl«, sagte sie.

»So, so, ich kann's mir kaum vorstellen.«

Hans-Heinz tippte sich an die Stirn und zapfte Franticeks Bier. »Nicht dass du meine Gäste anpöbelst«, sagte er mild.

»Sie kennen den Herrn« – ein Blick auf Hans-Heinz – »also schon länger.«

»Es gibt Dinge, die kann man nicht wiedergutmachen.« Ihre Stimme war angeraut, er fand sie sexy. »Trinken Sie auch zu viel?«

»Ja«, sagte Franticek. »Was soll ich sonst machen?«

Sie lachte. »Dazu rauchen.«

»Das schaffe ich in meinem Alter nicht mehr.«

Sie lächelte. »Was arbeiten Sie, um sich das Saufen leisten zu können?«

»Ich bin Beamter«, sagte Franticek.

»Das ist praktisch. Da fließt das Geld garantiert. Seien Sie froh.«

»Was arbeiten Sie, um sich das Saufen und das Rauchen leisten zu können?«

Sie lächelte. »Ich lebe vom Ersparten. Außerdem bezahle ich hier nichts.«

Hans-Heinz hustete. Er stellte das Bier vor Franticek.

Die Tür öffnete sich, zwei ältere Männer traten ein, einer lachte. »Zwei Kölsch!«, rief der andere. Sie setzten sich nahe des Tresens an einen Tisch. Die Musik hatte aufgehört. Die Anlage stand hinter dem Tresen. Hans-Heinz öffnete eine Schublade unter dem Tresen und zog eine CD heraus. Franticek las was von *Volksmusik*.

»Also, tagsüber arbeiten Sie, abends saufen Sie. Richtig?« Ihre Stimme gefiel ihm wirklich gut.

»Stimmt.«

»Und was für einen Sinn hat Ihr Leben dann?« Sie schaute plötzlich streng.

Die Frage traf ihn, einen Augenblick fürchtete er, das Herz könnte ihm stillstehen. Ihr Gesicht war nun hart, nicht mehr aufgedunsen, und einen Augenblick erkannte er, wie sie früher ausgesehen hatte, hohe Wangenknochen, große Augen und ein lockender Mund. Er überlegte, trank einen Schluck und überlegte wieder.

Dann zuckte er mit den Achseln. »Vielleicht, dass ich trinke, morgens aufstehe, tagsüber arbeite, abends trinke.« Als er es gesagt hatte, war er mit der Antwort nicht zufrieden. »Warum fragen Sie mich das?«

Sie kam einen Schritt näher. »Weil Sie so aussehen, als wollten Sie das gefragt werden.«

***

»Herr Meier, ich gebe Ihnen jetzt einen Namen durch. Könnten Sie bitte herausfinden, ob es den oder vermutlich ja eher Nachfahren von dem gibt? Hagedorn, Otto, Hamburg, Habichtstraße 86, Telefon 17980. Das gilt für April 1945.« Stachelmann saß auf dem Beifahrersitz, Georgie hinter dem Steuer. Sie fuhren nach Hamburg. »Wir sind auf dem Weg, wäre schön, Sie könnten das gleich machen und mich sofort anrufen.«

»Und die anderen Adressen?«, fragte Meier.

Stachelmann roch einen Hauch Menthol. »Die klären wir ab, wenn wir hier nicht weiterkommen. Wissen Sie, es ist eine Struktur, diese Odin-Sache, und wenn wir einen Teil aufklären, begreifen wir wahrscheinlich das ganze System.«

Es war gut, dass Georgie fuhr, auch wenn Stachelmann sich nicht wirklich entspannen konnte, er hatte Georgies letztes Manöver nicht vergessen. Also achtete er darauf, dass das Radio aus blieb. Georgie machte aber auch keinen Versuch, es einzuschalten.

Stattdessen sagte er: »Weißt du, sie fehlt mir.«

»Wer?«

»Na, wer wohl? Gitte.«

Er wohnte immer noch in der Wohnung, die er mit ihr geteilt hatte, und er hatte ihr Zimmer immer noch nicht weitervermietet. Stachelmann hatte sie auch gemocht, sie war so ernsthaft gewesen, so konsequent, geradezu unerbittlich. »Mir fehlt sie auch«, sagte er. Durch Brigitte hatte er Georgie kennengelernt.

»Was würde sie jetzt tun, wenn sie noch lebte?«, fragte Georgie, während er den Golf auf der A7 nach Norden steuerte.

»Sie würde uns helfen. Nazis zu jagen war ihr Lieblingssport.«

»Das stimmt. Vielleicht ist sie ein bisschen bei uns.«

Und Stachelmann dachte, dass er an Brigitte zuerst die Möglichkeiten geliebt hatte, die in ihrer noch nicht begonnenen Freundschaft steckten.

Sie fuhren schweigend weiter durch die Nacht. Der Mond hatte zugelegt und verbarg sich immer wieder hinter Wolken, die wie eine Masse mit Lücken am Himmel standen. Bäume, Knicks, Häuser und Gehöfte zogen vorbei, manche Fenster sahen aus wie Lichtpunkte. Die

Betonfahrbahn war noch nass vom Regen, der das Licht der Scheinwerfer schluckte.

Stachelmann dachte an sein Telefonat mit Schmidt, der nicht mehr ganz so zurückhaltend gewesen war, tatsächlich Unterlagen gefunden hatte, die aber, wie er sagte, nur Nazimüll seien. Doch Stachelmann hatte ihn gebeten, den Müll sehen zu dürfen, um auszuschließen, dass ihnen etwas durch die Lappen ging. Aber er war nicht optimistisch, etwas zu entdecken. Er legte viel mehr Hoffnung auf die Hagedorn-Spur. Hagedorn war eine Ebene höher angesiedelt. Wenn sie der Spur des Geldes folgen wollten, dann würden sie vielleicht da weiterkommen. Aber nur wenn Menthol-Meier irgendeinen Nachfahren des Nazis auftat und wenn dieser Nachfahre noch Dokumente verwahrte. Und die anderen Namen? Stachelmann wurde missmutig. Es war wie das Suchen nach der Nadel im Heuhaufen, es war wieder eine dieser chaotischen Recherchen, aber wie sollte er eine Systematik hineinbekommen? Sie hatten keine Wahl, sie mussten jeden Stein umdrehen, der ihnen vor die Füße geriet.

Und dann begann ihm noch ein Gedanke zuzusetzen. Je näher sie Hamburg kamen, desto näher kam er Anne. Warum konnte er seine Beziehungen nicht regeln? Valentina hatte ihn schon eine Weile nicht mehr angerufen, nicht einmal eine SMS geschickt. Sie war gewiss sauer auf ihn, und sie hatte recht. Er wäre auch böse, wenn er so behandelt würde, wie er sie behandelte. Nicht nur sie. Das Üble war, dass er wusste, welchen Fehler er machte, und dass er ihn trotzdem machte.

Ein schwarzes Auto zischte vorbei, tief geduckt auf der Fahrbahn. Die beiden roten Rücklichter wurden kleiner und verglühten.

»Und wenn wir rauskriegen, wo das Geld hingeflossen

ist, was dann? Ist das nicht verjährt?« Georgie kratzte sich am Ohr.

»Der Mord an Rehmer und vielleicht an Maltmann verjährt nicht. Aber alle Straftaten, die was mit der Knete zu tun haben könnten, dürften verjährt sein. Das ist mir auch ziemlich wurst. Wen interessiert das heute noch?«

»Du bist ja wieder richtig gut gelaunt, hm. Ich dachte, es interessiert wenigstens dich.«

»Klar, stimmt. Ist eigentlich eine Riesengeschichte. Es gibt viele Leute, die interessieren sich für verschwundene Schätze, das Bernsteinzimmer, SS-Gold und ähnlichen Quatsch. Ganze Divisionen von Tauchern haben alle Dorftümpel Mitteleuropas abgegrast …«

»Was anderes machen wir doch auch nicht.«

Stachelmann setzte an zu widersprechen, aber dann schwieg er doch. Sie kamen an Stillhorn vorbei, für ihn war das die Einfahrt nach Hamburg, wenn er von Süden oder Westen kam. Rechts lag die große Raststätte und sah trotz voller Beleuchtung trist aus. Schwere Lastwagen parkten dort, an der Tankstelle war einiges los. Ein großes weißes Wohnmobil rollte die Autobahnauffahrt entlang. Georgie hielt sich genau an die Geschwindigkeitsbeschränkung.

Sie fuhren über die Elbbrücken in die Stadt hinein. Obwohl Straßenlaternen, Autoscheinwerfer und Fenster leuchteten, war die Stadt dunkel, schwarz mit einem schwachen blauen Ton. Stachelmann fand, dass es draußen so aussah wie in seinem Kopf. Wahrscheinlich siehst du gar nicht, wie es draußen ist, sondern blickst in Wirklichkeit in dich hinein. Georgie steuerte unbeirrt von solcher Stimmung Richtung Altona. Sie kamen am U-Bahnhof Landungsbrücken vorbei und fuhren die Reeperbahn entlang. Nun wurde es doch heller. Es war nicht viel los auf dem Bürgersteig, ein paar Männer auf der

Suche nach Alkohol, einer schon mit unsicherem Gang, zwei grell gekleidete Frauen leuchteten wie Papageien und flanierten entlang der Fahrbahn. Vor einer Spielhölle stand ein Reinschmeißer, nur ein wenig kleiner als King Kong.

Dann wurde es wieder dunkel. Stachelmann roch das Salz der Nordsee. Georgie schien sich hier auszukennen, jedenfalls steuerte er zielsicher in die Kleine Bergstraße und hielt vor dem Haus Nr. 32. Es war ein sechsstöckiges Mietshaus, dessen Klinkerfassade von einer Straßenlaterne auf dem gegenüberliegenden Trottoir blass beschienen wurde.

Sie klingelten an der dunkelbraunen Holzhaustür, und der Summer ertönte. Sie mussten in den ersten Stock steigen, wo die Wohnungstür schon geöffnet war. Ein Lichtschein fiel ins Treppenhaus. Dann erschien Schmidt in der Tür, ein kleiner, etwas untersetzter Mann mit einem länglichen Gesicht, in dem eine übergroße schief gewachsene Nase ragte. Er hatte schütteres schwarzes Haar und die Andeutung eines Schnurrbarts, mehr ein Strich. Seine Augen waren freundlich und seine schmalen Lippen lächelten und zeigten zwei Reihen makelloser Zähne. Stachelmann war er sofort sympathisch mit seiner offenen Ausstrahlung, die so gar nicht zu den Telefonaten passte, die sie geführt hatten.

Schmidt reichte ihnen die Hand und bat sie herein. »Auch einen Tee?«

Es roch nach gutem Tee, und beide nahmen das Angebot an.

»Darjeeling, Second Flush, Tee-Kampagne«, sagte Schmidt. »Ich komme gleich ins Arbeitszimmer, gehen Sie schon mal vor, gleich die Tür links.«

An der Wand stand unter dem einzigen Fenster ein ausgeklappter Tapeziertisch, in der Ecke ein Schreibtisch aus einer Buchenholzplatte auf zwei Böcken, darunter zwei Rollcontainer. Auf dem Tisch sah Stachelmann einen alten grauen Karton. Hinter dem Schreibtisch ein teurer Stuhl mit Armlehnen, in Schwarz und Anthrazit gehalten. Neben der Tür stand ein Schwinger aus schwarzem Leder mit Chromrahmen.

Schmidt erschien mit einem Tablett, darauf eine Teekanne, Tassen, Zucker, Milch und Kekse. Er stellte das Tablett auf den Tapeziertisch. »Ich komme gleich«, und als er wieder erschien, trug er einen Klappstuhl, den er an den Tapeziertisch stellte. »Bitte.«

Georgie setzte sich auf den Klappstuhl, Stachelmann auf den Schwinger. Schmidt goss ein, bot vergeblich Zucker und Milch an, nahm sich von beidem und setzte sich hinter den Schreibtisch. Er trank einen Schluck und deutete auf den Karton. »Mehr habe ich nicht.«

»Haben Sie Ihren Großvater noch kennengelernt?«

»Und wie!« Er lachte bitter. »Er war ein autoritärer Bock. Er hat geschlagen, geschrien, und er hatte immer recht.«

»Haben Sie über die Nazizeit mit ihm gesprochen?« Stachelmann trank einen Schluck Tee, er war ausgezeichnet, auf den Punkt.

»Gesprochen, na, so kann man das kaum nennen. Er hat doziert.« Schmidt hob den Zeigefinger und ließ die Hand wieder sinken. »Der Führer war großartig und hat im Zweifelsfall nichts gewusst. Die Juden waren selber schuld, sie hätten nicht hetzen sollen gegen die Deutschen. Und schließlich war Krieg, da wurde scharf geschossen. Natürlich war am Krieg nicht Deutschland schuld, schon gar nicht Hitler, sondern Englands Perfidie und Stalins Heimtücke. Dem Bolschewismus ist Hitler gerade noch zuvorgekommen, als der ganz Europa einsacken wollte, und der Führer hätte auch gesiegt, wenn die Amerikaner nicht so naiv gewesen wären und sich nicht vom Säufer

Churchill hätten aufhetzen lassen. Dabei habe der Führer gerade mit England eine große Freundschaft begründen wollen unter germanischen Völkern.«

»Das Übliche also«, sagte Stachelmann. »Wir suchen Hinweise auf Geldtransaktionen gegen Ende des Krieges, vor allem im April 45. Darf ich?« Er deutete auf den Karton.

»Natürlich, aber ich fürchte, Sie werden nichts finden. Ich habe schon mal hineingeschaut, es ist erbärmlich wenig, was von diesem heroischen Leben geblieben ist.« Er grinste.

Stachelmann stand auf und nahm den Karton, es war in der Tat nicht viel. Georgie zog seinen Klappstuhl neben den Schwinger und sah zu, wie Stachelmann in dem Papierstapel blätterte. Es waren Belobigungen, banale Dienstanweisungen – *Ich weise darauf hin, daß sparsam mit Material umgegangen werden muß. Alles für die Front!* –, ein paar Seiten mit handschriftlichen Notizen, offenbar Vorarbeiten für ein Protokoll – *Pg. Ma. erklärte, daß man aufkommenden Defätismus sofort ersticken muß. Er fordert härteste Strafen …* –, eine Postkarte aus Wien – *Grüße aus der Ostmark! Willi* –, dann zwei Briefe, einer sogar zweiseitig. Stachelmann überflog den ersten, er war vom 3. April 1945 und bestand aus zwei Zeilen.

Pg. Peters!

Im Laufe der kommenden Tage wird sich Osch. Hagedorn bei Ihnen melden. Sie haben seinen Anweisungen zu folgen. Kennwort: Odin.

Keine Unterschrift. Stachelmann warf Schmidt einen freundlichen Blick zu. »Das ist interessant, es hilft ein bisschen.«

Schmidt lächelte und trank einen Schluck, nachdem er umgerührt hatte.

Der zweite Brief handelte weitschweifig Maßnahmen ab zur Sicherung der Gauleitung bei Bombenangriffen.

»Hagedorn«, sagte Stachelmann, »wir müssen seine Nachfahren finden.« Sie saßen im Auto.

Georgie gähnte auf dem Beifahrersitz.

Ein Transporter dröhnte vorbei, roter Lack, weiße Aufschrift, ein Malerbetrieb. Am Steuer ein Mann mit einer Zigarette zwischen den Lippen.

»Jetzt gehen wir erst mal schlafen.« Aber er fuhr nicht los.

»Ruf an«, sagte Georgie.

Stachelmann lächelte flüchtig, nahm sein Handy und drückte nacheinander zwei Tasten.

»Ja?« Sie klang müde.

»Ich bin in Hamburg.«

»Dann komm.« Es klickte.

***

Sie hatten beschlossen, alles selbst zu machen, und Bartels hatte ihnen nach einigem Zögern zugestimmt. Es war aberwitzig aufwendig, jeden der sechzehn Archivnutzer, die am Mordtag Rehmers im Lesesaal waren, zu Hause aufzusuchen, aber sie verließen sich nicht mehr auf die Hilfe der Kollegen vor Ort. Nicht weil sie ihnen misstrauten, sondern weil sie jeden Einzelnen selbst vernehmen und sichergehen wollten, dass sie die Vernehmungen auch wirklich miteinander abgleichen konnten. Sie brauchten nicht nur die Informationen der Zeugen, sondern auch einen Eindruck ihrer Verfassung und Glaubwürdigkeit. Und nicht zuletzt konnte einer dieser Nutzer der Mörder sein. Es war sogar wahrscheinlich, dass sie ihm bald gegenübersitzen würden. Denn Bartels selbst hatte die Mitarbeiter des Archivs noch einmal befragt, ob ihnen ein Unbekannter aufgefallen sei, der das Archiv nicht genutzt habe. Niemandem war so jemand aufgefallen. Weber und Gaby Kohlenberg waren überzeugt, dass Rehmers Mörder sich als Archivnutzer angemeldet hatte, um unauffällig einen günstigen Zeitpunkt für die Tat abzuwarten. So konnte er sein Opfer beobachten, die Umgebung checken und einen Plan entwickeln. Zwar verlangte die Archivordnung, dass man den Grund seines Besuchs angab und auch die Einrichtung, für die man arbeitete, aber das wurde nicht überprüft. Es war leicht, sich Zugang zu verschaffen. Allerdings konnte man auch als freier Schriftsteller kommen oder als jemand, der seine Familiengeschichte aufarbeitete. Vielleicht, so hofften sie, mussten sie nicht alle Nutzer abklappern, sondern fanden schon eine Spur, wenn sie die Namen überprüften.

Sie saßen im Präsidium in ihrem Büro, nachdem sie bei Frau Bestler die Nutzerliste abgeholt hatten. Zuerst riefen sie die Einrichtungen an, die in der Liste standen. Von den sechzehn Nutzern hatten elf Universitätsinstitute angegeben, einer eine Firma und die Verbleibenden nichts. Es war recht mühsam, die Sekretärinnen, Institutsleiter oder Ordinarien zu Auskünften zu veranlassen, und manche litten unter einem schlechten Gedächtnis. Sie wechselten sich ab beim Telefonieren, während der andere mithörte. Nach jedem Gespräch tauschten sie sich kurz aus.

Ungeklärt blieben eine Studentin aus Magdeburg, die an ihrer Examensarbeit saß, drei Doktoranden aus Konstanz, Berlin und Göttingen und ein Mann aus Viernheim, der über Heraldik im frühen Mittelalter forschte. »Wappenkunde«, sagte Weber, nachdem er bei Wikipedia nachgeschaut hatte.

»Gähn!«, sagte Gaby Kohlenberg. »Natürlich hat sich der Mörder unter falschem Namen eingetragen. Möglich ist aber auch, dass er zum Beispiel den richtigen Namen eines Doktoranden benutzt hat. Wir müssen diese Möglichkeit prüfen.«

Es war leicht, die Telefonnummern herauszufinden. Als Erste riefen sie die Studentin, Sigrid Meier, an. Die war zum angegebenen Zeitpunkt im Archiv, der Eintrag stimmte also. Dann Richard Kaplinski, der sich für Heraldik begeisterte. Auch er bestätigte, im Archiv gewesen zu sein. Er sei so eine Art Privatgelehrter, der auf diese Weise sein Erbe verzehre, wie er gleich kundtat. Vielleicht würde er demnächst publizieren. Während Weber telefonierte, hörte Gaby Kohlenberg mit und schüttelte den Kopf.

Franz Solms, der Doktorand aus Konstanz, befasste sich mit der Inflation von 1923 und war nicht erreichbar. Der Kandidat aus Berlin, Josef van Alm, studierte die Rheinlandbesetzung 1936, war erreichbar und tatsächlich im Archiv gewesen, genauso sein Kollege aus Göttingen, Rüdiger Vahr, der die Rolle des Schwedenkönigs Gustav Adolf im Dreißigjährigen Krieg analysierte. Gaby Kohlenberg versuchte noch einmal vergeblich, den Doktoranden aus Konstanz zu erwischen, aber der war immer noch nicht da.

»Und wenn einer von denen der Täter ist?«

Gaby Kohlenberg überlegte. Dann nickte sie. »Das wäre eine perfekte Tarnung.« Sie trommelte mit den Fingern auf der Tischplatte. »Nur müsste der ein Motiv haben, wenn es kein Auftragsmord ist.«

»Es wird immer komplizierter«, sagte Weber, und er klang resigniert, müde, fast verzweifelt. Was immer wir anfassen, es schmilzt uns in den Händen weg wie ein Schneeball. Und kommen wir einer Sache scheinbar näher … Es ist zum Kotzen.«

Sie nickte bedächtig. »Wenn eine Ermittlung einigermaßen normal läuft, dann hätten wir ihn jetzt schon fast. Dann gäbe es Unstimmigkeiten. Ich wette, der Typ aus Konstanz ist genauso harmlos wie die anderen. Oder nicht.«

»Und doch ein Handwerker?«

»Von denen liefen zu der Zeit ein Haufen herum. Wie soll man herausfinden, wer es sein könnte? Es gibt keine Zeugenaussage.«

»Und wenn wir die Firmen und ihre Mitarbeiter abklappern und fragen, ob ihnen einer aufgefallen ist, der zwar Handwerkerkleidung trug, aber einer Firma nicht zuzuordnen war?«, fragte Weber.

Sie kramte in Akten, dann fand sie die Liste. Sie überflog sie und sagte resigniert: »Das haben die Kollegen schon am Tag des Mordes eruiert. Hier stehen alle Firmen und Mitarbeiter. Niemandem ist etwas aufgefallen.«

»Mir wäre da auch nichts aufgefallen. Ein Riesengrundstück, und es wuselt nur so von Handwerkern.«

»Und wenn es gar kein fremder Handwerker war, sondern einer, der tatsächlich bei einem Unternehmen angestellt war?«

»Der Mörder ist immer der Tischler«, sagte er. »Die Kollegen haben alle geprüft und nur ein paar läppische Vorstrafen gefunden.«

»Nebel, überall Nebel.« Sie kratzte sich an der Stirn. »Wie könnte ein Handwerker einen Historiker aus dem Lesesaal in den Kopierraum locken und ihn dort ermorden, ohne dass es auffällt? Das ist absurd, das gibt es nicht.«

»Möglich wäre: Der Killer hat beobachtet, wie Rehmer in den Kopierraum ging, ist ihm gefolgt, hat festgestellt, dass er dort allein mit ihm ist, und hat die Situation genutzt.«

Sie suchte in den Akten, fand etwas, las und sagte, während sie auf das Blatt tippte: »Die meisten Nutzer des Lesesaals haben keinen direkten Zugang zum Kopierservice. Archivmitarbeiter nehmen die Kopierwünsche entgegen, und der Service verschickt sie per Post. Allerdings können die Nutzer die Kopien auch selbst abholen. Es ist also nicht abwegig, dass Rehmer im Kopierraum war.«

»Womöglich waren es zwei«, sagte er. »Einer sitzt im Lesesaal und lockt Rehmer in den Kopierraum, wo der andere wartet.«

***

Felix schien gar nicht bemerkt zu haben, dass Stachelmann lange nicht da gewesen war. Jedenfalls sprang er am Morgen ins Bett, nachdem Anne aufgestanden war. Überhaupt schienen die Dinge so zu sein wie früher. Außer dass ihm einiges klar geworden war. Nachdem sie miteinander geschlafen hatten, hatte Anne ihm gesagt, es sei ihre letzte Chance. Sie würde so etwas nicht mehr mitmachen. Seine Eskapaden, wie sie es nannte. Wenn er etwas nicht akzeptiere, solle er es sagen. »Ich weiß auch nicht, warum ich mir das alles gefallen lasse. Ich habe lange darüber nachgedacht, und ich habe wie ein Hund gelitten, als du einfach gegangen warst. Aber auch wenn ich glaube, das klingt jetzt schwer pathetisch, dass wir füreinander geschaffen sind, ich glaube es wirklich, beim nächsten Mal gibt es keine Rückkehr, auch wenn ich am meisten darunter leiden werde.« Es hatte gar nicht nach einer Drohung geklungen, eher wie eine erschöpfte Schlussfolgerung.

Sie frühstückten nachdenklich zusammen. Felix musste nicht mehr gefüttert werden, das fiel Stachelmann jetzt auf. Der Kleine saß zufrieden auf seinem Kinderstuhl und mampfte Brot. Hin und wieder strahlte er Stachelmann an. Und der merkte, dass ihn die Erinnerung daran, dass Felix nicht sein Sohn war, sondern aus einer anderen Krisenzeit ihrer Liebe stammte, nicht mehr störte. Seltsam. Früher hatte sie ihn angefressen.

»Was machst du heute?«, fragte sie mit vollem Mund.

»Ich suche Herrn Hagedorn, genauer gesagt, irgendeinen, der den Nachlass dieses Herrn hat. Wenn es den überhaupt noch gibt.«

»Na, denn mal viel Spaß«, sagte sie grinsend.

»Den werde ich haben.«

»Und dann kommst du wieder. Du kannst ja ein paar Klamotten aus deiner Wohnung herbringen. Sonst fängst du noch an zu muffeln.«

Georgie hatte Ringe unter den Augen, als er Stachelmann die Wohnungstür öffnete. »Na, war's schön?«, fragte er und grinste. Aber eigentlich war er zu müde dazu.

»Ich hoffe, für dich war es auch schön«, sagte Stachelmann, als er den Flur betrat. Auf dem Boden lagen alte Zeitungen und Werbeprospekte. Neben der Küchentür wartete ein Kasten mit leeren Bierflaschen darauf, eingetauscht zu werden. Und es roch, als hätte Georgie hundert Jahre nicht gelüftet. »Es stinkt«, sagte Stachelmann.

»Das liegt in der Nase des Riechers«, brummelte Georgie. »Kannst ja die Fenster aufreißen.« Er ging in die Küche.

Stachelmann hängte seinen angefeuchteten Mantel an einen Haken an der Garderobe, daneben hing Georgies Trainingsjacke. Er folgte in die Küche und erschrak erst einmal. Zwar war Georgie nie ordentlich gewesen, er zelebrierte seine Schlamperei gern, aber mit dem Chaos in der Küche hatte er einen neuen Rekord aufgestellt.

»Mein Gott!«, sagte Stachelmann.

Berge von nicht abgewaschenem Geschirr. Flaschen und Dosen standen auf dem Tisch und auf der Arbeitsplatte neben dem alten Gasherd. Zwei Wandschranktüren waren offen und darin lagen Dosen, Tüten, Flaschen herum. Auf dem Boden lauerte ein Eimer mit schaumigem Wasser, darin ein Schrubber mit Feudel. Stachelmann ging um das Hindernis herum und zog einen Stuhl unter der Tischplatte hervor, inspizierte misstrauisch die Sitzfläche und nahm Platz. Das braune Wachstischtuch war klebrig. »Äh«, sagte Stachelmann.

Ein Lappen klatschte auf den Tisch, Wasser spritzte. Stachelmann wischte den Tisch ab, schnalzte, und ein fleckiges Küchentuch kam geflogen, mit dem er den Tisch abtrocknete. Er knäulte Tuch und Lappen zu einem Bündel und warf es Georgie zu.

Dann nahm er sein Handy und rief Meier an.

»Es gibt eine Emilie Heimann, das ist die Tochter von Hagedorn, der hat auch einen Sohn, aber den habe ich noch nicht gefunden. Emilie wohnt aber nicht in Hamburg, sondern in Lübeck, Fleischhauerstraße 12, ist ja nicht so weit, glaube ich.« Er schmatzte. Dann nannte er noch die Telefonnummer und verabschiedete sich hastig.

Stachelmann wählte die Nummer, Emilie Heimann nahm sofort ab, und sie vereinbarten, dass er gleich vorbeikam, nachdem er kurz erklärt hatte, um was es ging.

Sie parkten gegenüber vom Werkhof am Traveufer und gingen den Rest zu Fuß. Georgie schien allmählich aufzuwachen, jedenfalls war sein Blick inzwischen unverschleiert. Stachelmann hatte überlegt, ihn nach der letzten Nacht zu fragen, aber irgendetwas hielt ihn davon ab.

Sie gingen die Kanalstraße entlang, und als sie rechts

in die Fleischhauerstraße abbogen, begann Georgie zu schnaufen. »Ich dachte, wir wollen Emilie Heimann besuchen und hier keine sportlichen Höchstleistungen vollbringen, hm.«

Sie liefen die Straße hoch, passierten die Königspassage und die große Buchhandlung, querten die Königstraße und kamen in die Fußgängerzone. Sie fanden den Namen auf dem Klingelschild.

Im ersten Stock stand eine kleine Frau mit ausladenden Hüften und einem schmächtigen Oberkörper. Ihr Gesicht war faltig und übersät mit Altersflecken. Doch ihre Augen waren jung, sie betrachtete blass ihre Gäste und bat sie mit hoher Stimme einzutreten. Sie führte Stachelmann und Georgie in ein plüschiges Wohnzimmer mit Troddeln an den braunen Vorhängen und einer gleichfalls braunen Sitzgarnitur. An der Wand hingen ein paar Fotos. Sie bot ihnen das Sofa und setzte sich auf den Sessel. Sie neigte ihren Kopf ein wenig zur Seite und sagte: »Bitte, meine Herren.«

Stachelmann räusperte sich. »Ihr Vater hat im April 1945 eine große Summe von der Bank abgehoben …«

Sie lachte bitter. »Das stimmt!«

»Was wissen Sie darüber?«, fragte Stachelmann.

»Na, ich erinnere mich gut, nach dem Krieg, so Anfang der Fünfzigerjahre, da hat er manchmal geklagt, dass er das Geld hätte behalten sollen. So viel Geld!«

»Wissen Sie, wie viel, hm?« Georgie beugte sich nach vorn und schaute ihr in die Augen.

»Nein, junger Mann, aber es muss eine Menge gewesen sein. Jedenfalls hat er gesagt, er hätte ausgesorgt gehabt. Er war damals arbeitslos und verzweifelt.«

»Wissen Sie, von wem er das Geld bekommen hat?«

Sie blinzelte ein paar Mal. »Nein, ich vermute … ach, ich weiß es nicht, wirklich nicht.«

»Aber Sie wissen, wem er es gegeben hat?« Stachelmann spürte die Spannung im Magen.

Sie schüttelte bedächtig ihren Kopf, überlegte noch eine Weile, dann sagte sie: »Er hat, wenn er so verzweifelt war, immer von einem *Vogel* gesprochen.«

»Haben Sie noch Dinge von Ihrem Vater? Briefe, Notizbücher und so weiter?«

Sie schüttelte den Kopf. »Das hat er alles verbrannt.«

»Alles?«

»Ja, er wollte alle Beweise vernichten. Ein paar Bücher sind geblieben, Romane, Märchen, das war's.«

16

Als Walzer am Abend nach Hause kam, fröstelte er auf dem Weg von der Garage zur Haustür. Im Flur brannte das Licht, und es war still. Er blieb stehen und horchte. Im ersten Stock klapperte leise etwas. Er hängte seinen Mantel an die Garderobe und lehnte die Tasche an die Wand. Als er die Wohnzimmertür öffnete, sah er, dass die Leselampe in der Ecke matt leuchtete. Sonst war es dunkel. Aurelia saß auf dem Sofa, an der Armlehne, auf den Knien ein Buch, aber ihre Augen blickten zur Wand. Sie trug ein dünnes schwarzes Kleid, schlicht und elegant. Sie bewegte sich nicht, als Walzer eintrat. Der blieb stehen und schaute sie an. Ein Abendgruß lag ihm auf der Zunge, aber er sagte nichts. So verharrten sie eine Weile. Er kannte diese Stimmung zwischen Elegie und Depression. Sie konnte anhalten und plötzlich verschwinden wie ein Lufthauch. Sie konnte Aurelia aber auch ins schwarze Loch ziehen. Er näherte sich dem Sofa und setzte sich vorsichtig ans andere Ende. Walzer lehnte sich zurück und sah sie an. Wie eine griechische Statue, nur etwas zierlicher, zarter. Sie saßen lange, Aurelia wie erstarrt.

Er erschrak, als sie zu sprechen begann, mit tonloser Stimme, langsam. Sie schaute weiter an die Wand. »Sie heißt Annette Stein, nicht wahr?«

Er spürte sein Herz schlagen, Schweiß auf dem Kopf, die Hände klebten. »Das ist eine neue … Mitstreiterin. Ammann hat sie zu uns gebracht. Was ist mit ihr? Woher kennst du ihren Namen?«

»Du denkst jetzt, ich liefere dir eine Eifersuchtsszene, wie ich sie hundertmal geliefert habe. Ich weiß, ich habe dir unrecht getan. Ich habe dir Sorgen bereitet und Schmerzen. Ich war vielleicht meinen Kindern keine gute Mutter …«

»Was ist mit dir?« Er musste sie unterbrechen.

»Unterbrich mich nicht.«

»Entschuldigung.«

»Erinnerst du dich an Marburg, als wir uns trafen?«

»Ja.«

»Du hast mir von Anfang an gefallen, und ich war bald in dich verliebt. Je mehr ich mich in dich verliebt hatte, desto stärker wurde mein Entschluss, mich nicht auf dich einzulassen. Weil man nicht zerstören darf, was man liebt. Weil Liebe in diesem Fall heißt zu verzichten, mehr an den anderen zu denken als an sich selbst. Du hast mich nach Hause gebracht, monatelang. Und ich habe mir gesagt, daran kann nichts falsch sein. Ich lasse mich doch noch nicht mit einem ein, wenn ich es dulde, dass er neben mir herläuft.«

»Aurelia«, sagte er. Die Tränen drückten, er presste die Zeigefinger an die Nasenwurzel.

Sie blickte ihn an, er konnte nichts lesen in ihren Augen. Sie waren leer.

»Es war deine sanfte Zähigkeit, die mich schwach gemacht hat«, sagte sie leise, und sie schien diesem Satz nachzudenken. »Es war dieses Bekenntnis, dass du mich so willst, wie ich bin. Ich weiß schon lange, dass ich krank bin. Niemand wird diese Krankheit heilen, vielleicht ist Krankheit auch das falsche Wort. Du hast mich in meiner Welt leben lassen, das war großzügig. Dafür habe ich dir gegeben, was ich dir geben konnte.« Ihre Augen füllten sich mit Tränen, und ihr Gesicht wandte sich wieder der Wand zu.

»Aurelia«, sagte er ängstlich. »Was ist los?«

»Hör mir einfach zu. Als ich mich unter Schmerzen für dich entschied, glaubte ich, dass es auch für dich die eine unwiderrufliche Entscheidung wäre. Du hast es auch geschworen, erinnerst du dich? Für alle Zeit, hast du gesagt.«

»Ja«, sagte er. »Das stimmt immer noch.« Er verfluchte sich innerlich. Und Annette.

»Gewiss«, sagte sie lakonisch. »Ich hatte vor dir wenige Beziehungen, ich habe sie vergessen. Wenn ich jemanden liebe, fürchte ich, ihn zu verlieren. Verlustangst und Liebe sind für mich eins. Ich weiß, ich lebe in einer anderen Welt als du. Du kennst diese Angst nicht, weißt nicht, wie sie schmerzt, wie sie ins Herz schneidet, wie sie alles beherrschst, was du denkst. Und wie dein Verstand nichts mehr ausrichten kann, der Verstand, der sagt, dass man mit dieser … Eifersucht nur das erreicht, was man verhindern will. Verstehst du mich?«

»Ja, aber …«

»Schweig.« Sie überlegte.

Was kann sie wissen?, fragte er sich. Was soll ich tun? Die Angst presste ihm den Brustkorb zusammen. Es klopfte darin. Der Magen verkrampfte. Ein seltsamer Schmerz zog die Beine hinunter. »Ich versteh dich nicht.«

Sie blickte ihn kurz an, und ihm schien, sie schüttle den Kopf. Nur als Andeutung.

»Du verstehst jedes Wort, das ich dir sage. Du machst alles nur schlimmer. Obwohl, eigentlich geht das nicht.«

Sie schwiegen lange.

»Erinnerst du dich an unseren Ausflug, damals?«

»Ich werde ihn nie vergessen.«

»Erinnerst du dich, wie wir hierher gezogen sind und uns eingerichtet haben?«

»Natürlich.« Sie hatte diesen Umzug nach Berlin

fast allein organisiert und sich nicht hineinreden lassen, nachdem sie sich dazu durchgekämpft hatte, es zu akzeptieren. Lange, schwierige Gespräche waren dem vorausgegangen. Sie hatte sich an die alte Wohnung geklammert.

»Erinnerst du dich, als wir Marc und Jonas bekamen?«

Er entsann sich der urtümlichen Gewalt, welche die Geburten ihrem Körper zugefügt hatten, aber sie war so tapfer gewesen im Kreißsaal. »Natürlich«, sagte er matt. Er fand sie unbarmherzig und spürte, dass in ihm Wut keimte, doch die Angst war stärker. Aurelia zog den Schraubstock immer enger. Und das mit der sanftesten Stimme, was ihn umso tiefer traf.

»Wie wir uns um sie sorgten und doch auch uns sahen, wenn wir ihnen in die Augen blickten? Uns«, wiederholte sie.

Hat sie den Kindern …? Nein, das würde sie nicht tun.

»Wo sind Marc und Jonas? Schlafen sie schon?«

»Ja, sie schlafen«, sagte sie unbewegt. »Erinnerst du dich?«

»Ja«, sagte er leise.

»Und als Marc in die Schule kam, wie er dastand mit seiner Tüte und wie er sich gefreut hat?«

»Warum fragst du mich das? Natürlich erinnere ich mich. Auch daran, wie Jonas eingeschult wurde. Und so weiter und so fort.«

Sie wandte ihm ihr Gesicht zu. »Wenn du dich wirklich erinnertest an die Ereignisse und ihre Bedeutung, dann wäre es unmöglich gewesen, dass du dich mit dieser …«

»Es ist rein beruflich. Sie arbeitet bei der WAZ.«

Aurelia erhob sich. Sie hatte einen Umschlag in der Hand. Sie ging um den Tisch herum und legte den Umschlag vor ihm ab. Sie schaute ihn nicht an, als sie das Zimmer verließ.

***

Sie standen vor dem Haus von Emilie Heimann. Sie hatten sie nach Briefen oder sonstigen Unterlagen gefragt, aber sie hatte nichts. Stachelmann glaubte ihr. Immerhin kannten sie den Namen eines zweiten hochrangigen Mitglieds der Odin-Gruppe.

Es regnete, und der Wind blies eisig durch die Fleischhauerstraße.

»Komm«, sagte Stachelmann und lief zur Breiten Straße, Georgie im Gefolge. Er bog links ab, und nach ein paar Metern erreichten sie das Café Niederegger. Stachelmann öffnete die Tür und winkte den zögernden Georgie herbei. Sie gingen vorbei an der Auslage in der Mitte, wo Marzipan in undenklichen Formen und Verpackungen angeboten wurde: Fische, Krebse, Türme, Häuser, Spielbretter, Märchenfiguren, Frösche, Hasen. Im Gastraum setzten sie sich an den Tisch neben dem Eingang.

»Wir kommen so nicht weiter«, sagte Stachelmann.

Sie bestellten Tee bei der Kellnerin.

»Und wie kommen wir weiter?«, fragte Georgie.

»Wo finden wir die Verbindung von Odin zum Rehmer-Mord?«

»Wenn es die überhaupt gibt.«

»Die gibt es. Rehmer hatte die Akten, und er wurde ermordet, die Akten wurden gestohlen. In den gestohlenen Quellen geht es um Odin. Nach menschlichem Ermessen ist das ein klarer Fall. Wenn wir den Link von Odin zu heute finden, finden wir auch den Mörder.«

Georgie schnaufte.

»Keine Lust?«

»Ich lausche nur andachtsvoll deinen Erkenntnissen.«

»Wie finden wir diese Verbindung?«

»Wir müssen einen Odinfritzen erwischen, der noch lebt, hm«, sagte Georgie gelangweilt.

»Scherzkeks.«

»Wo findet man Informationen über solche Leute? In Briefen, Tagebüchern, Urkunden …«

Georgie räusperte sich, während die Kellnerin den Tee servierte. »In allem, das dokumentiert, was die Leute getan haben, hm«, sagte er. »Vielleicht gehen wir zu historisch an die Sache heran, zu wissenschaftlich?«

»Kann sein.« Stachelmann trank einen Schluck Tee.

Drei alte Frauen setzten sich an den Nachbartisch, eine trug einen schwarzen Hut. Sie redeten leise und ohne Pause. Eine Familie, Vater, Mutter, zwei Schulkinder, betrat lärmend den Gastraum. Sie hatten sich schon eingedeckt mit Marzipan.

Stachelmann überlegte. »Hagedorn und Vogel gehören zur zweiten Ebene, das scheint klar. Aber gab es weitere Ebenen?«

»Und was steht oben in der Pyramide, hm? Eine Person?«, fragte Georgie.

»Es waren Nazis, es galt das Führerprinzip, also unterstellen wir das. Bis das Geld bei Odin selbst war, wurde es durch verwickelte Wege geschoben, damit niemand folgen konnte. Der eine gibt es dem anderen, der wieder einem weiteren und so fort. Sogar wenn einer auspackt, kann er nur sagen, wem er es gegeben hat, und der Betreffende wird erklären: Das habe ich nicht mehr. Das ist ein gutes System, sofern ab der vorletzten Ebene absolut vertrauenswürdige Odinjünger sitzen. Das bedeutet, also wenn das stimmt, nun ja …«

»Sprich dich nur aus«, sagte Georgie.

Aber Stachelmann überlegte. »Kannten Hagedorn und Vogel diejenigen, denen sie das Geld geben sollten?«

»Ja«, sagte Georgie. »Die werden auch solche Anweisungen bekommen haben wie die Laufnazis auf der ersten Ebene.«

»Gut«, sagte Stachelmann. »Haben die sich die Namen notiert?«

»War bestimmt verboten.«

»Gewiss. Aber es ist auch behämmert, sich die Geldkartenpin zu notieren, und trotzdem machen es die Leute. Weil man sie nämlich leicht vergisst. Die auf der unteren Ebene haben es leicht gehabt, sie haben Briefe bekommen, in denen alles stand. Was, wenn die ab der zweiten Ebene mündliche Anweisungen bekommen haben, um die Spuren zu verwischen?«

»Steile These«, sagte Georgie. »Hm, aber besser als keine.«

»Nein, überleg mal. Wenn die auf allen Ebenen Briefe hatten, konnte es nicht funktionieren.«

»Hm.«

»Ich tippe mal, neunzig Prozent der Leute notieren sich ihre Pins irgendwo. Insofern ist die These gar nicht blöd. Kapiert?«

Georgie nickte. »Ich sag doch, wir haben das bisher zu wissenschaftlich gesehen, hm.«

»Gut, dass wir dich dabeihaben.«

Georgie nickte.

»Sie hat von Büchern gesprochen, erinnerst du dich. Von Büchern, die er aufgehoben hat.«

Georgie nickte. »Du bist gar nicht blöd. Jetzt weiß ich endlich, wo ich deine Pinnummern finde, hm.« Er grinste.

»Wir müssen noch mal hin«, sagte Stachelmann und blickte sich nach der Kellnerin um.

»Die Bücher«, sagte Emilie Heimann. »Ach du lieber Himmel.«

»Hat er noch was anderes hinterlassen? Möbel, Kleidung, eine Briefmarkensammlung?«, fragte Stachelmann, als sie im Wohnzimmer saßen. »Wir spekulieren, dass Ihr Vater sich insgeheim etwas notiert hat, einen Namen, eine Telefonnummer oder so etwas.«

»Wie kommen Sie darauf?«

»Es ist eine Spekulation. Wo hebt man etwas auf, das geheim bleiben soll?«

»Sie meinen zum Beispiel die Adresse von diesem Vogel?«

»Zum Beispiel.«

Sie überlegte.

»Ich schreibe mir so etwas zum Beispiel in ein Buch auf eine bestimmte Seite. Und da ich ein paar tausend Bücher habe, ist es unmöglich, diese Notiz zu finden. Aber ich weiß jederzeit, wo sie ist«, sagte Stachelmann.

Georgie grinste.

»Ich verstehe«, sagte sie. »Ich habe ein Gästezimmer, da stehen sein Schreibtisch und ein Stuhl sowie eine Kommode. Im Regal finden Sie die paar Bücher, die er behalten hat.«

»Wir dürfen?«, fragte Stachelmann. Und fragte sich, warum sie bleich wurde.

»Ich habe lang nicht mehr Staub gewischt …«

In dem kleinen Zimmer stand an der Wand neben der Tür ein Sekretär aus Buchenholz, davor ein Stuhl mit einem schwarzledernen Sitzbezug. Auf dem Boden lag ein verschlissener Teppich, dessen Grundfarbe einmal Rot gewesen war. In der Ecke kauerte ein kleiner Sessel mit einem Bezug aus braunem Stoff. In dem Aufsatz des Schreibschranks standen ein paar Bücher, in einem

Wandregal daneben weitere. An der gegenüberliegenden Wand hing ein Foto, das eine Kirche zeige, der Turm ragte in die untergehende Sonne. Georgie nahm sich das Wandregal vor, Stachelmann die Bücher auf dem Schreibschrank. Er griff sich das erste Buch und setzte sich in den Sessel. Eine Staubwolke stieg hoch, es juckte in der Nase. Georgie blätterte im Stehen.

Werner Bergengruens »Der Wald der Welt« staubte beim Umblättern, und Stachelmanns Finger begannen zu kleben. Er kam schnell durch und fand nichts Handschriftliches, auch keinen Zettel zwischen den Seiten. Er stand auf und zog zwei Bücher aus dem Regal. Auch Ernst Jüngers »Auf den Marmorklippen« und Hans Carossas »Rumänisches Tagebuch« waren unverändert. Georgie schnaufte, er hatte die Jugendliteratur erwischt und half, die Staubwolke zu vergrößern, indem er hektisch blätterte, die Bücher zuschlug und aufs Regal knallte. Nach einer Dreiviertelstunde waren sie durch und hatten nichts gefunden. Stachelmann widmete sich dem Sekretär.

»Das Ding muss ein Geheimfach haben«, sagte er.

Georgie kroch unter den Schreibschrank, fummelte an etwas herum, dann klackte es und eine winzige Schublade unter dem Schreibbrett öffnete sich. »Das ist die Primitivvariante«, sagte er, kroch hervor und stand auf. Ein Umschlag war darin. »Aha, hm«, sagte Georgie und öffnete ihn. Es waren Schwarz-Weiß-Fotos, nackte oder halb nackte Frauen in eindeutigen Posen. »Nazipornos«, sagte Georgie, nachdem er die Rückseiten angesehen und die Fotos in den Umschlag zurückgesteckt hatte.

»Toll«, erwiderte Stachelmann. Er öffnete die anderen Schubladen. Bleistifte, ein Füllfederhalter, ein Stempel mit ausgetrocknetem Kissen, ein Bleistiftanspitzer, diverse Blöcke und Hefte, die sie erfolglos durchblätterten. Im größeren mittleren Schubfach fanden sie eine Rasiergarnitur mit Messer, Schärfleder und Pinsel, im Deckel war ein Spiegel eingelassen. Stachelmann legte das Kästchen auf die Schreibtischplatte und untersuchte es gründlich. Der Spiegel ließ sich aus dem Rahmen lösen, aber die Hoffnung erstarb sofort, denn es befand sich nichts dahinter außer dem zerfallenen Kadaver einer Stubenfliege.

»Wie kommt die dahin?«, fragte Georgie.

»Zu Fuß«, sagte Stachelmann. »Wahrscheinlich ist sie vor den Nazis geflohen.«

Die Tür öffnete sich, Emilie Heimann trat ein und rollte einen Teewagen ins Zimmer mit Kaffee und Keksen. Sie betrachtete ein paar Sekunden das Kästchen mit den Rasierutensilien, dann schenkte sie ein.

»Sagt Ihnen der Name Odin etwas?«, fragte Stachelmann.

Sie goss gerade Kaffee in eine Tasse und kleckerte. Dann stellte sie die Tasse auf den Teewagen und blickte Stachelmann ängstlich an.

»Was ist mit Ihnen, Frau Heimann?«

»Nichts … nichts«, sagte sie.

»Frau Heimann?«

Sie stützte sich am Fensterbrett, Stachelmann nahm sie am Arm und führte sie ins Wohnzimmer. Sie zitterte und japste.

»Soll ich einen Arzt rufen?«

Sie schüttelte den Kopf.

Stachelmann entsann sich ihres Blicks auf das Rasierkästchen. Er eilte ins Zimmer und holte es. Sie schaute ängstlich zu, wie er Messer, Leder und Pinsel herausnahm.

»Sie tun mir doch nichts«, sagte sie.

»Wie kommen Sie darauf?«

»Sie tun mir doch nichts?«

»Nein.«

»Bestimmt nicht?«

»Nein. Wir arbeiten für die Polizei. Wir klären ein Verbrechen auf, ein verwickeltes Verbrechen. Einen Mord.«

Sie blickte ihn an, immer noch ängstlich.

Georgie trat ein und blieb im Türrahmen stehen. Emilie Heimann warf einen Blick auf ihn und schüttelte den Kopf. »Polizei?«

»Rufen Sie im Polizeipräsidium Berlin an, suchen Sie sich die Nummer selbst heraus, fragen Sie nach Kriminalrat Bartels und danach, ob ich« – er nestelte seinen Personalausweis aus dem Portemonnaie – »für ihn arbeite. Er wird es Ihnen bestätigen.«

Ihre Hände zitterten. Georgie verließ das Wohnzimmer und kehrte mit einem Glas Wasser zurück. Sie nahm es und verschüttete ein paar Tropfen. Georgie stellte das Telefon vom kleinen Tisch neben dem Sofa auf den Wohnzimmertisch vor Emilie Heimann.

»Soll ich die Nummer der Auskunft wählen?«, fragte er.

Sie schüttelte wie erschöpft den Kopf. »Ich habe solche Angst«, sagte sie. Sie nahm den Telefonhörer und wählte. Nach einer Weile fragte sie nach der Telefonnummer der Berliner Polizei, Georgie hatte währenddessen ein Blatt Papier und einen Stift herbeigezaubert. Sie schrieb die Nummer auf. Dann rief sie die Berliner Polizei an, fragte nach Kriminalrat Bartels und bat mit immer noch zitternder Stimme, mit ihm verbunden zu werden. Dann hörte sie eine Weile zu und sagte: »Es ist ein Notfall.« Sie wartete, dann hörte Stachelmann, dass jemand mit ihr sprach.

»Sie kennen einen Dr. Stachelmann? … Seinen Personalausweis habe ich gesehen, aber der kann ja … Sie wollen ihn selbst sprechen.« Sie reichte Stachelmann den Hörer.

»Herr Bartels, wie kommen Sie voran?«

»Offen gesagt, gar nicht. Wir überprüfen die Archivnutzer, versuchen einen Handwerker zu finden, der was gesehen hat … ziemlicher Mist. Haben Sie was?«

»Mal sehen. Ich gebe Ihnen Frau Heimann.«

Sie nahm den Hörer. »Ja, zweifellos?« Sie atmete durch. »Ich hatte solche Angst«, sagte sie und legte auf.

***

Kein Sex wäre besser gewesen. Franticek hatte die Frau mit nach Hause genommen. Er hatte seit Ewigkeiten mit keiner mehr geschlafen. Sie lag neben ihm und röchelte vor sich hin. Die Schminke war verwischt, und er sah die weiße Haut ihrer Schulter. Er hatte versucht sie wegzuschicken, aber sie war eingeschlafen und dünstete Zigarettenqualm und Alkohol aus. Er schob sie ein Stück zur Seite, sie brummte und drehte sich weg.

Franticek lag auf dem Rücken und starrte an die Decke. Durch die Vorhanglücke drang mattes Licht ins Zimmer. Er würde in dieser Nacht kein Auge zutun, und er gab es auf, einen Ausweg aus seiner Verzweiflung zu suchen. Franticek fühlte sich, als wäre er in ein Moor gefallen. Je mehr er strampelte, um hinauszukommen, desto schneller sank er. Würde er auspacken, würden sie ihn vernichten. Sie würden ihm zeigen, wie tief es hinabging. Sie würden ihn als Irren abstempeln, hinauswerfen und seinen Leumund für alle Zeit zerstören, indem sie ihm Schweinereien andichteten. Wahrscheinlich würden sie Kinderpornos auf seinem PC speichern und sie zufällig finden. Dazu eine Anklage wegen Unterschlagung von Steuergeldern und das Gerücht, er habe das Geld gebraucht, um zu saufen, zu spielen und zu huren. Er wusste, wie man das machte. Und er wusste, es funktionierte immer.

Was bot ihm das Leben noch? Die Frau, deren Namen er nicht einmal kannte, begann zu schnarchen. Er fand keine Hoffnung, nirgendwo. Morgens im Spiegel sah er einen alten Mann, dessen Gesicht verfettete. Er würde nie mehr eine Geliebte finden, mit der er es aushielt. Er hatte nichts als seine Arbeit, die sie ihm verleidet hatten. War er in Pension, würde er nur noch vegetieren. Unerträglich, alles.

Franticek erinnerte sich seiner Jugend, seiner Lieben, die Erinnerung war warm und hatte einen blauen Himmel. Er entsann sich des Elans, mit dem er angetreten war, einen Staat zu schützen, der ihm geeignet schien, seinen Bürgern ein friedliches Leben zu garantieren. Er war der Gute, der gegen das Böse kämpfte. Gegen Nazis und Kommunisten, gegen Terroristen und Agenten aus dem Osten, die das Land zersetzen wollten. Die Welt war klar eingeteilt, und er stand auf der richtigen Seite. Franticek empfand sich als abgebrüht genug, um zu verstehen, dass die Guten manchmal auf krummen Wegen zum Ziel kommen mussten. Diese Einsicht unterstrich sein Selbstbild, einer Elite anzugehören. Er hatte es als Auszeichnung verstanden, als sie ihm die Akademie anvertrauten. Am Anfang hatte er geglaubt, das sei einer der unvermeidlichen krummen Wege. Bis er begriff, dass deren Wege nicht nur krumm waren, sondern auch gefährlich. Franticek glaubte zunächst an einen ihm verborgenen höheren Sinn, der rechtfertige, was die Akademie tat. Aber irgendwann hatte er aufgegeben, danach zu suchen. Und getan, was ein Beamter mit Pensionsanspruch zu tun hatte. Er redete sich da nicht heraus gegenüber sich selbst. Er war kein Held, der für die Wahrheit unterging.

Er nahm das Extrageld und die Beförderungen mit und wusste, wofür er bezahlt wurde.

Er stand auf, trat ans Fenster und schob den Vorhang zur Seite. Ein Taxi rollte zum Hauptbahnhof. Ein Mann humpelte unter der Laterne, ein alter Mercedes-Kombi qualmte aus der Richtung heran, in der das Taxi verschwunden war. Im Haus gegenüber brannte Licht im obersten Stock. Hinterm Vorhang gestikulierten zwei Menschen wie in einem Schattenspiel.

»Was ist?«, fragte die Frau.

Franticek blickte hinaus und sah nichts mehr. Es war schwarz, alles war schwarz.

Die Frau schnaufte.

Franticek drehte sich um. Er sah sie liegen, er sah ihr altes Gesicht und die verschmierte Schminke. Er sah ihre weiße, faltige Haut. Und er erkannte sich. Er sah anders aus, er war ein Mann, aber er bot keinen anderen Anblick als die Frau. Es gab für ihn nicht einmal Schminke.

»Geh«, sagte er leise.

Die Frau stierte ihn an. Sie zog eine Zigarette aus der Schachtel auf dem Nachttisch und zündete sie sich an mit seinem Feuerzug. Sie setzte sich auf die Bettkante und sog den Rauch tief ein.

»Geh«, sagte er.

Die Frau nahm einen Zug und drückte die Zigarette aus. Sie zog sich an, nahm Mantel und Handtasche und ging. Er blickte längst wieder hinaus in die Leere. »Ich brauche einen Plan«, murmelte er. »Einen Plan.«

Am Morgen erschien er pünktlich im Amt. Er setzte sich hinter den Schreibtisch und verharrte lange regungslos. Dann stellte er sich ans Wandregal und begann die Ordner durchzublättern. Manchmal nahm er eine Seite heraus und legte sie auf den Schreibtisch. Er öffnete den

Tresor und legte die Aktenmappen ebenfalls auf den Schreibtisch. Versonnen und ohne richtig zu lesen, betrachtete er Seite um Seite. Er kannte es alles. Er zog die Tastatur vor sich und begann einen Brief zu schreiben an den *sehr geehrten Herrn Dr. Stachelmann*. Er überlegte kurz und entschied sich, die Sache chronologisch darzustellen. So war es verständlich, und es fiel ihm leichter. Er tippte den ganzen Vormittag, verzichtete auf die Mittagspause und bat seine Sekretärin nur, einen Kaffee zu bringen. Er trank die Tasse bedächtig aus und schrieb weiter. Als er fertig war, las er es noch einmal, korrigierte manche Passagen, um sie klarer zu machen. Endlich war er zufrieden. Er druckte den sechsseitigen Brief aus und faltete ihn. Im Sekretariat bat er um einen großen gepolsterten Umschlag und um ein Kuvert. In das steckte er den Brief und diesen zusammen mit den Akten und den Seiten aus den Ordnern in den Umschlag. Er fand Stachelmanns Büroadresse im Internet und beschriftete den Umschlag. Er brachte ihn ins Vorzimmer und legte ihn in den Ausgangskorb.

»Muss heute noch raus«, sagte er.

»Die Poststelle ist schon zu«, erwiderte die Sekretärin. Sie blickte ihn fragend an.

»Dann bringen Sie ihn bitte persönlich zur Post. Kann ich mich darauf verlassen? Sie können gern früher gehen. Per Einschreiben bitte«

»Danke, Herr Franticek«, sagte sie. »Bis morgen.«

Sie nahm ihren Mantel und den Umschlag, dann verließ sie das Büro. Sie folgte dem Gang ein Stück, klopfte an einer Tür und ging hinein. Nach wenigen Minuten betrat sie ohne Umschlag wieder den Gang und eilte zum Aufzug.

Währenddessen saß Franticek hinter seinem Schreibtisch und starrte zum Fenster. Er überlegte, wie lange die

Sekretärin brauchen würde, bis sie das Haus verlassen hatte. Franticek zog seine Uhr aus und legte sie vor sich. Er gab der Sekretärin eine Viertelstunde. Sie gehörte nicht zu denen, die sich festtratschten, außerdem musste sie sich beeilen, um nicht zum Nachtpostamt fahren zu müssen. Ohne jede Regung beobachtete er die Zeiger der Uhr, die er sich vor fast zwanzig Jahren in einem Augenblick des Leichtsinns gekauft hatte. Er bedauerte nur, dass er nicht miterleben würde, wie das Projekt in die Luft flog und alle, die an ihm mitwirkten, in die Hölle riss. Immerhin, das war sein Abschiedsgruß.

Noch ein Blick auf die Uhr. Er öffnete die Schublade und zog die Walther PPK aus dem Lederholster. Er wog die Waffe, spannte den Hahn, steckte den Lauf in den Mund und drückte ab.

***

Walzer hielt den Umschlag eine Weile in der Hand. Er spürte durch das Papier, dass es Fotos waren. Und er wusste, dass der Fotograf im Park kein Tourist gewesen war. Er brauchte sich die Bilder nicht anzusehen, aber er tat es doch, um sicherzugehen. Die Fotos waren scharf und eindeutig. Eines zeigte sie umschlungen und küssend. Walzer krümmte sich nach vorn, stützte seine Hände auf den Tisch und legte seine Stirn auf die Tischplatte. Er schnellte zurück und wieder nach vorn, hielt aber inne, bevor er sich die Stirn hätte zerschlagen können. Nachdenken, nachdenken, nachdenken. Er befahl es sich. Nachdenken, nachdenken. Er musste einen Ausweg finden. Es gibt immer einen Ausweg. Er musste wieder um sie kämpfen. Von vorn anfangen. Er stieg benommen die Treppe hoch und schritt über den tiefen Teppichboden zum Schlafzimmer. Er öffnete die Tür. Sie saß im Sessel in der Ecke und blickte auf den Boden. Sie rührte sich nicht, als er kam. Er stellte sich vor sie, sank auf die Knie und legte die Bilder auf den Boden. Er ließ die Tränen laufen. Ihr Blick zeigte nichts, sie betrachtete ihn mit totem Gesicht, als wäre er unendlich weit weg und fremd. Als fragte sie sich, wer dieser Mann sei. Sie blickte wieder auf den Teppich.

»Verzeih mir«, sagte er. »Bitte verzeih mir.« Er sah die zarte Gestalt, sie saß nur ein paar Zentimeter vor ihm, aber er wagte es nicht, sie zu berühren. Nicht die feinen Hände, die weiche Haut der Arme, ihre Knie oder die kleinen Füße. Er empfand seine feuchten Hände als Anhängsel, er legte sie an die Oberschenkel, an die Knie, auf den Teppich, wieder an die Oberschenkel.

»Was kann ich tun?«, fragte er. »Was kann ich tun?«

»Sie ist die Erste?«, flüsterte sie.

Sein Körper straffte sich. Vielleicht, vielleicht gibt sie mir eine Chance.

»Ja, ich schwöre es.« Er hob tatsächlich die Hand und ließ sie sinken.

Sie blickte ihn kalt an. »Dann hast du es dir sonst verkniffen.«

»Ich habe mir nichts verkniffen. Es gab keine anderen Fälle.«

»Warum sie?«

»Ich weiß es nicht.« Er las Verachtung in ihren Augen. »Es liegt auch an deiner Eifersucht. Wenn einem immer zu Unrecht Untreue vorgeworfen wird, kann man auf die Idee kommen, dass man die Vorwürfe besser erträgt, wenn sie wahr sind.«

Fast schien es, als würde sie lächeln. »Du ziehst ins Gästezimmer«, sagte sie.

***

»Wovor haben Sie Angst?«, fragte Stachelmann.

Sie trank einen Schluck Wasser. »Dass immer wieder jemand kommt und mich nach diesem Geld fragt, diesem verfluchten Geld.«

»Wenn Sie uns erzählen, was passiert ist, wird niemand mehr kommen«, erwiderte Stachelmann.

Sie blickte ihn an und überlegte.

»Wie viele sind gekommen?«, fragte Georgie sanft.

»Zwei Mal war jemand hier, zuerst einer, dann zwei Männer, die schrecklich waren.«

»Und der Erste hieß Rehmer und war Historiker aus Leipzig«, sagte Stachelmann.

Sie sah ihn erstaunt an und nickte. »Kennen Sie ihn?«

»Ja, wir kannten ihn. Er wurde ermordet, und wir suchen seinen Mörder. Wenn Sie uns helfen, finden wir ihn. Und niemand wird Sie mehr bedrohen.«

Sie sackte ein wenig in sich zusammen, erinnerte sich ihres Telefonats mit Bartels, an ihre schlaflosen Nächte, an ihre Verzweiflung und an ihre Ohnmacht.

»Herr Rehmer hat sich nach Odin erkundigt«, sagte Stachelmann.

»Und nach Geld«, antwortete sie.

»Und nach Namen«, ergänzte Stachelmann.

»Ja. Aber ich konnte ihm nicht helfen.«

»Vogel haben Sie ihm nicht genannt?«

»Da kannte ich den Namen noch nicht«, sagte sie leise.

»Woher kannten Sie den?«

»Von den beiden Männern, die später erschienen. Die haben da gesessen« – es schüttelte sie –, »und der eine hatte eine … Pistole.« Ihre Hand wies auf Georgie. »Der hat gesagt, dass ich doch weiterleben will. Und dass ich dazu nicht viel tun muss. Wenn mich noch mal einer frage nach Odin und so, dann sollte ich den Namen Vogel nennen. Weil die Gefahr besteht, dass ich immer weitergefragt werde, wenn ich gar nichts sage.«

»Die wollten uns auf eine falsche Fährte schicken. Zeit gewinnen. Fragt sich nur, für was«, sagte Georgie.

»Und sie … morden nur im äußersten Notfall, weil sie sonst eine Spur legen würden.« Stachelmann kratzte sich am Kopf. Er blickte Emilie Heimann an. Die blickte verschüchtert von einem zum anderen. »Ich sorge dafür, dass Sie Polizeischutz erhalten«, sagte er und kam sich großkotzig vor. Aber er würde Bartels gleich nachher anrufen.

»Wirklich?«

»Versprochen«, sagte Stachelmann. »Aber wir kriegen diese Kerle nur, wenn Sie uns alles sagen.«

»Das Schlimme ist, dass ich gar nichts weiß«, sagte sie. »Nur, dass er geklagt hat, er hätte das Geld behalten sollen.«

»Haben die Sie nach Rehmer gefragt?«

»Ja, das war das Erste. Sie wollten wissen, was er herausgefunden hat. Ich musste alle seine Fragen aufschreiben, also die von Herrn … Rehmer.« Sie blickte auf ihre Hände im Schoß.

»Aber Sie konnten Rehmer nicht helfen. Haben die beiden Kerle Ihnen das geglaubt?«

Sie schüttelte den Kopf. »Ich weiß nicht. Sie haben gesagt, wenn ich nicht gehorchte, würden sie mich umbringen. Sie würden mich überwachen und es herausbekommen, wenn ich was sage …«

»Hm, die haben alle aufgesucht, die Rehmer gefunden hatte«, sagte Georgie. »Woher wussten die das? Wem hat Rehmer das erzählt?«

»Ja, wem hat Rehmer das erzählt?« Stachelmann lehnte sich zurück, im Rücken zuckte der Schmerz auf, als wollte er an sich erinnern. Eine Verzweiflungswelle rollte an, ihre Ausläufer züngelten nach ihm. Er blickte zu Georgie. Der starrte an die Decke, dann wanderte sein Blick umher, bis er endlich Stachelmann anschaute.

»So kommen wir nicht weiter, hm«, sagte Georgie.

»Sagen Sie, Frau Heimann, wenn Ihr Vater etwas versteckte, wo hat er es hingetan? Wir suchen nur einen Namen, also einen Zettel, nichts Großes.«

Sie blinzelte und erhob sich wacklig. Als sie stand, stützte sie sich mit der Hand auf dem Tisch, hielt inne und verließ das Zimmer. Sie kehrte zurück mit dem Rasierpinsel, den Stachelmann in dem anderen Zimmer ausgeräumt hatte. Sie setzte sich. »Ich wusste es nicht mehr, erst als ich Sie gesehen habe mit dem Kästchen, fiel es mir wieder ein.« Sie schraubte den Griff auf, er war in der Mitte geteilt. Emilie Heimann legte den Deckel auf den Tisch und zog ein mehrfach gefaltetes vergilbtes Stück Papier aus dem Griff. Mit zitternden Händen entfaltete sie es, las und legte den Zettel auf den Tisch.

Stachelmann nahm ihn. *P. G. Balkenbruch B 65099*. Er reichte den Zettel Georgie, der sah ihn an und schüttelte den Kopf.

»Stell dir vor, es gibt keine weitere Ebene in der Pyramide über Hagedorn, dann hätten wir unseren Mann gefunden«, sagte Stachelmann. »Und wenn es doch noch eine Ebene gibt, kommen wir damit immerhin weiter.«

»Vielleicht«, sagte Georgie.

Stachelmann wählte Meiers Nummer auf seinem Handy. »Vielleicht könnten Sie die Leute auf Ihrer Liste anrufen und fragen, ob denen der Name Balkenbruch etwas sagt. Das würde uns eine ewige Reiserei ersparen. Ja?«

»Und was heißt P. G.?«, fragte Georgie, als Stachelmann das Gespräch getrennt hatte. »Parteigenosse? Und das B?«

»Das B steht für Berlin. Das ist eine Berliner Telefonnummer. Und das spricht wiederum für meine Hoffnung, dass wir vielleicht doch schon oben angekommen sind. Man kann sich das auch vorstellen. In den letzten Kriegswochen herrschte vielerorts das Chaos. Bestimmt sind auch Odinleute ausgefallen. Bombenangriffe, Flucht, Besetzung durch die Alliierten, Kriegsgefangenschaft, was weiß ich. Womöglich haben die das Chaos eingeplant, die Struktur gestrafft und gegen Ausfälle gesichert.«

»Deine Spekulationen sind eine Oase in der Wüste der Erkenntnis, hm.«

Emilie Heimann sah Georgie verwirrt an.

»Also, Hagedorn … Herr Hagedorn ist Ebene Nummer zwei, eins höher also, und Balkenbruch offenbar Nummer drei.«

»Ja?«, sagte Georgie. »Vielleicht ist der nur der Eierlieferant.«

»Und dessen Namen und Telefonnummer versteckt Hagedorn in seinem Rasierpinsel. Das Versteck verrät genauso viel wie der Name.«

»Okay«, sagte Georgie. »Und das P. G.?«

»Tja, vielleicht auch Paul Gerhard, Peter Gustav …«

***

»Was ist denn das?«, stöhnte Weber, als sie von der Mittagspause ins Büro kamen. Drei Umzugskartons standen zwischen ihren Schreibtischen. Darauf lag ein Zettel. Gaby Kohlenberg las. »Das ist Maltmanns Büro, reduziert aufs Wesentliche. Hat unser Herr und Meister angefordert, und die Leipziger Kollegen haben es gern geschickt.«

»Stimmt«, sagte Weber. »Hatte ich dir nicht gesagt, sorry.«

Sie zuckte mit den Achseln und öffnete den ersten Karton. Aktenordner. Sie nahm einen heraus und öffnete ihn. »Das ist Historikerkram.« Sie schlug einen weiteren auf. »Wie gehabt, Gekritzel … eine Seminarvorbereitung, Vorlesungsnotizen, keine Ahnung.« Sie legte den Ordner zurück, blickte Weber an, der noch an der Tür stand, und sagte: »Wozu haben wir fachkundige Verstärkung? Das soll sich der Stachelmann angucken.«

Stachelmann und Georgie saßen am folgenden Nachmittag mit Weber und Gaby Kohlenberg in deren Büro. Die beiden Polizisten hatten mittlerweile den Inhalt der Kartons auf einem Tisch an der Wand gehäuft. Als er sich daranmachte, den ersten Ordner anzuschauen, stürzte Meier mitsamt einer Mentholwolke ins Büro, in der Hand einen Notizblock.

»Es gab einen Paul Günther Balkenbruch in Berlin, wohnte in Lichterfelde …«

»… ganz nah am Archiv«, murmelte Stachelmann.

Der kleine Meier stutzte. »Der kann aber nicht unser Mörder sein, dann wäre er mit Abstand der älteste Mensch der Welt. Geburtsjahr 1892, Beruf Buchhalter.«

»Ich weiß. Komischer Zufall. Sonst was?«, fragte Stachelmann.

»Ich dachte, Sie freuen sich«, sagte Meier. »Aber da ich Sie ja kenne, habe ich mir noch was aufgehoben. Ich bin nämlich ein fleißiger Polizist, der immer weiterschnüffelt.« Er grinste. »Mein Namensvetter aus Würzburg hat zwar den Namen nicht gefunden in den Unterlagen seines Großvaters, aber ein Kürzel: PGB.«

»Und wie kommt der darauf, dass dieses Kürzel irgendwas bedeutet?«, fragte Stachelmann.

»Wissen Sie, ein guter Kriminalist sucht nach allen

Schreibweisen eines Namens, sogar nach dessen Initialen.« Und er grinste.

Stachelmann wählte auf dem Handy eine Nummer.

»Frau Bestler, Stachelmann hier. Geht es Ihnen gut?«

»Ich freue mich, dass Sie sich Sorgen um mich machen und deswegen anrufen.« Sie lachte.

»Ich sitze gerade bei der Kripo. Könnten Sie vielleicht in der NSDAP-Mitgliedskartei nachsehen, ob es da einen Paul Günther Balkenbruch gibt?«

»Es wird mir eine Freude sein«, sagte sie fröhlich. »Und was kriege ich dafür?«

»Ich lade Sie und meinen missratenen Freund zum Essen ein.«

»Oh, dafür würde ich Mumien ausbuddeln«, sagte sie. »Bis gestern, ja?«

»Genau.«

Stachelmann trennte das Gespräch und grinste. »So langsam sehe ich Land«, sagte er.

»Hm«, erwiderte Georgie, der lustlos am Tisch an der Wand saß, einen Ordner auf dem Schoß.

Stachelmann wandte sich an Meier, der sich ein Mentholbonbon in den Mund schob. »Haben Sie die Leute gefragt, ob Rehmer sie besucht hat?«

Meier starrte ihn an und schüttelte den Kopf. »Das hatten Sie nicht gesagt …«

»Das ist so ’ne typische Recherche von ihm. Die guten Sachen hebt er sich bis zum Schluss auf«, sagte Georgie lapidar. »Erfüllen Sie ihm besser seine Wünsche, ich mach das auch immer so, sonst ist er tagelang beleidigt.«

Meier grinste verzweifelt und zog ab.

Sie lasen weiter in den Akten. Nach einer halben Stunde erschienen Meier und die Mentholwolke. »Sie hatten recht, drei habe ich erreicht, der Rehmer war bei denen.«

»Der war noch umständlicher als du«, sagte Georgie.

»Lies!«, blaffte Stachelmann. Und dann: »Wir folgen dem Weg des Geldes bis Balkenbruch, und dann schauen wir, wie der Weg weitergeht. Immerhin kennen wir jetzt die erste wichtige Station.« Er wandte sich an Meier: »Versuchen Sie doch mal rauszukriegen, was aus dem geworden ist.«

Meier schlug die Hacken zusammen und verließ den Raum. Die Mentholwolke blieb noch eine Weile.

Nach einer Dreiviertelstunde war Stachelmann bei einem Ordner angelangt, in dem Maltmann Vorlesungsskripte aufbewahrte. Schwerpunkt: die deutsche Wirtschaft im Ersten Weltkrieg und die Ursachen der Inflation von 1923. Auch hatte der Professor sich mit den finanziellen und wirtschaftlichen Folgen des Versailler Vertrags beschäftigt, wie sich in mit Anmerkungen übersäten Kopien aus Keynes' einschlägiger Studie zeigte. Stachelmann überflog die Seiten und fand nichts, das ihn fachlich überrascht hätte.

Frau Bestler rief an: »Balkenbruch war Befehlsleiter und so eine Art Verbindungsmann des Stabsleiters des Stellvertreters des Führers in der Berliner Außenstelle der Münchener Parteizentrale. Das geht zumindest aus seiner Personalakte hervor. Die ist sonst wenig aussagekräftig.«

»Also einer von Bormanns Leuten«, sagte Stachelmann. »Sonst nichts?«

»Haben Sie sich nicht mal über Vampirismus beklagt?«

Stachelmann lachte.

»Und die Essenseinladung? Steht die erst, wenn ich Ihnen den Kadaver auf dem Tablett serviere?«

»Nein, für eine Bulette reicht es schon.« Er spürte, dass es ihm gut ging, dass ihn nichts beschwerte, dass er keine

Zweifel hatte und keine Hemmung, die Leute herumzukommandieren. Und dass sie es ihm nicht übel nahmen.

Sie lachte. »Ich gehe jetzt wieder an die Grabungsstelle.«

Gaby Kohlenberg und Weber saßen sich an seinem Schreibtisch gegenüber und unterhielten sich leise. Hin und wieder warf einer einen Blick auf Georgie und Stachelmann, die sich wieder auf Maltmanns Ordner konzentrierten.

»Und?«, fragte Weber.

»Wir kommen flott voran, was aber heißt, dass wahrscheinlich nichts zu finden ist. Dröges Zeug bisher. Eine große Leuchte war er nicht.«

»Kann er nicht sein, es gibt ja nur eine, und die lebt noch«, sagte Georgie, ohne aufzublicken.

Die beiden Polizisten grinsten.

Bartels erschien und betrachtete die beiden Aktenleser ein paar Sekunden. Er nickte seinen Kollegen zu: »Habt ihr was?«

»Möglich«, sagte Gaby Kohlenberg. »Ist aber kompliziert.«

»Was Konkretes?«

»Wir recherchieren gerade einen Namen, Paul Günther Balkenbruch. Bei dem ist vermutlich das Nazigeld gelandet, dem Rehmer auf der Spur war.«

Bartels blickte eine Weile in den Raum und ging. Die nächsten Stunden lasen sie in den Ordnern.

Meier rief an: »Balkenbruch hat die ganze Zeit in Westberlin gelebt, sagt jedenfalls das Einwohnermeldeamt. Keine Vorstrafen, keine Anzeigen, nichts. Gestorben am 22. August 1974.«

»In welchem Beruf hat er gearbeitet.«

»Dazu sagen die Akten nichts.«

Georgie hatte sein Smartphone in der Hand, tippte

und wartete. »Für Paul Günther Balkenbruch gibt es genau zwei Fundstellen. Gewaltig.« Er tippte und las. »Aha, das ist eine Auflistung von NSDAP-Befehlsleitern, um Himmels willen, gab es davon viele.« Er scrollte. »Da stehen nur Name, Geburtsdatum, Wohnort, Dienststelle. Wissen wir alles schon. Dann gibt es hier einen kryptischen Text aus einer Newsgruppe. Der hat irgendwas Wissenschaftliches … gefördert. Eine Art Stiftung, da wird er aufgezählt, sonst nichts.«

»Wie heißt die Stiftung?«

»Die Akademie. Einfach so.«

»Ganz schön anmaßend.«

Sie nahmen sich die nächsten beiden Ordner vor.

»Sollen wir Ihnen was zu essen mitbringen?«, fragte Weber. Stachelmann hatte nicht mitbekommen, dass die beiden das Büro verließen.

»Ein Sandwich oder so was, mit Käse, hm. Danach Kaviar und Hummer mit Champagner«, brummte Georgie.

»Für mich das Gleiche«, sagte Stachelmann.

In diesem Ordner fand er Korrespondenz, Briefe, Hausmitteilungen, Kopien von E-Mails. Er sah in einer Notiz gleich, dass Maltmann seine Sekretärin von oben herab behandelte, und er hatte einen bürokratischen Schreibstil in seinen Mails. Ein verkniffener Typ. Weber hatte ihm von der Affäre mit der Studentin erzählt, doch Stachelmann konnte sich nicht vorstellen, wie so ein verknöcherter Mann etwas mit einer jungen Frau anfangen konnte und mehr noch die Frau mit ihm. Nach zwanzig Minuten legte er den Ordner zu den anderen, die sie durchgesehen hatten. In diesem Augenblick kehrten Weber und Gaby Kohlenberg zurück. Sie spendierten Sandwiches und Wasser. »Der Kaviar war aus«, sagte Weber.

»Wie in der Zone, hm«, maulte Georgie. »Die BRD

hat nicht die DDR angeschlossen, sondern andersherum, es hat nur noch keiner gemerkt.« Er legte seinen Ordner weg.

»Außer dir«, sagte Stachelmann.

»Ist doch immer so.«

Sie aßen. Draußen war es dunkel geworden. Der Mond stand gelb und rund am Himmel, nur am unteren Rand von faserigen Wolken verschattet. Stachelmann würde noch schlechter schlafen als sonst. Wenn überhaupt.

»Wie lange machen wir noch?«, schmatzte Georgie.

Stachelmann sah zu Gaby Kohlenberg und zu Weber.

»Mir ist es egal«, sagte sie.

»Mir auch«, sagte Weber. »Wenn wir fertig sind, trinken wir noch ein Bier, oder?«

»Fahren wir noch nach Hause heute?«, fragte Stachelmann.

Georgie schüttelte den Kopf.

»Kennen Sie ein Hotel hier in der Nähe?«

»Ja«, sagte Weber. »Ich besorg Ihnen zwei Zimmer bei Matzbach am Marheinekeplatz, da kriegen wir nachher auch noch ein Bier.«

»Ich mach noch zwei Ordner«, sagte Georgie und legte das Sandwich auf den Tisch. »Mit so was lass ich mich nicht abspeisen, der Käse kommt direkt aus der Mülltonne. Nachher wird mir ein gescheites Essen spendiert, hm.«

»Gut«, sagte Stachelmann, »noch zwei, und dann gibt's Happi für dich.«

Weber lachte trocken, Gaby Kohlenberg grinste.

»Ich nehme freiwillig den langweiligsten Ordner, Sex and Crime lass ich dir.«

»Auf dieses verklemmte Heterozeug kann ich verzichten«, knurrte Georgie.

Stachelmann griff nach einem Ordner mit der Aufschrift *Veranstaltungen, Einladungen*. Hier ein Kongress, dort eine Feier unter Kollegen, ein Empfang im Rathaus. Stachelmann blätterte schnell. Die Einladung einer Akademie, die Anfrage, ob Maltmann sich an einer Diskussionsveranstaltung über die Weimarer Republik beteiligen wollte, das Programm des letzten Historikertags in Berlin, das Schreiben des Rektors *Zur Amtseinführung des neuen Dekans Hellmuth Wolfen* … Er klappte den Ordner zu und legte ihn auf den Tisch. Dann saß er eine Weile, etwas hakte in seinem Hirn. Versonnen nahm er den Ordner noch einmal, während Georgie seinen auf den Tisch knallte.

Bartels stand plötzlich im Raum. »Und?«

Stachelmann winkte ab, er wollte sich konzentrieren. Blatt für Blatt ging er den Ordner noch einmal durch. Dann fand er das Blatt. Ein schlichter Briefkopf und ein kurzer Text.

DIE AKADEMIE
– Der Präsident –

7. Juli 2003

Sehr geehrter Herr Professor Maltmann,

ich freue mich sehr über Ihre freundliche Zusage, an unserem Forum am 11. Oktober 2003 teilzunehmen. Die Unterlagen, unser Honorarvorschlag und das Informationsmaterial werden Ihnen rechtzeitig zugehen.

Mit freundlichen Grüßen
Dr. Heinrich Walzer

Bonhoefferufer 26–32 • 10589 Berlin • (030) 34397731

Stachelmann nahm das Blatt aus dem Ordner und reichte es Georgie. Der betrachtete es eine Weile, auch die Rückseite, und schüttelte den Kopf. »Wahnsinnig spannend.«

»Balkenbruch, Akademie, du erinnerst dich?«

Georgie pfiff leise durch die Zähne. »Schau an«, sagte er bedächtig. Er betrachtete noch einmal den Brief. »Die haben keine Internetadresse«, sagte er. Er tippte auf seinem Handy, wartete einen Augenblick und sagte: »Das sind Tausende von Treffern, wenn man *Die Akademie* sucht, aber den Laden sehe ich hier erst mal nicht. Akademien gibt's wie Sand am Meer … Ich versuch's mit dem Namen vom Präsidenten.« Er blickte auf die Anzeige. »Wenig, nichts Erhellendes unter den ersten Treffern.«

»Was ist?«, fragte Bartels.

»Balkenbruch hat eine Akademie mitbegründet, und Maltmann hat eine Einladung von einem Laden, der genauso heißt, ganz einfach und frech ›Die Akademie‹.«

»Mannmannmann«, sagte Georgie.

Bartels setzte sich auf den Stuhl in der Ecke neben der Tür und schlug die Beine übereinander. Er schloss die Augen und schwieg. Er sagte leise: »Rehmer findet Hinweise auf eine Nazioperation Ende des Krieges. Es geht um Geld von den Konten, das wird mithilfe eines großen Versteckspiels beiseitegeschafft …« Er versank in sich.

Georgie sagte: »Gegründet 1954, steht hier jedenfalls.« Er hielt sein Handy in die Luft.

»Dann wissen wir ja, wo das Geld geblieben ist, mindestens ein Teil davon«, sagte Stachelmann.

Bartels nickte bedächtig.

»Rehmer war Balkenbruch auf der Spur«, sagte Stachelmann. »Wir wissen leider nicht, wie dicht er an ihn herangekommen ist.«

»Aber wir haben endlich eine Spur«, sagte Weber. »Wir rücken denen morgen auf die Pelle, ganz früh.«

Bartels öffnete die Augen, blickte auf die Uhr und sagte leise: »Wir machen erst mal gar nichts.«

Gaby Kohlenberg starrte ihn an. »Wir haben schon mit weniger in der Hand losgelegt. Wir sollten hinfahren und am besten einen Durchsuchungsbeschluss mitnehmen. Wahrscheinlich haben die auch Maltmann auf dem Gewissen.«

»Nein«, sagte Bartels, »Maltmann hat sich selbst erschossen.«

»Wenn Rehmer Maltmann berichtet hat, was er da ausgrub, und wenn Maltmann das an die Akademieleute weitergegeben hat, dann haben wir ein handfestes Motiv für einen Selbstmord. Maltmann hat sich schuldig gefühlt, das war er auch, denn er hat dem Kollegen den Killer auf den Hals gehetzt, wenn gewiss auch ungewollt«, sagte Stachelmann. »Meier hat mir erzählt, Sie hätten sich mit den Archivnutzern beschäftigt. Ist Ihnen da jemand aufgefallen?«

Webers Gesicht färbte sich rosa, Gaby Kohlenberg blickte an Stachelmann vorbei und sagte: »Wir sind noch nicht fertig damit.«

Stachelmann schwieg einen Augenblick. »Jemand muss Rehmer in den Kopierraum gelockt haben. Und dort hat der Mörder auf ihn gewartet.« Er kratzte sich am Kopf. »Verdammt, wir müssen Esther fragen. Das Ganze funktioniert nicht ohne Esther.«

»Sie meinen, die hat Rehmer in den Kopierraum gelockt?«

»Nein, das traue ich ihr nicht zu. Ich kenne sie schon ewig.«

»Wir werden sie vernehmen müssen«, sagte Weber.

Bartels hob die Augenbrauen und erwiderte nichts.

Gaby Kohlenberg schien sich in einer Parallelwelt aufzuhalten. Ihre Blicke gingen ins Leere, und es schien, als hätte sie nichts gehört.

17

Weber beschrieb Stachelmann den Weg zum Hotel. Er würde mit der Kollegin nachkommen.

Georgie setzte sich ans Steuer, Stachelmann auf den Beifahrersitz. Georgie startete nicht, sondern wandte sich an Stachelmann. »Das war doch komisch, hm?«

Stachelmann nickte. »Bartels bremst, aber subtil. Okay, er glaubt vielleicht, dass die Beweise nicht reichen für eine Durchsuchung. Aber er hätte den Staatsanwalt fragen können, was der meint. Bartels weiß, dass die in der Akademie oder bei Walzer zu Hause bestimmt was finden würden. Irgendwas gibt es immer, und wenn es nur ein Hinweis für weitere Ermittlungen ist.«

»Hm. Oder die werden nervös und machen einen Fehler.«

»Ja. Da stimmt was nicht.«

»Ihm passt die Ermittlungsrichtung nicht.«

»Aber die beiden anderen machen weiter. Jetzt nehmen sie sich Esther vor.«

»Die sind doch bescheuert«, sagte Georgie.

»Und wenn sie doch drinhängt? Ich traue es ihr auch nicht zu, aber wer weiß? Woher wusste der Mörder, dass Rehmer in den Kopierraum ging? Der kann da nicht tagelang herumgelungert haben, das würde auffallen.«

»Sitzt im Lesesaal, hm.«

»Und springt jedes Mal auf, wenn Rehmer denselben verlässt, um ihm zu folgen. Woher sollte der Mörder wissen, dass Rehmer ausgerechnet nicht aufs Klo, sondern in den Kopierraum wollte und der passenderweise gerade unbesetzt ist? So was funktioniert nicht.«

Draußen regnete es. Ein Blatt fiel auf die Windschutzscheibe und rutschte langsam auf den Wischer. Beschlagflecken weiteten sich von innen. Der Verkehr dröhnte durch die Nacht.

»Lass uns losfahren, die warten sonst.«

Georgie zögerte, dann startete er den Motor, blickte in den Seitenspiegel, nach ein paar Sekunden fädelte er sich fluchend ein in den Verkehr. »Da ist was oberfaul bei den Bullen. Ich riech so was. Und ich habe keinen Schnupfen.«

»Aber was? Vielleicht ist Bartels übervorsichtig. Vielleicht fürchtet er, diese Leute nur aufzuschrecken und dass die dann Beweise verschwinden lassen.« Der Verkehr stockte. An der Ampelkreuzung zur Bergmannstraße standen sie in der ersten Reihe. Neben ihnen bremste ein riesiger Geländewagen mit getönten Scheiben. Die Scheibe in der Beifahrertür senkte sich, ein Gesicht erschien, Stachelmann kannte es, wer war das, verdammt? Ein Pistolenlauf mit Schalldämpfer wurde sichtbar, dann splitterte die Scheibe im Golf, Stachelmann erschrak und zuckte weg, Georgie sackte hinterm Steuer zusammen, Stachelmann spürte ein Brennen am Hals und an der Schulter. Noch bei Rot raste der Geländewagen davon. Das Nummernschild war unbeleuchtet.

***

Esther saß im Verhörraum, sie war blass und zitterte. Weber und Gaby Kohlenberg hatten sie in ihrer Wohnung in Schöneberg abgeholt und ihr nur noch die Zeit gelassen, eine Freundin anzurufen, die auf Esthers siebenjährige Tochter aufpassen sollte. Gaby Kohlenberg spürte in sich eine Wut, und sie wusste noch nicht, gegen wen sie sich richtete. Ob es wirklich Bartels war, der sie zornig machte, was ihr bis vor Kurzem unvorstellbar schien? Aber wer sonst?

Sie betrachtete Esther, die jünger aussah, als sie war. Und die schwitzte, obwohl sie zu frieren schien?

Sie starrte auf den Tisch, auf dem nur ein Aktenordner und das Aufnahmegerät lag. Sie saßen sich seit einer Weile gegenüber, und bisher hatte noch keine etwas gesagt.

»Ohne Sie ist der Mord an Rehmer nicht erklärbar«, sagte Gaby Kohlenberg. »Es gibt keine Version, die ohne Ihre Mitwirkung denkbar wäre. Deshalb haben wir Sie hierher … gebeten.«

Esther hob kurz ihren Blick, und Gaby Kohlenberg sah die Angst darin. Sie antwortete nicht.

»Das Schweigen hilft Ihnen auch nichts«, sagte Gaby Kohlenberg sanft.

»Ich habe ihn nicht ermordet«, flüsterte Esther.

»Das behauptet auch niemand.«

Esther schwieg. Eine Träne zog ihre salzige Bahn über Esthers Wange.

»Wenn Sie mir sagen, was Sie wissen, wird es Sie erleichtern.«

Esther reagierte nicht.

»Die Beweise reichen für den Untersuchungsrichter, wir können Sie hier ein paar Wochen einsperren. Machen Sie sich das klar.«

Esther blickte sie traurig an.

»Wollen Sie einen Anwalt anrufen?«

Esther schüttelte kaum sichtbar den Kopf. Dann hob sie ihren Blick und sagte: »Ich will mit Josef sprechen, Herrn Stachelmann.«

***

Stachelmann sah, wie ein Mercedes und ein Audi über die Kreuzung schossen und wie ihnen Blaulichter aufs Dach gesetzt wurden. Dann spürte er das furchtbare Brennen an Hals und Schulter. Er blickte zu Georgie, der war zusammengesunken auf dem Sitz, der Kopf lag auf dem Lenkrad. Der Motor war abgewürgt, er erinnerte sich, dass der Golf einen kleinen Satz nach vorne gemacht hatte, bevor er wieder stand. Erst jetzt hörte er das Hupen.

Er rüttelte vorsichtig an Georgies Schulter. Keine Reaktion. Er fand sein Handy in der Hosentasche und ließ es fallen. Er stocherte mit der Hand auf dem Boden, bis er es endlich greifen konnte. 110 wählte er mit zitternder Hand. Draußen rollte der Verkehr zäh vorbei. Er sah kaum die glotzenden Gesichter. Das Hupen hörte nicht auf, aber es war weit weg.

»Tempelhofer Damm … Ecke Bergmannstraße … Überfall … Krankenwagen … Schussverletzung … kommen Sie schnell … ich habe keine Zeit, auf Ihre Scheißfragen zu antworten … kommen Sie … mein Freund ist angeschossen!« Die letzten Worte schrie er ins Mikrofon. Als er das Handy auf den Sitz zwischen seine Beine legte, hörte er entfernt eine Sirene heulen, sie kam näher. Das Heulen mischte sich mit der Hupe. Stachelmann erkannte, dass Georgies Kopf auf der Hupe lag. Er schob ihn einige Zentimeter zur Seite, das Hupen hörte auf, umso lauter heulte es. Ein Krankenwagen bremste schräg vor dem Golf, Polizeiautos mit blauen Blinklichtern stießen dazu. Die Nebenspur leerte sich, sie sperrten den Tatort ab. Irgendwo hupte es zornig. Ein Weißkittel öffnete die Beifahrertür.

»Kümmern Sie sich um ihn!«, wollte Stachelmann brüllen, aber er hatte keine Stimme.

Die Fahrertür öffnete sich auch, ein Weißkittel nahm

Georgies Kopf und schaute ihm in die Augen. Zusammen mit einem anderen hob er Georgie hinaus auf eine Trage. Ihre Bewegungen waren klar, bedächtig und kraftvoll. Sie legten einen Tropf, gaben ihm eine Spritze und rollten ihn zum Krankenwagen, dessen Hecktür weit geöffnet war.

»Sind Sie verletzt?«, fragte der Mann.

Stachelmann schüttelte heftig den Kopf, der Schmerz am Hals brannte höllisch.

»Können Sie aussteigen? Ich helfe Ihnen.«

Schon spürte Stachelmann die Hände des Mannes. Der führte ihn zu einer Trage, Stachelmann legte sich darauf.

Auf der Fahrt mit Sirene und Blaulicht stand ihm das Gesicht vor Augen. Ein graues Gesicht, das er sofort vergessen würde, wenn der Typ ihn nicht schon einmal mit einer Pistole bedroht hätte. Es war der Mann, der in ihrem Hotelzimmer diesen merkwürdigen Auftritt gehabt hatte. Stachelmann sah noch einmal, wie der Mann aus dem Beifahrerfenster auf sie zielte und wie der Geländewagen davonraste, zwei Autos mit Blaulicht im Schlepptau. Er blickte auf seinen Arm, sah die Infusionsnadel in der Armbeuge und schlief ein.

Als er aufwachte, blickte Anne ihn an. Sie saß auf einem Stuhl am Krankenbett, hielt seine Hand und war leichenblass.

Er sah sich um, sah die weißen Wände, ein Waschbecken neben der Tür, auf deren anderen Seite ein Haken, an dem ein Bademantel hing. Er blickte Anne an. »Georgie«, sagte er mit rauer Stimme.

»Dem geht es … einigermaßen. Keine Lebensgefahr, keine bleibenden Geschichten. Ihn hat es bös erwischt, aber nicht bös genug.«

Stachelmann spürte, wie ein Bleigewicht seinen Magen verließ.

»Sind wir in Hamburg?«

»Nein, ich bin gekommen. Sie haben mich angerufen. Du hast in deinem Portemonnaie ein Kärtchen, auf dem steht, wer im Notfall benachrichtigt werden soll. Du hattest es noch nicht korrigiert.« Sie lächelte traurig.

Er schloss die Augen, die Erinnerung kehrte zurück. Das Gesicht, die Pistole, der Geländewagen. »Haben sie den Kerl?«

»Der auf euch geschossen hat? Keine Ahnung.«

Die Tür öffnete sich, ein Arzt erschien, ein junger Mann mit soldatisch kurzen schwarzen Haaren und einem dunklen Teint.

»Wie geht es Ihnen?«

»Wie geht es Georgie?«

»Ihrem Freund?«

»Ja.«

»Ein Durchschuss, ein Streifschuss. Zwei Narben werden bleiben, sonst nichts. Sie haben Glück gehabt, alle beide.«

Stachelmann drehte den Kopf zur Seite, der Schmerz war furchtbar.

»Vorsicht«, sagte der Arzt. »Sie haben einen Streifschuss, der hat Sie an Schulter und Hals erwischt. Wie Sie das hingekriegt haben, weiß ich auch nicht. Es brennt scheußlich, ist aber harmlos.«

»Ich will zu Georgie«, sagte Stachelmann.

»Bleiben Sie doch noch liegen«, sagte der Arzt freundlich.

Stachelmann setzte sich vorsichtig auf die Bettkante.

»Warte«, sagte Anne. Zum Arzt sagte sie: »Es hat keinen Sinn, ihn davon abzuhalten. Ich kenne den Herrn lang genug.« Sie lachte etwas zu laut und holte den Bademantel vom Haken neben der Tür. Sie half ihm, den Bademantel anzuziehen. Der Arzt sagte: »Gehen Sie zur Intensivstation im dritten Stock, sagen Sie, Dr. Zettling habe es erlaubt.« Er tippte auf sein Namenschild. »Im Zweifelsfall sollen die mich anpiepen.«

Sie standen Hand in Hand an der Scheibe und betrachteten Georgie in einem Raum voller Apparate. Aber er hing nicht an Schläuchen, sondern bekam nur eine Infusion. Er lag da, als würde er schlafen. Anne streichelte seine Hand mit dem Finger, während sie diese hielt. Eine Schwester kam. »Morgen wird er verlegt. Es geht ihm gut. Mehr als unter den Wunden leidet er unter dem Schock.«

»Wie lange …?«, fragte Stachelmann.

»Mindestens zwei Wochen«, sagte sie, »eher länger.«

»Ich gehe jetzt ins Präsidium«, sagte Stachelmann. »Kommst du mit?«

»Warum dahin?«

»Wir haben noch ein paar Dinge zu klären.«

Sie blickte ihn lange an und nickte. »Gut.«

Er hatte unterzeichnet, dass er gegen den Rat der Ärzte und auf eigenen Wunsch das Krankenhaus vorzeitig verlasse. Als er vor der Tür sein Handy einschaltete, piepte es mehrfach. Valentina hatte ihm drei SMS geschickt und etwas auf die Mobilbox aufgesprochen. Er ignorierte es, aber nicht Webers Anruf. »Können Sie bitte kommen, Frau Weiland sagt nichts ohne Sie.« Dann ein späterer Anruf: »Habe gerade vom Überfall auf Sie erfahren. Wenn es Ihnen gut geht, melden Sie sich bitte.« Er überlegte einige Augenblicke, bis er verstand, dass Frau Weiland Esther war.

Er rief Weber an und sagte, dass er kommen würde.

Sie fuhren schweigend in einem Taxi vom Urban-Krankenhaus zum Präsidium. Früher hätte Anne dich ausgeschimpft, dachte er. Wahrscheinlich tat sie es innerlich. Er lächelte.

»Was ist?«, fragte sie.

Er küsste sie auf den Mund, und gleich brannte die Wunde am Hals.

Gaby Kohlenberg erwartete ihn schon. Sie brachte ihn in Bartels Büro, und während der Kriminalrat sich nach der Begrüßung hinter seinen Schreibtisch verzog, schilderte Stachelmann Gaby Kohlenberg den Überfall auf dem Tempelhofer Damm. Als er fertig war, fragte er sie, ob sie die Kerle erwischt hätten, schließlich seien zwei Polizeiautos dem Geländewagen gefolgt. Ob das ein glücklicher Zufall gewesen sei, dass die Zivilfahrzeuge genau in diesem Augenblick an dieser Kreuzung waren. Da sagte Bartels trocken: »Darüber kann ich Ihnen keine Auskunft geben. Die Ermittlungen laufen noch.«

Als sie das Büro verlassen hatten, sagte Anne: »Da ist was oberfaul.«

Weber wartete schon im Büro mit Esther. Die sah krank aus, übernächtigt, die Haare ungepflegt. Als sie Stachelmann sah, erhob sie sich und eilte auf ihn zu. Sie umklammerte ihn fest. »Esther, was ist los?« Sie löste ihre Arme nicht, sondern begann zu weinen.

»Ich lass Sie dann mal allein«, sagte Weber. »Kommen Sie mit?« Er reichte Anne die Hand, um sie zu begrüßen, und zusammen verließen sie das Büro.

Stachelmann stand noch lange mit Esther. Er streichelte ihr den Kopf. »Lass uns reden«, sagte er und führte sie zu ihrem Stuhl. Er nahm einen anderen Stuhl und stellte ihn dicht vor ihren, sodass sich ihre Knie fast berührten.

»Sie haben dich eingesperrt«, sagte er.

Sie schluchzte.

»Was werfen sie dir vor?«

»Dass ich am Mord beteiligt bin«, sagte sie leise.

»Das glaube ich nicht.« Er nahm ihre Hand und drückte sie.

»Kurz bevor der arme Rehmer ermordet wurde …« Sie schluchzte. »Also, da ist einer aus dem Lesesaal in den Kopierraum gekommen und hat einen Stapel Geld auf den Tisch gelegt.« Sie begann wieder zu weinen.

Er nahm ihre Hand. »Lass dir Zeit.«

»Also, da kam ein Nutzer, ich hatte ihn schon mal gesehen, und er hatte dieses Foto.«

»Was war auf dem Foto?«

»Amelie, auf einem Spielplatz.«

»Deine Tochter?«

Sie nickte. »Er hat gesagt, er habe mit einem anderen Nutzer etwas zu besprechen. Deutete an, es gehe um Geld.« Die Worte stürzten nun aus ihr heraus. »Ich habe mir immer eingeredet, dass ich nichts dafürkann, dass Rehmer ermordet wurde. Aber als dann die Polizei kam …« Sie schluchzte laut. »Ich habe dir doch geholfen.«

»Natürlich«, sagte Stachelmann. »Was sollte das mit dem Foto?«

»Sie würden sie umbringen, wenn ich es nicht tue und wenn ich jemals etwas verriete. Aber ich kann es nicht mehr für mich behalten.«

»Und das Geld?«

Sie blickte ihn an mit nassen Augen. »Es waren zehntausend Euro, ich hab's gespendet. Nur fünfhundert habe ich …« Sie schluchzte.

Stachelmann überlegte. Er drückte ihre Hand. »Weißt du, sicher seid ihr nur, wenn die Kerle verhaftet werden. Dann wandern die in den Knast.«

Sie starrte ihn an, als hätte sie nichts verstanden.

»Wenn du den Kerl, der deine Tochter bedroht, wiedererkennst, dann kriegen die den. Womöglich werden sie auf deine Zeugenaussage nicht angewiesen sein. Obwohl ich es nicht versprechen kann. Könntest du den Mann beschreiben?«

Sie nickte. »Ich glaub schon.«

»Über das Geld verlierst du kein Wort«, sagte er. »Wenn der Mann verhaftet ist, sagt er vielleicht was dazu, und dann kannst du es erklären. Wenn du wegen der fünfhundert Euro in die Klemme kommst, leih ich sie dir unbefristet. Ja?«

Die Tür öffnete sich, Weber steckte sein Gesicht durch den Spalt. Stachelmann rief: »Raus!«

Die Tür schloss sich wieder. Esther erschrak und deutete dann ein Lächeln an.

»Die können ein Phantombild erstellen und das ein paar Leuten im Lesesaal zeigen. Wenn der Typ als Nutzer eingetragen ist, dann kriegen die den.«

Sie nickte, und Stachelmann spürte, dass sie es die ganze Zeit hatte loswerden wollen, aber nicht gegenüber Fremden. »Sagst du es denen?«

»Klar. Ich hol den Kommissar rein, ja?«

Sie nickte. Er gab ihr ein Taschentuch, mit dem sie die Augen trocknete. »Du kannst nichts dafür. Ich wäre an deiner Stelle auch nicht auf die Idee gekommen, dass die einen ermorden wollen. Niemand wäre darauf gekommen.«

Sie lächelte ihm zu. »Danke«, sagte sie leise.

»Aber wenn du jetzt nicht hilfst, die Mörder zu fangen, dann wirst du dich ewig schuldig fühlen.«

Sie nickte.

Stachelmann öffnete die Tür und sah Weber und Anne auf einer Bank sitzen. Er winkte Weber heran. Anne schüttelte den Kopf. »Ich warte hier.« Sie zog ein Buch aus ihrer Handtasche.

Als das Phantombild gezeichnet war, setzte sich Stachelmann neben Anne auf die Bank. Er nahm ihre Hand und hielt sie. »Ich muss den Kriminalrat noch was fragen. Kommst du mit? Es wäre mir wichtig.«

Bartels war da und winkte sie hinein. Als sie saßen, sagte Stachelmann: »Es war kein Zufall, dass die beiden Zivilwagen an mir dran waren, stimmt's?«

Bartels' Stirn faltete sich. Er schwieg lange, dann sagte er: »Nein.«

»Das heißt, Sie haben mit einem Anschlag gerechnet.«

Langes Schweigen, dann: »Ja.«

»Sie haben Josef als Lockvogel benutzt«, sagte Anne, und ihre Stimme wurde aggressiv.

Bartels wiegte seinen Kopf und sagte nichts.

»Herr Bartels«, sagte Stachelmann, »warum haben Sie mich nicht gewarnt, wenn Sie mit einem Überfall rechneten?«

Bartels blickte beide an und antwortete nicht.

»Ich habe mich krumm gemacht für Sie, und das ist der Dank.«

»Gut«, sagte Bartels, »unter vier Augen, sonst nicht.«

Anne verzog ihr Gesicht, erhob sich und stapfte hinaus. Als sie die Tür zugeknallt hatte, sagte Bartels: »Dieses Gespräch hat nie stattgefunden. Wenn Sie irgendetwas daraus verwenden, wird es Ihnen schlecht bekommen. Aber weil Sie uns entscheidend geholfen haben, haben Sie ein Recht, wenigstens etwas zu erfahren. Also, ich wollte herausfinden, ob die das wirklich wagen.«

»Die?«

»Nennen wir die mal ein Amt.«

»Ich verstehe kein Wort.«

»Sie sind einer Sache auf die Spur gekommen, die der Staat schützt.« Seine Stimme klang bitter. »Es gibt in diesem Land Leute und Einrichtungen, die dürfen mehr, als die Polizei erlaubt. Viel mehr. Diese Leute dürfen sogar morden.«

»Das heißt, der Mann, der mich im Hotelzimmer aufgesucht hat und der gerade auf uns geschossen hat, ist Beamter«, sagte Stachelmann.

»Dazu darf ich nichts sagen.« Er nickte deutlich.

»Und dieses Amt beschützt die Akademie.«

»Viele beschützen die.«

Stachelmann überlegte. »Weil sie gegründet wurde mit dem Geld der NSDAP? Weil das ein Skandal wäre, käme es heraus? Weil Köpfe rollen würden, wenn die Leute erführen, dass der Staat so eine Einrichtung schützt?«

Bartels breitete in gespielter Ahnungslosigkeit seine Arme.

»Die Typen, die Georgie gekidnappt haben, waren von diesem Amt?«

Bartels schüttelte den Kopf.

»Dann waren sie von der Akademie?« Bartels nickte und sagte: »Das weiß ich nicht. Die Ermittlungen sind im Sand verlaufen.«

»Und die Typen wurden vom Amt beseitigt.«

»Das halte ich für ausgeschlossen. So etwas tut ein Amt nicht.« Er nickte.

»Und sie haben Georgie entführt, um mich unter Druck zu setzen, aber er ist ihnen rechtzeitig entkommen.«

»Halte ich für ausgeschlossen«, sagte Bartels nickend.

»Sie haben schon gehört, dass wir ein Phantombild haben?«

»Von Herrn Kaplinski«, sagte Bartels trocken. »Aber

natürlich gibt es den nicht. Und den Handwerker auch nicht, der in Wahrheit ein Killer ist und in Moskau seinen Lohn auf den Kopf haut.«

»Woher wissen Sie das?«

»Ein anderer Handwerker auf dem Archivgelände hat einen Kollegen gesehen, der sich wie ein Maler gekleidet hatte, aber eine Maurerkelle trug. Das fand er seltsam. Seine Personenbeschreibung passte auf keinen Mann, der bei einer der Handwerksfirmen angestellt war.«

»Und warum erfahre ich das jetzt erst?«

»Absolute Informationssperre. Der Innenminister persönlich hat sie angeordnet.« Er sagte es mit verächtlichem Unterton.

Stachelmann begriff, dass dieses Gespräch Bartels' Weg war, gegen eine Entscheidung seiner Vorgesetzten zu protestieren. Die wollten einen Mord decken, aber Bartels war Polizist und sonst nichts.

»Herr Dr. Stachelmann. Ich gehe weit über das hinaus, was ich darf. Sie haben keinen Beweis für das, was Sie vermuten. Es mag Ihnen vieles klar vor Augen stehen, aber wenn Sie ohne Belege an die Öffentlichkeit gehen, wird man Sie vernichten. Sie werden zum Pädophilen gemacht, Ihnen wird Unterschlagung nachgewiesen, Sie werden zwangseingewiesen in die Psychiatrie, Sie werden Opfer eines Verkehrsunfalls, oder die hängen Ihnen einen Mord an. Sie wären nicht der Erste, der fertiggemacht wurde.« Er schnaufte, stand auf und begann umherzulaufen. »Dieses Land sieht nach außen sauber und glatt aus, ordentlich, anständig. Aber unter der Oberfläche stinkt der Morast.« Er stellte sich ans Fenster. »Fahren Sie mit Ihrer Freundin nach Hause. Erholen Sie sich, und vergessen Sie alles. Einen besseren Rat hat Ihnen noch niemand gegeben.«

»Wo sind die Kopien der Akten, die uns Esther Weiland gegeben hat?«

Bartels schüttelte den Kopf. »Welche Kopien?«

»Ich kann sie mir wieder besorgen.«

»Ausgeschlossen«, sagte Bartels giftig. »Was es nie gab, kann man nicht besorgen.«

Sie saßen in seinem Hotelzimmer, er auf dem Stuhl, sie auf dem Bett. Nachdem er Anne das Gespräch mit Bartels geschildert hatte, schüttelte sie den Kopf. »Mein Gott, haben die dich auflaufen lassen.«

»Ich kann mir das nicht gefallen lassen«, sagte Stachelmann. »Ich denke da auch an Georgie. Das geht nicht, dass die Leute abknallen können, und es geschieht ihnen nichts.«

»Und der Bartels hat dich wirklich als Lockvogel benutzt, unglaublich.«

»Na, der hat sich gesagt, die Typen von diesem Amt trauen sich nicht, meinen freien Mitarbeiter umzubringen. Aber sicher war er sich nicht, deswegen die geheime Eskorte. Und jetzt weiß er, dass denen alles zuzutrauen ist.«

»Und dieses Amt …«

»Ich tippe auf den Verfassungsschutz, wer sonst?« Stachelmann spürte, wie die Wut in ihm wuchs. »Die haben mich nach Strich und Faden verarscht.«

»Was macht eigentlich diese Akademie?«, fragte Anne.

»Ich weiß es nicht.«

»Vielleicht fragen wir die. Die Adresse haben wir?«

Stachelmann überlegte. »Die stand in dem Brief, den haben auch die Bullen. Aber warte mal, das war eine Spitzenlage, direkt an der Spree. Bonhoefferufer, genau!«

»Soll ich im Telefonbuch nachsehen?«

»Brauchst du nicht, 26 bis 32. Aber wenn ich denen meinen Namen sage, wissen die Bescheid …«

»Mein Name ist Derling, Anne Derling, genau gesagt Dr. Anne Derling, Universität Hamburg, Lehrstuhl für Neue Geschichte. Ich leite das Projektseminar ›Wissenschaftliche Institutionen, Massenmedien und politische Parteien in Nachkriegsdeutschland‹.«

Stachelmann musste grinsen. »Da hast du ja wirklich alles hineingepackt. Aber es klingt umwerfend. Darf ich dein Assistent sein?«

»Das hatte ich mir schon immer gewünscht.« Sie lachte.

»Aber sogar wenn wir herausfinden, was die treiben, was nützt es?«, fragte er.

»Josef, ich kenne dich, das lässt dir keine Ruhe. Und wenn du auch nur den Hauch einer Chance witterst, doch noch was anzustellen, tust du es. Ersparen wir uns also die Zorn- und die sich gesetzmäßig anschließende Resignationsphase, die dann urplötzlich in rastlose Aktivität umschlägt.«

»Ich weiß nicht, ob es gut ist, mit einer Frau zusammenzuleben, die einen besser kennt als man selbst.« Er setzte sich neben sie und gab ihr einen Kuss.

Das Handy klingelte. *Valentina* stand auf der Anzeige. Er wies das Gespräch ab. »Du musst hinfahren«, sagte Anne.

»Ja«, erwiderte er. »Mach ich.« Ein Anflug von Traurigkeit.

»Ich weiß, wir sind nicht angemeldet«, sagte Anne, nachdem sie sich am Empfangstresen in dem großen Bau aus Stahl und Glas vorgestellt hatte. »Aber vielleicht sagen Sie Herrn Dr. Walzer, dass ich auf Empfehlung von Professor Maltmann« – Gesicht und Stimme zeigten Trauer – »gekommen bin. Vielleicht kann der Herr Präsident ein paar Minuten erübrigen oder wenigstens einen Termin vorschlagen …«

Der Mann hinter dem Tresen, sportlich, Mitte dreißig, Sonnenstudiofan, blickte sie ruhig an, als könnte ihn nichts verunsichern. Sein Blick wanderte von Anne zu Stachelmann, den sie als Dr. Schmidt vorgestellt hatte – »mein Mitarbeiter« –, und endlich griff er zum Telefonhörer. Er schirmte seinen Mund ab und sprach leise. Währenddessen bewunderte Stachelmann den Empfangsraum, ein quer liegender Schlauch, in der Mitte der Empfangstresen, Stahl, anthrazit, in dessen Rücken zwei Aufzüge mit silberglänzenden Stahltüren. Sie standen auf einem dunkelgrauen Marmorboden mit schwarzen Sprenkeln.

Der Mann am Telefon nickte zweimal, dann legte er auf. »Sie haben Glück. Sie werden abgeholt. Wenn Sie bitte zwei Minuten warten könnten.«

Es dauerte keine halbe Minute, bis eine Frau aus dem einen Aufzug ausstieg, fast ungeschminkt, im grauen Kostüm, auch ihre Gesichtsfarbe war blassgrau. »Der Herr Präsident erwartet Sie«, sagte sie nüchtern. Sie schien nicht zu wissen, wie man lachte. »Ich darf vorgehen.« Sie führte sie in den Aufzug, es ging hinauf in den ersten Stock, dann über einen langen Flur nach links, grauer Teppich, weiße Wände, gerahmte Schwarz-Weiß-Fotos mit Stadtansichten, sie hörten nicht einmal ihre Schritte. Der Flur endete vor einer Tür, die sie öffnete. Es war das Vorzimmer, modern, kalte Farben. Sie klopfte an der Tür der Rückwand und öffnete sie. »Frau Dr. Derling und ihr Mitarbeiter«, sagte sie.

Sie trat zur Seite und nickte Anne zu. »Bitte.«

Walzer kam ihnen entgegen. Stachelmann spürte Neid, der Typ sah blendend aus trotz der Narben im Gesicht.

Aber er schien kein bisschen affektiert zu sein, sondern lächelte freundlich, gab ihnen die Hand und wies auf die Sitzecke. Anne stellte sich ans Fenster und blickte hinaus. »Was für eine Aussicht«, sagte sie. Eine weiße Motorjacht fuhr flussaufwärts, mit starker Gischt am Bug. Stachelmann ahnte, dass Anne Walzer die Gelegenheit geben wollte, ihre Figur in dem dunkelblauen Hosenanzug zu bewundern. Sie ist ausgekocht, ich darf das nicht vergessen, dachte er und grinste in sich hinein trotz seiner Anspannung. Anne setzte sich graziös auf einen Sessel und schlug die Beine übereinander. Stachelmann nahm auch Platz. Die graue Sekretärin erschien mit einem Tablett und stellte es auf dem Tisch ab. Walzer streckte sich auf seinem Sessel, bot Kaffee, Tee, Wasser und Kekse an. Anne und Stachelmann ließen sich Tee einschenken.

»Sie kannten den armen Professor Maltmann«, sagte Walzer. Eine ruhige, männliche Stimme.

»Ja, ich hatte jüngst mit ihm über mein Projekt gesprochen. Er hat es sehr unterstützt. Und ich entsinne mich gut, wie er mir sagte: Ich muss Sie bald einmal Herrn Dr. Walzer vorstellen, er leitet eine segensreiche Einrichtung, sie nennt sich Akademie. Die unterstützt gesellschaftlich relevante Projekte. Er sagte auch, dass Sie großzügig seien. Eine Mitgliedschaft in der Akademie sei ein großer Gewinn. Er selbst habe mehrfach davon profitiert. Aber nun kann er mich nicht mehr vorstellen. Ich bin gerade in Berlin, und da fiel mir ein, dass ich seinem Rat vielleicht doch folgen sollte. Entschuldigen Sie bitte den Überfall. Herzlichen Dank, dass Sie sich so souverän über meine Taktlosigkeit hinwegsetzen.«

Walzer lächelte. »Es ist mir eine Freude, Sie kennenzulernen. Gut, dass Sie gekommen sind. Unsere Akademie sucht händeringend neue Mitstreiter. Man kann in diesen Zeiten gar nicht genug Freunde haben.«

»Zumal wenn man sie mit Nazigeld kaufen kann«, sagte Stachelmann.

Eisiges Schweigen.

Walzers Mimik war erstarrt. »Wie war Ihr Name noch einmal?«

»Stachelmann.«

Walzer ließ seinen Blick zwischen Anne und Stachelmann wandern. »Gehen Sie«, sagte er kalt.

Sie blieben sitzen und blickten ihn an.

»Raus!«, brüllte er.

»Sie sind ein Schreibtischmörder, Sie haben unseren Kollegen Rehmer ermorden lassen. Wir kennen die Akten, die beweisen, woher Ihr Geld kommt.«

Ein Lächeln zog über Walzers Gesicht, doch die Augen blieben kalt. »So, so, Akten kennen Sie.« Er erhob sich, ging zu seinem Schreibtisch und drückte auf etwas unter der Tischplatte. »Gehen Sie.« Er war jetzt gelassen. »Akten«, lachte er und wusste längst, dass es keine Kopien mehr gab. Und dann begannen auch die Augen zu lachen, als er feststellte, dass er unangreifbar war, dass ihm selbst einer wie dieser Stachelmann, der fast alles wusste, nicht im Traum gefährlich werden konnte. Er lachte immer lauter. Jetzt war er den beiden Besuchern dankbar, erst sie hatten ihm die Gewissheit gegeben, dass ihm nichts geschehen könnte. Seine Angst war wie weggeblasen. Niemand, absolut niemand würde ihn aufhalten. Sie würden diese Gesellschaft verändern, Schritt für Schritt, aber radikal. Hierarchie, Zugehörigkeit, Erfolg – Führung, Rasse, Sieg.

Stachelmanns Wut ließ seine Hände zittern. Er steckte sie in die Hosentasche und rieb den Schweiß ab. In diesem Augenblick hätte nicht viel gefehlt und er hätte Walzer erschlagen. Seine Augen fanden keine Waffe. Da saß dieser Scheißkerl, ein vom Staat geschützter Mörder, und lachte ihn aus. Und lachte immer lauter und nun auch aggressiv. Walzer verhöhnte sie. Anne saß wie erstarrt und blickte Walzer an.

»Sie sind doch Witzfiguren, Sie beide. Lachnummern. Möchtegernaufklärer. Wichtigtuer. Sie haben doch keine Ahnung, um was es wirklich geht in dieser Zeit. Keine Ahnung. Verpissen Sie sich.«

Die Tür öffnete sich, zwei kräftige Männer in blauen Anzügen erschienen. Walzer sagte nur: »Meine Gäste möchten an die frische Luft.«

Ein Mann packte Stachelmann am Oberarm, er roch aufdringlich nach einem Rasierwasser, der andere stellte sich neben Anne. Stachelmann riss sich los, nahm Annes Hand und zog sie, die immer noch erstarrt war, hoch vom Sessel und hinaus aus dem Büro, die beiden Rausschmeißer im Schlepptau. In der Tür blieb Stachelmann stehen, die Wut zwang ihn. »Ich kriege Sie, ich versprech's.« Er erntete eine Lachsalve. »Ich werde immer wieder auftauchen, denken Sie daran. Zeigen Sie mich an wegen Hausfriedensbruchs und Nötigung, ich warte. Ich verspreche Ihnen eine unterhaltsame Gerichtsverhandlung. Ich werde überall auftauchen, wo Sie sind, auf Veranstaltungen, wenn Sie im Restaurant sitzen oder im Kino …«

Anne zog ihn hinaus. »Halt die Klappe«, sagte sie.

»Die Dame hat ganz recht«, sagte der Typ mit dem Rasierwasser und lachte holprig. Als sie den Ausgang erreicht hatten, schubste der Rasierwassertyp Stachelmann, leicht nur, wie zum Spaß. »Einen schönen Tag noch!«, rief der andere fröhlich.

Anne zog ihn die Straße entlang. Als sie am Auto waren, hielt sie die Hand auf. Er legte den Schlüssel hinein, und sie öffnete die Türen. »Steig ein.«

Sie steckte den Schlüssel ins Zündschloss, drehte ihn aber nicht.

»Warum bist du so hochgegangen da drinnen? Du hättest doch nicht gleich mit der Nazischeiße loslegen müssen.« Sie klang verärgert.

»Der Typ fing an uns einzuseifen. Hast du das nicht gemerkt? Der hätte uns in Grund und Boden gelabert.«

»Ich wollte da Mitglied werden. Dann hätte ich bestimmt was rausgekriegt.«

»Das glaubst du doch selbst nicht.«

»Ach, Josef. Und nun?«

»Ich werde ihn stellen.«

»Du spinnst. Wir sind nicht in Tombstone.«

»Ich nerve ihn so lange, bis er mich anzeigt. Und dann pack ich aus vor Gericht.«

»Du spinnst. Was ist mit dir los?« Sie streichelte ihm über den Kopf.

Er schob die Hand weg und bedauerte es gleich.

»Man muss auch eine Niederlage akzeptieren.«

»Ja, aber nicht so eine.« Er kochte, er musste etwas tun. Selbst wenn es verrückt war.

»Und jetzt?«

»Ich muss nachdenken.«

»Das ist der erste vernünftige Satz seit Langem.«

Sie startete den Motor und fuhr los. »Kennst du den Weg zum Hotel?«

Er führte sie, sonst sagten sie nichts. Im Hotel legten sie sich aufs Bett. Er schloss die Augen und nahm ihre Hand. »Entschuldigung«, sagte er.

Sie drückte seine Hand. Dann lagen sie lange, ohne ein Wort zu sagen. Draußen wurde es dunkel. Das Kindergeschrei vom Spielplatz verstummte. Ein Motor dröhnte, dann überlagerte das Sägen eines Zweitakterrollers das Brummen.

Stachelmann setzte sich auf die Bettkante.

»Schmerzen?«

Er schüttelte den Kopf. »Ich muss noch mal los.«

»Ich komme mit«, sagte sie.

»Besser nicht.«

»Willst du irgendeinen Mist veranstalten?«

»Er muss begreifen, dass er so was nicht mit mir machen kann.«

»Josef, lass es. Wir fahren nach Hamburg, und dann überlegen wir zusammen mit Georgie, ob noch was geht.«

»Gut, wir fahren morgen nach dem Frühstück nach Hamburg.«

Sie schnaufte. »Mach keinen Mist.«

Stutterichstraße 16, am Pohlesee. Er hatte das Haus gleich gefunden. *Walzer* stand am Klingelschild. Eine weiß getünchte Villa, zweistöckig, ein rotes Ziegeldach, rechts davor eine Doppelgarage. Darin stand ein blauer Renault-Van. Im Erdgeschoss brannte Licht. Er überlegte eine Weile, in ihm rangen die Angst und die Wut. Die Tür bestand aus schwarz lackiertem Stahl. Auf der Mauer war eine Kamera installiert. Er drückte die Klingel und wartete. Es geschah nichts. Er drückte lang. Eine Frauenstimme aus dem Lautsprecher der Gegensprechanlage: »Ja?«

»Ich muss Herrn Walzer sprechen.«

»Er ist nicht da.«

»Wo ist er?«

»Wer sind Sie?«

»Dr. Stachelmann. Ich bin derjenige, der weiß, dass Walzer ein Mörder ist.«

Es rauschte aus dem Lautsprecher.

Als der Summer ertönte, erschrak er. Unsicher drückte er die Tür auf. Er ging über einen gepflasterten Weg zur Haustür. Die Haustür öffnete sich, und Licht fiel hinaus.

Im Licht stand eine schlanke schwarzhaarige Frau. Er fand sie unwirklich schön, wie aus einer anderen Welt.

»Sie sagen, mein Mann ist ein Mörder?«

»Ja.«

»Haben Sie Beweise?«

»Ich hatte welche.«

Sie musterte ihn lang. »Kommen Sie«, sagte sie. Sie winkte ihn mit ihrer zartgliedrigen Hand ins Haus. Ohne weitere Erklärung ging sie den Flur entlang bis zu einer Tür. Sie öffnete sie und betrat das Zimmer. Es war ein Büro. Stachelmann blieb in der Tür stehen und beobachtete sie. Ein großer Raum mit mächtigen Eichenregalen, gut gefüllt. In der Ecke stand eine teure Musikanlage. Der Schreibtisch hatte eine Glasplatte, darauf eine so schlichte wie teure Lampe. Hinter dem Schreibtisch war ein Tresor in die Wand eingelassen. Sie drehte am Verschlussrad und öffnete die Panzertür.

»Nehmen Sie den Stapel heraus … warten Sie, fassen Sie bloß nichts an.« Als sie an ihm vorbeiging, roch er sie, es war leichter Blumenduft, vielleicht Rose. Sie kehrte mit Haushaltshandschuhen zurück und gab sie ihm. Er zog sich die Handschuhe an, sie waren eng, aber es ging.

»Nehmen Sie den Stapel und folgen Sie mir in den Keller. Da steht ein Kopierer. Beeilen Sie sich.« Sie ging voraus, und Stachelmann spürte, wie der Schmerz in den Rücken zog. Im Kellerflur lief schon der Kopierer. »Er müsste gleich bereit sein«, sagte sie. »Geht es Ihnen nicht gut?«

»Ist kein Problem«, sagte er und schluckte eine Diclofenactablette.

Die Kopiertaste leuchtete grün auf. Er legte das obere Blatt auf das Glas. Während er Seite um Seite kopierte, las er Bruchstücke. *Rasse, Führung, Sieg.* Es ging um Firmenbeteiligungen, um Honorare für Seminarteilnehmer und Vortragende. Um Überweisungen und Finanzaufstellungen in Millionenhöhe. Manch bekannten Namen las er, Politiker, Medienleute, Wissenschaftler. *Maltmann* entdeckte er und auch die Namen anderer Historiker und Politologen, Soziologen, Biologen. Maltmann, dachte er, der alles unfreiwillig in Gang gesetzt hatte, als er Rehmer verriet. Während Stachelmann kopierte, verstand er, dass mit dem Geld der Nazis eine Gruppe entstanden war, die mit renovierten Begriffen alte Ziele verfolgte, bereinigt um die Exzesse der Vergangenheit. Und er begriff, dass sie zu wichtig geworden war, um sie zu verbieten. Dass sie zu viel Einfluss hatte, um nicht geschützt zu werden. Und dass der Umstand, dass der Staat sie schützte, verborgen werden musste. Sie kämpften nicht um Posten in der Regierung, sondern um die Ideen, welche die Gesellschaft beherrschten. Und sie rühmten sich ihrer Erfolge.

Aurelia stand die ganze Zeit neben ihm und beobachtete, wie er kopierte.

»Warum machen Sie das?«, fragte er, aber sie antwortete nicht.

Sie legte die Akten zurück in den Safe und verschloss ihn.

»Gehen Sie jetzt«, sagte sie.

Zurück im Hotel, legte er den Stapel auf den Schreibtisch. Anne hatte gedöst.

»Was ist das?«, fragte sie müde.

»Das sind die Akten, die wir brauchen. Und noch ein paar mehr. Die kann Georgie ins Internet stellen, wenn er aus dem Krankenhaus entlassen ist. Und dann wollen wir doch mal sehen, was passiert.« Er lachte.

Sie blickte ihn fassungslos an: »Wer hat dir die Akten gegeben?«

»Eine schöne Frau.«

Ich danke

Pit Metz (Marburg) für das Überlassen des Gedichts auf Seite 83 (es trägt den Titel »Abschied I«) und für sonst noch einiges;

Stephanie Kratz (Köln) für das wie immer vorzügliche Lektorat;

Susanne Schulz (Neustrelitz) für Korrekturen, die zweifelsfrei nur durch die Troddeligkeit, äh, Trotteligkeit des Autors verursacht wurden;

Alexander »Ali« Ruoff (Berlin) für Tipps und vor allem für die Beschreibung seiner beruflichen Existenz, die, leicht verfremdet, mein Vorbild wurde für Stachelmanns Treiben als Geschichtsermittler. Selbstverständlich recherchiert Ali ohne die bei Stachelmann üblichen Umwege, siehe: www.history-house.de;

Simone Walther vom Bundesarchiv in Berlin für wertvolle Hilfe und das Verständnis für meine Hilflosigkeit angesichts amtlicher Telefonlisten;

Solveig »Solli« Nestler vom Bundesarchiv in Berlin für die stets so freundliche wie kompetente Unterstützung in diesem wie in so vielen anderen Fällen; sie, eine geduldige Freundin, hatte seit Jahren darauf gedrungen, einen Mord im Bundesarchiv stattfinden zu lassen (natürlich hat sie mit der Romanfigur »Frau Bestler« nicht das Geringste zu tun);

Nicolai M. Zimmermann, ebenfalls vom Bundesarchiv in Berlin, für einen wichtigen Hinweis;

Alexandra Klusmann (Marburg), ohne die ich lange nach bestimmten Örtlichkeiten in Marburg hätte suchen müssen;

Aliza Raz (Jerusalem), Israels beste Lektorin, für einige wichtige Hinweise auf Stachelmanns Psyche, die mir geholfen haben bei der Fortentwicklung der Figur, und nicht zuletzt

Jens Hüttmann, *Franziska Kuschel* und *Ulrich Mählert* für die gute Laune, mit der sie mich in den vergangenen Monaten ertragen haben.

Ein besonderer Dank gilt dem *Bayerischen Hauptstaatsarchiv* und dem *Bayerischen Staatsministerium der Finanzen* für umfangreiche Recherchen, auch wenn diese nur bestätigt haben, was offensichtlich niemand weiß.

Dies ist das erste Manuskript, das mein Freund *Herbert Brehmer* leider nicht mehr gegenlesen konnte, da er im Februar 2010 gestorben ist.